CAROLE JOHNSTONE

Das Spiegelhaus

W0312927

Das Buch

»Absolut fesselnd«
Daily Mail

»Ein meisterhaft konstruierter Roman über eine vermisste Zwillingsschwester, ein düsteres Haus voller Geheimnisse und eine erschütternde Familiengeschichte«
Irish Times

»Geht unter die Haut«
People Magazine

»Ein enorm vielschichtiger und psychologisch tiefgründig erzählter Roman«
Münchner Merkur

»Britischer Thrillerstoff vom Feinsten«
Dresdner Morgenpost

»Psychologisch raffiniert«
Börsenblatt

Die Autorin
Carole Johnstone ist eine preisgekrönte schottische Autorin von Kurzgeschichten. DAS SPIEGELHAUS ist ihr Debütroman. Sie lebt in Argyll & Bute an der Westküste Schottlands. Weitere Informationen finden Sie auf www.carolejohnstone.com

Die Übersetzerin
Katharina Naumann ist Autorin, freie Lektorin und Übersetzerin und lebt in Hamburg.

CAROLE JOHNSTONE

DAS SPIEGEL HAUS

DU WOLLTEST VERGESSEN –
JETZT MUSST DU DICH ERINNERN

Roman

Übersetzung aus dem britischen Englisch von
Katharina Naumann

eichborn

Die Bastei Lübbe AG verfolgt eine nachhaltige Buchproduktion. Wir verwenden Papiere aus nachhaltiger Forstwirtschaft und verzichten darauf, Bücher einzeln in Folie zu verpacken. Wir stellen unsere Bücher in Deutschland und Europa (EU) her und arbeiten mit den Druckereien kontinuierlich an einer positiven Ökobilanz.

MIX
Papier | Fördert gute Waldnutzung
FSC® C014496
FSC www.fsc.org

Eichborn Verlag

Titel der britischen Originalausgabe:
»Mirrorland«

Für die Originalausgabe:
Copyright © 2021 by Carole Johnstone

Für die deutschsprachige Ausgabe:
Vollständige Taschenbuchausgabe der bei Eichborn erschienenen Paperbackausgabe
Copyright © 2023 by Bastei Lübbe AG,
Schanzenstraße 6–20, 51063 Köln

Textredaktion: Heike Rosbach, Nürnberg
Umschlaggestaltung: Massimo Peter-Bille
Einbandmotiv: © Shutterstock: MelBrackstone | Slice Lemon | andreashofmann7777
Satz: hanseatenSatz-bremen, Bremen
Gesetzt aus der Adobe Garamond Pro
Druck und Verarbeitung: GGP Media GmbH, Pößneck

Printed in Germany
ISBN 978-3-8479-0152-5

2 4 5 3 1

Sie finden uns im Internet unter eichborn.de

»Wenn man das Leid des wahren Lebens mit den Freuden des eingebildeten vergleicht, will man niemals mehr leben, nur noch für immer träumen.«
Alexandre Dumas, Der Graf von Monte Christo

»Man hat immer nur zwei Möglichkeiten. Entscheide dich zu leben oder entscheide dich zu sterben.«
Stephen King, Die Verurteilten

PROLOG

5. September 1998

Der Himmel leuchtete rosa. Was besser war als rot, wie El sagte, als wir wieder Angst bekamen. Grandpa hatte immer gesagt: *Abendrot Gutwetterbot’, Morgenrot mit Regen droht* – er war zur See gefahren. Der Wind blies kalt und wurde sogar noch kälter. Auf Els Gesicht glänzten immer noch Tränen, und ihre Finger zuckten. Ich konnte nicht aufhören zu zittern.

Wir hielten uns an den Händen und gingen immer der Nase nach, bis die hohen, überfüllten Mietshäuser zu einem einzigen, bedrohlich aufragenden dunklen Haus verschmolzen, in dem Kindermörder lauerten und uns beobachteten. Aber wir sahen niemanden. Hörten niemanden. Als wären wir wieder im Spiegelland. Sicher und doch voller Angst. Was sich änderte, war der Geruch der Förde, der stärker wurde und näher kam.

Der Hafen war ein Chaos aus Schmiere und Öl und Metall und Salz. Möwen erwachten und krähten wie Hähne. Wir blieben an einem Lagerhaus aus nacktem Holz stehen, das von der Nässe ganz dunkel war. Davor, an einer steil ins Wasser abfallenden Betonmauer, stand ein Kran, von dem eine rostige Kette mit Haken herabhing.

Flut. Nur jetzt konnte man die Segel setzen, um auf die hohe See hinauszufahren.

El hielt meine Hand ganz fest, als wir auf die runden, auf und nieder hüpfenden Bojen und die langen Pontons hinausblickten. Wir sahen Yachten, weiß und glatt, mit klappernden Metallmasten. Und draußen auf offener See außerhalb der Mündung einen

Tanker am Horizont. Aber wir wollten keines dieser Boote. Ihretwegen waren wir nicht hier.

Ich durchsuchte meinen Rucksack, bis ich Mums Puderdöschen fand. Etwas davon verteilte ich auf Els Wangen.

»Deine Augen sind ganz rot«, flüsterte ich, und sie tat so, als täte ihr meine Berührung nicht weh.

»Du blutest noch«, flüsterte sie zurück, heiserer als ich, obwohl ich mehr geschrien hatte als sie.

»Was treibt ihr beiden Mädels denn hier um diese Zeit, he?«

Seine Taschenlampe blendete mich, aber als ich wieder sehen konnte, war er genauso, wie Mum gesagt hatte: ledrig und zahnlückig, mit einem weißen, buschigen Bart. Ein alter Seebär.

»Ich heiße Ellice«, sagte El. Ich spürte ihre scharfen Nägel an meinen Fingern, ihre Stimme war so ruhig wie das Hafenwasser. »Und das hier ist meine Zwillingsschwester Catriona.«

»So?«

Er kam ein wenig näher und schwankte dabei. Ich roch den Rum in seinem Atem. Mein Herz klopfte schneller, und ich straffte die Schultern. »Wir wollen auf ein Piratenschiff.«

Das Licht seiner Taschenlampe sprang in weißen Kreisen schwindelerregend auf und ab. Ich musste blinzeln, meine Augen begannen zu tränen. Und dann stieß er einen Fluch aus – einen, den Grandpa auch immer benutzt hatte, aber keinen seiner Lieblingsflüche – und wich von uns zurück, die Augen aufgerissen wie bei einer Maske der Grebo von der Elfenbeinküste in Grandpas Enzyklopädie.

»Bleibt genau hier stehen, okay? Geht nirgends hin. Verstanden?«

»Aber fährt denn bald ein Schiff?«, rief ihm El hinterher, als er im Schatten des Lagerhauses verschwand. Wir hörten, wie sich die Tür knarrend öffnete und dann wieder zuschlug. El wandte sich zu mir, gab einen erstickten Laut von sich und ließ mich los. »Oh nein! Dein Pulli. Wir haben vergessen, deinen Pulli auszuziehen!«

Ich hatte plötzlich mehr als nur Angst. Es war, als wäre ich ganz tief im Kalten und Schwarzen geschwommen, als hätte mich jemand herausgezogen, und ich wüsste nicht mehr, wie man atmet. Ich ließ meinen Rucksack fallen, zog meinen Mantel aus, und obwohl mir alles wehtat, obwohl Els Finger mich zwickten und kratzten, zog ich mir den Pulli über den Kopf und ließ ihn auf den Betonboden fallen, als krabbelten Spinnen darin herum. Da roch ich es, säuerlich und warm.

»Was machen wir damit?«, fragte El, und ihre Stimme war nicht mehr leise oder ruhig. »Der kommt doch zurück. Er kommt zurück!«

Sie rannte um das Lagerhaus herum und griff nach einem zerbrochenen, verrosteten Vertäuring auf dem Boden. Mit Seemannsknoten machten wir die Ärmel des Pullis daran fest, unsere Hände waren eiskalt, unsere Zähne klapperten. Dann rannten wir zurück zum kabbeligen Wasser außerhalb des Hafens und warfen den Ring so weit ins Meer, wie wir konnten. Es klatschte laut. Als wir zum betonierten Teil des Hafens zurückkamen, waren wir außer Atem und versuchten so sehr, nicht zu weinen, dass es klang, als erstickten wir.

Plötzlich drehte sich der Wind und drückte uns von der Kante der schrägen Betonmauer fort. Ich glaubte, wieder das Blut riechen zu können: säuerlich und dunkel. Aber das salzige Meer war stärker, genau wie der Griff von Els Hand.

»Ein weiser Seemann verlässt den Hafen niemals an einem Freitag«, flüsterte ich.

Langsam tat mir El mit ihren Fingern weh. »Heute ist Samstag, du dumme Kuh«, sagte sie.

Aber ich wusste, dass auch El Angst hatte. Ich wusste, dass sie sich fragte, ob es wohl schon zu spät war, zurückzugehen. »Wird alles wieder gut, El?«

Wir schauten hinüber zur Förde, an dem kleinen Inselchen Inchkeith und dem weit draußen fahrenden Tanker vorbei. Wir zitterten und hielten uns immer noch an den Händen, standen nahe genug beinander, um den Herzschlag der jeweils anderen zu spüren, und der rote Himmel zog von der Nordsee aus herauf und breitete sich wie eine Wunde aus. El schaute mich nicht mehr an, bis wir sahen, wie das Rot über die Mole kroch.

Und dann lächelte sie. Dieses breite, schreckliche Lächeln, das so gar nicht zu passen schien. Sie hörte nicht damit auf, selbst als wir schon den ersten Motor hörten, und die erste Sirene. Oder als sich die Lagerhaustür erneut knarrend öffnete und wieder zuknallte.

Sie lächelte, lächelte, lächelte. »Wir werden einander nie verlassen. Sag es.«

Knirschende Schritte näherten sich. Wieder ein Fluch, diesmal lauter. Lichter, die uns blendeten, sodass wir die Förde nicht mehr erkennen konnten, sondern nur noch einander.

»Wir werden einander nie verlassen«, flüsterte ich.

Sie packte meine Hand jetzt noch fester, und ich schluckte, sah zu, wie ihr Lächeln schärfer und dunkler wurde und schließlich verschwand. »Niemals, solange wir leben.«

»Es wird alles gut«, sagte ein Mann, der nicht der alte Seebär war.

Und eine Frau mit freundlichem Blick und einem sanfteren Taschenlampenstrahl trat zwischen uns und hielt uns ihre freie Hand hin. »Von jetzt an wird alles wieder gut.«

*

Und das war der Tag, an dem unser zweites Leben begann.

TEIL EINS

KAPITEL 1

Ich war nicht da, als meine Schwester starb.

Ross rief mich an; er hinterließ fast ein Dutzend Nachrichten auf der Voicemail, bis ich sie endlich abhörte, eine verzweifelter als die andere. Und ich schäme mich zu sagen, dass ich vor allem auf seine Stimme hörte – vertraut und vergessen, kaum verändert – und nicht so sehr auf die Worte, die er sagte.

Ich schaue die Nachrichten im Terminal 4 des John-F.-Kennedy-Flughafens. Ich muss hier einen siebenstündigen Zwischenstopp überleben, der an meinem Verstand nagt. Dann muss ich meinen Laptop hochfahren und nachsehen. Ich sitze auf einem Hocker in einem lauten, viel zu hell erleuchteten Schnellrestaurant und rühre meinen Cheeseburger nicht an. Stattdessen scrolle ich durch den ersten der drei Berichte auf der Nachrichtenseite der BBC für Edinburgh, Fife & East. Ich sollte mich vermutlich auch dafür schämen, dass Ross wieder das Erste ist, was ich sehe. Sogar noch vor der riesigen schwarzen Schlagzeile: **Große Sorgen um vermisste Frau aus Leith.**

Unter dem ersten Foto steht *Tag eins, 3. April*, aber darauf ist es bereits dunkel. Ross geht eine niedrige Steinwand in der Nähe der Förde entlang. Die Kamera hat ihn zwischen zwei silbernen Laternenpfählen erwischt, die zwei kreisrunde Lichtpfützen werfen. Obwohl sein Gesicht abgewandt ist, kann man seine Aufregung unmissverständlich erkennen: Er hat die Schultern hochgezogen, die Hände zu Fäusten geballt. Der Fotograf hat die hellen Lichter eines zurückkehrenden blau- und orangefarbenen Rettungsbootes eingefangen, und Ross' Gesicht ist ihm und der eingefrorenen Wucht einer Welle zugewandt, die über den Pier bricht. Kurz nachdem sie vermisst gemeldet wurde, gab es ein Unwetter, das hatte er in mehr als einer seiner Nachrichten gesagt, als hätte mich die Unkenntnis dieses besonders schrecklichen Details davon abgehalten, ihm zu antworten.

Ich brauche beinahe zwei Gläser Merlot in einer dunklen, zurückgezogenen Bar, weit außer Hörweite des Schnellrestaurants, bis ich in der Lage bin, das erste Video abzuspielen. *Tag zwei, 4. April.* Und selbst dann, als Els Foto auf dem Bildschirm zu sehen ist – wie sie mit zurückgeworfenem Kopf lacht, ihre, wie sie es immer nannte, »Like a fuckin Virgin«-Pose, mit durchsichtiger Seidenbluse und einem silberblonden Bob –, zucke ich zusammen, drücke auf Pause und schließe die Augen. Fahre mir verlegen durch das viel zu lange, wirre Haar. Ich trinke den Wein aus, bestelle einen dritten, und der Kellner, der ihn bringt, starrt so intensiv und lange auf meinen Bildschirm, dass ich mich schon frage, ob er einen Schlaganfall hat. Bevor ich ihn überhaupt bemerke, natürlich. Es ist erstaunlich, was man alles vergisst; Tatsachen aus dem eigenen Leben, die früher einmal so normal waren wie Atmen. Er glaubt, ich würde mir ein Bild von mir selbst ansehen. Darunter die Worte: Ist Ellice MacAuley tot oder noch am Leben?

Ich nehme die Ohrhörer aus meinen Ohren. »Meine Zwillingsschwester.«

»Tut mir leid, Ma'am«, sagt er mit einem strahlenden Lächeln und klingt dabei, als hätte ihm noch nie in seinem Leben irgendetwas leidgetan. Das ewige Lächeln und *Ma'am*-Getue nervt mich, und ich werde wütend. Dass dies das Einzige ist, was ich an Amerika nicht vermissen werde, ermüdet mich noch mehr, macht mich noch saurer. Ich denke an meine Eigentumswohnung an der Pacific Avenue. An das durchgeknallte Leben auf der Promenade und am Muscle Beach. Die verrückten und durchtanzten Nächte in Kellerclubs, an deren Wänden der kondensierte Schweiß herunterrinnt. An die türkisfarbene Ruhe des Meeres. Des Meeres, das ich liebe.

Ich nehme noch einen großen Schluck Wein, stecke mir die Ohrhörer wieder in die Ohren und drücke auf Play. Das Foto von El wird von dem einer Reporterin abgelöst: jung und ernsthaft, vermutlich erst in ihren Zwanzigern. Der Wind peitscht ihr das Haar wild ums Gesicht.

»Am Morgen des dritten April segelte die in Leith wohnhafte Ellice MacAuley, einunddreißig, von diesem Yachtclub in Granton Harbour in der Förde von Forth los. Seither wurde sie weder gesehen, noch hat jemand von ihr gehört.«

Ich zucke zusammen, als die Kamera vom Yachtclub weg zoomt, um die Eisenbahnlinie und die Straßenbrücken in Queensferry im Westen aufzunehmen, um dann nach Osten zu den Ausläufern von Earlsferry und North Berwick zu schwenken. Dazwischen sieht man die graue Förde und die niedrigen, sanften Hügel von Kinghorn und Burntisland am gegenüberliegenden Ufer. Dann schwenkt die Kamera zurück zum Hafen, zu seinen hüpfenden Bojen und langen Pontons und den weißen Segelbooten mit den klappernden Masten. Eine Betonrampe, die sich steil ins Wasser senkt. Ein anderer Kran. Kein Lagerhaus.

Wie konnte ich nur übersehen, dass dies derselbe Hafen ist – ein Ort, über den ich seit Jahrzehnten nicht mehr nachgedacht habe, und doch gibt es ihn noch, beinahe unverändert. Ein Schauder lässt meinen Nacken verkrampfen. Eine Furcht, die ich lieber nicht weiter analysieren will, ebenso wenig wie alles andere, was mir durch den Kopf gegangen ist, seit die Voicemail-Nachrichten in meiner Inbox gelandet sind. Ich greife wieder nach meinem Wein, erleichtert, weil auf dem Bildschirm nicht mehr der Hafen zu sehen ist, sondern Archivbilder von Rettungsbooten und Hubschraubern.

»Als Ms MacAuley nicht in den Royal Forth Yacht Club zurückkehrte, wurde Alarm geschlagen, und es wurde weiterhin festgestellt, dass sie ihren Zielort in Anstruther nicht erreicht hatte. Die Küstenwache und die Seenotrettung RNLI sind an der Suche beteiligt, aber das anhaltende schlechte Wetter hat ihre Bemühungen deutlich behindert.«

Ein Mann: mit Hängebacken, fast kahl, ernst wie die Reporterin, aber mit einem Glitzern in den Augen, als täte er nur so. Er schaut mit vor der Brust verschränkten Armen in die Kamera. Unter seinem viel zu großen Bauch steht: *James Paton, Königliche Küstenwache, Koordinator für Such- und Rettungsmissionen, Aberdeen.* »Wir wissen, dass Ms MacAuley eine kompetente Seglerin ist …«

Wissen wir das?, denke ich.

»… angesichts der Windstärke, die am Morgen des dritten April in der Förde herrschte, nehmen wir an, dass sie bereits für nahezu sechs Stunden verschwunden war, als sie vermisst gemeldet wurde.« Er verstummt, und obwohl er nur von der Taille aus aufwärts gefilmt wird, sehe ich, wie er sich noch etwas breitbeiniger hinstellt, wie ein Revolverheld. Er schafft es gerade so eben, nicht mit den Achseln zu zucken. »In den letzten zweiundsiebzig Stunden betrug die Temperatur in der Förde nicht mehr als sieben Grad Celsius. Unter diesen Umständen kann ein Mensch nicht länger als drei Stunden im Wasser überleben.«

Arschloch, denke ich. Mit Els Stimme.

Die Kamera schwenkt wieder zur Reporterin, die immer noch so tut, als wäre ihr die ruinierte Frisur ganz egal. »Jetzt, am Ende des zweiten Tages der Suche und unter verschlechterten Bedingungen«, sagt sie, »sinkt die Hoffnung auf eine sichere Rückkehr von Ellice MacAuley.«

Ein Bild von El und Ross irgendwo im Urlaub nimmt den gesamten Bildschirm ein. Sie sehen darauf gebräunt aus, mit weißen Zähnen; er hat den Arm um ihre Schultern gelegt, sie lehnt sich an ihn, hebt das Kinn und lacht. Ich kann mir schon vorstellen, warum die Berichterstattung so eifrig und intensiv ist. Sie sind wunderschön. Sie sehen einander an, als wären sie gleichzeitig ausgehungert und satt. Die Intimität des Bildes ist mir unangenehm; der Wein in meinem Magen fühlt sich plötzlich an wie Säure.

Ich nehme mein Handy zur Hand und öffne die Wetter-App. Ich habe Edinburgh nach Venice Beach darauf immer noch als zweiten Favoriten abgespeichert; ich hatte gar nicht darüber nachgedacht, warum. Sechs Grad Celsius und starker Regen. Ich schaue aus dem Fenster in die Dunkelheit, auf die langen Reihen der weißen Startbahn-Lichter.

Es ist noch nicht einmal sechs Uhr morgens in Großbritannien, aber schon taucht ein neues Video auf: *Tag drei, 5. April.* Ich sehe es mir nicht an. Ich weiß sowieso, dass sich nichts geändert hat. Ich weiß, dass sie noch nicht gefunden wurde. Ich weiß, dass sie heute noch weniger als gestern erwarten, sie zu finden. Darunter sehe ich ein weiteres Bild mit einem Link, der weniger als zwei Stunden alt ist. *Arzt-Ehemann der vermissten Frau aus Leith verliert die Hoffnung.* Das Bild lässt meinen Atem stocken. Es tut weh, ihn so zu sehen. Es würde *jedem* wehtun, ihn so zu sehen. Ross kauert neben einer niedrigen Mauer, die Knie zum Kinn gezogen, die Hände im Nacken verschränkt, und drückt die Ellenbogen eng vor sich zusammen, wie einen Schutzschild. Ein Mann in einem langen Anorak steht neben ihm, sieht auf ihn herab und sagt offenbar etwas, aber Ross achtet nicht auf ihn. Stattdessen schaut er hinaus auf die Förde, mit offenem Mund und in tiefer Verzweiflung. Ich kann seine Trauer und sein Entsetzen beinahe hören.

Ich knalle den Laptop viel zu heftig zu, trinke meinen Wein aus, während die Leute mich anstarren. Meine Hand zittert, Tränen treten mir in die Augen. Die Stunden zwischen New York und Edinburgh stehen drohend vor mir und sind gleichzeitig nicht genug Zeit. Ich will nicht zurück. Ich würde alles – *absolut alles* – geben, um nie, niemals wieder zurückzumüssen.

Ich stehe auf, um in die nächste Bar zu gehen; ich ertrage es nicht, noch einmal mit dem *Ma'am*-Kellner reden zu müssen. Ich nehme meinen Laptop und meine Tasche und werfe einen Zwanzig-Dollar-Schein auf den Tisch. Ich bin schon ziemlich unsicher auf den Beinen, als ich zwischen den Tischen hindurchgehe. Ich hätte wohl doch diesen Burger essen sollen. Aber das ist egal. *Alles* ist jetzt egal. Die Leute starren mich immer noch an, und ich frage mich, ob ich es wohl laut gesagt habe, bis ich merke, dass ich stattdessen den Kopf schüttele. Denn ich muss es glauben. Ich muss glauben, dass sich nichts geändert hat. Dass all diese Angst und das kalte Grauen in mir gar nichts bedeuten. Ich denke an Edinburgh, an Leith, an das graue Haus in der Westeryk Road, mit den Wänden aus flachen Steinen und den georgianischen Sprossenfenstern. Ich denke an Grandpas zahnlückiges Lächeln, und das nimmt mir die schlimmste Panik. *Nane ae it amounts tae pun ae mince, hen.*

Ich war nicht in Edinburgh, als meine Schwester starb. Ich war nicht auf dem Flughafen von Los Angeles oder auf dem JFK-Flughafen. Ich war noch nicht einmal auf dem schmiedeeisernen Balkon meiner kalifornischen Wohnung, um auf den Pazifik hinauszuschauen, Rotwein zu trinken und so zu tun, als wäre ich genau dort, wo ich immer hatte sein wollen.

Ich war nirgends, als meine Schwester starb.

Weil sie nicht tot ist.

KAPITEL 2

Ich stehe auf dem Bürgersteig, bis der Bus außer Sicht ist. Entweder ist die Wetter-App auf meinem Handy kaputt, oder das Wetter selbst: Es ist kalt und sonnig mit einem wolkenlosen Himmel. Der Wind, der von der Stadt aus hierher weht – Rauch und die Ausdünstungen von Doppeldecker-Bussen und Brauereien und Kohlenfeuern –, ist schwach und beißt. Ich kann das Meer riechen. Alles und doch nichts ist so wie immer. Die Häuser sind dieselben Häuser, die Straße ist dieselbe Straße, da ist der kleine Minimarkt genau an der Stelle, an der er immer war: Colquhoun's von Westeryk. Ein plötzlicher kalter Windstoß hebt das Haar in meinem Nacken an und bringt wieder einen salzig-säuerlichen Schwall Meeresluft. Das Meer muss auch kalt sein. Ich versuche, nicht an den selbstgefälligen Revolverhelden aus den Nachrichten zu denken. Viel kälter als die Luft.

Ich schaue mir Westeryk Road 36 genau an. Das Metalltor ist noch dasselbe. Die eckig geschnittenen hohen Hecken mit den gelben Stellen, der Pfad, der den Rasen teilt. Ich muss nicht hochschauen, um zu wissen, dass die ehrwürdige Symmetrie der grauen Steinquader und die hohen, schmalen Sprossenfenster ebenfalls gleich geblieben sind. Die beiden Steinmauern an der Seite mit den weißen Schamott-Pfosten und roten Holztüren, die zu den Durchgängen am Haus führen.

Plötzlich halte ich inne und wirbele herum. Da ist niemand. Aber das Gefühl, dass da jemand war, ist so stark, dass ich einen Schritt nach vorn mache. Mein Herz pocht viel zu schnell. Ich schaue über die Straße zur Reihe roter Sandstein-Reihenhäuser, die El und ich immer die Lebkuchenhäuschen genannt haben. Die schmalen Häuschen mit den adretten weißen Türstürzen und den Blumenkästen voller Stiefmütterchen und Petunien, die so gar nicht zu dem hoch aufragenden grauen Haus passen, auf das sie schon immer schauen mussten. Dieses Gefühl, beobachtet – *gemustert* – zu werden, wird stärker; meine Nackenhärchen stellen sich auf. *Hör auf.*

Ich drehe mich um zu Nummer 36, öffne das Tor, gehe den Pfad entlang, steige die vier Steinstufen hinauf, und da ist der Fußabstreifer aus rotem Metall und die letzte rote Stufe, die riesige rote Haustür. Sie ist angelehnt. Ich fragte Mum einmal, warum wir es nicht das Rote Haus nannten, und sie blinzelte und warf mir diesen *Dummes-Mädchen*-Blick zu. Manchmal kann ich mich nur noch an diesen Blick erinnern, wenn ich an sie denke.

Es ist nun mal das Spiegelhaus. Genau wie du und Ellice. Genau wie Spiegelland.

Vielleicht besaßen El und ich früher eine ähnlich starre Symmetrie wie dieses Haus – oder nein, kein Vielleicht, ich weiß, dass es so war –, aber nichts kann für immer so bleiben, wie es ist. Ich drücke die Tür auf und trete in die Eingangshalle. Schwarzweiße Kacheln. Dunkle Eichenvertäfelung und blutrote Wände. Als wollte mir das Haus als Erstes genau das Gegenteil beweisen. Ich schließe die Augen, und sofort höre ich, wie sich ein schwerer Riegel bewegt und an seinen Platz fällt. Etwas Schwarzes, das vorbeihuscht. *Lauf.* Aber als ich mich umsehe, ist die Tür noch offen, warmes Sonnenlicht dringt herein. *Hör auf.*

Ich drehe den Messingknauf der zweiten Tür und sehe kurz mein Spiegelbild mit den aufgerissenen Augen darin, bevor sich die Tür zum Korridor öffnet und den geschwungenen Schatten der Treppe zeigt. Der alte Teppich ist fort, an seiner Stelle glänzt hier Parkett. Die Sonne dringt durch das runde Oberlicht über der Tür, und plötzlich sehe ich mich selbst, wie ich im Schneidersitz in diesem Lichtstreifen sitze, in Grandpas Enzyklopädien lese und der Teppich an meiner Haut kratzt wie winzige Nadeln.

An den Wänden des Korridors hängen dicht an dicht die vertrauten Zierteller, klein und groß, mit gewellten und vergoldeten Rändern: Finken, Schwalben, Spatzen sitzen auf belaubten Zweigen, kahlen Zweigen, schneebedeckten Zweigen. Das hohe alte Telefontischchen aus Eichenholz und Grandpas Standuhr stehen exakt an derselben Stelle wie damals, zu beiden Seiten der Tür zum Wohnzimmer. Und auch wenn das unwahrscheinlich zu sein scheint – fast bizarr, zwanzig Jahre später –, stehen sie dort dennoch Wache. Der Geruch ist ganz genau derselbe, hat sich kein bisschen verändert: Es riecht nach Alter, nach altem Holz und alten Erinnerungen.

Meine Ungläubigkeit wird von einer Erleichterung gemildert, die ich nicht erwartet, und einer Beklommenheit, die ich erwartet hatte. Ich atme tief und lange ein, und etwas in mir lockert und befreit sich. Es fühlt sich immer noch ein wenig an wie Angst – es ist spröde und scharfkantig. Aber auch warm. Tief wie das Meer. Es hat Erwartungen. Ein viel zu großer Teil von mir freut sich, endlich wieder hier zu sein. Freut sich, dass alles unglaublicher- und unerklärlicherweise haargenau so ist wie früher.

Ich gehe in die Küche, als wäre es immer noch mein Zuhause, und da hockt Ross auf Händen und Füßen auf den blau-weißen Kacheln. Er schaut hoch. Blinzelt. Zuckt zusammen.

Und ich habe zu viel damit zu tun, an all die Dinge zu denken, die ich ihm nicht sagen kann, weshalb mir nichts anderes einfällt als: »Wie schmeichelhaft. Die meisten Leute begrüßen mich nur mit ›Hallo‹.«

»Cat.« Seine Stimme bricht, als hätte mein Name zwei Silben. Als er aufsteht, sehe ich, dass überall um uns herum auf den Fliesen Porzellanscherben liegen.

»Soll ich dir helfen?«

»Ich mache das später.« Er tritt über die Scherben und bleibt ein paar Zentimeter vor mir stehen. Sein Lächeln ist genauso angespannt, wie sich meins anfühlt. »Wie ist es in L.A.?«

»Heiß.«

Seine Knöchel sind ganz weiß. »Wie war die Reise?«

»Ganz okay. Lang.« Ich weiß nicht, warum ich nicht sprechen kann. Ich weiß nicht, warum wir uns diese lächerliche Unterhaltung antun. Ross sieht aus wie früher, aber anders, genau wie das Haus. Sein Gesicht ist blass, die Haut unter seinen Augen dunkler als auf den Bildern in den Nachrichten, nicht mehr violett, sondern schwarz. Seine Bartstoppeln sind dunkel, das Haar zerzaust, als wäre er zu oft mit den Händen hindurchgefahren. Insgesamt sieht er wohl älter aus, aber das hat ihm nicht geschadet. Nicht so, wie es ihm schadet, dass El verschwunden ist. Um die braunen, silbrig gesprenkelten Augen herum sind jetzt mehr Fältchen zu sehen; sein Gesicht ist schmaler. Ich frage mich, ob sein Lächeln wohl immer noch ein wenig schief ist, ob sein linker Eckzahn immer noch ein wenig über dem Schneidezahn steht. Ich schaue sofort weg.

»Es heißt, es sei immer am schwierigsten, zurückzukommen«, sagte er.

»Ja.«

Er räuspert sich. »Ich meine, von Westen nach Osten zu reisen.«

»Ich weiß«, sage ich. »Ich weiß, was du meinst.«

Sein T-Shirt ist zerknittert, er hat Gänsehaut auf den Armen. Er macht einen Schritt nach vorn. Bleibt stehen. Reibt sich mit den Handflächen das Gesicht.

»Gott, wie viele Jahre ist es jetzt her?«

»Zwölf?«, flüstere ich, als wüsste ich es nicht genau, und ich habe einen Kloß im Hals, und meine Augen brennen. Plötzlich ist das alles – El, er, dieses Haus – zu viel für mich. Ich bin müde und traurig und habe Angst, und vor allem bin ich so verdammt wütend – wütend, dass ich zurückkommen musste, wütend, dass überhaupt ein Teil von mir hier sein *will.* Es ist weniger als vierundzwanzig Stunden her, aber wenn ich jetzt an meine wunderschöne Wohnung an der Pacific Avenue denke, habe ich ein Bild auf Hochglanzpapier vor Augen, als wäre sie nur irgendein Ort, an dem ich vor langer Zeit einmal gewesen bin.

Vielleicht weiche ich seiner Umarmung deshalb nicht aus. Vielleicht lasse ich es deshalb zu, dass er die Arme um mich schlingt und mich so nah an sich heranzieht, dass ich das Kratzen seiner Bartstoppeln an meinem Hals fühlen kann, seinen warmen Atem an meiner Haut, das Vibrieren seiner Stimme – vertraut und vergessen. Und absolut unverändert.

»Gott sei Dank bist du zurückgekommen, Cat.«

*

Ich versuche, nicht hinzusehen, als wir die Treppe hinaufgehen, aber das ist praktisch unmöglich. Das Geländer aus Eichenholz, geschwungen und glatt an meiner Handfläche, das grüne und goldene Licht, das durch das Buntglasfenster auf das Fliesenmosaik der Stufen fällt. Die Dielen im ersten Stock knarren unter meinen Füßen, genau an den Stellen, an denen ich das auch erwarte, und ich bin schon auf dem Weg zu meinem Zimmer, als ich innehalte. Ross steht in der Tür gegenüber, mit meinem Koffer in der Hand und einem peinlich berührten Lächeln.

»Das da ist unser Zimmer«, sagt er.

»Entschuldige«, sage ich und gehe viel zu schnell weiter. »Natürlich ist es das.« Ich frage mich trotzdem, wie es jetzt wohl aussieht. Als El und ich es uns teilten, war der Bettüberwurf goldgelb, die Tapete eine Regenwald-Explosion aus Grün und Braun und Gold. Nachts schlossen wir immer die großen Holzläden vor dem Fenster und taten so, als wären wir viktorianische Forschungsreisende im Kakadu-Dschungel in Nordaustralien.

Ich folge Ross ins zweite Schlafzimmer. Das Gästezimmer.

Die vertrauten, adretten Kiefernmöbel und ein hohes Fenster mit Blick in den Garten. In einer Ecke steht eine farbbespritzte Staffelei mit Mischpalette, zwei Leinwände lehnen an der Wand. Aufgewühltes Meer, grün und schaumig weiß, unter einem dunklen, stürmischen Himmel. El konnte zeichnen und malen, bevor sie lesen konnte.

»Ist das in Ordnung?«, fragt Ross.

Ich erkenne das kleine Schränkchen neben dem Kleiderschrank sofort und erschrecke mich beinahe; im selben Moment frage ich mich, ob wohl immer noch die Karnevalsschminke darin liegt, die orangefarbenen Perücken, die bunten Nylon-Anzüge und roten Nasen. Aber die Scharniere und Ritzen sind übermalt. Ich schaue mich erneut im Zimmer um. Die Tapete ist weiß, rot und rosa gestreift, und ich muss lächeln. Natürlich. Ich bin im Clown-Café.

»Cat?«, fragt Ross.

»Entschuldige. Ja. Das ist in Ordnung. Super.«

»Du findest es bestimmt merkwürdig, wieder hier zu sein, nehme ich an.«

Ich kann seinem Blick nicht standhalten. Ich erinnere mich noch an den Tag, an dem er mir erzählte, dass er das Haus gekauft habe. Ich saß damals draußen vor einer lauten und überfüllten Bar auf dem Lincoln Boulevard, hatte einen Kater, und mir war fürchterlich heiß. Ich hatte damals schon seit ein paar Jahren in Südkalifornien gelebt, mich aber immer noch nicht an den ewigen Sonnenschein gewöhnt. Das Erste, was ich damals fühlte, war eine Art Schock. Alles andere kam erst in mir hoch, als ich schon aufgelegt hatte und wieder allein war. Ich stellte mir vor, wie sie aneinandergekuschelt im Wohnzimmer vor dem Kamin mit seinen flaschengrünen Kacheln lagen, Champagner tranken und über die Zukunft sprachen. Es war zwar nicht das letzte Mal, dass er mich anrief, aber es war das letzte Mal, dass ich drangegangen war.

»Ich verstehe einfach nicht, wie es sein kann, dass immer noch alles da ist, nach all der Zeit. Ich meine, inzwischen müssen doch andere Leute hier gewohnt haben, seit …«

»Ein älteres Ehepaar hat hier ein paar Jahre gewohnt. Die MacDonalds«, sagt Ross. »Sie hatten mit dem Kauf offenbar auch den größten Teil der Original-Möbel erstanden und nicht viel verändert. Als wir es kauften, ersetzten wir die meisten fehlenden Teile.«

Ich sehe ihn an. »Ihr habt sie ersetzt?«

»Ja. Ich meine, sie haben die großen Stücke dagelassen: die Küchenschränke und den Tisch, den Herd, das Sofa. Die Möbel im Esszimmer. Aber fast alles andere ist neu. Na ja, nicht *neu* – du weißt schon, was ich meine.«

Sein Lächeln wirkt angestrengt und unglücklich, aber es liegt auch Zorn darin. »El hat mich gefühlt jedes Wochenende in Antiquitätengeschäfte oder auf Messen geschleppt.«

Ich zucke bei der Erwähnung ihres Namens zusammen – ich kann nichts dagegen tun –, und Ross sieht mich aufmerksam an, hält meinen Blick ein wenig zu lange.

»Du hast mich nie gefragt, warum«, sagt er. »Damals. Warum wir dieses Haus gekauft haben.«

Ich wende mich von ihm ab. Schaue zum Fenster und zur übermalten Tür im kleinen Schrank.

»Das Haus wurde versteigert. El hatte die Anzeige in der Zeitung gesehen.« Er lässt sich schwer aufs Bett fallen. »Ich fand es immer etwas ungesund, so in der Vergangenheit zu leben. Ich meine … du weißt, was ich meine …«

Und ich weiß es wirklich. Ich war hier glücklich. Meistens. Und ich war seither so unglücklich. Aber ich weiß trotzdem, dass es stimmt: Man kann nie zurück.

»Ich habe die Anzahlung geleistet und ihr geholfen, es zu kaufen.« Er zuckt die Achseln. »Du weißt ja, wie El war, wenn sie etwas wirklich wollte.«

Mein Gesicht wird ganz heiß, die Haut beginnt zu prickeln. Mir geht auf, dass er von ihr in der Vergangenheit redet. Ich frage mich, ob das daran liegt, dass er glaubt, sie sei tot, oder weil sie und ich keine gemeinsame Gegenwart mehr haben.

Er räuspert sich. Greift in seine Tasche. »Ich dachte, du brauchst die hier vielleicht, solange du hier bist. Damit du kommen und gehen kannst, wie du willst.« Er hält mir zwei Sicherheitsschlüssel hin. »Der hier ist für die Tür zur Eingangshalle, die ich aber meistens unverschlossen lasse, und das hier ist der Nachtriegel für die Haustür. Es gibt auch noch ein Bolzenschloss, aber dafür haben wir nur einen Schlüssel, daher verwende ich es nicht.«

Ich nehme die Schlüssel und verdränge die Erinnerung an schwarze Dunkelheit. *Lauf.*

»Danke.«

Er beugt sich nach vorn und schwingt sich auf die Füße, als hinge er an Fäden. Er beginnt, auf und ab zu gehen, fährt sich mit den Händen durchs Haar und packt es. »Gott, Cat, ich muss unbedingt irgendetwas unternehmen, aber ich weiß nicht was. Ich weiß nicht was!«

Er wirbelt auf einem Fuß herum und springt auf mich zu, die Augen weit aufgerissen, sodass ich die roten Äderchen darin sehen kann. »Sie glauben, dass sie tot ist. Sie schleichen ständig um den heißen Brei herum, sagen es, ohne es zu sagen, aber es liegt auf der Hand, was sie denken. Morgen wird sie seit vier Tagen vermisst. Und wie lange werden sie wohl nach ihr suchen, bevor all das Gemurmel von schlechtem Wetter und Zeit und mangelndem Personal zu ›Tut uns sehr leid, Doctor MacAuley, aber wir können wirklich nichts mehr tun‹ wird?« Er ringt die Hände. Sein T-Shirt hat dunkle Flecken unter den Achseln. »Ich meine, es ist doch nicht nur sie, die da verschwunden ist, es ist außerdem noch ein sechs Meter langes Boot mit einem sieben Meter langen Mast! Wie kann *das* einfach so verschwinden? Und sie war eine sehr gute Seglerin«, sagt er, ohne stehen zu bleiben.

Ich bin mir ziemlich sicher, dass er das nicht zum ersten Mal zu jemandem gesagt hat.

»Sie wusste, dass ich es nicht mochte, wenn sie allein mit diesem verdammten Boot rausfuhr.«

Er lässt sich wieder aufs Bett fallen, die Fäden, an denen er hing, sind jetzt gekappt. »Ich habe ihr immer gesagt, dass so etwas passieren könnte.«

»Ich wusste gar nicht, dass sie segeln konnte«, sagte ich. »Geschweige denn, dass sie ein Boot besaß.«

Mit Liegeplatz im Granton Harbour. Ein Bild von uns drängt sich mir auf, wie wir auf dem Bugspriet der *Satisfaction* stehen – wir lachen, rufen, und der tropische Wind spielt mit unserem Haar – und ich spüre eine Mischung aus Sehnsucht und Zorn.

»Sie hat es vor ein paar Jahren online gekauft.« Wieder diese aufblitzende Wut. »Ein bindender Vertrag, die Anzahlung konnte nicht rückerstattet werden. Sie verdiente gutes Geld mit ihren Bildern, durch Kunstausstellungen, aber nicht genug. Also musste ich den Rest bezahlen. Und sie hatte mal wieder, was sie wollte. Bevor sie überhaupt wusste, wie man das verdammte Ding segelte. Gott, ich wünschte, ich hätte nie …« Er lässt die Handflächen am Gesicht hinuntergleiten, sodass seine Haut nach unten gezogen wird. »Es ist meine Schuld. Das alles.«

Ich setze mich neben ihn, obwohl ich das gar nicht will. Ich will ihm sagen, dass sie nicht tot ist, aber das kann ich nicht. Er ist noch nicht bereit, es zu hören. »Wie kann das deine Schuld sein?«

Er war nicht da gewesen: irgendeine kurzfristig angesetzte Konferenz zum Thema Psychopharmaka in London. Ein jährlicher Pflichttermin für alle praktizierenden klinischen Psychologen. *»Die Effizienz psychoaktiver Therapien im Vergleich«*, sagt er. Als wäre das wichtig. Als hätte ich auch nur eine Ahnung, was das ist. Er gibt sich selbst die Schuld, dass er nicht hier war, dass er sie nicht davon abgehalten hat, rauszufahren, obwohl wir beide wissen, dass er nichts daran hätte ändern können. Aber das ist nicht alles. Da ist noch etwas anderes, das spüre ich. Etwas, was er nicht sagt.

»Als ich zurückkam, wurde sie schon mindestens fünf Stunden lang vermisst, vielleicht schon länger, und dieses Unwetter kam wie aus dem Nichts.«

Ich denke an das eine Foto von Tag eins, auf dem er im Schatten zwischen den beiden runden Lichtkegeln stand.

»Gestern haben sie die Suche auf die Nordsee ausgeweitet. Alle Fischkutter und Tanker da draußen suchen ebenfalls nach ihr, aber ...«

Er schüttelt den Kopf und steht wieder auf. »Ich weiß, dass sie bald aufhören zu suchen. Ich *weiß* es. Die Polizei kommt morgen früh vorbei. Niemand will mich mehr unten am Hafen haben, weil ich denen immer nur im Weg herumstehe.« Er schnaubt. »Der heulende Witwer.«

Er wirkt so wütend, so bitter und resigniert.

»Du musst doch völlig erschöpft sein. Warum legst du dich nicht hin und schläfst ein bisschen?«

Er protestiert sofort.

»Ich kann ohnehin nicht schlafen bis heute Abend«, sage ich. »Ich wecke dich, wenn etwas passiert, okay? Ich verspreche es.«

Seine Schultern sacken nach unten. Sein Lächeln ist so kläglich, dass ich den Blick abwenden muss. Stattdessen schaue ich nach draußen, wo sich die grünen Kronen der Obstbäume im Wind wiegen.

»Okay«, sagt er schließlich und greift nach meiner Hand, um sie zu drücken. »Danke.« An der Tür dreht er sich noch einmal kurz um, jetzt ähnelt das Lächeln schon eher seinem eigenen. »Ich habe gemeint, was ich gesagt habe, weißt du. Ich freue mich wirklich, dass du zurück bist.«

Ich wühle in meinem Koffer, bis ich eins der Minifläschchen mit Wodka finde, die ich auf dem Flug gekauft habe. Ich setze mich aufs Bett auf die warme Stelle, die Ross hinterlassen hat, und trinke es aus. Auf dem Nachttisch steht ein gerahmtes Foto von El und Ross, als sie noch sehr jung waren. Sie lächeln neben der Blumenuhr in den Princes Street Gardens. Er hat die Daumen ins Bündchen seiner Jeansshorts gehakt; sie hat ihre Hände auf seinen Bauch gelegt. War ich da schon fort? Hatten sie mich schon vergessen? Ich sehe Els breites, glückliches Lächeln und kenne die Antwort.

Ich wende mich ab und schaue mich stattdessen erneut im Zimmer um. Das Clown-Café war ganz allein Els Erfindung gewesen: ein detailliert ausgestatteter American Diner, mit rotweißen Wänden und pinkfarbenen Neon-Schriftzügen.

Ein alter Plattenspieler war die Jukebox, die Elvis-Songs aus den Fünfzigern spielte. Das Kiefernsideboard war unser Tisch; zwei hohe Hocker waren unsere Stühle. Das Bett war der lange Serviertresen und das Schränkchen das Klo.

Ich fand Clowns nie so toll; damals waren wir fest davon überzeugt, dass sie zu einer Spezies gehörten, die nichts mit Menschen zu tun hatte. Ich hatte ebenso viel Mitleid mit ihnen wie ein gewisses Misstrauen ihnen gegenüber: Es schien mir, dass sie nur wenig Möglichkeiten in ihrem Leben hatten, nur jene, die man ihnen zubilligte, und schon im Alter von acht Jahren konnte ich das nachvollziehen. El fand natürlich, es sei der beste Job auf der ganzen Welt, mit einem Wanderzirkus zu reisen.

Aber die Zahnfee hatte Angst vor Clowns. Und wir hatten Angst vor der Zahnfee. Also versteckten wir uns im Clown-Café – unsere Haut juckte unter der Karnevalsschminke und den Plastiknasen, den Nylonperücken und Anzügen – und tranken Kaffee und aßen Doughnuts mit zwei Clownsveteranen namens Dicky Grock und Pogo. Dicky Grock war der Koch im Clown-Café: Er war stumm und hatte ein trauriges Gesicht. Früher hatte er als Jongleur gearbeitet, das Zirkuszelt aber gehasst. Und so war er früh in Rente gegangen. Und Pogo hatte zarte Knochen und große Zähne, der König des handfesten Scherzes, mit einer speziellen Neigung, sich von hinten mit einem Megafon anzuschleichen. Ich hatte ebenso viel Angst vor ihm wie vor der Zahnfee.

Aber das war es immer wert. Die Unbequemlichkeiten, die Angst, die flaue Unbehaglichkeit. Denn das Clown-Café gehörte uns. Es war wichtig. Es war das beste Versteck der Welt.

Ich schlucke. Ich habe seit Jahren nicht mehr ans Clown-Café gedacht. Ich habe seit Jahren nicht mehr an *uns* gedacht. Plötzlich muss ich unbedingt frische Luft atmen, also trete ich ans Fenster und zerre hart am Schieberahmen. Er rührt sich nicht, und ich schaue ihn mir an. Vielleicht ein Dutzend lange, krumme Nägel stecken im Fensterrahmen. Und es gibt keinen Grund, weswegen mir das Angst machen sollte, aber das tut es. Es jagt mir einen solchen Schrecken ein wie in jenem Bruchteil einer Sekunde in L.A., als ich glaubte, El könne tatsächlich tot sein. Oder jener Teil von mir, der froh ist, hier zu sein. An diesem Ort, an dem mein erstes Leben endete und niemals wieder beginnen sollte.

»Oh, El«, flüstere ich und lege die Hände an das kalte Glas. »Was zum Teufel hast du bloß getan?«

KAPITEL 3

Im Haus ist es gleichzeitig viel zu still und viel zu laut.

Ich stehe am oberen Treppenabsatz und atme tief durch. Der Teppich hier ist ebenfalls fort, aber die Glaslampe, die von der Stuckrosette an der Decke herabhängt, und das goldene Licht von der Westeryk Road, das durch die offene Badezimmertür hereinströmt, sind noch wie immer. Ich schaue mir alle geschlossenen Türen an – Schlafzimmer 1, 2, 4 und 5 – und erinnere mich an die Namen, die wir ihnen damals gaben: der Kakadu-Dschungel, gegenüber vom Clown-Café; der Prinzessinnenturm, der Maschinenraum gegenüber. Mein Herz erinnert sich ebenfalls daran, am Schlund des dunklen Flurs zwischen dem Clown-Café und dem Prinzessinenturm warnend schneller zu schlagen, aber ich achte nicht darauf, drehe mich um und gehe schnell zu dem Zimmer an seinem düsteren Ende. Schlafzimmer 3. Es muss auch einen Namen gehabt haben, aber ich erinnere mich nicht daran. Als ich vor der Tür stehe, deren mattschwarzes Blatt völlig verstaubt ist, merke ich, dass ich die Arme fest um den Oberkörper geschlungen habe, um die engen Flurwände nicht berühren zu müssen. Ich schüttele die Arme aus und atme erneut durch. *Herrgott noch mal, mach schon.* Aber als ich die Finger um die Klinke schließe, höre ich El in meinem Ohr kreischen: *Geh da nicht rein! Da dürfen wir niemals rein!*, und dann Mums Stimme – höher, schärfer, die wie immer jede Meinung und jeden Widerspruch ausschließt – *Wenn ihr da jemals reingeht, reiß ich euch den Kopf ab, hört ihr?*

Ich höre.

Ich lasse die Klinke los, gehe rückwärts, weil ich der Tür nicht den Rücken zuwenden möchte, bis ich wieder auf dem Treppenabsatz in warmem, goldenem Licht stehe. Ich zittere heftig und lange, ohne zu wissen, warum. Das Warum juckt mir unter der Haut; ich kann es fühlen, aber nicht so stark, dass ich es kratzen will.

Hör auf. Nur Geister. Das ist alles.

Ich schaffe es, wieder langsamer zu atmen. Gehe hinüber zu Schlafzimmer 5, stoße die Tür auf. Grandpa nannte es den Maschinenraum, weil das Zimmer das schlagende Herz, die Kraft des Hauses war. Das solide Doppelbett aus Eichenholz und der Schrank stehen noch da, auch der große hässliche Schreibtisch, an dem er immer arbeitete. Ich erinnere mich an das laute Rauschen des Radios; sogar noch mit seinen Hörgeräten war Grandpa so taub, dass das ganze Haus am Ende eines Samstagnachmittages jedes einzelne Fußballergebnis kannte. Aber das Radio ist nicht mehr da. Keine Berge von Schrauben und Bolzen und Sprungfedern, verstümmelten Maschinen und Motoren. Es riecht nicht mehr nach Öl und warmem Metall. Das Herz des Hauses, der Maschinenraum, hat vor langer Zeit aufgehört zu schlagen.

Der Prinzessinnenturm war Mums Schlafzimmer. Ein Kloß bildet sich in meiner Kehle, sobald ich die Tür öffne und das kleine Einzelbett an der Wand sehe, das pinkfarbene Kissen und die Daunendecke, den weißen Schminktisch mit pinkfarbenen Rüschen und dem gepolsterten Hocker davor. Ich schaudere, denn trotz allem, was Ross gesagt hat, fühlt sich dies hier so *wirklich* an, so unverändert, als wäre es zwei Jahrzehnte lang in der Zeit erstarrt. Als hätte Mum eben das Zimmer verlassen. Sie ließ uns nur selten ein, erinnere ich mich, meist, um uns vorzulesen, und schon als Kind wunderte ich mich darüber, wie wenig diese pinkfarbenen Spitzenrüschen zu unserer strengen und entschieden unrüschigen Mutter passten. Und wie gut sie stattdessen zu einer Prinzessin gepasst hätten.

Sie stammte aus einer von Mums Lieblings-Gutenachtgeschichten: eine Feenprinzessin namens Iona, weil das »wunderschön« bedeutet, und sie war die schönste Prinzessin der Welt. Ich setze mich aufs Bett, schaue zum großen Fenster, das auf die Westeryk Road hinausgeht, und erinnere mich an die träge, beruhigende Wärme von Mums Handfläche auf meinem Haar. Eines schrecklichen Tages wurde die Feenprinzessin von einer bösen Hexe ihrer Mutter entrissen und entführt. Die Hexe schnitt ihr die Flügel ab und hielt sie in einem Turm gefangen, der so hoch war, dass niemand wusste, wo sie sich befand. Aber die Prinzessin war nie traurig oder hatte Angst. Denn sie wusste, dass sie eines Tages fliehen würde. Eines Tages würde ihr goldenes Haar so lang sein, dass sie es an ihren Bettpfosten binden und als Seil benutzen konnte, um daran nach unten zu klettern.

Aber wie soll sie ihr Haar danach wieder vom Bettpfosten losbinden?, fragte El einmal.

Und Mum hörte auf, unser Haar zu streicheln. *Sie schneidet es einfach ab.*

Im Haus gab es nie einen Fernseher. Und der einzige Radioapparat – Grandpas Transistorgerät – war heilig. In unserem Leben gab es nur die Geschichten. Mum hatte viele Regeln, aber dass wir lesen sollten, dass wir alles, was wir je im Leben brauchen würden, aus Büchern lernen konnten, diese Regel war absolut und völlig unerschütterlich. Einige Geschichten wie die vom Prinzessinnenturm waren merkwürdige Mischungen aus den Märchen in *Tausendundeine Nacht* oder jenen der Gebrüder Grimm; einige las sie vor. Darin ging es um die Fantasieländer Narnia oder Mittelerde, um die Schatzinsel oder Neverland; die meisten aber waren ganz und gar selbst ausgedachte Geschichten über Piraten und Prinzessinnen, Heldinnen und Ungeheuer. Alle waren erschreckend aufregende, belehrende Geschichten für die Unwissenden, die Naiven, die Feigen und die Dummen.

Schneeweißchen ist still und sanft. Sie sitzt zu Hause und hilft bei der Hausarbeit oder liest ihrer Mutter vor. Rosenrot ist wild. Sie rennt gern herum und lacht und fängt Schmetterlinge. Ihr Atem kitzelt auf unserer Haut. *Ihr müsst euch immer an den Händen halten.* Ihre Finger schließen sich um unsere Haarsträhnen. *Verlasst euch nie auf jemand anderen. Traut niemandem außer euch selbst.* Sie riss und zwirbelte unsere Haare, bis uns die Tränen in die Augen traten. *Ihr werdet immer nur einander haben.*

Ich stehe hastig auf und reibe mir über die Gänsehaut auf den Armen. Aber ich verlasse das Zimmer nicht. Ich trete an den weiß lackierten Schrank neben dem Fenster, in dem Mum früher unsere Bücher aufbewahrte, und öffne die Tür. Zwischen turmhohen Stapeln an Taschenbüchern starrt mir El mit ihren graublauen Augen entgegen, und ich taumele rückwärts gegen die Wand. Ihr Gesicht ist bleich, aschfahl. Um ihre Augen und um den Mund sind neue Falten entstanden, die so aussehen wie meine. Die Farbe ist dick und grob aufgetragen, wie mit einem Messer. Der Hintergrund ist ein großer Spiegel; eine Spiegelung in der Spiegelung in der Spiegelung, ihr dunkles, müdes Gesicht wird immer kleiner in der Unendlichkeit. So viele Els, dass man sie nicht mehr zählen kann.

Sie anzusehen war natürlich immer, als schaute ich in einen Spiegel. *Zwillingsgeburten liegen bei uns in der Familie*, sagte Mum, aber wir waren etwas anderes. *Besonders, eine Seltenheit wie Höhlenschwalme oder der Kalifornische Kondor. Mehr als einhunderttausend andere Kinder müssen geboren werden, bevor eine Mutter so besondere Kinder bekommt, wie ihr es seid.* Sie besaß ein Buch mit komplizierten Diagrammen, mit eingerollten Föten, die sich im Unterleib an den Händen hielten. Das Ei teilte sich erst mehr als eine Woche nach der Befruchtung, und das bedeutete, dass wir mehr als nur zwei Hälften eines Ganzen waren. Wir waren Spiegelzwillinge. Mum zog uns immer ganz genau gleich an: selbst gemachte Schürzenkleidchen und weiße, hochgeschlossene Blüschen; karierte Kleider, die uns bis weit über die Knie reichten. Sie setzte uns auf ihren pinkfarbenen Schemel, sah sich mit glänzenden Augen unsere Reflexion im Schminktischspiegel an und band unser langes blondes Haar zu Zöpfen.

Ein paar Tage später, dann wärt ihr zu jemand anderem verschmolzen, so wie Sand und Kalk zu Glas werden.

Die Vorstellung hatte mir Angst gemacht. Als wären wir nur knapp der Gefahr entgangen, ein Monster zu werden.

Ich starre Els Selbstporträt an. Sie ist wütend – sie *kocht* geradezu vor Zorn. Ich sehe den Hass in ihren Augen, sehe, wie sie die Lippen vor den zusammengebissenen Zähnen aufeinanderpresst. Aber unter all der Wut liegt Angst. Ich kenne sie immer noch gut genug, um das zu sehen. Ich frage mich, wer die Angst in sie hineingepflanzt hat. Und warum sie das Bedürfnis hatte, sie zu malen. Ich schaue auf meine Handgelenke und erinnere mich widerstrebend daran, wie sich ihre Fingernägel hineinkrallten. Tief genug, um rote Abdrücke zu hinterlassen, die später violett und gelb wurden.

Ich hasse dich. Geh weg. Ich will nur noch, dass du weg bist. Das Knurren in ihrer Stimme, der kalte Triumph in ihrem Blick. *Dass ich nie mehr an dich denken muss.*

Ich schließe die Schranktür, lehne mich dagegen, mein Herz pocht. Wie kann ich Ross sagen, dass sie nicht tot ist? Wie kann ich es erklären? Denn selbst damals, als sie mich so verletzte, wusste ich, dass das, was sie sagte, nicht wahr war; ich kannte sie gut genug, um den Schmerz unter all der Wut zu erkennen. Ich spürte ihn. Wir waren auf viel zu vielen Ebenen tatsächlich wie Sand und Kalk.

Als wir sechs Jahre alt waren, fiel El vom Alten Fred. Ich lag mit Grippe im Bett, im Kopf und in der Brust diese stickige Hitze und in Gedanken die Sorge, ob ich daran sterben könnte, aber ich spürte ihre Schreie dennoch, als kämen sie aus meiner eigenen Kehle. Ich spürte den Schrecken beim Sturz durch die Äste, den Schock beim Auftreffen auf den Boden, den schlimmen Schmerz, der vom Fußgelenk ins Knie aufstieg. Grandpa sagte, es sei nur eine Verstauchung, und innerhalb einer Woche war El wieder lebendiger als ich. Sie brachte mir Heiße Zitrone und Gänseblümchen aus dem Garten, sodass wir daraus Ketten flechten konnten, während ich, immer noch ein wenig schwindelig und fiebrig, im Bett lag. Als man ihr zum ersten Mal erlaubte, mich zu besuchen, erzählte ich ihr, wie sehr es wehgetan hatte, als sie vom Baum fiel, und ihre Augen wurden ganz rund und groß.

Mir ist schwindelig geworden, sagte sie. *Meine Brust und mein Kopf waren voller Schwindel, und ich konnte nicht mehr atmen. Deshalb bin ich heruntergefallen.*

Hinterher versuchte sie immer zu beweisen, was ich für bereits erwiesen hielt. Es war wie ein Spiel für sie: Es machte ihr überhaupt nichts aus, sich aus Bäumen oder die Treppe hinunterzustürzen, solange sie den Schmerz, die Angst, die Gefahr mit mir teilen konnte. Ihre Arme und Beine waren ständig mit Kratzern und blauen Flecken übersät. Egal, wie sehr ich auch bettelte, wie sehr sich mein Leben auch anzufühlen begann wie ein Minenfeld, durch das ich mit den Beinen von jemand anders gehen musste. Egal, wie erstarrt ich vor all den Höhen stand – dieser schwindelerregende Schrecken, wenn ich darauf wartete zu fallen. Der Schwindel ließ lediglich nach, wenn ich dieses Haus verließ. El lachte dann nur aus den Tiefen ihres Bauches und lange, und danach umarmte sie mich fest, bis auch das wehtat.

Am dritten April schlief ich bis zehn, weil ich lange aufgeblieben war, um einen überfälligen Artikel für ein Lifestyle-Magazin fertigzustellen: »Zehn Signale der Körpersprache, die beweisen, dass er dich betrügt«. Nach einem Frühstück, das nur aus Kaffee bestand, ging ich die Strandpromenade von Venice Beach entlang, schlenderte an den Buden, Touristen und Bob-Marley-Flaggen vorbei, an den Schauspielern, Wahrsagern und Künstlern. Als der Tag zu heiß wurde, setzte ich mich im Schatten von

Palmen auf eine Bank und schaute dem Leben zu, das an mir vorbeizog, atmete es ein, als wäre ich ein Teil von ihm. Ich überlegte träge, in welchen Nachtclub ich später noch gehen würde, was ich anziehen würde, wessen Hände mich berühren würden.

Gegen fünf kehrte ich in meine Wohnung zurück, schlief eine Stunde, duschte, zog ein kleines Schwarzes und viel zu hohe Schuhe an. Ich stolperte über die Stufe zum Balkon hinunter und ließ beinahe meine offene Weinflasche fallen. Sie glitt nass und kalt zwischen meinen Fingern hindurch. So schnell hatte mein Herz den ganzen Tag nicht geschlagen. Ich setzte mich auf den Balkon, rieb mir den angestoßenen Zeh, trank meinen Wein und sah zu, wie die Sonne am Horizont unterging und den Pazifik blutrot färbte. Ich fühlte nichts. So wie an jedem anderen Tag. Und auch seither habe ich nichts gefühlt. Keinen Schrecken, keinen Schock, keine Qual. Kein aufgeregtes Kribbeln im Bauch, keine fremde, bodenlose Angst. Nichts ist aus mir herausgerissen worden, nichts hat geendet. Alles ist ganz genau wie immer. El liegt nirgends mit Schmerzen in der Dunkelheit. Und sie ist nicht tot. Ich hätte es gespürt. Ich hätte es gewusst. Egal, wie sehr wir einander entfremdet sind. Ich würde es wissen.

*

Ich gehe in die Küche. Besser, ich bringe alles auf einmal hinter mich. Mums alter Küchenherd – der groß, hässlich und aus schwarzem Gusseisen ist – sieht aus, als wäre er noch in Gebrauch: Ein Kessel steht auf der Wärmeplatte, ein Haufen Asche liegt im Kohlenofen. Ich sehe die Locken in Mums Nacken, ihre abfallenden Schultern, sehe, wie sie rührt und den Kopf schüttelt, den festen Knoten der Schürze um ihre Taille, die schief getretenen Absätze ihrer Schuhe. Die Fenster beschlagen von oben nach unten, und der Garten dahinter verschwindet. Bleiche und Lavendel, scharfe schottische Brühe und die süßen Zitronenkuchen, die wir manchmal nach der Schule buken. Der große Holztisch mit seinen alten Kratzern, Dellen und Flecken nimmt immer noch den größten Teil des Raumes ein. Ich sehe Grandpa mit seinem glänzenden Schädel und den breiten Koteletten, der sein schlechtes Bein auf den Nachbarstuhl gelegt hat, wie er seine Herzmedikamente einwirft wie orangefarbene TicTacs, wie er mit seinen großen Fäusten auf die Tischplatte schlägt, ob er nun glücklich, wütend oder traurig ist.

Ich sehe Mum, wie sie sich vom Herd abwendet. Sie hat die Augen verengt, und die Haut außen herum sieht so zerknittert aus wie nasses und wieder getrocknetes Zeitungspapier. Suppe klatscht von ihrer Kelle auf den Boden, und sie hat die Stimme erhoben, damit Grandpa sie hören kann. *Drei Mal am Tag wird in Edinburgh jemand erstochen.* El und ich sind vielleicht acht, neun Jahre alt, mehr nicht, weil Mums Haar noch hell ist, beinahe so blond wie unseres, und wir sehen Grandpa mit aufgerissenen, erschreckten Augen an, bis er grinst und seine weißen Zähne zeigt. *Armer Kerl, was?*

Er kam aus dem East End von Glasgow, war aber schon seit seinem sechzehnten Geburtstag als Techniker auf den Fischkuttern der Nordsee unterwegs gewesen. Gran war an Krebs gestorben, als Mum noch ein Teenager war. Jedes Jahr an ihrem Todestag schloss Mum sich in ihrem Zimmer ein und kam erst am nächsten Tag wieder heraus. Aber nicht so Grandpa. Er war wild entschlossen, sich nicht aus der Ruhe bringen zu lassen. Er war wie eine Karikatur in einer von Mums Geschichten: Ein hartes Leben, das einen harten Mann hervorgebracht hatte, dessen Welt sich weder verändert noch vergrößert hatte, egal, auf wie vielen Schiffen er mitgefahren war oder wie viele Orte und Menschen er kennengelernt hatte. Aber er verbrachte auch ganze Sommer im Garten hinter dem Haus nur mit El und mir. Er picknickte dann mit uns, lachte und machte bei unseren endlosen Schatzsuchen mit; an Regentagen baute er drinnen die tollsten Deckenburgen und -schlösser. Wenn er zum Markt in Leith fuhr, saßen wir stundenlang am Küchentisch und warteten darauf, dass wir sein schief gepfiffenes *Bluebell Polka* oder *Lily of Laguna* hörten und seinen unverkennbaren Umriss durch die gläserne Flurtür humpeln sahen. Seine Canvas-Tasche war dann voller Medikamente und Süßigkeiten und baumelte von seinem Ellenbogen. Er war die Rettung für Mums wahllose Ängste und Vorahnungen. Er saß immer still da, abgesehen von den Händen, die sich ständig bewegten, und tat so, als hörte er ihrem leisen, drängenden Flüstern zu. Dabei verdrehte er die Augen, während sie sich aufplusterte.

Angst verleiht winzigen Dingen große Schatten, Schätzchen. Wirf sie einfach in den Scheiß-drauf-Eimer.

Hier lebten wir. El, Mum, Grandpa und ich. In diesem gemütlichen, hässlichen Raum. Ich lächle und schaue mir die schiefen beigefarbenen Holzschränke an. Den alten Boiler, dessen Rohr in einen versteckten Abzug führt, in den sich ständig Vögel verirrten. Ich hörte ihnen dann zu, wie sie kratzten und flatterten, und die Geräusche klangen so gedämpft, als wären sie unter Wasser.

Unter dem hängenden Gestell zum Wäschetrocknen steht ein neuer Kühl- und Gefrierschrank von Smeg in einem völlig unpassenden Saphirblau. Und hinter den riesigen georgianischen Fenstern mit ihren vielen kleinen Glasscheiben in Hartholz-Sprossen stehen die alten Apfelbäume. Der Wind bewegt ihre Zweige.

Ich drehe mich wieder um zur offenen Tür in den Flur und zur Standuhr, dem Telefontisch, all den Porzellantellerchen mit den Vogelmotiven darauf. Mein Magen fühlt sich ganz hohl an. Ich weiß, dass man leicht dazu verführt werden kann, etwas zu glauben, was nicht real ist. Besonders, wenn man es glauben will. Aber dieses Haus ist mehr als nur alte Erinnerungen. Es ist wie ein Museum, ein Mausoleum. Oder ein Katastrophenmoment, gut erhalten wie eine Leiche unter Ruß und Asche.

Musste El es deshalb kaufen? Wollte sie es mit all dem wieder füllen, was verloren war? Hatte sie die Versteigerungsmeldung in der Zeitung gesehen und mehr aus Neugier heraus eine Besichtigung vereinbart, ohne vorher zu wissen, dass es sein würde, als kehrte sie wieder in ihre Kindheit zurück? Es war sicher schwierig, nehme ich an, hierherzukommen und dann wieder fortzugehen, dem Sog dieses Hauses zu widerstehen. Obwohl ich eigentlich immer die Sentimentalere von uns beiden war. El beherrschte schon die Kunst, Dinge in den Scheiß-drauf-Eimer zu werfen, bevor wir in die Pubertät kamen.

Ich hole den Handbesen und die Schaufel, die Ross auf dem Boden hat liegen lassen, und fege alle Porzellanscherben auf, die ich finden kann. Ich durchquere die Küche zur Spülküche dahinter und bleibe abrupt vor dem Herd stehen. Ich starre auf die lange Fuge zwischen zwei Fliesen, die gerissen und ganz schwarz ist. Mein Herz setzt einen Schlag aus. Plötzlich ist mir übel, und ich schaue hastig weg.

Eine Glocke klingelt – laut und plötzlich und ganz in der Nähe. Mein Herz setzt wieder einen Schlag aus und beginnt dann zu galoppieren. Ich drehe mich um, mein Magen zieht sich zusammen, Finger und Zehen prickeln, und mein Blick fällt sofort auf das hölzerne Glockenbrett an der Küchentür:

Esszi. Wohnzi. Speisekammer Badezi.
Schlafzimmer
1 2 3 4 5

Alle Kupfer- und Blechglocken hängen an einer Feder, an jedem Klöppel befindet sich ein sternförmiges Pendel. Und jeder Raum im Haus, mit Ausnahme der Küche, hat einen Klingelzug: einen Hebel aus Messing und Keramik, der mit den langen Kupferdrähten verbunden ist, die in der Wand versteckt sind, unter den Leisten und dem Putz. Immer, wenn einer der Hebel in Bewegung gesetzt wird, ziehen die Drähte an Zapfen und Kurbeln und leiten die Bewegung weiter durch Zimmer, Flure und Etagen, bis sie in der Küche ankommt, wo sie die Spiralfeder einer der Glocken erschüttert, sodass diese laut und lange klingelt. Ich erinnere mich daran, wie diese Pendel noch Minuten weiterschwangen, nachdem das Klingeln schon aufgehört hatte. Manchmal, wenn El oder ich raten wollten, welche Zimmerglocke die jeweils andere geläutet hatte, stellten wir uns in die Eingangshalle. Ein Telepathietest, der niemanden überzeugte, weil jede Glocke einen ganz speziellen Klang hatte. Das Spiel langweilte uns bald; nur Mum schien es zu lieben. Sie klatschte in die Hände oder schenkte uns eins ihrer seltenen begeisterten Lächeln, wenn wir richtig rieten.

Das Klingeln ertönt erneut, lauter, schriller, und ich zucke zusammen. Ich starre die Glocke unter Schlafzimmer 3 an, als mir etwas ins Ohr flüstert:

Ein Ungeheuer ist im Haus.

Ich schaudere und beiße mir auf die Zunge. Keine der Glocken bewegt sich, auch keins der Pendel. Aber ich brauche viel zu lange, bis ich begreife, dass das Klingeln von der Haustür kommt. *Herrgott noch mal.* Ich gehe zurück in den Flur und atme langsam und gleichmäßig. Das ist nur der Jetlag. Das ist alles. Die Glastür steht offen. Die große rote Tür ist zu. Ich gehe auf Zehenspitzen auf den Spion zu, aber als ich hindurchspähe, sehe ich nur den Weg, das Gartentor, die eckig geschnittenen hohen Hecken. Es ist niemand da.

Meine Zehen berühren etwas Glattes und Kühles. Einen Umschlag, der auf der Türmatte aus Sackleinen liegt. **CATRIONA** steht in schwarzen Blockbuchstaben darauf. Keine Briefmarke und kein Stempel. Ich zögere, ihn aufzunehmen, tue es aber natürlich. Meine Finger sind ganz ungeschickt, als sie den Umschlag aufreißen, und ziehen die Karte heraus. Es ist eine Beileidskarte: eine schmale Vase voller cremefarbener Lilien, die mit einer Schleife zusammengebunden sind. Eine geprägte goldene Kursivschrift: *Ich denke an dich.*

Ich gehe zurück in den Flur und schließe die Tür. Verriegele sie. Öffne die Karte.

GEH

KAPITEL 4

Detective Inspector Rafiq ist eine dieser Frauen, die man zwar irgendwie gern wäre, aber dann doch wieder froh ist, nicht zu sein. Sie ist schlank und klein, doch ihre Stimme ist laut und ungeduldig, und sie spricht mit einem Glasgower Akzent, der mühelos alles andere übertönt. Ihr Haar ist schwarz, ihre Kleider sind schwarz, ihr Händedruck ist überraschend warm.

»Bitte, Miss Morgan, setzen Sie sich doch«, ist das Erste, was sie zu mir sagt, als wäre das hier ihr Haus.

Wir sind im Thronsaal. Ich habe keine Ahnung, warum. Auch hier ist die Zeit stehengeblieben: goldene, mit filigranen Mustern bedeckte Tapeten, ein gold und schwarz gemusterter Teppich. Der Esstisch ist mit einem Leinentuch bedeckt, aber die Stühle sind dieselben riesigen und schweren Mahagonithrone, nach denen das Zimmer benannt ist. Ihre Rückenlehnen sind gerade und verziert, und in den Schnitzereien finden sich dieselben Wirbel wieder wie im Muster des Teppichs. Als ich mich setze und DI Rafiq sich mir gegenüber niederlässt, fühle ich mich sofort wie in einem Verhörraum. Vielleicht sind wir deshalb in diesem Zimmer.

»Ich heiße Cat. Die Kurzform von Catriona.« Ich habe die Beileidskarte in meiner Jeanshosentasche. Ich habe darauf geschlafen – oder genauer, ich habe mich mit ihr im Bett herumgewälzt – und bin zu dem Schluss gelangt, dass sie von El kommen muss. Sie musste wissen, dass ich zurückkommen würde. Und niemand anders, abgesehen von Ross oder jetzt der Polizei, weiß überhaupt, dass ich hier bin.

»Ich heiße Kate.« Ihr Lächeln entblößt zwei hübsche Zahnreihen.

Ross ist in der Küche und klappert mit Geschirr. Kate Rafiqs Kollege, ein junger, lächelnder Typ namens Logan, sitzt zu meiner Rechten. Ich glaube, sie hat ihn mir als Detective Sergeant vorgestellt, und ich habe genügend beschissene Polizeiserien geschaut, um zu wissen, dass das bedeutet, dass sie seine Vorgesetzte ist. Er hat dunkles, ziemlich lächerliches Haar: schlapp und gegelt oben, abrasiert an den Seiten und am Hinterkopf. Sein Bartschatten ist absichtlich absichtslos gehalten. Er sieht aus wie ein überbezahlter Fußballer. Und er sitzt viel zu nah; ich höre sein leises, langsames Ein- und Ausatmen. Mit ihm neben und Rafiq vor mir fühle ich mich eingepfercht. Und gereizt, denn ich fühle mich außerdem scheiße, verkatert, ohne mir einen Kater verdient zu haben, und jetzt zwingt mich El auch noch zu dieser Tortur. Es ist mir egal, ob die Polizei, wie Ross, glaubt, dass ihr irgendetwas zugestoßen sei – dass sie glauben, sie könne sogar tot sein. Denn das ist sie verdammt noch mal nicht.

»Die Ähnlichkeit ist wirklich erschreckend«, sagt Rafiq und schüttelt den Kopf, wobei ihr glatter Pferdeschwanz ins Schwingen gerät.

»Wir sind eineiige Zwillinge«, sage ich.

»Ach so, das stimmt.« Sie interessiert sich für meine Feindseligkeit, beugt sich vor, stemmt ihre Ellenbogen ins Tischtuch. Und ich bedaure plötzlich, meine guten Jeans und die fließende Seidenbluse angezogen zu haben. Das ist viel zu gekünstelt. Zu viel, was nicht ich bin. Zu sehr, das begreife ich plötzlich, wie El.

»Sie sind aus L.A. gekommen, stimmt das?«

»Venice Beach. Das ist südlich von Santa Monica.«

Sie zieht die Augenbrauen hoch. »Wie lange haben Sie dort gelebt?«

»Zwölf Jahre.« Ich schaue aus dem Fenster. Ein roter Doppeldecker ächzt vorbei und bringt die Fensterscheiben zum Klirren.

»Und was tun Sie so, Catriona?«

»*Cat.* Ich bin freie Journalistin, hauptsächlich für Zeitschriften, hin und wieder für digitale Medien. Lifestyle-Artikel, Essays. Ich habe einen Blog, eine Website, einen verifizierten Twitter-Account mit über sechzehntausend Followern.« Ich verstumme und senke den Blick auf den Tisch. Selbst in meinen eigenen Ohren klingt das lächerlich.

»L.A. ist ziemlich weit weg von Leith. Darf ich fragen, warum Sie Schottland überhaupt verlassen haben?«

Ich rutsche auf die Stuhlkante vor. »Was hat das – was hat irgendetwas davon damit zu tun, dass El verschwunden ist?«

Wieder zeigt sie mir die hübschen Zähne. »Ich versuche nur, einen Eindruck von El zu bekommen, das ist alles. Jedes Fitzelchen Information hilft. Und es kommt mir merkwürdig vor, dass zwei eineiige Zwillinge so weit entfernt voneinander wohnen. Wie oft sind Sie denn in den letzten zwölf Jahren zurückgekommen?«

»Gar nicht.«

»Ross sagt, Sie und El hätten ein Zerwürfnis gehabt, bevor Sie gegangen sind.«

»Wir waren uns einfach nicht mehr so nah. Das ist manchmal so. Und dann bin ich gegangen. Das ist alles.«

»Also gab es keinen besonderen Grund für den Umzug? Oder dafür, dass Sie nie wiedergekommen sind?« Sie schweigt einen Augenblick. Dann setzt sie hinzu: »Zwölf Jahre lang?«

Ich kämpfe gegen den Drang an aufzustehen; das würde einen ganz falschen Eindruck vermitteln. »Ich hatte genug von Edinburgh und bin weggezogen. Ich habe immer noch genug davon, deshalb bin ich nicht wiedergekommen. *Das ist alles.*«

Sie schweigt, und ich falle viel zu schnell darauf herein.

»Wollen Sie damit andeuten, dass ich etwas mit diesem Shitstorm zu tun habe?« Und ich merke, dass ich jetzt doch stehe. Der Thron hinter mir wackelt und balanciert gefährlich auf seinen hinteren Beinen. »Dass El und ich einen Riesenkrach hatten und ich dann in meiner Wut nach Amerika ausgewandert bin, um von dort aus zwölf Jahre lang ihren Tod zu planen?«

»Also glauben Sie, dass Ihre Schwester tot ist?«, fragt Rafiq. Mir entgeht der schnelle Blick nicht, den sie mit Logan wechselt.

»Im Gegenteil«, sagt Ross, der die Tür mit den Ellenbogen aufschiebt und dann ein Tablett auf den Tisch stellt. Sein Lächeln ist angespannt. Er drückt den Filter der Stempelkanne herunter. »Sie glaubt, El hätte all das nur gemacht, um Aufmerksamkeit zu bekommen.« Er sieht ein wenig ausgeschlafener aus, aber seine Augen sind immer noch rot und geschwollen. Und seine Stimme ist rau, angespannt und dünn. »Oder?«

Ich setze mich seufzend wieder hin. Offenbar habe ich meine Gefühle nicht so gut verborgen, wie ich dachte. Logan atmet weiter leise und langsam neben mir, als schliefe er.

»So etwas tut sie eben«, sage ich. »Genau so etwas würde sie tun. In ein paar Tagen spaziert sie wieder durch die Tür und fordert einen Wochenendtrip nach Paris und eine Entschuldigung.« Ich werfe Ross einen Blick zu. »Für was auch immer du getan hast.« Logan neben mir atmet schwerfällig ein, und ich wende mich ihm mit heißem Gesicht zu. »Können Sie auch *sprechen*?«

Logan blinzelt und grinst dann, entblößt dabei gute Zähne und noch bessere Grübchen. »Jawohl.«

»Na schön«, sagt Rafiq. »Sie haben recht, Catriona, wir kennen El nicht so gut wie Sie, aber wir müssen sie als vermisst behandeln, bis wir mehr wissen, das ist eben unser Job. Also fangen wir noch mal von vorn an, oder?« Ihr Lächeln ist jetzt wärmer, aber ich weiß, dass ich besser den Mund gehalten hätte. Gar nichts gesagt hätte.

»Ich bin die ermittelnde Beamtin in Els Vermisstenfall. Das bedeutet, dass ich praktisch dafür verantwortlich bin.« Sie schaut ihren Kollegen an. »Logan, beweis ihr doch mal, dass du gar nicht stumm bist, und fass mal alles für uns zusammen, bevor wir die aktuellen Ergebnisse durchgehen.«

Ross hat jetzt allen Kaffee eingeschenkt und setzt sich schwerfällig hin. Logan nickt, holt ein winziges Notizbuch heraus und blättert darin herum.

»Okay. Ellice MacAuley wurde am dritten April gegen halb sieben Uhr abends vom Bootsführer des Royal Forth Yacht Club als vermisst gemeldet. Er brachte sie zu ihrer Ankerstelle im East Harbour um acht Uhr morgens, ungefähr eine Viertelstunde nach Hochwasser.«

Flut. Nur jetzt konnte man die Segel setzen, um aufs offene Meer hinauszufahren. Ich denke an Dunkelheit und einen kalten roten Himmel, an die weite, kabbelige Förde und den Geruch nach Blut: metallisch und dunkel.

»Die Überwachungskameras haben sie aufgenommen, als sie zu Fuß im Lochinar Drive ankam. Die Untersuchung ihres Laptops hat ergeben, dass sie sich in das Automatische Identifikationssystem eingeloggt hat, um die Schiffspositionen in der Firth of Forth zu überprüfen.« Logan schaut hoch. »Offenbar ist das die normale Prozedur, bevor man Freitzeitsegeln geht. Sie sagte dem Bootsführer, sie plane, nach Anstruther zu segeln, dort zu Mittag zu essen und dann zurückzufahren. Sie legte allein in ihrer kleinen Daysailer-Yacht – der *Redemption* – ungefähr zehn Minuten später ab.«

Er befeuchtet den rechten Zeigefinger mit der Zunge und blättert um, ohne aufzuschauen. Das regt mich auch auf, da es mir affektiert vorkommt. Haben die denn heutzutage keine Smartphones oder Tablet-Computer für derlei Dinge?

»Ein gewisser Robert McLelland, Skipper eines Fischkutters namens *Sea Spray*, berichtete später, um acht-fünfzig morgens eine Segelyacht eine Seemeile nordöstlich von Inchkeith gesehen zu haben. Laut Aussage der Küstenwache waren die Wetterbedingungen, besonders die Windgeschwindigkeit, dergestalt, dass sie in Anstruther gegen elf Uhr vormittags hätte ankommen müssen, spätestens gegen Mittag. Als sie um sechs Uhr abends nicht wieder nach Granton Harbour zurückgekehrt war, kontaktierte der Bootsführer Anstruther, wo man keinerlei Nachricht von ihrer Ankunft hatte. Erst da meldete der Yacht Club bei der Polizei und der Küstenwache eine Person als vermisst.

Den Zeugenaussagen und der Risikobewertung gemäß klassifizierte der diensthabende Beamte Ellice MacAuley als Risiko-Vermisstenfall. Ihr Ehemann, Dr. Ross MacAuley, wurde sofort kontaktiert, und er sagte, er sei auf dem Rückweg von einer Konferenz in London. Entschuldigung«, sagt Logan, schaut auf und lässt kurz seine Grübchen sehen. »Ein bisschen schwerfällig ausgedrückt, dieser Teil.«

Rafiq verdreht die Augen.

»Ähm, okay. Die MRCC – das ist die Koordinationsstelle der Seenotrettung in Aberdeen – hat James Paton zum Koordinator der Suchaktion bestimmt.«

Der fette, selbstgefällige, hängebackige Revolverheld. *Unter diesen Umständen kann ein Mensch nicht länger als drei Stunden im Wasser überleben.*

»Die hiesigen Einheiten der Küstenwache und der Seenotrettung sind hierher versetzt worden, um die Küste zu durchkämmen. Zwei Boote der Seenotrettung wurden losgeschickt, aus South Queensferry und Kinghorn, und aus Preswick ist ein Seenothubschrauber gekommen, um rund um die Stelle in der Nähe von Inchkeith im Norden zu suchen, wo die Person zuletzt gesichtet wurde, und um Anstruther Harbour im Nordosten herum.«

Logans genauer, pingeliger Bericht bringt mich dazu, nach Ablenkung zu suchen. Trotz meiner Überzeugung – und trotz all dem Groll und meiner Gewissheit – fühle ich mich langsam etwas unbehaglich. Mir ist flau. Plötzlich habe ich ein weiteres unwillkommenes Bild vor Augen: El, die sich an einem wackeligen Mast und einem wild flatternden Hauptsegel festhält; wie sie schreit, lacht, ihre Zähne dem Wind und dem Licht der schwingenden Laterne entgegenbleckt – und ich will erneut aufstehen.

Stattdessen falte ich die Hände und konzentriere mich auf die Kondenswassertröpfchen in der leeren Stempelkanne.

»Gegen acht Uhr abends gab es keine weiteren bestätigten Sichtungen, weder der Yacht noch von Ellice MacAuley, und der MRCC wurde mitgeteilt, dass von der Nordsee aus eine Schlechtwetterfront hereinkomme. Moment …«

Noch mehr Blättern im winzigen Notizbuch. »Ich habe hier irgendwo den Seewetterbericht …«

Ross' Kopf senkt sich noch weiter. Er verschränkt die Hände in seinem Nacken. Ich schlucke.

»Lassen Sie das aus«, sagt Rafiq.

»Gut. Okay, also, der Fall wurde der nationalen Vermisstenstelle übergeben. Von dort hat die Kriminalpolizei den Fall unter der Leitung von DI Kate Rafiq übernommen. Bei Ross MacAuleys Ankunft an seiner Adresse in Leith gegen elf Uhr abends habe ich seine Personalien aufgenommen und ihn auf seine Bitte hin nach Granton Harbour gefahren.«

Plötzlich begreife ich, dass es Logan war, der neben Ross auf diesem schrecklichen zweiten Foto stand, auf dem Ross aufs Meer hinausschaut, schreit und die Arme wie einen Schutzschild vor sich hält.

»Die Suche wurde um elf Uhr fünfundvierzig wegen der sich rapide verschlechternden Wetterverhältnisse abgebrochen und am vierten April um neun Uhr morgens fortgesetzt. Sie wurde durch die schlechte Sicht und wiederholte Störungen seitens der Medien behindert. Am Nachmittag wurde das Suchgebiet auf die Nordsee ausgeweitet. Alle Handelsschiffe in diesem Bereich wurden alarmiert und erhielten eine Beschreibung sowohl der *Redemption* als auch von Ellice MacAuley. Bislang wurden beide nicht mehr gesichtet.«

Logan räuspert sich und schlägt eine weitere winzige Seite auf. Ich merke, dass ich die Luft anhalte, und zwinge mich auszuatmen.

»Die Seenotrettung ist der Meinung, dass es hochwahrscheinlich ist, dass das Boot entweder von anderen Schiffen oder von der Küste aus gesichtet worden wäre, wenn es auf seiner Fahrt von Anstruther zurück in Schwierigkeiten geraten wäre. Überdies ist der Hauptmast so lang, dass es sehr unwahrscheinlich wäre, dass das Boot hätte sinken können, ohne dass dieser über der Wasseroberfläche zu sehen wäre. Wenn Ellice MacAuley in Schwierigkeiten geraten wäre, zum Beispiel indem sie über Bord ging, ist die derzeitige Wassertemperatur so niedrig, dass sie innerhalb einer Stunde bewusstlos geworden wäre und vermutlich nicht mehr als drei Stunden im Wasser überlebt hätte. Und das Boot wäre entweder auf Grund gelaufen oder bei ablaufendem Wasser entdeckt worden.

Die *Redemption* war mit einem ISO 9650 Rettungsboot ausgestattet. Ellice MacAuley hatte überdies ein aufblasbares Gumotex-Kayak zur Verfügung, das sie oft benutzte, um von der Yacht zum Ufer und zurück zu gelangen. Wir haben Beschreibungen von beiden ausgegeben. Es hat keinen Notruf gegeben, auch kein Signal ihres GPS-Geräts. Die Seenotfunkbake hat ebenfalls keine Position übertragen. Wenn sie nicht von Hand aktiviert wurde, hätte sie sich bei Kontakt mit Wasser automatisch eingeschaltet.«

Ross steht auf. Seine Hände zittern. »Sie sind also gekommen, um uns zu sagen, dass Sie die Suche aufgeben wollen. Sie alle: die Küstenwache, die Rettungsboote, *Sie*. Stimmt doch?«

Kate Rafiq steht ebenfalls auf und legt die Hand um seine Taille. Überraschenderweise lässt er das zu, obwohl er noch vor Wut zittert, vielleicht auch vor Trauer und Angst, ich weiß es nicht. Ich weiß nur, dass das alles nicht angemessen ist. Reine Energieverschwendung.

»Ross«, sagt sie. »Ich verspreche Ihnen, dass wir nicht aufhören werden, nach ihr zu suchen, okay?«

»Aber?«

»Die MRCC wird ziemlich sicher ihre Suche zurückfahren,

wenn nicht heute, dann morgen.« Ich sehe, wie sich ihre schmalen Finger um Ross' Handgelenk legen, als er sofort zu protestieren beginnt. »Aber das bedeutet nicht, dass wir aufgeben, okay? Was es aber bedeutet, ist, dass wir selbst Ermittlungen anstellen müssen. Wir müssen Els Fall als Langzeitvermisstenfall einstufen. Wir müssen darüber nachdenken, ob sie womöglich noch in Gefahr schwebt oder nicht.«

»Natürlich tut sie das!«, ruft Ross, macht seinen Arm frei, stolpert vom Tisch weg und bringt dabei das Geschirr zum Klirren. Er sieht mich mit seinen blutunterlaufenen Augen an. »Ich hab's dir doch gesagt, oder? Sie geben verdammt noch mal auf!« Dann runzelt er die Stirn und schaut weg, weil ihm vermutlich eingefallen ist, dass ich ungefähr die am wenigsten hilfreiche Verbündete bin, die man sich denken kann.

»Wir geben nicht auf«, sagt Logan, und ich merke, dass jetzt alle stehen. Alle außer mir.

»Ross, was ich Ihnen an jenem ersten Abend gesagt habe, stimmt immer noch«, sagt Rafiq. »Vermisste fallen immer in eine von vier Kategorien. Entweder haben sie sich verirrt; sie haben einen Unfall erlitten, eine Verletzung davongetragen oder sind plötzlich krank geworden; sie sind vermisst, weil sie es so wollen; oder sie stehen unter dem Einfluss einer dritten Partei, wie zum Beispiel bei einer Entführung.« Hier muss sie sich sehr bemühen, Ross' wütendem Blick standzuhalten. »Und in diesem Moment haben wir keinerlei Hinweise darauf, welche Kategorie auf Ihre Frau zutrifft, okay? Also müssen wir alles in Betracht ziehen, bis wir das wissen. Das ist alles.

Also«, sagt sie dann, setzt sich wieder und nickt Ross und Logan zu, damit sie es ihr gleichtun. Ich unterdrücke den absurden Drang zu lachen, als sie beide sofort gehorchen. »Wir haben noch ein paar Fragen an Sie, Ross. Persönliche Fragen. Möchten Sie lieber, dass Catriona den Raum verlässt?«

»Nein«, sagt Ross jetzt missmutig. Rafiq hat ihm den Wind

aus den Segeln genommen. Sofort möchte ich wieder lachen und nehme hastig einen Schluck viel zu heißen Kaffee. »Fragen Sie, was Sie wollen.«

»Sie haben Logan gesagt, dass El depressiv und kühl war, bevor sie verschwand, stimmt das?«

Ich setze mich gerade hin und werfe Ross einen Blick zu, den er nicht sehen kann, weil er die Augen geschlossen hat.

»Dass Sie Beziehungsprobleme hatten …«

»Das habe ich nicht gesagt«, fährt Ross auf. »Wir haben nur … Ich habe viel auswärts gearbeitet.« Er schüttelt den Kopf. »Ich habe *wirklich* viel gearbeitet. El und ich, wir haben uns kaum noch gesehen. Wenn sie nicht gemalt hat, war sie draußen auf dem verdammten Boot.«

»Und Sie haben ihr dort nie Gesellschaft geleistet?«

Ross sieht Rafiq böse an. »Ich bin nie mitgesegelt. Ich kann nicht schwimmen, ich mag das Wasser nicht. Das habe ich doch schon gesagt.«

»Els Geisteszustand«, hakt Rafiq nach. »Würden Sie sagen, dass ihre Depression in den Tagen oder Wochen vor ihrem Verschwinden schlimmer geworden ist?«

»Nein. Hören Sie, ich behandele Menschen mit schweren Depressionen. Das ist mein *Job*. El war leicht depressiv. Das ist alles. Himmelherrgott noch mal, ich weiß, was Sie da andeuten wollen, und Sie sind …«

»Was versuchen sie denn anzudeuten?«, frage ich. Obwohl ich es natürlich weiß.

Rafiq sieht mich an. »Ich habe gehört, dass El schon einmal versucht hat, sich umzubringen.«

»Ach, leck mich am Arsch«, sage ich und wende mich Ross zu. »Hast du ihr das gesagt?«

Bevor ich etwas dagegen tun kann, sehe ich El in einem Krankenhausbett liegen. Dunkel geränderte Augen in einem schneeweißen Gesicht – alles an El war immer entweder schwarz oder weiß. Ein Schlauch, der in einem Bogen von ihr zu einem Infusionsständer hinaufführt, darin ein schwerer Beutel mit Salzlösung. Mehrere Lagen festen Verbands, mit Blut befleckt, die Kanüle in ihrer Hand. Ihr Lächeln. Müde und zittrig, aber so voller Freude. So voller Hass.

»Sie hat sich damals nicht umzubringen versucht, und diesmal hat sie es auch nicht getan«, sage ich durch die zusammengebissenen Zähne.

»Sie wollen damit sagen, dass ihre Überdosis im Alter von …«, Rafiq schaut auf ihr Handy, »… neunzehn was war? Ein Hilfeschrei?«

Ich kann es nicht verhindern, ich schnaube verächtlich. »So ungefähr.«

Rafiq wechselt einen nicht besonders unauffälligen Blick mit Logan. »El hat seit ihrem Verschwinden keins ihrer Bankkonten benutzt. Sie hat zu niemandem Kontakt aufgenommen. Sie hat ihr Handy nicht eingeschaltet. Niemand, der auf ihre Beschreibung passt, ist in dem gesamten Gebiet ins Krankenhaus eingeliefert worden. Weder sie noch ihr Boot ist seit dem dritten April acht Uhr fünfzig morgens gesichtet worden. Ross hat ihren Pass genau dort gefunden, wo er immer liegt. *Warum* sind Sie sich so sicher, dass Ihrer Schwester nichts passiert ist?«

»Hab ich doch gesagt«, sage ich. »Weil sie so etwas nun mal tut.« Weil es etwas ist, was ich niemals tun würde. Weil wir einander nicht ähnlich sind. Niemals ähnlich waren. Weil sie mein direktes Gegenteil ist. Mein Spiegelbild. Mein Spiegelzwilling.

»Ertrinken vorzutäuschen ist aber eine ziemlich extreme Sache, meinen Sie nicht auch?«

Die Redensart *Sie ist immer so überbordend* fällt mir ein, und ich verdränge sie sofort so schnell und entschlossen wie das unangemessene Kichern, das aus mir herausbrechen will. »Ja, nun ja. Wie Sie schon sagten – Sie kennen sie nicht.«

Ich beobachte, wie Rafiq und Logan noch einen Blick wechseln, und ich weiß, was sie denken, denn ein Teil von mir denkt dasselbe. Ich klinge wie jemand, der sich verzweifelt einzureden versucht, dass das, was sie denkt, seit sie im Flughafen von Los Angeles in ein Flugzeug gestiegen ist, immer noch die einzig mögliche Wahrheit ist. Dieses flaue Gefühl breitet sich wieder in meinem Magen aus. Der Geruch nach Kaffee macht es nur schlimmer.

Rafiq beugt sich vor. »Ihrer Schwester ist etwas Schlimmes zugestoßen. Ob Sie das nun glauben oder nicht, ist für die Ermittlungen irrelevant, aber ich muss zugeben, dass ich es ziemlich merkwürdig finde, dass die Zwillingsschwester einer akut vermissten Person sich nicht im Geringsten Sorgen um sie macht.« Sie neigt den Kopf und erinnert mich damit an einen dieser winzigen Vögel auf Mums Porzellantellern an der Wand. »Ich arbeite schon lange genug in diesem Job, um zu merken, wenn etwas seltsam ist, oder wenn mir jemand nicht die ganze Wahrheit sagt.«

Wir haben jetzt eine unangenehme Richtung eingeschlagen, und mir fällt nur ein Weg ein, wie wir ihn wieder verlassen können. »Das hier ist gestern angekommen«, sage ich und lege die Beileidskarte auf den Tisch.

Ross nimmt sie sofort auf. Er sieht meinen Namen auf dem Umschlag, zieht die Karte heraus und öffnet sie wortlos. Seine Schultern sacken nach unten, und er hält die Karte so fest, dass sie zu knittern beginnt.

»Hey, nein, das ist doch gut«, sage ich und strecke die Hand aus, um ihn zu berühren, aber dann überlege ich es mir anders. »Das ist doch gut. Das war El. Es muss sie gewesen sein.« Ich runzele die Stirn, weil er immer noch schweigt. »Sie ist abgegeben worden, Ross! Das bedeutet, dass sie in der Nähe sein muss. Es bedeutet, sie …«

»El hat diese Karten bekommen«, sagt er mit dieser rauen, wunden Stimme. »Sie hat Dutzende davon bekommen.«

»Oh.« Ein kalter Schauder überläuft mich.

»Kurz bevor sie verschwand.«

Rafiq nimmt Ross vorsichtig die Karte aus der Hand, liest sie und legt sie dann zurück in den Umschlag, den sie Logan reicht. Ich sehe zu, wie er sie in einen durchsichtigen Plastikbeutel steckt, stelle mir vor, El hätte sie vielleicht doch nicht abgegeben, und davon wird mir heiß und kalt. Plötzlich geht mir auf, dass es sicher nicht normal ist, dass sich die Kriminalpolizei für Vermisstenfälle interessiert. Ich sehe Rafiq an. »Ermitteln Sie deshalb in diesem Fall? Wegen der Karten? Wissen Sie, wer …«

»Wir haben bereits ein Ermittlungsverfahren wegen ähnlicher Drohungen gegen Ihre Schwester eingeleitet, jawohl. Haben Sie diese Karte gefunden?«

»Ja. Jemand hat an der Tür geklingelt.« *Ein Ungeheuer ist im Haus.*

Ich reibe mir die Arme. »Die Karte lag auf der Türmatte.«

»Vielleicht nehmen Sie sie jetzt verdammt noch mal endlich ernst«, knurrt Ross.

Rafiq steht auf. »Ross, ich kann Ihnen versichern, dass wir alles sehr ernst nehmen. Wir werden sie spurentechnisch untersuchen, genau wie die anderen.«

»Aber warum soll mir jemand dieselben Drohkarten schicken wie meiner Schwester? Das ist doch völlig unlogisch. Niemand weiß, dass ich hier bin, außer Ross und Ihnen.« Und El.

Rafiq runzelt die Stirn. »Die Karten haben vielleicht etwas mit Els Verschwinden zu tun, vielleicht auch nicht. Im Moment ist es unsere absolute Priorität, El zu finden. Die Drohungen auf den Karten sind nicht schlimmer geworden, und wir haben keinerlei Hinweise darauf, dass El gestalkt wurde oder sonst wie in Gefahr war. Und die Tatsache, dass Sie jetzt zur Zielscheibe geworden sind, lässt mich vermuten, dass aller Wahrscheinlichkeit nach nur ein neugieriger Nachbar mit einem Groll gegen die Familie und zu viel Freizeit dahintersteckt.« Als Ross wieder etwas einwenden will, hält sie die Hand hoch, um ihn zum Schweigen zu bringen. »Was nicht bedeutet, dass wir dem Absender der Karten nicht auch auf die Schliche kommen wollen. Oder dass Sie uns nicht sofort kontaktieren sollten, wenn Sie erneut so eine Karte bekommen.«

Sie macht einen Schritt nach hinten und sieht uns beide an. »Wir sind gekommen, um Ihnen beiden zu versichern, dass sich bislang noch nichts geändert hat. Wir und die Küstenwache setzen weiterhin alles in Bewegung, um nach El zu suchen. Aber es wäre eine gute Idee, wenn Sie sich innerlich darauf vorbereiteten, dass sich das ändern kann, wenn es in den nächsten vierundzwanzig Stunden keine grundsätzliche Veränderung der Lage gibt. Okay? Hat sich Shona heute schon bei Ihnen gemeldet?«

Ross nickt.

»Shona ist Ihre Kontaktbeamtin, Catriona. Sie wird Sie über alle neuen Entwicklungen auf dem Laufenden halten. In der Zwischenzeit ist Logan hier Ihre zentrale Anlaufstelle. Und rufen Sie noch einmal bei der Vermisstenzentrale an, Ross – Els Eintrag ist immer noch nicht online. Sie haben noch die anderen Hotline-Nummern, oder?«

»Ich brauche keine Hilfe«, sagt Ross. »Ich brauche nur meine Frau.«

Rafiq stellt sich direkt vor ihn und schafft es dennoch, ihm in die Augen zu sehen, obwohl er fast dreißig Zentimeter größer sein muss als sie. »Wir werden sie finden, Ross.«

Und ich habe genügend beschissene Polizeiserien gesehen, um zu wissen, dass sie so etwas eigentlich überhaupt nicht sagen darf.

Ich begleite sie in den Flur, und Logan bleibt stehen, lächelt und überreicht mir seine Karte. »Wenn Sie irgendetwas brauchen oder etwas wissen wollen«, sagt er.

Rafiq öffnet die Tür, und ich schaue ihnen hinterher, wie sie die Treppe hinunter in die Sonne gehen. Am Gartentor bleibt Rafiq stehen, um Logan durchzulassen. Dann dreht sie sich um und winkt mich herbei, als wäre ich ein Cockerspaniel. Ich gehe widerstrebend in den kalten, hellen Garten und verschränke die Arme vor der Brust.

»Wohin würde sie gehen? Wenn sie vorsätzlich verschwunden ist, wohin würde sie gehen?«

Ich blinzele. »Ich habe keine Ahnung.«

»Was ist mit ihrem Mann?«

»Was soll mit ihm sein?«

»Gibt es irgendetwas, das Sie mir über ihn sagen wollen – über die beiden –, das Sie vielleicht nicht gern sagen wollten, weil er im Zimmer war?« Als ich nicht antworte, kann sie ihre Verärgerung kaum verbergen. »Wir haben mit der Southwark University gesprochen und überprüft, dass er dort war, genau, wie er ausgesagt hat. Ich frage Sie nur als enges Familienmitglied, ob wir irgendeinen Grund haben, uns seinetwegen Sorgen zu machen?«

Ihr Blick gleitet über meine Schulter, und als ich mich umdrehe, sehe ich Ross' Umriss hinter dem Fenster. Mir wird kalt.

»Nein. Natürlich nicht. Das hier ist nicht seine Schuld. Ich sagte Ihnen schon, das hier ist alles Els Schuld. So muss es sein.« Und ich verkneife mir die Bemerkung, dass es sehr lange her ist, seit ich ein enges Familienmitglied war.

Rafiq mustert mich zu lange, zu eindringlich. »Sie glauben wirklich, dass es ihr gut geht.«

Da ich nicht antworte, geht sie den Gartenweg entlang und öffnet das Tor, ohne noch ein weiteres Wort zu sagen.

Ich schaue ihnen nach, höre, wie das Motorengeräusch des BMW von der Stadt verschluckt wird. Als ich mich umdrehe, ist Ross hinter dem Fenster verschwunden. Aber ich habe immer noch das Gefühl, beobachtet zu werden. Ich gehe zum Gartentor und schaue die leere Straße hinunter. Stehe in der Sonne, bis mir wieder warm ist.

»Vielleicht weiß sie einfach nicht, wie sie es wieder rückgängig machen soll«, flüstere ich. Denn unter den zwölf Jahren Zorn und Schmerz und Groll ist immer noch die Erinnerung daran vergraben, wie wir im Kakadu-Dschungel lagen und einander an den Händen hielten, wie sich jede von uns bemühte, wach zu bleiben, um nicht die Erste zu sein, die losließ. »Vielleicht weiß sie einfach nicht, wie sie wiederkommen soll.«

KAPITEL 5

Ich wache früh auf, bleibe im Bett liegen und starre zur Decke des Clown-Cafés hinauf. Dabei versuche ich, das Haus nicht zu hören. El und ich lagen damals stundenlang in unseren Festungen und Schlössern, lauschten auf das Seufzen und Schaudern um uns herum, und sie zischte heiß in mein Ohr: *Das Haus ist voller Geister.* Wir glaubten das beide. Aber Geister waren niemals so furchteinflößend wie Ungeheuer. Man konnte einfach so tun, als hörte man sie nicht.

Ich ziehe mich an und schleiche nach unten, wobei ich selbst nicht recht weiß, warum ich schleiche, warum ich mich fürchte. Denn das tue ich. Ich halte mich viel zu krampfhaft am Geländer fest. Mein Herz springt und schlägt viel zu schnell, zu unregelmäßig, aber gleichzeitig fühle ich mich müde, abwesend, als wäre ich gerade an die Oberfläche eines tiefen, kalten Sees gekommen und würde jetzt an Unterkühlung sterben, statt zu ertrinken. Schlimme Dinge sind in diesem Haus geschehen, aber auch gute. Doch das war viel leichter zu vergessen, als mich noch ein ganzer Ozean von diesen Mauern getrennt hatte.

Ich streiche mit den Fingern über die Tapete an den Wänden, über griechische Urnen und dornige Ranken, denke an all die langen Drähte, Flaschenzüge und Kurbeln, die sich unter dem Putz und den Leisten durch das Haus winden wie eine verborgene Stadt aus Spinnweben. Gesponnene Kupferfäden, die geduldig darauf warten, sich zu verkürzen, um jene stillen Glocken unten zu schütteln, sie aufzuwecken.

In der Küche ist niemand, aber es gibt einen Hinweis darauf, dass Ross da war: eine benutzte Kaffeetasse, eine mit Wasser gefüllte Müslischüssel, die im Ausguss steht. Eine Nachricht auf dem Tisch:

Keine Neuigkeiten. Konnte nicht schlafen. Bin spazieren gegangen, um meinen Kopf auszulüften. Vermutlich danach ins Kommissariat. Nimm dir, was du willst. x

Ausgehungert stehe ich am Küchentresen und mampfe mich durch zwei Schüsseln mit Cornflakes. Die Milch tropft mir am Kinn herunter. Mum dreht sich vom hässlichen Herd um, betastet ihren Scheitel, und ihre Falten vertiefen sich. *Schling nicht so, Catriona.* Grandpa schaut von seinem *Daily Record* auf. *Iss nich im Stehen, Mädel. Setz dich verdammt noch mal hin.* Heute vermisse ich beide so sehr, dass es wehtut.

Nach zwei starken Kaffees gehe ich nach oben und hole meinen Laptop. Ich lese meine E-Mails am Küchentisch und hoffe, dass mich das irgendwie zurück ins sichere und glänzende Leben in Kalifornien bringt. Stattdessen arbeite ich mich durch drei Standardabsagen für Initiativartikel und den letzten Räumungsbescheid der Besitzerin der Wohnung an der Pacific Avenue: eines Bikini-Modells namens Irena, die den Winter immer in Palm Beach verbringt und mir versprochen hatte, sie würde bis Juni nicht zurückkommen.

Ich schließe die Augen. Reibe mir mit der Handfläche über das Brustbein. Ich habe kaum Geld. Ich habe keine Karriere. Ich lebe von der Hand in den Mund, springe von einem schlecht bezahlten Auftrag zum nächsten. Keine Auszeichnungen, keine Aufmerksamkeit, kein Pulitzer-Preis, kein großer Deal. Nichts ist so geworden, wie es werden sollte. So wie ich geglaubt hatte, es zu verdienen, nachdem ich aus Schottland geflohen war. Und jetzt habe ich kein Zuhause mehr, in das ich zurückkehren kann. Mir entgleitet alles. Langsam, aber sicher.

Und ich gebe El die Schuld dafür. Für alles. Damals und jetzt. Nur sie ist daran schuld.

Ich will gerade den Laptop zuklappen, als ich die Betreffzeile der letzten ungelesenen E-Mail sehe. Ich halte inne. Meine Finger schweben über der Tastatur.

SAG ES NIEMANDEM

Wem soll ich es denn sagen?, ist mein erster dummer Gedanke. Ich sehe mir den Absender an: *john.smith120594@gmail.com.* Sagt mir gar nichts. Vermutlich irgendeine amerikanische Marketing-Mail, die sind ziemlich erfinderisch, wenn es darum geht, Spamfilter zu umgehen. Aber irgendetwas in mir weiß bereits, dass das nicht stimmt. Etwas, das sich neu und gleichzeitig vertraut anfühlt. Gleichgültig und ängstlich. Das WLAN hier ist langsam. Während die E-Mail herunterlädt, halte ich den Atem an, und dieses Etwas in mir sagt mir: Lösche sie. Lösche sie sofort.

Als die Mail endlich auf dem Bildschirm erscheint, stehen da nur drei Worte.

ER WEIß ES.

Ich schiebe meinen Stuhl vom Tisch weg. Und dann stehe ich am Fenster und schaue hinaus auf die Apfelbäume im Wind, ihre Zweige und schweren Blätter bewegen sich rastlos. Ich schaue hinunter auf das Fenstersims und die sechs Nägel, die dort hineingeschlagen worden sind, genau wie im Clown-Café. Meine Finger streichen darüber. Hin und zurück, bis es wehtut. Denn ich weiß nicht, warum sie dort sind. Mir fällt nicht ein einziger guter Grund dafür ein. Und obwohl ich in einem Flecken warmer Sonne stehe, ist mir so kalt, dass meine Zähne klappern, dass sich unter den Ärmeln meiner Bluse Gänsehaut bildet.

Das Piepen einer neu eingegangenen Nachricht lässt mich zusammenzucken. Ich trete zurück in die Schatten der Küche und betrachte misstrauisch den Bildschirm des Laptops.

Es ist wieder john.smith120594. Keine Betreffzeile diesmal. Nur eine Zeile.

HINWEIS 1. WO UNSERE SCHATZSUCHEN IMMER BEGANNEN.

Ich schließe die Augen. *El.* Natürlich ist sie es.

Der beinahe schon lächerlich riesige alte Schlüssel steckt in der Hintertür der Spülküche wie immer, und als ich ihn herumdrehe, ist er genauso unhandlich wie früher. Der alte, mit Kies bedeckte Hof dahinter ist weg, stattdessen ist der Boden mit flachen Platten und hässlichen Betonsockeln bedeckt, die noch hässlichere Betonurnen tragen. Ich stehe oben auf der hohen Treppe, die von der Spülküche in den Garten führt, und ich sehe vor mir, wie El und ich immer und immer wieder um den Kiesplatz laufen und versuchen, in den Kurven nicht auszugleiten, während die silbergrauen Kiesel aufspritzen.

Das Gewächshaus ist auch fort. Aber das alte steinerne Waschhaus mit seinen rot gerahmten Fenstern und dem kleinen Schieferdach steht noch da, überragt von der Hausecke. Rostige Ketten sind über seine rote Holztür gespannt. Das Waschhaus war schon immer so verschlossen, erinnere ich mich, als wäre es abbruchreif. Die Gartenmauer daneben wirft nach wie vor ihren Schatten darüber, aber jetzt verstecken sich Spaliere mit Flieder und Klematis und Goldtrompete in der Dunkelheit, außerdem breite Gehwegplatten mit Moos in den Fugen. Mein Blick fällt auf die hohe Mauer am Waschhaus. Kein Flieder und keine Klematis hier, nicht einmal eine Efeuranke. Etwas Rotes leuchtet auf. Ein Jucken. *Rot.* Ein Flüstern silbriger, schaudernder Angst.

Ich achte nicht darauf. Gehe die Stufen hinunter und in den Garten. Durch den dichten und raschelnden Obstgarten. An einem Schuppen vorbei, den ich nicht wiedererkenne. Khakigrünes Holz und ein schwarzes Teerdach.

Und dann stehe ich vor dem Alten Fred. Wo unsere Schatzsuchen immer begannen.

El versteckte die Hinweise, und ich folgte ihnen. Winzig kleine Papierquadrate, bekritzelt mit geheimnisvollen Nachrichten, die, wenn überhaupt jemand, nur ich verstehen konnte. Sie versteckte sie überall, jedes kleine Papierquadrat führte zum nächsten, und erst beim letzten fand ich den Preis. Es war fast immer eine Zeichnung oder ein Bild von uns, das ich an den Wänden des Kakadu-Dschungels befestigte wie an einem Totempfahl.

Der Alte Fred sieht immer noch so aus wie früher. Gedrungen und breit und ohne Äpfel. Seine Äste hängen tief und einladend herab. Ich gehe um ihn herum zu der Stelle, an der El unsere Namen in den Stamm geritzt hatte, und atme scharf die kalte Luft ein, als ich sie immer noch dort sehe, tief in der brüchigen Borke. Kaum verblasst. Darum herum ist kein Herz geritzt, sondern ein Kreis. Ich strecke die Hand aus, um ihn zu berühren, und dann ziehe ich sie hastig wieder zurück, als ich sehe, was darunter eingeritzt ist.

GRABE

Einen Moment lang stehe ich nur da und schaue zu den leeren Fenstern des Hauses hinauf. Und dann lässt mich ein Gefühl zwischen Hoffnung und Missmut gehorchen.

Ich muss nicht lange zwischen den Wurzeln graben, bis ich etwas finde. Es ist ein tiefes Loch, das mit Blättern und loser Erde gefüllt ist. Als ich etwas Festes ertaste, hole ich es heraus. Einen Schuhkarton. Ich hebe langsam den Deckel ab.

Zuerst sehe ich die leere Flasche: Ein Pirat grinst mir entgegen. Er steht mit einem Fuß auf einem Fass, eine Hand hat er auf sein Entermesser gelegt. Captain Morgan Spiced Gold Rum. Daneben ordentlich gestapelte Dosen mit Essen: Tomaten, gebackene Bohnen, Mais. Sofort muss ich an Mum denken, die alle sechs Monate die Überlebensrationen unter unseren Betten überprüfte und erneuerte – schwarze Canvas-Rucksäcke, vollgestopft mit unverderblichem Essen und Wasserflaschen. Ich denke daran, wie sie uns bei ihren endlosen Übungen durch das Haus laufen ließ – Einbrecheralarmübungen, Feueralarmübungen, Atomkriegsübungen. Durch dieses immer präsente Hintergrundrauschen des Untergangs wurde unsere Angst neu genährt.

Auch eine Dose mit Farbe ist darin. Ein Tester. Ich nehme sie heraus und drehe sie in der Hand herum. *Blutrot.* Ich lasse sie zurück in den Karton fallen wie eine heiße Kartoffel. Sie landet auf einem winzigen zusammengefalteten Zettel. Mein Herz schlägt schnell, als ich ihn heraushole und öffne.

12. November 1993 ALTER=7 + ein bisschen!
Nachs is in unsrem Haus ein Ungeheuer.

Nich jede Nacht, aber in vielen. Es hat einen blauen Bahrt und is so erschreckend und hässlich dass alle Damen sich vor ihm verstecken und gar nich erst fasuchen sollten es zu finden.

Das sagt Mum. Sie hat es aus einem Buch.

Sie sagt Blaubahrt und Schwarzbahrt sind Brüder. Sie sagt Blaubahrt lebt an Land und Schwarzbahrt auf dem Meer, und Blaubahrt is viel schlimmer, aber ich hab fiel mehr Angst vor Schwarzbahrt weil er Pirat is und Blaubahrt is bloß ein Mann.

Ich höre so etwas wie einen Vogelschrei – und presse die Hand vor den Mund, als ich merke, dass ich das bin. Meine Finger zittern. Mein Atem fühlt sich ganz heiß an. Ich sehe El, wie sie über ihrem Schreibtisch hängt, mit offenem Tagebuch, die Ellenbogen weit zur Seite gestreckt, die Brauen konzentriert zusammengezogen, und langsam und vorsichtig hineinschreibt.

Ich stehe hastig auf und trage den Schuhkarton zurück zum

Haus. Mein Herz schlägt mir jetzt bis in den Hals, und ich spüre es auch in den Schläfen. Ich werde langsamer, als ich das Pflaster erreiche, und schaue zum Waschhaus mit der zugeketteten Tür hinüber. Bleibe stehen, weil in meinem Augenwinkel erneut etwas Rotes aufblitzt. Drehe mich um und sehe, dass die hohe Seitenmauer mit Moos und Flechten bewachsen ist statt mit Klematis oder Efeu. Nichts. Aber als ich die Augen schließe, stelle ich mir vor, dass die Worte auf dem nackten kalten Stein in Blut geschrieben stehen.

ER WEIß ES

Mondlicht, denke ich. Eigentlich sollte der Mond scheinen.

Und dann renne ich die Treppe hinauf und zurück in die Spülküche, wo ich hinter mir den riesigen rostigen Schlüssel umdrehe, um den Schuhkarton dann hastig in den nächsten Schrank zu stopfen. Ich gehe zurück in die Küche. Schaue zum Glockenbord hinauf, zu der Glocke und dem Pendel unter der Nummer 3. Stelle mir den düsteren schmalen Flur über meinem Kopf vor, das staubige schwarze Türblatt an seinem Ende. Mums sauren Atem auf unserer Haut, das Klicken ihrer Zähne. *Wenn ihr jemals da reingeht, reiß ich euch den Kopf ab.* Weil Schlafzimmer 3 Blaubarts Zimmer war. Weil dort die Leichen seiner Ehefrauen an Haken an der Wand hingen und das ganze Zimmer mit Blut angefüllt war. Denn nachts, wenn er hungrig war, schlich er durch die Flure und Zimmer auf der Suche nach mehr. Plötzlich wird mir kalt. Der Gedanke – die Erinnerung – ist genauso sicher wie unklar. Das Warum, das unter meiner Haut juckt. Und im Sog dieser Erinnerung kommt eine weitere. Ich schaue wieder zum Glockenbord hinauf, auf das verblichene Wort *Speisekammer*. El und ich versteckten uns vor den meisten Geistern und Ungeheuern des Hauses im Clown-Café. Aber vor Blaubart versteckten wir uns immer – immer – im Spiegelland.

Die Speisekammer liegt ganz am Ende des Flurs, verbirgt sich in den Schatten gegenüber der Treppe und ist durch einen schwarzen Samtvorhang vor Blicken geschützt. Ich ziehe ihn auf. Er ist schwer und ganz staubig. Beim Klackern der Metallringe an der Stange zucke ich zusammen. Es erfüllt mich mit einer unwillkommenen Sehnsucht. Die Speisekammer ist viel kleiner, als ich sie in Erinnerung habe, lang und eng und kühl. Auf der Tapete sind immer noch Narzissen, ihr Orange und Gelb ist zu Grau verblasst. Ein Holztisch steht vor einem Fenster, das nach hinten auf den Garten hinausgeht; als ich mich dagegenlehne, um daran vorbeizugehen, streiche ich mit den Fingerspitzen über Kerben und Kratzer, die von der Morgensonne ganz warm sind. Der Schrank ist ebenfalls noch da. Er nimmt das gesamte südliche Ende des Zimmers ein. Der Riegel geht so leicht, als hätte ich ihn erst gestern zum letzten Mal bewegt, und nicht vor beinahe zwanzig Jahren.

Der Geruch ist das Erste, was mir auffällt. Er ist völlig falsch. Klebrig statt staubig. Als sich meine Augen an die Dunkelheit gewöhnt haben, merke ich, woran das liegt. Das ganze geräumige Innere des Schranks ist mit billiger beigefarbener Tapete beklebt. Ich ziehe einen Schemel heran, klettere in den Schrank hinein, zögere nur kurz und streiche mit den Handflächen über das Papier. Halb erwarte ich, gar nichts zu finden, doch als ich dann den Umriss von etwas Hartem und Metallenem ertaste, setzt mein Herz einen Schlag lang aus. Ich kralle meine Fingernägel ins Papier und reiße es weg. *Bitte sei hier. Bitte sei immer noch hier.* Als ich den größten Teil der Tapete abgelöst habe, schwitze ich und atme viel zu schwer. Aber hier ist sie. Als wäre sie nie versteckt gewesen. Eine mannshohe, in vier Blätter unterteilte Tür mit rostigen Angeln und zwei schweren Riegeln.

Die Tür zum Spiegelland.

*

Ich sehe die Tür lange an. Früher war immer etwas an ihr befestigt. Eines von Els Bildern: Einer ihrer ersten Versuche, sich mehr auf die Farbe als auf die Form zu konzentrieren. Blautöne und Gelbtöne und Grüntöne. Ich schließe die Augen. Die Insel. Natürlich, Die Insel. Eine schroffe Küste mit Felsen und Stränden, das Landesinnere voller Wälder und Ebenen. Ein tropisches Paradies, kein schneebedecktes Wunderland, denn das Spiegelland war unser Narnia. Sozusagen. Obwohl es viel mehr Farbe hatte, mehr Mehrdeutigkeit. Mehr Schrecken. Mehr Spaß.

Ich halte den Atem an. Ich öffne die Riegel. Ich ziehe die Tür auf.

Zuerst spüre ich nur die Kälte; die Kälte, die ich schon vergessen hatte. Als ich die Luft wieder ausstoße, wird sie in dem dunklen Raum vor mir zu weißem Nebel. Ich halte die Tür fest. Auf dieser Seite hing immer eine Schatzkarte. Schwarze Wege und grüne Flächen. Ein langer blauer Fluss. Ein Vulkan. Die Erinnerung wird klarer und verliert dann an Kontur. Ich schiebe das Unausweichliche vor mir her, begreife ich – ich zögere, obwohl dieses schwere Gefühl der Sehnsucht zurück ist, dieses dringende Bedürfnis, in die Dunkelheit zu treten, aus diesem Haus in eine andere Welt zu gehen. Als uns Mum diese versteckte Tür, diesen geheimen Raum zum ersten Mal zeigte, fühlte es sich ganz genauso an. Tiefe, brüchige, herrliche Angst.

Ich trete durch den Schrank aus dem Haus hinaus und auf die erste Holzstufe. Ich schaue zu dem niedrigen Holzdach und den engen Holzwänden hinauf, von denen die Treppe umgeben ist, und schaudere. Das Knirschen des alten Holzes lässt nach und erstickt dann, und ich frage mich, ob meine nervöse Begeisterung einfach nur der Geist des Kindes ist, das ich einmal gewesen bin. Hier sind wir in der Dunkelheit hinuntergeschlichen, mitten in der Nacht, so viele, viele Male mit El, und mir kommt es völlig undenkbar vor, dass unsere klebrigen, heißen Hände nicht irgendetwas an den Wänden und Geländern hinterlassen haben, dass unsere Taschenlampen keine Schatten ihres Tanzes und aufblinkenden Lichtes und unser ängstliches Kichern und unsere geflüsterten *Psssts!* kein Echo hinterlassen haben.

Diesmal habe ich nur das Licht des Handys. Es wirft einen hässlichen weißen Schein, der nur noch mehr Schatten hervorruft. Der alte Schwindel – diese Angst, gleich zu fallen – packt mich wieder, und ich merke, dass ich mich nicht rühren kann. Ich schließe die Augen, atme langsam ein und aus, bis es vorbeigeht. Denn ich bin kein Kind mehr. Meine Fantasie kann nicht mehr die Kontrolle über die Logik, über die Realität übernehmen. Hier unten gibt es nichts, wovor man Angst haben müsste. Vor zweihundert Jahren, als Westeryk noch ein Dorf und dies hier das größte, herrschaftlichste Haus war, bevor diese Tür hinter einem Schrank versteckt wurde, waren diese Räume nicht mehr als eine bequeme Einrichtung. Der Zugang zur Küche war nur vom Garten oder von der Haustür aus möglich. Diese Speisekammer, diese Tür, diese Treppe und der kleine Gang dahinter sind nichts anderes als ein Dienstboteneingang. Der hintere Teil des Hauses steht auf viel niedrigerem Grund als der vordere, seine Räume liegen drei Meter oder höher über dem Garten. Diese versteckte Treppe dient demselben schlichten Zweck wie die Stufen in der Spülküche: Sie bietet einen Zugang zur ebenen Erde.

Und doch zittert mein Licht immer noch, als ich hinuntersteige, als die Wände neben der Treppe und das Dach sich in einen zugigen Raum öffnen, und ganz unten zögere ich erneut. Die Dunkelheit ist hier undurchdringlicher, meine Erinnerungen haben mehr Macht. Eine Vorahnung, scharf und bitter wie Zitronensaft, den man in eine Wunde reibt.

Ich trete auf Stein. Hinunter ins Spiegelland.

Mein Handy lässt hektisch sein Licht über Ziegelsteine, Holz und Spinnweben zucken, und ich halte es mit beiden Händen fest. *Stopp.* Ich bin nur in einem Gang. In einem drei Meter breiten, mit Steinen gepflasterten Korridor zwischen der äußeren Südseite des Hauses und der Grenzmauer, der wie mittelalterliche Festungsmauern vor dem Wetter durch ein niedriges Holzdach geschützt ist. Der Korridor erstreckt sich von der jetzt zugemauerten Tür in den Vorgarten im Westen bis zum gemauerten Waschhaus im Osten. Letzteres steht gedrungen am Ende des Ganges wie ein Wächter, wie ein Torhaus, und behindert den Ausgang zum Garten. In der einzigen von hier aus sichtbaren Seite gibt es allerdings eine kleine Tür.

Ich drehe mich noch einmal um die eigene Achse. Mein gefrorener Atem bildet um mich herum einen Nebelkranz. Die Morgensonne steht noch so tief, dass sie wie winzige, leuchtend weiße Lanzen durch die Spalten im Holzdach dringt. Ich schaue hoch und sehe eine nackte Glühbirne von der Firstbohle der Überdachung hängen, und in genau diesem Moment fällt es mir ein. Als ich an der Schnur ziehe, werde ich – unglaublicherweise – mit sofortiger Helligkeit belohnt, als hätte ich nicht bereits große Schwierigkeiten zu glauben, dass die Zeit hier weitergegangen ist, dass alles, was ich sehe und fühle, nur dieser alte Geist und das Echo von mir ist, von uns.

Von einem magischen Ort. Denn das kann ich auf keinen Fall von der Hand weisen. Dies hier war früher vielleicht nur ein Dienstboteneingang, ein Mittel zu einem snobistischen Zweck; er ist jetzt vielleicht vergessen – nur ein leerer, zugiger Raum aus Stein –, aber dazwischen war er etwas anderes. Vor langer Zeit war er reich und voller Leben. Herrlich beängstigend und unerschütterlich sicher. Maßlos aufregend. Versteckt. Besonders. Unserer.

Ich drehe mich um und schaue mir die zugemauerte Tür näher an. Der größere Teil vom Spiegelland erstreckte sich über den Gang vom Treppenabsatz zu dieser Tür und war früher Boomtown: ein staubiger Weg mit Obstkisten und Holzplanken, die zwei Meter oder länger waren und eine Post und ein Sheriffbüro darstellten, möbliert mit Pappkarton-Schaltern und Tischen, mit Kissen, Decken und Polstern.

Der Drei-Finger-Joe-Saloon lag in der südwestlichen Ecke direkt an der Grenzmauer; in der nordwestlichen befanden sich ein paar Lakota-Sioux-Tipis und ein quadratischer Auslauf für Sport, der mit Stöcken auf dem Boden markiert war. Ein Gefängnishof.

Später wurde Boomtown zu einem Gefängnis; der Drei-Finger-Joe-Saloon zu einem nicht besonders exotischen Aufenthaltsraum; die Holzkisten wurden zu den Türen und Mauern von Zellenblock 5; und wir wurden zu seinen Insassen.

Das Shawshank. In seiner Hochphase brachte mich El dazu, stundenlang neben ihr zu sitzen und blöde Waffen aus angespitzten Zahnbürsten und Grandpas alten Rasierklingen zu basteln.

Ich wende mich Richtung Osten, gehe auf das Waschhaus zu, streiche mit der Handfläche über die rauen Ziegelsteine der Grenzmauer. Auf der anderen Seite, das weiß ich, ist noch ein langer Gang und ein grüner Garten, noch ein riesiges Haus – eine neuere viktorianische Villa mit Erkern und angestrichenen Ziegeln und Ortgängen. Der Gang wird enger, weil dort ein großer verschlossener Schrank steht, der früher einmal voller Spiele und Bücher war. Daneben befindet sich ein breiter blauer Kinderwagen mit drei verrosteten Rädern und einem Einkaufsnetz, in der Ecke seines schimmligen Verdecks ist eine verblichene Aufschrift zu sehen: »Silver Cross«.

Die Tür des Waschhauses ist nicht verschlossen; sie war nie verschlossen – daher der Riegel und die vielen rostigen Ketten vor seinem anderen Eingang im Garten. Das Waschhaus war der wichtigste Teil des Spiegellandes. Wärmer und stabiler gebaut, fühlte es sich besser an und war früher so wichtig wie das Atmen. Und doch habe ich vor nicht einmal einer halben Stunde draußen auf den Stufen der Spülküche gestanden und nur ein altes Steingebäude mit einem roten Fensterrahmen und einem kleinen Schieferdach gesehen.

Ich öffne die Tür, trete auf Dielen, die voller alter Farbe und Staub sind. Sie stöhnen und geben unter meinem Tritt nach, sodass ich bei jedem meiner Schritte lieber erst einmal ihre Festigkeit teste. Im Waschhaus riecht es nach Schimmel und Feuchtigkeit, und nach etwas Saurem und Grünem wie Kompost. Es erinnert mich an alle möglichen Dinge, die ich vergessen habe, bevor ich noch seinen größten Raum betrete, in den durch das Fenster Tageslicht fällt. Kisten und Schachteln stehen in jeder Ecke gestapelt; Holzstangen liegen auf Haufen schmutziger Laken; zwei frei stehende Ventilatoren stehen da, ihre schwarzen Kabel sind aufgerollt.

»Mein Gott.«

Meine Stimme hallt heiser und schwach wider. Ich schlinge fest die Arme um meinen Oberkörper und starre die Wände des Waschhauses an. Himmelblau und Meergrün, weiße Schäfchenwolken und weiße Gischt auf den Wellen, die alten Pinselstriche sind unsauber und ungeduldig. Ich schaue auf die Dielen hinunter, und unter all dem Staub und Schmutz sehe ich die mit Kreide gezeichneten Umrisse der *Satisfaction.*

Bugspriet. Fock. Vorderdeck. Focksegel. Ich flüstere die Worte vor mich hin und gehe darüber. Hauptdeck und Kanonendeck, *Rum- und Wasserverkauf HIER!! Zeitung HIER!!* in Els weißer Kritzelschrift. Ich gehe vom einen Ende des Waschhauses zum anderen: Mannschaftsquartier, Frachtraum, Hauptsegel, Mastkorb, Navigationsraum, Kapitänsquartier, Heck. Ein moosbedeckter Schlauch ringelt sich um zwei Wasserhähne, seine Düse – die immer noch bereit zum Spritzen ist – liegt im alten Spülbecken. Ich sehe die Piratenflagge darüber, ihren aufgemalten Totenkopf und die gekreuzten Knochen. Sie ist mit Isolierband an die Steinmauer geklebt. Und dann schaue ich zu dem kleinen Fenster, dem Bullauge, das das Mondlicht einließ und durch das wir nach den Sternen navigierten. Denn während Boomtown und Shawshank nur für den Tag gedacht waren, segelten wir auf der *Satisfaction* hauptsächlich nachts.

Die Hecklaterne hängt immer noch an einem Haken, der in die östliche Steinwand geschraubt ist; sie ist verstaubt und kleiner, als ich sie in Erinnerung habe, und die Kerze hinter den blinden Glasfenstern ist längst bis zum Ende des Dochts abgebrannt. Ich strecke die Hand aus, um sie zu berühren, und halte dann inne, ziehe die Finger so plötzlich zurück, dass mein Nacken hörbar knackt. Ich schaue zu dem riesigen, massigen Geist von Schwarzbarts Schiff hinauf, das darüber auf die Wand gemalt ist. Immer in unserem Kielwasser. Jedes Mal ein kleines bisschen näher.

Einige Dinge sind verschwunden. Die große hölzerne Schatzkiste, die mit schwarzen Lederbändern und einem vor lauter Rost ganz golden aussehenden Schloss verschlossen war. Darin verwahrten wir die Beute von unseren Plünderungen auf Puerto Principe oder dem Teil der spanischen Kolonien, die auf dem amerikanischen Festland lagen: Silberbesteck, Kerzen und Schmuckkästchen, die wir uns aus der Küche und dem Thronzimmer liehen. Die mit Wasser gefüllten Schirmständer, die wir benutzten, um unsere Masten und Segel zu stützen, sind ebenfalls verschwunden. Aber alles andere sieht aus, als hätten wir es erst gestern verlassen. Als wären wir erst gestern wieder kichernd die Stufen zum Festland hinaufgeschlichen, sodass unsere Lichter in der Dunkelheit tanzten. Selbst das Steuerrad des Schiffs – das wir vom Kinderwagen abmontiert hatten – lehnt noch an unserem hölzernen Mastbaum.

Ich gehe langsam über die Kreidelinien des Hauptdecks. Bleibe stehen und schließe die Augen. Meine Lippen spannen, und ich merke, dass sie das tun, weil ich seit Tagen zum ersten Mal wieder lächle. Die *Satisfaction* war das Erste, was wir im Spiegelland gemacht haben. Ein zweihundert Tonnen schwerer Piraten-Dreimaster mit Schießpulverfässern, Buggeschützen und vierzig Kanonen, oder besser mit Schrot geladenen Kartätschen. Die *Satisfaction* war das Spiegelland. Wir lebten und atmeten ihre Magie. Sie war das Feuer, das uns wärmte, und dann die Zündschnur, die alles andere in Brand setzte. Ich fühle, wie das weiche, morsche Holz nachgibt, als ich das Gewicht vom linken auf den rechten Fuß verlagere. Ich spüre den Nebel des warmen Regens in meinem Gesicht. Sehe, dass sich der Schlauch wie eine Schlange um den Hauptmast windet; höre das harte Flattern der Laken-Segel, das Surren der Ventilatoren – manchmal ein tropischer Wind, der mit zehn Knoten aus Südosten wehte, dann wieder eine Vierzig-Knoten-Sturmbö vom Nordatlantik. Ich spüre, wie das alte Seil in meinen Handflächen brennt, wenn ich die Segel hisse und trimme und berge. El steht hinter mir am Ruder und flüstert ihre Befehle, so laut sie kann: *Klar zur Wende! Beidrehen! Alle Mann an Deck!*

Gott, wie ich sie vermisse. Das kommt aus dem Nichts, schmerzt aber so sehr, dass ich es nicht mehr ignorieren kann, nicht mehr so tun kann, als wäre es nicht wahr. Ich vermisse sie.

El ist vier Minuten älter als ich. Wir wissen das, weil Mum es immer wieder gesagt hat. Normalerweise sagte sie es vor der Geschichte, die sie uns beinahe ebenso oft erzählte: eine deprimierende Geschichte über die Vorkosterin in einer alten persischen Dynastie. Sie war eine Prinzessin, die älteste Schwester des Königs. Jeden Tag musste die heldenhafte Vorkosterin den ersten Bissen oder den ersten Schluck des Essens und der Getränke des Königs nehmen, und jeden Abend schluckte sie eine Perle, die von allen Untertanen des Königs berührt worden war, sodass sich all ihre mörderischen Gedanken und Pläne und Worte schwarz und heiß in ihrem Fleisch und ihren Knochen auflösten, dort schwärten, verwesten und sich einbrannten. Und ihr Leben war zwar voller Leid und Schmerz und ohne jeden Lohn, doch das Leben ihres Königs war das Gegenteil, und das reichte aus, um sie aufrechtzuerhalten, um sie jeden Tag wieder ihre Aufgabe erfüllen zu lassen. Für Mum bedeutete das, dass die Ältere auf die Jüngere aufpassen musste, aber El schloss daraus, dass sie das Sagen habe, dass sie das göttliche Recht besitze, immer, immer als Erste an der Reihe zu sein.

Also bestand ich darauf, eine Mannschaft zu haben. Denn bis mir El wieder einmal erlaubte, als Kapitänin am Steuerrad zu stehen, würden sicher Wochen vergehen, und als Erste Offizierin konnte ich immerhin auch die Chefin von jemandem sein. Wir hatten eine Mannschaft von alten Seebären, die Piraten aus der Geschichte, die uns gerade am besten gefielen, hin und wieder einen Cowboy oder Indianer aus Boomtown und Clowns, die gerade frei hatten. Nur drei Mitglieder der Mannschaft waren immer dabei. Annie, unsere Zweite Offizierin und Chef-Navigatorin: eine hochgewachsene, ständig aggressive rothaarige Irin, benannt nach der karibischen Piratin Anne Bonny. Belle, unsere Kanonierin: jung, laut und lustig, ohne jede Angst; sie trug Kleider statt Kniehosen, versteckte Messer in ihrem ebenholzschwarzen Haar und trug Lippenstift in der Farbe von Blut. Und Mouse, die so ängstlich und gehorsam war, dass sie aus El jedes Mal das Schlimmste herausholte, was mich dann wiederum verschonte. Klein und still und blass, immer in Schwarz gekleidet, huschte sie auf Deck vom Bug zum Heck und wieder zurück: unser Schiffsmädchen, Pulvermädchen und Dienstmädchen.

In manchen Nächten segelten wir nur. Suchten nach Der Insel und taten alles, um das hinter uns herjagende Gespenst von Schwarzbarts *Queen Anne's Revenge* nicht näher kommen zu lassen. In anderen Nächten kämpften wir gegen eine meuternde Mannschaft und dachten uns komplizierte Bestrafungen für ihren Ungehorsam aus: Kielholen vom Bug zum Heck mit Seilen oder über eine mit Schmalz bestrichene Planke gehen. Aber noch häufiger mussten sie immer unmöglichere Herausforderungen bestehen, um ihr Leben zu retten: Wir glaubten an grausame zweite Chancen. Und in wieder anderen Nächten kämpften wir gegen Stürme und andere Schiffe: Fregatten und Geleitzüge von Handelsschiffen, andere Piratenbrigantinen. In unseren Ohren hallten das Krachen splitternden Holzes und die Schreie sterbender Männer wider, das Knallen der Kanonen und Musketen, das Brüllen des Sturms.

Ahoi, schnappen wir sie uns, die Hundesöhne!

Kein Pardon! Keine Beute, keine Heuer!

Und immer blieb uns Schwarzbart dicht auf den Fersen. Und immer, *immer* warteten wir darauf, dass Kapitän Henry irgendwo am Horizont auftauchte. Um uns zu helfen und den Tag zu retten. Wir wussten, er würde kommen. Wir waren uns völlig sicher, dass er eines Tages zurückkehren würde. Um uns zu holen.

Ich öffne die Augen und blinzele. Gehe zurück über das Deck der *Satisfaction*, durch die Tür des Waschhauses und in den langen, engen Gang, als befände ich mich in einem Traum. Plötzlich bleibe ich stehen und drehe mich zur Grenzmauer um. Ein Schauder überläuft mich, als ich meine tauben Finger auf ihren groben Stein lege. Ein großes Porträt von Kapitän Henry – gemalt von El – hatte hier irgendwo gehangen. Streng und mit ernstem Gesicht, vor dem Hintergrund der Blau-, Gelb- und Grüntöne Der Insel. Ich denke an die leere Rumflasche im Schuhkarton. Kapitän Henry war immer unser Held gewesen: der mutigste und beste aller Piraten. Der Piratenkönig der Welt.

Ich lasse mich gegen die Mauer fallen. So viele Dinge habe ich vergessen, die immer noch da – immer noch hier – in den staubigen, dunklen Winkeln sind. Plötzlich will ich unbedingt gehen, will ich, dass mir wieder warm wird, dass ich frische Luft atmen kann, die nicht nach Feuchtigkeit und Moos riecht. Unten an der Treppe bleibe ich erneut stehen. Schaue hoch, ohne zu wissen, warum – bis ich die weiße Karte sehe, die mit schwarzem Isolierband an der Unterseite des Holzdaches befestigt ist:

SCHNEEWEIẞCHEN SAGTE: »WIR WERDEN UNS NIE VERLASSEN.«
ROSENROT ANTWORTETE: »NIEMALS, SOLANGE WIR LEBEN.«

Alle Piraten brauchen eine Geheimsprache, sagte Mum, und dies war unsere. Und obwohl sie genauso ein Teil vom Spiegelland war wie alles andere hier unten, ist dies hier dennoch anders. Diese Karte ist neu.

Ich sehe rot – ganz buchstäblich. *Blutrot.* ER WEIß ES. Ich fühle es, *höre* es, es ist ein heißes, dringliches Flüstern in meinem Ohr, und ich schlage danach wie nach einer Mücke, jetzt panisch, als wären da Finger um meinen Hals, die zuzudrücken beginnen. Ich höre ein Geräusch, oben, aber doch in der Nähe; fremd, aber doch vertraut: ein lautes, metallisches, widerhallendes Rumsen. Ein eisiger Stoß Zugluft zieht an meinem Haar, fährt mir übers Gesicht. Die nackte Glühbirne verlischt plötzlich, und als ich mich von der Wand abstoße und leicht taumele, spüre ich klare Luft, höre ich eine Stimme, die vertraut wäre, wenn sie nicht schreien würde.

»LAUF!«

Das tue ich. Ich packe das Geländer und beginne mit klammen Händen und unregelmäßigem Herzschlag hinaufzusteigen. Der dunkle, eiskalte Gang hinter mir ist wie ein Ungeheuer, das mir auf den Fersen ist, eine brüllende, stärker werdende Welle voller Seetang und Chitinpanzern. Die Stufen sind zu steil. Meine Fingerknöchel schaben an Stein entlang. Die Härchen an meinem Nacken schicken einen Schauder den Rücken hinunter, und die wenigen Streifen Tageslicht, die durch das Holzdach dringen, sind wie Blitze über meinem Kopf. *Bullaugen*, denke ich. Es sind *Tote Lichter*.

Kurz bevor ich oben angekommen bin, verpasse ich eine Stufe und stürze beinahe rückwärts nach unten. Und dann bin ich wieder im Schrank, knalle die Tür vom Spiegelland hinter mir zu, schiebe die Riegel vor und stolpere zurück in die Speisekammer.

*

Ich bin nicht verrückt. Ich bin nicht die wahnhafte, herzlose Schlampe, für die mich DI Kate Rafiq vermutlich hält. Meine Instinkte, meine Überzeugungen sind vollkommen exakt. El lebt. Weil sie nicht tot sein kann, wenn sie mir E-Mails schickt. Wenn sie Schuhkartons im Garten vergräbt und verschlüsselte Warnungen mit Isolierband an Zimmerdecken befestigt. Wenn sie unsere Vergangenheit – eine Vergangenheit, an die ich nie mehr denken wollte – aufwühlt wie ein stumpfer Pflug. Wenn sie ihre Machtspielchen spielt. *Das* ist verdammt noch mal verrückt.

Ich weiß, wie das hier läuft. Wie es immer gelaufen ist.

Das hier ist eine Schatzsuche. Sie hat die Karte. Und ich habe keine Wahl, ich muss warten, bis sie mir den nächsten Hinweis gibt.

KAPITEL 6

Der Kakadu-Dschungel um uns herum erwacht zum Leben. Alles kreischt und quakt: Höhlenschwalme, Kalifornische Kondore, riesige Ibisse, Kakapos. Die Zimtahorne, Amerikanischen Hainbuchen und Banyan-Bäume rauschen im heißen Wind, die Sümpfe und Flüsse und Wasserfälle dampfen in der Hitze. Die Vögel fliegen schreiend in die Baumwipfel hinauf, der Himmel wird dunkel und stürmisch, Blitze zucken durch Grün und Braun und Gold, schlagen in Holz, Eisen und Stein ein. Und die Schatten böser Männer lauern in der Dunkelheit, sie sind zornig und haben scharfe Zähne. *Denn alle Männer sind Piraten*, sagt Mum. Sogar der Traumprinz ist ganz genau wie Schwarzbart: listig und gut aussehend, man darf ihm nicht über den Weg trauen. Wir müssen uns retten.

Also laufen El und ich. Das Licht unserer Taschenlampe zuckt über gähnende Mäuler voller Zähne. Eine riesige Welle aus Wasser und Wind und Fleisch und Laternenlicht. Hoch und breit und lähmend hell. Sie rollt wie eine Explosion über den Dschungel hinweg, wie ein Erdbeben. Rollt auf uns und unseren goldenen Bettüberwurf zu wie ein Erdrutsch aus Schlamm und Steinen und Toten Lichtern.

LAUF!

Es kommt mir vor, als hätte mich mein eigenes Schreien geweckt. Vielleicht ist das so, denn als ich die Augen öffne, sieht mich Ross mit einem starren Blick zwischen Angst und Sorge an, und seine Hand packt meinen rechten Arm kurz über dem Ellenbogen. Ich liege auf dem Chesterfield-Sofa im Wohnzimmer.

Neben einer Mahagoni-Kommode mit Klauenfüßen, von der Grandpa immer behauptete, sie sei ein echtes Chippendale-Möbelstück. Und gegenüber von einem mit gelbem Brokat gepolsterten Schaukelstuhl und einem Leder-Ruhesessel, die haargenau so aussehen wie die Originale. Ich kann beinahe sehen, wie Mum und Grandpa vor dem flaschengrünen Kamin einander gegenübersitzen. Mein Blick gleitet zur türkis gefliesten Art-déco-Bar, die Mum immer »den Poirot« nannte.

»Du hast geschrien«, stellt Ross mit gerunzelten Brauen fest.

»Jetlag«, sage ich. Ich stehe mit wackeligen Beinen auf und versuche zu lächeln. »Ich glaube, ich brauche frische Luft.«

In der Eingangshalle bleibe ich vor der Garderobe stehen. Statt meines Anoraks ziehe ich den grauen Kaschmir-Wickelmantel an, der nur El gehören kann. Ich werfe einen Blick auf das Etikett, bevor ich ihn anziehe und mit dem Gürtel schließe. Vivienne Westwood. Wir haben früher auch immer dieselben Kleider getragen, sage ich mir und sperre die Tür auf. Wobei das nicht wirklich stimmt. Als wir aus diesem Haus zogen, ließen wir so gut wie alles hinter uns, was wir geteilt hatten, alles, was uns zwang, immer gleich zu sein.

Draußen ist die Luft tatsächlich sehr frisch, aber das hilft nicht viel. Als Kinder träumten El und ich sogar dasselbe, hatten dieselben Albträume. Meistens träumten wir vom Kakadu-Dschungel, weil wir jede Nacht händchenhaltend unter unserem goldenen Bettüberwurf einschliefen, umgeben von Dschungel-Tapeten und den Nachwirkungen der Stunden vor dem Schlafengehen, in denen wir viktorianische Forscher spielten. Ich habe seit Jahren nicht mehr an den Kakadu-Dschungel gedacht, geschweige denn von ihm geträumt. Und ich habe ihn nicht vermisst.

Ich öffne die Gartentür, sie quietscht laut. Ich trete hinaus auf den Bürgersteig und fühle mich plötzlich seltsam ungeschützt. Warum zum Teufel habe ich diesen Mantel angezogen? Und dann verändert sich mein Angstgefühl, es wird stärker. Meine Haut beginnt zu prickeln. Als ich mich umdrehe, sehe ich eine Gestalt in der Ecke des gegenüberliegenden Bürgersteigs stehen, die mich beobachtet. Ein Mann. Er trägt einen dunklen Mantel, und sein Gesicht ist von seiner Kapuze verdeckt. Tote Lichter, fällt mir plötzlich ein, waren die Augen des Piraten in der Dunkelheit. Eine abgeblendete Taschenlampe oder eine Laterne, gegen den Wind geschützt. Aber Tote Lichter waren auch die Augen der anderen. Der anderen, die in der Nacht nach einem suchten – kamen, um einen zu holen. Ich atme ein wenig zu heftig, mache aber trotzdem einen Schritt auf ihn zu. Mein »Hey« klingt mehr wie ein Keuchen. Und als ich endlich ein besseres hervorbringe, hat er sich schon umgedreht und ist um die Ecke verschwunden, in Richtung Lochend.

Ich gehe ihm nicht hinterher. Stattdessen wende ich mich in die entgegengesetzte Richtung und renne beinahe zum Eingang von Colquhoun's von Westeryk. Im Laden ist es ganz ruhig, er ist nahezu leer. Ich fülle hastig einen Korb mit Fusili, rotem Pesto und Focaccia, um dann direkt zu den Alkoholika zu gehen. Mein Atem geht immer noch schnell und zittrig. Vielleicht ist er nur ein Reporter. Ein neugieriger Nachbar. Oder er ist der unheimliche Typ, der mir diese …

»Oh! *Dieu merci! J'y crois pas …*«

Ich schrecke vor der Stimme und der schweren Hand zurück, die sich plötzlich auf meinen Unterarm legt und den Korb gegen ein Regal voller Bier stößt. Als ich das Gleichgewicht wiedergefunden habe, liegt die Hand der Frau auf ihrem Mund, und ich weiß sofort, was geschehen ist, bin verwundert, dass mir diese Möglichkeit – diese Unausweichlichkeit – noch nicht eingefallen ist. Oder zumindest nicht, bevor ich den verdammten Mantel angezogen habe. Dass ich nicht darüber nachgedacht habe, wie viel unangenehmer als in einer Weinbar auf dem Flughafen von New York das hier ist. Sie glaubt, ich sei El.

»*Excusez-moi* – es tut mir ja so leid. Ich wollte nicht …« Sie ist hochgewachsen, schlank, ungefähr in ihren Vierzigern, und ihre Kleider sind teuer, ebenso wie ihr Make-up. Sie hat ihr schwarzes Haar zu einem Dutt zusammengesteckt. Sie strahlt eine Mühelosigkeit aus, die vermutlich eine ganze Menge Mühe kostet. Jedenfalls weit mehr, als ich je aufbringen könnte.

»Ich bin Marie Bernard. Und Sie sind Catriona – Cat – aus Amerika.« Ihre langen Finger greifen nach meinen und drücken sie. Ihr Lächeln ist viel zu heiter. »Ellice hat mir natürlich von Ihnen erzählt.«

Ich finde die Vorstellung, dass El ihr *irgendwas* von mir erzählt hat – *natürlich* – weit verstörender, als ich vielleicht sollte. Sie lächelt erneut, aber jetzt stelle ich fest, dass ihre Augen müde aussehen und gerötet sind. Ich denke an den Ausruf der Erleichterung: *»Dieu merci!«*

»Sie sehen ihr ja so ähnlich.« Sie beugt sich vor – ich rieche Chanel No. 5 – und schüttelt sich dann. Tritt zurück.

»Sie sind mit El befreundet?«

»Oui.« Etwas Dunkles blitzt in ihren Augen auf und ist dann wieder fort. »Wir beide sind es. Das hier ist Anna.«

Ich folge ihrem Blick zur einzigen Kassiererin. Die sich umdreht, mich von Kopf bis Fuß mustert, und dann noch einmal. Sie lächelt nicht. »Sie sehen haargenau so aus.« Sie hat einen Akzent. Osteuropäisch. Das hatte ich bereits anhand ihres hohen blonden Pferdeschwanzes und der hohen Wangenknochen erraten.

Ich zupfe befangen am Revers von Els Mantel.

»Ich bin vor vielen Jahren aus Belleville, Paris, hierhergezogen«, sagt Marie. »El und ich haben uns hier tatsächlich kennengelernt. Wenn es ruhig im Laden war, schlichen wir uns ins Hinterzimmer, um schlechte Cocktails aus Dosen zu trinken.«

»Alte Lagerbestände«, sagt Anna und sieht Marie an. »Echt schlimm.«

Marie lacht, aber ihre Stimme bricht. »Wir sind sehr gute Freundinnen. Wir haben viel Spaß zusammen.«

»El ist ein *guter* Mensch«, sagt Anna. Ich bin ein bisschen bestürzt über die Tränen in ihren Augen.

Marie nickt und wendet sich mir zu. »Gibt es immer noch nichts Neues?«

»Nein, tut mir leid«, sage ich. »Bisher noch nichts.«

Nun folgt ein weiteres betretenes Schweigen, das zu füllen ich keine Lust habe. Die wenigen Freunde, die El als Teenager hatte, kannte sie nur durch mich. Ross und ich waren die einzigen Menschen, die sie je nah an sich heranließ, und doch kennen diese beiden Frauen sie nicht nur, sondern scheinen sie ehrlich zu mögen.

»Und Ross?«, fragt Marie schließlich. »Wie geht es ihm?«

»So gut, wie es ihm eben gehen kann.« Ich wähle zwei Flaschen Wein aus und gehe auf die Kasse zu. »Ich sollte …«

»Bien sûr. Pardon.« Maries viel zu heiteres Lächeln fällt in sich zusammen. »Sie müssen uns besuchen. Auf einen Tee, *apéritif*, egal was. Ich wohne gleich da drüben. Das Endhaus.« Sie zeigt auf den Lebkuchen-Knast, und ich bemerke eine lange Narbe, die auf ihrer dunklen Haut deutlich zu sehen ist und von ihrem Handgelenk bis zu ihrem Ellenbogen reicht. Als sie bemerkt, dass ich dorthin schaue, zieht sie den Ärmel schnell wieder herunter.

»Und vielleicht könnten Sie mir Bescheid sagen, wenn Sie etwas hören?«

»Natürlich«, antworte ich.

Sie nickt, legt die Hand auf den smaragdgrünen Schal um ihren Hals, und ich sehe, dass auch auf ihren Fingerknöcheln Narben sind. Und unter all dem makellosen Make-up ist die Haut an einer Wange etwas angehoben und so grob wie beschädigter Putz. Die Stille zwischen uns wird immer länger. Und dann winkt sie, dreht sich hastig und kühl um und hinterlässt noch eine Wolke Chanel No. 5.

Ich gehe sofort zur Kasse, wobei ich mich schuldig und zugleich erleichtert fühle.

»Möchten Sie eine Tüte?«, fragt Anna. Ihr Gesichtsausdruck ist wieder völlig unbewegt, und als ich nicke, holt sie eine unter dem Verkaufstresen hervor und schleudert sie mir entgegen. Beginnt, meine Waren zu scannen und sie brutal effizient weiterzuschieben.

Ich räuspere mich. »Geht es Ihnen gut?«

Sie schiebt mir grob eine Flasche Wein entgegen, ohne aufzuschauen, aber ihre Wangen haben sich gerötet. »Ich verstehe nicht, warum Sie hier sind.«

»Wie bitte?«

»El hat uns erzählt, was zwischen Ihnen und ihr passiert ist.« Ihre Augen flackern trotzig auf. »Warum Sie gegangen sind.«

Ich kann mir nicht einmal vorstellen, was sie gesagt hat. El kann die Wahrheit so sehr verdrehen, dass man sie nie wieder entwirren kann. »Was zwischen uns geschehen ist, geht Sie *überhaupt* nichts an.«

Anna schluckt sichtbar. Strafft die Schultern. »Sie sollten gehen. Sie würde nicht wollen, dass Sie hier sind.«

Ich halte meine Karte an das Lesegerät. Schnappe mir meine Tasche und marschiere schnell zur Tür und auf die Straße. Mein Jetlag ist zu stark, und ich bin schon zu wütend, um noch meinen Worten zu trauen.

»Sie sollten sich vorsehen«, ruft mir Anna hinterher.

Und obwohl es sich anhört wie eine Drohung, wirkt es eher wie eine Warnung, weil sich ihre Stimme dabei nicht mehr ganz so eiskalt anhört.

*

Ross ist nicht unten, als ich zurückkomme. Das ist vermutlich auch gut. Der Traum und das Gespräch mit Anna haben mich ebenso in Atem gehalten wie Els E-Mails, die Seite aus ihrem Tagebuch, die Wiederentdeckung des Spiegellands. Ich wusste, dass es sich merkwürdig anfühlen würde, nach all der Zeit wieder zurückzukehren, aber auf unbehaglich war ich nicht eingerichtet. Auch nicht auf unsicher. Ängstlich.

Ich stehe vor dem Herd. Koche die Nudeln so lange, bis sie nur noch Matsch sind, werfe sie weg, beginne von vorn. Ich sehe zu, wie das Wasser blubbert und brodelt und erinnere mich, wie mir meine Mum die Wange streichelt und mich dabei ihre Nägel kratzen. *Sei nicht so wie ich, Catriona. Sieh lieber das Gute als immer nur das Schlechte.* Also denke ich daran, wie El und ich am Küchentisch saßen und Grandpa die viel zu süßen Kokospralinen stibitzten, wenn Mum nicht hinsah. Wie wir Socken auf das an der Wand hängende Wäschegestell warfen, das wir Morag getauft hatten. Ein Punkt, wenn sie auf einer der hölzernen Leisten hängen blieb; zehn, wenn sie auf dem gusseisernen Gestell landete. Mein Handy vibriert, ich zucke zusammen und ziehe es hastig aus der Tasche.

Die E-Mail kommt von john.smith120594. In der Betreffzeile steht ER WEIß ES.

Und die Nachricht lautet:

HINWEIS 2. WO GRANDPAS ERSTER OFFIZIER IRVINE STARB.

Meine Wut ist fast eine Erleichterung. Weniger willkommen ist die plötzliche Erkenntnis. Ich wende mich vom Herd ab und setze mich an den Tisch, an dem Grandpa uns zum ersten Mal vom Schicksal des todgeweihten Irvine erzählt hatte. 1974 verlor Grandpa während eines zweitägigen Fischzugs in der Nordsee beinahe sein Bein – und sein Leben. Er war an Bord eines Heckfängers namens *The Relict.* Er erzählte uns die Geschichte so oft, dass wir manchmal sogar davon träumten: vom Schneesturm, dem Kreischen der Möwen und Tölpel, den Gerüchen des Meeresgrundes, wenn der Schlamm aus dem Teufelsloch einhundertdreißig Faden aus der Tiefe emporquoll – Salz und Öl und Erde. Wenn der Motor abwürgte, die Hydraulik kreischte, weil sich das Netz am Meeresboden verfangen hatte und das Boot heckwärts kippte, und Grandpa und sein ältester Kumpel, Irvine, auf dem schrägen Deck zu den klemmenden Schleppnetzklappen und auf das Meer zurutschten. Grandpa brach sich dabei das Bein, aber er warf Irvine dennoch einen Netzhaken zu, hielt seinen Freund verzweifelt fest, bis der schließlich losließ.

Jeder Überlebende auf der *Relict* bekam etwas, aber Grandpa bekam mehr, weil er derjenige war, der einen Bericht nach dem anderen zu diesen schadhaften Schleppnetzklappen verfasste; er war derjenige, dessen Freund gestorben war und dessen Bein danach nicht mehr funktionierte. Schließlich erhielt er so viel Schmerzensgeld, dass er bequem in den Ruhestand gehen und das Spiegelhaus kaufen konnte. *Die Leute haben mich immer unterschätzt, Mädel,* sagte er immer. *Ich war der verdammte Albtraum dieses Skippers.* Anders als Mum hatte Grandpa nur eine einzige Regel, die er allerdings ständig wiederholte, weil sie uneingeschränkt galt: *Auf jedem Boot gibt es ein Arschloch, und wenn es keins gibt, bist es vermutlich du.*

Ich stehe auf und gehe zu den wackeligen beigefarbenen Küchenschränken. Ich hocke mich hin und beginne, die Türen zu öffnen, Schüsseln und Tupperware herauszuräumen, bis ich es finde. In der Ecke der Rückwand des letzten Schrankes. Ein winziger schwarzer Wirbel aus Kohle und schwarzem Filzstift. Das Teufelsloch. El verwüstete gern das Innere von Schränken und Schubladen, immer klein und listig an Stellen, an denen niemand suchte, es sei denn, er wusste, dass sie da waren. Ein paar Tage, nachdem uns Grandpa die Geschichte zum ersten Mal erzählt hatte, malte sie das Teufelsloch dorthin. Ich muss mich hinknien, um den gefalteten Zettel herauszuholen, der darunter klebt. Und gerade, als ich merke, dass es diesmal zwei Zettel sind, zischt jemand – etwas:

Du bist eine ekelhafte kleine Schlampe!

Ich zucke zurück. Ich glaube, ich kreische auch auf. Ich weiß, dass ich die Hand aus dem Schrank reiße und hektisch mit den Füßen trete, bis ich wieder auf der anderen Seite der Küche bin. Ich schlucke. Es ist niemand da. Aber ich fühle die Stimme immer noch. Das Gift, das darin liegt, die Boshaftigkeit. Die Wut. Und in irgendeiner weit entfernten Ecke meines Kopfes sehe ich eine Frau: hochgewachsen, mit sprödem schwarzem Haar. *Die Hexe.*

»Was machst du da?«, fragt Ross von der Küchentür her.

»Bin ausgerutscht«, bringe ich hervor, lache gekünstelt und reibe mir die Arme. Dabei stecke ich die beiden Zettel in meine Tasche und lasse es zu, dass er mir auf die Füße hilft.

Ich kenne diese Frau – zumindest habe ich das Gefühl. Die vagen Erinnerungen, die diese gezischten Worte geweckt haben, sind eher Eindrücke, sie sind wie aufsteigender Qualm. Ihre Stimme ist dünn und hoch und grausam. Niedrige Augenbrauen, eng beieinanderliegende Augen, die auf mich herunterschauen, als wäre ich das Schlimmste, was sie je gesehen hat. Grandpa, der mich weinend am Küchentisch findet. Ein Zwinkern, das kühle, schwere Tätscheln seiner Hand. *Die sind schon lange tot, Mädel. Lohnt nicht, deswegen zu weinen.*

Ich gehe zurück zum Herd, schaue auf die beiden Fliesen zu meinen Füßen, den dunklen rostfarbenen Fleck auf der gesprungenen Fuge zwischen ihnen. Ich schaudere. Schüttele das Gefühl ab. Schaue in den Topf mit der Pasta, die weich und schon beinahe wieder ungenießbar ist. »Ich glaube, das Essen ist fertig.«

Wir essen beide wie Maschinen: langsam, stetig, effizient. Hinterher geht es uns beiden nicht besser. Ich stehe auf, öffne die Tür des Kühlschranks und hole eine Flasche Wein heraus.

»Das unterste Fach der alten Kühl-Gefrier-Kombi war immer voller Fleischpasteten von Marks and Spencer. Auf den hässlichen Etiketten stand ›FÜR MEINE BEERDIGUNG – *NICHT*

ANFASSEN‹«, sage ich, um die Anspannung etwas zu lockern. »Grandpa nannte sie immer die *schicken Pferdeäpfel.*« Ich denke an sein leichtes, schnelles Lächeln. *Gutes Essen auf einer Beerdigung ist heutzutage so selten wie Schaukelpferdscheiße, Mädel.*

Als ich mich umdrehe, hat Ross böse die Stirn gerunzelt. Und dann entspannt sich sein Gesicht, wird so schnell neutral, dass mich ein Schauder überläuft und ich mich frage, ob ich mir den bösen Blick nur eingebildet habe.

»Alles okay mit dir, Ross?«

Ich bin beinahe erleichtert, als der böse Gesichtsausdruck zurückkehrt. »Warum wohl sollte irgendetwas mit mir *nicht* okay sein, Cat?«

»Tut mir leid. Natürlich geht es dir nicht gut. Ich wollte nicht ...«

»Mist. Es tut *mir* leid. Achte gar nicht auf mich.« Er reibt sich die Augen und lächelt mich schwach an. »Ich bin nur völlig fertig. Wirklich verdammt noch mal total fertig.«

Ich öffne den Wein und schenke uns ein. »Ich habe heute Anna kennengelernt. Ist sie immer so eine Zicke?«

»Anna?«

»Bei Colquhoun's. Blond, wunderschön, Russin.«

»Ach, Anna. Keine Russin, sie ist Slowakin. Sie kann schon ziemlich ...« Er winkt ab. »Weiß auch nicht, etwas schroff sein.«

Ich nehme einen Schluck Wein. »El glaubt, dass Anna auf dich steht, oder?«

Weil El immer eifersüchtig war. Besitzergreifend. Jedenfalls bei Ross.

Als er nicht antwortet, begebe ich mich auf sichereres Territorium. »Marie habe ich auch kennengelernt. Sie hat gefragt, ob es Neuigkeiten gibt, und ...«

Ross steht abrupt auf. »Ich weiß nicht, wer das ist.«

»Na ja, sie schien dich zu kennen. Sagte, El und sie seien Freundinnen. Sie wohnt im Lebkuchen-Knast.«

»Im was?«

»Gegenüber. Im Reihenhaus gegenüber.«

Er schüttelt den Kopf, hat mir aber den Rücken zugewandt, und ich sehe seinen Gesichtsausdruck nicht. »Habe keine Ahnung, wer das sein soll.«

Und ist das nicht sowieso egal? El hatte immer Geheimnisse. Sie trennte immer gern alles – und alle voneinander. Selbst als Kind konnte sie es nicht leiden, wenn Essen gemischt wurde; sie schob immer jede einzelne Beilage getrennt an den Tellerrand, damit dazwischen eine leere Fläche blieb.

»Ich wusste nicht, dass El Depressionen hatte«, sage ich schließlich, um das Schweigen zu beenden.

Ross dreht sich um. »Verdammt, ich bin klinischer Psychologe«, sagt er, und jetzt klingt es nicht mehr wütend, sondern so erschöpft, dass man die Müdigkeit fast greifen kann. »Ich sehe jeden Tag ein Dutzend Patienten mit chronischer Depression. Bipolare Patienten, solche mit Posttraumatischen Belastungsstörungen.« Er lässt sich schwer zurück auf den Stuhl fallen und stützt den Kopf in die Hände. »Und ich konnte nicht einmal meiner eigenen Frau helfen.«

»Aber du hast gesagt, sie sei ein milder Fall gewesen. Du hast Rafiq gesagt, Els Depression sei …«

»Ich weiß, was ich gesagt habe. Aber Rafiq sucht nur nach einer Entschuldigung, um mich loszuwerden. Du hast ja gesehen, wie sie auf die Beileidskarte reagiert hat. Ich gehe ihr so richtig auf den Wecker.«

»Ich bin sicher, dass das nicht …«

»Sie denkt vermutlich, ich hätte dir diese Karte selbst hingelegt«, sagt er. »Damit sie das Interesse nicht verlieren, damit die Ermittlungen *aktiv* bleiben.«

Ich will mit ihm über die Karten reden, doch seine hängenden Schultern halten mich davon ab. Ich sehne mich danach, ihn zu trösten, aber wie soll ich das tun? Er weiß bereits, dass ich nicht glaube, dass El tot ist. Oder auch nur tatsächlich verschwunden ist. Wenn ich ihm von den *Hinweisen* erzähle, die ich per E-Mail bekommen habe, weiß ich jetzt schon, dass er die Vorstellung von sich weisen wird, dass sie von El kommen, obwohl das die logischste Erklärung ist. Und davon abgesehen, egal wie sehr ich es vielleicht will, kann ich dieses SAG ES NIEMANDEM nicht vergessen. Also nicke ich, obwohl ich weiß, dass ich genau das tue, was El von mir will: Ich sorge dafür, dass Ross und ich einander nicht näherkommen, ich schiebe uns getrennt an den Rand des Tellers. »Ja, das glaube ich. Ich wette, sie hat jede Folge von *Heißer Verdacht* aufgenommen.«

Als Ross nichts erwidert, schaue ich aus dem Fenster. Das Gras wird ganz golden, als die Sonne hinter der rückwärtigen Mauer des Gartens sinkt.

»Warum sind die Fenster alle zugenagelt?«

Er blinzelt. Schaut zur Fensterbank. »Wir dachten, die MacDonalds hätten das aus Sicherheitsgründen getan – ich meine, die Fenster sind ja auch uralt.« Sein Lächeln hält sich kaum länger als eine Sekunde. »Ich habe einen Mann geholt, der alte Häuser restauriert, als wir hier eingezogen waren. Der sagte, wir würden jeden einzelnen Rahmen austauschen müssen. Hätte Tausende gekostet.« Diesmal ist sein Lächeln bitter. »Um ehrlich zu sein, haben mich die Nägel nicht besonders gestört. Ich dachte, dadurch wäre El sicherer, wenn ich nicht da war.«

Wir sitzen noch lange da. Keiner von uns sagt ein Wort. Wir trinken, bis der Wein leer ist. Schließlich steht Ross auf und stellt sein Glas in den Ausguss. »Ich versuche dann mal, eine Mütze Schlaf zu bekommen.«

»Okay.«

Er bleibt in der Küchentür stehen. »Sag mir, warum, Cat. Warum du dir so sicher bist, dass sie nicht tot ist.«

»Ich würde es spüren«, sage ich. »Wenn sie gestorben wäre, hätte ich es gespürt. Ich würde es *wissen*.«

Ich sehe, dass seine Fingerknöchel ganz weiß werden, als er die Klinge ergreift. »Und du meinst, *ich* würde es nicht spüren? Du bist doch diejenige, die sie nicht kennt. Du hast sie zwölf Jahre lang nicht gekannt, Cat! Sie würde ebenso wenig ihr eigenes Verschwinden vorspielen, wie sich selbst Drohkarten zu schicken. Wir waren *zusammen*. Wir haben uns geliebt.«

Ich weiß nicht, wen er zu überzeugen versucht, sich selbst oder mich, aber seine Worte, sein Aufbrausen tun mir trotzdem weh. Es fühlt sich an wie eine Ohrfeige. Es brennt in meiner Kehle und in meinen Augen. Weil er mir wehtun *will*, begreife ich. Und wenn es nur daran liegt, dass er El nicht wehtun kann. Oder weil sie es ist, die er sieht, wenn er mich anschaut.

»Sie war anders«, sagt er. »Nachdem du gegangen warst, hat sie sich verändert. Sie würde so etwas nicht tun. Niemals.«

»So sehr verändern sich Menschen nicht«, sage ich. Weil ich nichts dagegen tun kann. Weil ich es glaube.

Seine Mundwinkel verziehen sich zu einem freudlosen Lächeln. »Sie hat immer gesagt, dass Verleugnen deine Superkraft sei.« Und dann öffnet er die Tür und geht, ohne sich auch nur einmal nach mir umzusehen.

Ich bleibe sitzen. Schaue wieder aus dem Fenster. Ich fühle mich klamm und verschwitzt. Erschöpft und wach. Ich hole den ersten gefalteten Zettel aus der Tasche und öffne ihn.

10. JANUAR 1995=8+ EINHALB
Mum sagt, dass Blaubahrt nachts nach einer anderen Frau sucht um sie einzusperren und an einem Haken aufzuhängen, wenn er wütend wird. Blaubahrt ist ein FEIGLING DER SCHLIMMSTEN SORTE.

Sie sagt wenn wir auf der Satisfaction *sind und nach Kapiten Henry und Der Innsel suchen, müssen wir uns BENEHMEN und dürfen nicht STREITEN, weil uns Schwarzbahrt sonst kriegt. Weil*

Schwarzbahrt der SCHLIMMSTE PIRAT VON ALLEN is. Er is hinterlistich und gemein und lügt die ganze Zeit. Der will uns nur fangen und reinlegen und uns den Haien zum Fras vorwerfen. Aber macht er nie.

Sie fasucht nur uns Angst einzujagen sagt Ross.

KAPITEL 7

23. August 1995 = 9 + 2 Monate (BEINAA!)
Es is schön wenn Cat und ich allein sind aber ich mag es auch wenn Ross da ist, obwohl wir dann die Sachen spielen müssen die er will wie zum Beispiel Spagättiwestern.

Heute waren wir Sheriffs in Boomtown und mussten die Oklahomebrays (glaub nich dass man das so schreibt!) abwehren. Wir mussten die Stadt ganz allein fateidigen weil Marshal Hank in Deadwood war und wir nicht wussten wann er wiederkommt. Ich hab mich hinter der Wand des DREIFINGER-JOE-SALOON versteckt und hatte einen COLT 45. (Ross hat den Clowns gesagt sie dürfen nicht mitspielen – er hat keine Ankst vor Clowns wie Mum oder Cat, aber er mag sie auch nicht besonders.) Belle und Mouse sind im KREUZFEUER erschossen worden weil Ross sagt, sie können ums Farräcken nich schießen.

Wir sind SCHARFE SCHÜTZEN wie Annie. Aber ich bin noch besser als Cat.

Mum sagt IMMA dass es nicht sowas gibt wie ein TRAUMPRINZ in Aschenputtel oder Schneewittchen.

ABER wenn es Piraten und Prinzessinnen und Feen und Clowns und Meerjungfrauen und Vorkosterinnen und SPIEGELLAND gibt, MUSS es auch Traumprinzen geben.

Heute hat Ross ungefähr zehn Minuten lang meine Hand gehalten. Und mich angelächelt als er aus SPIEGELLAND rausgeklettert ist, als wir zum Abendessen mussten. Ich hab's Cat nicht gesagt.

Ich erinnere mich an Els Lächeln an dem Sommernachmittag, als Ross und seine Mutter in das alte Haus der McKenzies nebenan einzogen. Das Haus hatte monatelang leer gestanden. Die Fenster und Türen waren mit Holz und später Blech vernagelt, und das ZU-VERKAUFEN-Schild im Vorgarten wucherte langsam zu. Als El sich vom Fenster aus zu mir umdrehte, konnte sie vor Freude kaum atmen und grinste breit. *Es ist ein Junge!* Wir waren sieben. Als er das erste Mal seinen Kopf aus seinem Zimmerfenster über unserer Gartenmauer streckte, um sie nach ihrem Namen zu fragen, war ihre Begeisterung so deutlich, so ansteckend, dass ich sofort ebenfalls begeistert war, als ich im Schneidersitz auf unserem goldgelben Bettüberwurf saß und *Peter Pan* las. Die Begeisterung brannte sich durch meinen Körper wie ein Blitz und ließ mein Herz donnern.

Im Schieferdach des Waschhauses war ein altes Dachfenster. Es war schwarz vor lauter toten Blättern und Schmutz. Die Gartenmauern waren zu hoch, um darüberzuklettern, und wir wussten ganz genau, was Grandpa dazu sagen würde – schlimmer noch, was Mum sagen würde –, wenn sie uns dabei erwischten, wie wir mit einem Jungen spielten, deshalb war Ross gleich von Anfang an unser Geheimnis, und wir waren seins. Nur an Samstagnachmittagen besuchten wir das Spiegelland tagsüber, wenn Mum staubsaugte und das Haus putzte und Grandpa sich in den Maschinenraum einschloss und Fußballergebnisse durchs Haus hallen ließ. Ross kletterte dann aus seinem Zimmerfenster aufs Dach des Waschhauses herunter, öffnete das Dachfenster und ließ sich ins Spiegelland fallen.

Als er das zum ersten Mal tat, konnte ich ihn kaum ansehen. Ich erinnere mich, dass meine Hände ganz klamm waren, als er uns beide mit seinen torfbraunen Augen anschaute und schief grinste. »Ihr seht ja ganz gleich aus.«

El litt nicht wie ich unter chronischer Schüchternheit. Innerhalb von Minuten kannte Ross unser Alter, unsere Schuhgröße, unsere Vorlieben und Abneigungen; dass wir Spiegelzwillinge waren: selten, besonders, zwei unter hunderttausend. Und es stimmt, dass ich damals eifersüchtig war. Neidisch auf ihr Selbstvertrauen. Eifersüchtig, weil sie mehr von seiner Aufmerksamkeit bekam als ich.

Wir verbrachten den größten Teil dieses ersten Tages mit den Cowboys. An Samstagnachmittagen übten wir kämpfen oder zielen. Mum sagte, wir müssten uns gegen die bösen Männer und Gesetzlosen wehren können, die sich hinter Türen und in den Schatten verbargen. El war immer eine viel bessere Schützin als ich, und ich war erleichtert, wenn wir nicht so lange übten und Ross stattdessen dabei helfen konnten, sich eine Zwille aus Zweigen und Gummibändern zu basteln.

Später schlich ich mich davon, um mich im größten Tipi zu verstecken, einem wackeligen Gestell aus alten Gerüststangen unter einem Laken. Häuptling Rote Wolke, der im Schneidersitz in Lendenschurz und mit Federhaube da saß, würdigte mich kaum eines Blickes. Die Lakota Sioux brachten uns bei, wie wir Kriegsknüppel und Tomahawks aus Gartenwerkzeugen und Federn herstellen oder uns mit Hindernissen und Waffen, Höhlen und Kampftechniken verteidigen konnten. Aber nie an den Tagen, an denen wir mit den Cowboys zusammen waren.

Ich sagte Hallo, setzte mich und tat so, als versteckte ich mich gar nicht. Dem Häuptling gegenüber lag Belle wie eine arabische Prinzessin auf Kissen. Rubine und lange silberne Halme glänzten in ihrem Haar. Sie lächelte und zwinkerte mir zu. Von allen Personen im Spiegelland war Belle diejenige, die ich am liebsten gewesen wäre: wunderschön und wild, unglaublich lässig. Neben ihr schnaubte Annie. Ihr waren meine Zwickmühlen immer schnurzegal. Ich frage mich, ob sie vielleicht das Ergebnis unserer Überzeugung war, dass alle erwachsenen Frauen wie Mum waren: streng, wütend, oft furchteinflößend. Annie hatte zwei irische Pistolen, eine lange, zackige Narbe von der Schläfe bis zum

Ohr und mehr Mut als jeder andere Pirat auf der *Satisfaction.* Sie stand in ihren hohen Schnallenstiefeln, mit dem Krokodilledergürtel und der Rindsleder-Jacke mit Knöpfen aus Walknochen hochgewachsen da, und es war unmöglich, *keine* Angst vor ihr zu haben. Und sie wusste es. Sie grinste mich an und sprang auf mich zu. »Du bist ein kleiner Feigling, das bist du.«

Mouse zupfte mich am Ellenbogen und lächelte mich furchtsam an. Sie hatte sich ein Stück Seil eng um die Taille ihres schwarzen Sackkleids geschlungen und ungeschickte weiße Kreidestriche auf den Stoff gemalt, damit es zu den Streifen der Baumwollkleider passte, die El und ich trugen. Mouse versuchte immer, so auszusehen wie wir und sich auch so zu benehmen, aber sie war zu unterwürfig, zu dünn, ihr Haar war kurz geschnitten und so dunkel wie das der anderen Matrosen. Sie schmierte sich weiße Clownsfarbe ins Gesicht und rote Farbe auf Wangen und Lippen, so wie Belle. Weil sie die Verkörperung all unserer Ängste und Unsicherheiten war, konnten wir ihr unsere Geheimnisse, unsere Ängste erzählen und zusehen, wie sie sie wie ein Schwamm aufsaugte. Und dann konnten wir sie dafür bestrafen: indem wir sie ignorierten, Scherze über sie machten oder sie über die Planke gehen oder eine Kugel in Boomtown abbekommen ließen. Das Spiegelland ließ unsere Vorstellungskraft wild und meistens gnadenlos werden. Und Mouse war unsere absolute Lieblings-Piñata. Aber an jenem Tag saß sie still neben mir im Tipi von Häuptling Rote Wolke, tätschelte meine Hand wie Grandpa und sah mich mit riesigen blauen Augen voller Mitgefühl an. »Es wird schon wieder gut werden, Cat. *Ich* hab dich lieb.«

Als Ross Kopf und Schultern durch den Eingang des Tipis streckte, stockte mir der Atem. »Cooles Tipi«, sagte er. »Wie habt ihr das denn gebaut?«

Und besser noch als seine offensichtliche Annahme, dass *ich* es gebaut haben musste, war die Erkenntnis, dass er zu mir gekommen war, dass er mit mir sprach und dass er in diesem Moment alle anderen ignorierte, nur mich nicht. Natürlich war er nicht lange genug im Spiegelland gewesen, um die Figuren darin zu kennen oder zu sehen, aber wenn er über die Schulter geschaut hätte, hätte er El in Boomtown gesehen und ihr ungeduldiges Aufstampfen hören können.

El war immer noch wütend, als sich Ross ein paar Stunden später wieder zum Dachfenster hochzog.

»Cat hat Höhenangst, weißt du.« Sie grinste. »Manchmal schafft sie es nicht einmal die Treppe hinunter.«

»Halt den Mund!«, schrie ich.

Aber er lächelte uns beide nur an. »Ich komme nächsten Samstag wieder«, sagte er. »Sagt eurer Mum nichts von mir. Sie macht es sonst nur kaputt.«

Ich falte die zweite Tagebuchseite wieder zusammen und stecke sie zu der anderen in meine Tasche. Mein Rücken schmerzt, und meine Füße fühlen sich taub an. Ich habe keine Ahnung, wie viel Uhr es ist, aber ich weiß, dass es schon Stunden her ist, seit Ross nach oben schlafen gegangen ist, und irgendwie sitze ich trotzdem noch hier am Küchentisch und versinke in Erinnerungen. Warum will sie das? *Woran* soll ich mich erinnern? Geht es überhaupt darum? Ich habe keine Ahnung, warum sich diese Schatzsuche so sehr von denen aus unserer Kindheit unterscheidet. Warum schickt sie mir Hinweise per Mail, die zu Schuhkartons voller Müll oder den versteckten Seiten eines Tagebuchs führen, das sie vor mehr als zwanzig Jahren führte? Während sie Gott weiß wohin verschwunden ist.

Es muss etwas mit Kontrolle zu tun haben. Els Bedürfnis nach Kontrolle war immer so stark und so lebenswichtig für sie wie die Luft zum Atmen. Das hat sich sicher nicht geändert. Sie schickt mir Hinweise per Mail, statt sie zu den Tagebuchseiten zu legen, weil sie genau wissen will, wann ich sie anschaue. Was ich finde. Das ist vollkommen logisch. Selbst wenn der Rest völlig unlogisch ist. Aber das bedeutet nicht, dass ich mitmachen muss.

Ich öffne meinen Laptop. Klicke auf Antworten, bevor ich es mir wieder anders überlegen kann.

Wer ist da? Meine Schwester wird vermisst. Wenn Sie mir JETZT nicht sagen, wer Sie sind, gehe ich zur Polizei.

Das Piepen der Antwort kommt so schnell, dass ich zusammenzucke.

NICHT.

Diesmal antworte ich ohne jedes Zögern. *Was wollen Sie?*

ICH WEIß DINGE. DINGE, DIE DU VERGESSEN WOLLTEST
DINGE, VON DENEN ER NICHT WILL, DASS DU SIE WEIßT
SAG ES NICHT DER POLIZEI. SAG ES NIEMANDEM.
DU BIST IN GEFAHR.
ICH KANN DIR HELFEN.

Ach leck mich doch am Arsch, El. Ich weiß doch, dass du es bist. Du musst jetzt damit aufhören. Du musst wiederkommen. Hör auf. Und komm zurück.

Sie antwortet nicht. Ich sitze noch lange am Küchentisch, jetzt nicht mehr taub und steif, sondern erhitzt und wütend. Bis ich im Flur ein Geräusch höre. Ich stehe auf und schleiche langsam zur Tür, öffne sie, als erwartete ich etwas, das auf der anderen Seite lauert und sich bereit macht, mich anzuspringen.

Der Flur ist leer. Das Buntglasfenster ist schwarz. Ein Licht brennt: eine viktorianische Öllampe auf dem alten Telefontischchen. Sie wirft einen roten milchigen Schein auf das Parkett. Das

Spiegelhaus knackt und knirscht und stöhnt, als wäre es eine schlafende Maschine, als atmeten die Wände ein und aus, ein und aus.

Ich sehe mein Gesicht im Spiegel über dem Telefontischchen, dessen Glas vor Alter ganz fleckig und dessen Ecken schon schwarz sind. Mein Gesicht ist clownesk weiß und sieht durch die merkwürdigen Schatten darin hässlich aus. Ein weiteres Geräusch lässt mich erstarren. Es ist tief und klagend, klingt so gefangen wie das Heulen des Windes in einem engen Raum. Und es kommt aus dem Wohnzimmer.

Auf Zehenspitzen schleiche ich übers Parkett. Drücke auf die Klinke und öffne die Tür. Sie gibt ein grotesk lautes Quietschen von sich, aber Ross schaut nicht einmal auf. Er sitzt auf dem Teppich vor dem Feuer und blättert in einem Fotoalbum. Ihrem Hochzeitsalbum. Von der Hochzeit, zu der ich nicht eingeladen war.

Im Zimmer ist es warm, es ist erfüllt vom goldenen Licht zweier großer Tiffany-Lampen. Ich erinnere mich daran, wie Grandpa jedes Jahr eine echte Fraser-Tanne von Craigies Farm mitbrachte, die dann den ganzen Dezember in der vorderen Ecke zwischen Kamin und Fenster stand, glitzernd und funkelnd und Nadeln abwerfend, sodass es im Zimmer roch wie in einem Winterwald. Jeden Weihnachtsabend lauschten El und ich auf die Standuhr, die schwerfällig bis Mitternacht tickte, und beobachteten aufgeregt die vier Kristallgläser mit Sherry, die auf den türkisfarbenen Fliesen des Poirots standen.

Ross schaut endlich zu mir hoch. Sein Gesicht ist feucht, die Augen sind rot. Neben seinem Knie stehen ein leeres Whiskyglas und eine halb volle Flasche. Er hält sie mir hin. Ich nehme sie, ziehe mich ein paar Meter von ihm zurück und setze mich auf den alten Ledersessel. Der Whisky ist ziemlich eklig, schlammbraun und viel zu stark, aber das Brennen ist vertraut und der warme Rausch Belohnung genug.

Ross sieht sich ein vergrößertes Hochglanzfoto von sich und

El vor einem großen Sandsteingebäude mit griechischen Säulen an. Er trägt etwas, was bestimmt das MacAuley-Schottenkaro ist, und El ist geradezu schmerzhaft schick in einem kurzen weißen Satinkleid mit roten High Heels. Sie hat sich das Haar locker hochgesteckt. Es regnet eindeutig und ist windig; Ross kämpft mit einem großen Golfschirm, den er über ihre Köpfe zu halten versucht, und sie neigen sich einander zu. El hat die Hand auf seine Weste gelegt, und beide lachen so sehr, dass ich sie beinahe hören kann. Es ist ein wunderschönes Bild, und als Ross die Seite umschlägt, zittern seine Finger. Ich trete nicht zu ihm. Das kann ich nicht. Aber in mir – warm und vertraut und unerwünscht – erwacht ebenfalls ein Schmerz. Nicht der Schmerz, den ich fühlte, als er mir davon erzählte, dass El vermisst wird – der schnell und heiß und vorübergehend war –, sondern ganz tief in meinem Inneren, wie ein dumpfes Weh. Sehnsüchtig, alt. Milde. Wie das Gefühl, als ich die Tür zum Spiegelland wiederentdeckte. Und ich will nur, dass es fortgeht.

Ross gibt wieder einen dieser schrecklichen Laute von sich, und dann beginnt er zu weinen, in heftigen, abgehackten Schluchzern, von denen meine eigene Kehle schmerzt, meine eigenen Augen brennen. Als er mich schließlich ansieht, zucke ich angesichts der Verzweiflung in seinem Blick beinahe zusammen. »Herrgott, Cat. Was soll ich nur tun ohne sie?«

Plötzlich bin ich wütend auf El. Nicht beleidigt, nicht verärgert, nicht gereizt. Sondern wirklich wütend. ICH WEIß DINGE. DINGE, VON DENEN ER NICHT WILL, DASS DU SIE WEIßT. Denn wen sonst sollte El meinen, wenn nicht Ross? An wen sonst sollte sie selbst denken, wenn nicht an Ross?

»Ich kann einfach nicht …« Er weint immer noch heftig und wischt sich die Tränen aus dem Gesicht. »Ich habe einfach solche Angst, Cat. Ich weiß nicht, was ich machen soll. Ich weiß nicht, wie ich ohne sie weitermachen soll. Ich weiß nicht, ob ich überhaupt ohne sie …«

»Hey. Sag so etwas nicht. Sag so was nie, *niemals*, okay?«

Plötzlich erinnere ich mich an einen anderen Samstag im Tipi von Häuptling Rote Wolke, ein paar Jahre nach dem ersten Samstag. Wir beide saßen im Schneidersitz im Zelt, nahe genug beieinander, dass wir uns hätten berühren können. Vielleicht ein Versteckspiel oder der seltene Fall, in dem El mit keinem von uns beiden sprach.

Ross sah finster drein. »Ich hasse sie.«

»Wen?«

»Meine Mum.«

»Warum?« Ich versuchte, meine Begeisterung zu verbergen; die wachsende Sicherheit, dass das, was er mir erzählte, was er mir erzählen *würde*, etwas war, was er El niemals erzählt hatte.

Er zuckte die Achseln und senkte den Kopf. »Sie hasst mich. Und sie hasst meinen Dad.«

»Warum?«

Ross schwieg lange, und dann hörte ich ihn schlucken. »Als er vor ein paar Monaten zur Arbeit ging, packte sie zwei Taschen und sagte, wir müssten gehen. Wir sind dann hierhergezogen. Ich musste in eine andere Schule gehen. Sie sagte damals, dass ich Dad und meine Freunde wiedersehen würde. Aber wir sind immer noch hier.«

Dann schaute er mich an, und in seinem Blick lag eine Intensität, die nicht ganz Wut war und auch nicht ganz Schmerz. Sein ganzer Körper vibrierte, und ich fürchtete mich auf herrliche Weise. Als ich den Mut aufbrachte, die Hand auszustrecken und seine zu berühren, freute ich mich ungeheuer, als er meine so fest packte, dass es wehtat.

»Heute ist sein Geburtstag. Ich weiß nicht einmal, wo wir früher wohnten. Sie will es mir nicht sagen, und ich kann mich nicht daran erinnern.« Eine Träne klatschte auf seinen Unterarm und rann hinunter zu seinem Handgelenk. »Ich *hasse* sie.«

Er drückte meine Finger immer noch so fest, dass mir die Tränen in die Augen traten, legte den Kopf auf meine Schulter und schluchzte so heftig, dass ihm die Stimme versagte.

El weiß, wie sehr Ross sie liebt. Und sie weiß, *wie* Ross liebt. Komplett. Absolut. Sodass alles andere ausgeschlossen ist. Will sie, dass er so leidet? Will sie ihn so kleinkriegen – bis er über Selbstmord nachdenkt, egal wie ernst er es meint, wegen all dem, was sie getan hat? Aber das kann ich nicht glauben. Will ich nicht glauben. El ist selbstsüchtig und gedankenlos, manchmal ist sie auch grausam. Aber sie liebt Ross, das weiß ich. Und sie würde niemandem den Tod wünschen, egal wie wütend sie ist, egal wie sehr sie denjenigen würde bestrafen wollen. Ich halte inne, mein Herz setzt einen Schlag aus, die Wut verraucht. Denn das stimmt nicht. Damals *wünschte* sie jemandem den Tod. Wir beide taten es.

»Es tut mir leid.« Ross sieht mich an und presst die Lippen zusammen, es soll wohl ein Lächeln sein. »Und es tut mir so leid wegen heute Abend. Wegen all dem, was ich gesagt habe. Ich meinte das alles nicht so. Ich war ein Arschloch, und es tut mir leid.«

»Schon gut.«

Sein Lächeln erstarrt und fällt dann in sich zusammen, ist kein Lächeln mehr. »Ich liebe sie nur so sehr. Ich kann nicht … oh, verdammte Scheiße.« Er beginnt so heftig in seinem Gesicht herumzuwischen, dass ich am liebsten wegschauen will. Und es ist seine Scham, sein Ärger über seinen Kummer, die mich letztlich aufstehen und zu ihm hingehen lassen. Sie verdient seine Tränen, seine Verzweiflung nicht. Und schon gar nicht irgendetwas anderes.

»Ross, hör auf.« Ich knie mich neben ihm und dem Fotoalbum nieder und nehme sein Gesicht in beide Hände. Seine Augen sind nicht nur gerötet, sondern überhaupt nicht mehr weiß. Seine Wangen sind ganz rau vor Bartstoppeln, feucht und wund. Ich wische sie sanft mit meinen kühlen Handflächen ab, mit meinen Fingern, und er schließt die Augen und wird ganz schlaff unter meiner Berührung. Ich denke an sein schiefes Lächeln. Das aufgeregte Ziehen in meinem Magen jedes Mal, wenn er aus diesem Dachfenster in unsere Welt sprang.

Und ich tue es, ohne nachzudenken, obwohl ich weiß, dass ich es im Grunde schon die ganze Zeit vorhatte. Noch bevor ich diese alte, herrliche Sehnsucht spürte. Ich beuge mich vor und drücke meine Lippen auf seine.

Einen Moment lang wird er ganz steif, und ich überlege, mich zurückzuziehen und so zu tun, als ob es nur ein abgerutschtes Küsschen war, aber ich kann es nicht, weil ich mehr will, mehr brauche. Sein Geruch, der so einzigartig und unverwechselbar wie der dieses Hauses ist, reicht mir nicht; das Gefühl seiner Haut, seiner Bartstoppeln, seiner Tränen unter meinen Fingern reicht mir nicht. Ich brauche mehr.

Und dann bekomme ich es. Seine Hände berühren mein Gesicht, mein Haar. Als mein Kuss drängender wird, lässt er es zu, und innerhalb von Sekunden ist er nicht mehr keusch, sondern etwas anderes. Sein Mund ist heiß und feucht. Ich spüre das Dröhnen meines Herzschlags sogar in den Zehen. Er gibt einen Laut von sich, der irgendwo zwischen einem Seufzen und Stöhnen liegt, und ich denke: *Ja.* Ja.

Denn es ist dasselbe. Derselbe Rausch. Derselbe Irrsinn, der alles andere mit sich fortreißt, einschließlich den Verstand.

Ross fängt sich als Erster wieder. Und ich sehe sofort, dass es für ihn nicht dasselbe ist. Nicht mehr. Er rappelt sich auf, aber ich habe das Entsetzen in seinem Gesicht schon gesehen. In seiner Eile, von mir wegzukommen, stößt er beinahe das Whiskyglas um. Und erst, als ich begreife, dass ich auf eine geschlossene Tür schaue und auf dem Boden eines leeren Zimmers knie, bin ich ebenfalls entsetzt.

KAPITEL 8

john.smith120594@gmail.com 8. April 2018, 08:45
Re: ER WEIß ES Posteingang
An: Mich

HINWEIS 3. ZEICHNE EINEN CLOWN, UM DIE ZAHNFEE ABZUSCHRECKEN
Von meinem iPhone gesendet

*

El kann mich mal. Das mache ich nicht. Ich werde nicht aufstehen, ich werde nicht ins Badezimmer gehen, und ich werde nicht nachsehen. Das Herz hämmert mir direkt hinter den Ohren. In meinem Magen gurgelt und rumpelt es, und mein Atem ist heiß und ganz sauer vom Whisky. Ich habe keine Ahnung, wie viel ich getrunken habe. Aber es war zu viel.

Ich krieche aus dem Bett, taumle zum Badezimmer und schaffe es gerade noch rechtzeitig. Meine Würgegeräusche sind laut und erniedrigend. Lange bleibe ich so auf den Knien, und dann stehe ich langsam auf und schwanke zum Waschbecken. Das Wasser aus dem Hahn ist warm und schmeckt nach Metall, aber ich trinke es dennoch in großen Schlucken und hole zwischendurch kaum Luft. Als ich es nicht länger vermeiden kann, schaue ich in den Spiegel.

Da ist nichts. Kein rundes Clownsgesicht, das säuberlich mit Els Acrylfarben daraufgemalt ist. Das war die einzige Warnung, die wir der Zahnfee zukommen ließen, wenn sie wieder herumstreifte. Ein kleines Clownsgesicht in der Ecke eines Spiegels, von dem wir hofften, dass es sie abschrecken würde, damit wir nicht selbst unsere Gesichter anmalen und unsere Perücken, Nasen und Anzüge im Clown-Café anziehen mussten. Denn jeder – alles – hat vor irgendetwas Angst. Und bei der Zahnfee waren es nicht nur die Clowns, sondern schon allein die Vorstellung von ihnen.

Ich öffne den Spiegelschrank und suche nach einer weiteren Tagebuchseite. Ich greife hinter Tablettenfläschchen, und eins davon kippt und fällt aufs Porzellan, und die Pillen klappern darin, bis ich es erwische. Es fühlt sich fast leer an, und ich will es schon zurückstellen, als ich Els Namen sehe.

PROZAC (Fluexetin) 60 mg Tabletten
EINMAL TÄGLICH
ZU DEN MAHLZEITEN ODER DAZWISCHEN

Wenn es möglich wäre, sich noch schlechter zu fühlen, täte ich das jetzt. Ich nehme das Fläschchen daneben in die Hand. Diazepam. Prozac *und* Valium. Ein zusammengefaltetes Zettelchen – der nächste Hinweis – liegt an seiner Stelle. Ich nehme es in die Hand und stelle die Fläschchen zurück. Schaue mich im Spiegel an. Mein graues Gesicht, das schlaffe Haar, die dunklen, aufgequollenen Schatten unter den Augen. Ich denke an Grandpas Ausspruch: *Auf jedem Boot gibt es ein Arschloch, und wenn es keins gibt, bist es vermutlich du.*

Was zum Teufel tue ich da eigentlich? Aber ich weiß es. Ich weiß, was ich für ihn empfinde. Das habe ich immer gewusst. Und ich weiß, dass ich dasselbe empfinden würde, selbst wenn El noch da wäre: Ich bin eine Geisel der Erinnerungen – der Wahrheiten –, die ich jahrelang zu ignorieren versucht habe. Ich bin entsetzt darüber, wie schnell sie zurückgekommen sind, als hätten sie nur Wasser getreten, obwohl ich geglaubt hatte, sie seien längst ertrunken.

Ich setze mich auf den Klodeckel, öffne die Tagebuchseite, sehe kurz die letzte Zeile, ICH HASSE CAT, und dann lasse ich sie auf den Boden fallen, um meinen schmerzenden Kopf in die Hände zu stützen. Sie ist meine Schwester. Und vor langer Zeit, bevor sie beschloss, mich zu hassen, hat El mich geliebt. Und ich sie. Außer uns beiden gab es nichts und niemand. Ross ist ihr Ehemann. Ich habe ihn geküsst, er hat mich nicht geküsst. Er hatte alles Recht der Welt, entsetzt auszusehen. Und wenn dieses Entsetzen schlimmer ist als sein Schuldbewusstsein, dann liegt es vermutlich daran, dass ich ein Arschloch bin. Eine selbstsüchtige, Ehemänner knutschende Kuh.

Eine Spirale von *Was, wenns* entrollt sich in meinem Bauch. Was, wenn diese Tabletten bedeuten, dass sie *wirklich* irgendeine Art von Zusammenbruch hatte? Würde das diese bizarre Schatzsuche nicht besser erklären? Was, wenn es nicht stimmt, dass es ihr gut geht? Was, wenn sie wirklich in Not ist? Was, wenn sie dieselben verzweifelten Gedanken hat wie Ross? Was, wenn sie bereits …

Ich stehe viel zu schnell auf. Ziehe mein T-Shirt aus und drehe die Dusche auf, obwohl mir noch schwindelig ist. Ich lasse das heiße Wasser auf meine Haut und meinen Schädel prasseln, bis ich nur noch Dampf sehe und Schmerz spüre.

Erst als ich abgetrocknet und warm und angezogen bin, hebe ich die Tagebuchseite auf und beginne zu lesen.

30. November 1996 = 10+½ (in 1 MONAT!!!)
Cat spricht nicht mit mir, aber ist mir auch egal. Ist nicht meine Schuld. Mum sagt, auch PIRATEN haben REGELN. Wir dürfen jemannd den SCHWARZEN PUNKT geben, wenn wir wollen. Und es war sowieso Ross' Idee/Schuld. Er hat mir gesagt, es wäre lustig und das war es auch bis Cat zu weinen anfing. Ich hab versucht

ihn aufzuhalten. Ich hatte ein schlechtes Gewissen, deshalb hab ich ihr geholfen obwohl ich das NICHT soll. Ich hab unseren GEHEIMEN PIRATENKOD benutzt, den man nur im DRINGENSTEN NOTFALL benutzen soll. Ich schreibe ihn hier nicht hin – für alle Fälle – ich weiß, das du ihn wissen willst aber PECH GEHABT!!! Nur ich und Cat kennen ihn und genauso wird es auch bleiben!! Aber es war ihr sowieso egal und sie hat nichtmal danke gesagt!!! Sie hat blos GEWEINT!!!

Ich glaube, sie ist nur sauer weil Ross gesagt hat dass mein Bild von DAD brilljant ist. Sie is immer eifersüchtich und tut dann so als wär sie das nicht. Sie ist nur sauer weil sie weiß dass Ross mich lieber mag als sie obwohl wir gleich aussehen.

Manchmal HASSE ICH CAT.

Ich denke an das Porträt des Piraten-Kapitäns Henry, das an der südlichen Grenzwand im Spiegelland klebt. Die vielen Stunden, die El brauchte, um es zu malen. Sie brachte Mum dazu, ihn immer und immer wieder zu beschreiben. Er war früher mal respektabel, hatte Mum gesagt. Er habe jahrelang für die Regierung gearbeitet, bevor er uns für ein Leben auf See habe verlassen müssen.

Hatte sie wirklich geglaubt, unser Vater sei ein Piratenkönig? Ich jedenfalls glaube es. So vieles im Spiegelland fing als Mums Erfindung an, bis El und ich es zu etwas anderem machten, zu etwas, das mehr als lebendig war. Wir waren so stolz auf ihn. *Das ist unser Dad*, sagte El zu Ross an jenem ersten Tag, an dem er durch das Dachfenster sprang. *Er heißt Kapitän Henry, und eines Tages holt er uns. Er wird uns zu Der Insel bringen.* Unser Glaube war unerschütterlich, unverbrüchlich. In all der Zeit hat sich das nie geändert. Wir glaubten es absolut. Obwohl wir unrecht hatten.

Unser Zuhause war nie besonders religiös. Vor allem Grandpa war immer sehr verächtlich, wenn irgendjemand auch nur im Ansatz *frömmlerisch* wirkte. Trotzdem beteten El und ich jeden

Abend auf den Knien neben unserem Bett. Ein Gegenmittel gegen das Dunkel des Spiegellandes vielleicht. Oder eine Versicherung. Ein Für-alle-Fälle. Wir waren gut im Beten. Wir fragten Gott erst, wie es ihm ging, ob er einen schönen Tag hatte, und dann baten wir ihn, uns und Grandpa und Mum und Dad zu segnen, später auch Ross. Wir trauten uns nie, die Piraten zu erwähnen, die Clowns, die Indianer oder die Cowboys. Unterschiedliche Welten, fanden wir, hielt man besser getrennt.

Und dann wachte El eines Morgens auf und verkündete: »Gott gibt es nicht. Wir werden aufhören, Zeit damit zu verschwenden, zu ihm zu beten.« Ihre Nasenspitze war leuchtend rot. Ihre Augen blitzten, sie sah aus wie eine schlechte Imitation von Mum. »Du glaubst sowieso nicht an ihn.«

Sie hatte größtenteils recht, aber darum ging es nicht. Wenn überhaupt, dann mochte ich das Ritual des Betens, das Nebeneinanderknien und das Wissen, dass wir die Einzigen im Spiegelhaus waren, die es taten, Abend für Abend, Woche für Woche, und uns so einen gewissen Kredit erarbeiteten. Damals hatte ich große Freude daran, brav zu sein.

Und damals waren die Lager Ross und El gegen mich schon gefestigt. Ich war wütend. Traurig. In manchen Nächten lag ich stundenlang wach im Bett und versuchte, mir etwas auszudenken – irgendwas –, gegen das El Einwände hätte, das sie erschrecken oder einfach nur *bemerken* würde, aber mir fiel nie etwas ein.

»Nein«, sagte ich. »Ich werde nicht tun, was du sagst.«

El verschwendete keine Zeit, es mir zurückzuzahlen. Innerhalb einer Woche hatte sie alle gegen mich aufgebracht. Grandpa, indem sie ihm sagte, dass ich zu einem nicht existierenden Gott bete; Mum, weil ich Grandpa verärgert hatte; alle anderen, weil alle anderen – außer vielleicht Mouse, die sich an ihre Neutralität wie an ein Rettungsboot klammerte – ohnehin immer auf Els Seite waren. Sogar die Clowns.

Ich schaltete auf stur. Ich war schon immer stur, wenn auch

selten mutig. In diesem Fall verstärkte es nur unser Patt, bis ich formell zu einer Verhandlung auf der *Satisfaction* geladen wurde. Die Hexe war an jenem Tag in der Küche, fällt mir plötzlich ein. Sie saß am Tisch, während Mum in einem Topf auf dem Herd rührte. Die Hexe stürzte in den Flur, als ich die Treppe herunterkam. Ihr störrisches schwarzes Haar ringelte sich auf dem Kopf wie eine Schlange. Sie deutete mit einem langen knochigen Finger auf meine Brust und hatte dabei die Augen misstrauisch zu Schlitzen verengt.

»Was tust du, du kleines Ungeheuer?« Ihr böser Blick war eisig. Sie schnaufte durch die Nase wie ein Bulle.

Ich rannte um das Geländer herum und stürzte durch den schwarzen Vorhang in der Speisekammer, ohne ihr zu antworten. Aber ich schlich mit schwerem Herzen hinunter ins Spiegelland. Von der Hexe angeschrien zu werden, war wirklich kein gutes Vorzeichen.

El und Ross saßen im Schneidersitz im Kapitänsquartier. Am Heck standen Annie, Mouse, Belle und der alte Joe Johnson, der Barkeeper des Drei-Finger-Joe-Saloons. Der Vertreter der Clowns war, zu meinem Missvergnügen, nicht Dicky Grock, sondern Pogo. Er hockte grinsend neben der Hecklaterne und hatte die langen, weiß behandschuhten Finger locker zwischen den Beinen gefaltet.

»Wir haben diese Unterredung einberufen, um der Ersten Offizierin die Gelegenheit zu geben, das, was sie über Gott gesagt hat, zurückzunehmen oder die Konsequenzen zu ertragen«, sagte El. »Was hast du zu sagen, Erste Offizierin?«

»Ich nehme gar nichts zurück.«

»Sag einfach, dass du es zurücknimmst.«

»Nein.«

El stieß einen langen Seufzer aus. »Lasst uns abstimmen. Annie?«

»Bestrafung«, sagte Annie, warf ihr rotes Haar zurück und

grinste mit ihren scharfen Zähnen. Als sie mich anknurrte, wurde ich bleich.

»Bestrafung«, sagte Belle und zwirbelte ein goldenes Band zwischen ihren Fingern. Sie sah betrübt aus. »Tut mir so leid, Cat, aber du kannst nicht gleichzeitig an uns *und* an Gott glauben – du musst dich entscheiden.«

Der alte Joe stimmte genauso ab, obwohl es ihm leidzutun schien, das machen zu müssen. Er hatte bei der letzten Schießerei in Boomtown eine Tochter in meinem Alter verloren. Pogo kicherte laut und lange, bevor er laut und immer wieder durch seine Flüstertüte rief: »Bestrafung!« Wenn sie im Clown-Café waren, waren die Clowns passiv, still, oft ängstlich. Aber im Spiegelland nie.

»Steuermannsmaat, wie stimmst du?«

Ross durfte nur tagsüber auf der *Satisfaction* mitfahren. Es schien mir ungeheuer unfair, dass er bei Verhandlungen volles Stimmrecht hatte. Er schaute mich an. Ich sah, dass er lächelte. »Bestrafung.«

Ich starrte ihn an, bis sein Grinsen verschwand, er rot wurde und wegschaute. Aber in meinem Inneren war mein Schmerz jetzt sogar noch größer als meine Angst.

»Mouse?«

Mouse blickte von El zu Ross und dann zu mir. »Vergebung«, flüsterte sie.

»Na, das ist ja mal eine Überraschung«, bemerkte El. »Also. Sieht so aus, als lautete die Entscheidung Bestrafung, Erste Offizierin.« Etwas schlich sich in ihren Blick, etwas Schimmerndes. Und mir wurde ganz kalt, als ich begriff, dass es Angst war.

»Was wollt ihr denn tun?«

Sie marschierte mit einer Hand hinter dem Rücken auf mich zu, und als sie nahe genug heran war, schwenkte sie den Arm nach vorn und öffnete die Faust.

Ich zuckte vor dem kleinen schwarzen Papier in ihrer Handfläche zurück. »Du musst es nehmen.«

»Ich will aber nicht.«

Wir hatten den Schwarzen Punkt noch nie benutzt. Allein die Vorstellung war schon eine allgegenwärtige Drohung, doch bis dahin war das alles gewesen. Der Punkt bedeutete Ausschluss aus dem Spiegelland. Exil für immer. Ich konnte nicht glauben, dass ich eine solche Schrecklichkeit verdient hatte, nur, weil ich einmal nicht getan hatte, was El wollte – und dann auch noch bei einer Sache, die mir ziemlich egal war. Ich war entsetzt und gelähmt vor Schreck.

»Nimm ihn«, sagte El.

Und das tat ich. Hielt den Zettel zwischen Daumen und Zeigefinger, als würde er brennen.

»Wir haben beschlossen, dir noch eine letzte Chance zum Überleben zu geben«, sagte El, aber das Schimmern in ihren Augen verriet mir, dass mir die Chance nicht gefallen würde. »Du hast eine Minute, um ein Versteck im Spiegelland zu finden, aber es muss gut sein. Wenn wir dich vor Ablauf einer Stunde finden, musst du das Spiegelland verlassen und darfst nie wieder zurückkommen. Okay?«

Ich nickte. Obwohl es mir nur wie ein Hinrichtungsaufschub vorkam.

»Los!«, schrie Annie.

»Los!«, schrie Pogo. Schwarze Panda-Augen im kreidebleichen Gesicht; die Flüstertüte steckte im blutroten Grinsen.

Ross lachte, Mouse duckte sich, und Els Augen leuchteten wie silberne Murmeln.

Ich drehte mich um und rannte nach Boomtown. Meine Finger strichen über die Wände. Die Post war zu klein. Die Tipis waren zu naheliegend – und die Lakota Sioux keine verlässlichen Verbündeten. Ich wurde aufgrund meiner Unentschlossenheit langsamer und geriet in Panik. Das Herz hämmerte in meiner Brust. Ich verwarf alle Verstecke, bis ich keine Zeit mehr hatte, bis ich meine begeistert wütenden Peiniger den kleinen Gang in meine Richtung stürmen hörte. Ich rannte den Holzweg entlang, brach durch die Tür des Sheriffbüros und duckte mich hinter dem Empfangstresen, der aus alten Sofakissen bestand.

Ich hatte viel zu viel Angst, war so sehr voller Furcht und dem Gefühl des unausweichlichen Untergangs, dass ich nicht mehr tun konnte, denn mich hinzukauern, als ein paar Sekunden später ein Schatten auf mich fiel. Mouses Augen waren riesig, schwarz und rund in ihrem weiß geschminkten Gesicht.

»Ich wusste, dass du hierherkommen würdest«, flüsterte sie. »Ich wusste, dass ich dich hier finden würde.«

Ich glaubte, ein Lächeln in ihrer Stimme zu hören, und es gefiel mir nicht. Ich dachte an all die Male, die ich gemein zu ihr gewesen war, nachdem El gemein zu mir gewesen war, und ich fragte mich, ob sie hier und jetzt beschlossen hatte, Rache zu üben.

»Hab keine Angst«, flüsterte Mouse, und jetzt sah ich ihr Lächeln. Ihre Zähne. »Ich helfe dir, Cat. Ich rette dich.«

»Wie?« Denn ich hörte, wie das Kichern und das Kratzen von Clownsfüßen auf Stein lauter wurden. Ich hörte Els »Kommt, wir schwärmen aus«, Ross' leises, begeistertes Lachen.

Mouses Gesicht verfinsterte sich. »Ross ist gemein.«

»Nein, ist er nicht. Er ist ...«

Ihr Schatten stemmte die Hände in die Hüften. »*Soll* ich dir überhaupt helfen?«

Ich nickte heftig. Aber sie rührte sich nicht, sagte kein Wort.

Ich schluckte. Spürte, wie mir die Tränen in den Augen brannten. »Ross ist gemein«, flüsterte ich.

Mouse kniete sich neben mir nieder. »Ich helfe dir.«

»Wie?«

Ihr Lächeln war wieder da. Rubinrot und breit. »Du kannst ich sein. Und ich bin du.«

Ich schüttelte den Kopf und zog mich weiter hinter den Empfangstresen zurück.

»Ist ganz leicht!«, sagte sie mit glitzernden Augen. Sie stand wieder auf und drehte sich im Kreis. »Guck mal!« Und ich sah, dass ihr Sackkleid mit ungeschickten roten Klecksen bemalt war, um die Rosen auf den identischen Schürzenkleidchen zu imitieren, die El und ich trugen. Dass sie ihr kurzes Haar in winzige Zöpfchen geflochten hatte, die statt mit Bändern mit Zwirn zusammengebunden waren. Ich sah auch, dass sie ganz begeistert war. Meine Notlage machte sie glücklich. Und das jagte mir einen Schauder über den Rücken. Alles und jeder hatte eine dunkle Seite im Spiegelland. Aber Mouse war immer die Ausnahme gewesen.

Sie kroch auf Händen und Knien unter den Tresen. »Komm, versteck dich.«

Als ich mich nicht rührte, kam sie noch näher.

»Du musst dich verstecken!« Ich sah noch immer ihre Zähne, und sie kam mir vor wie die Grinsekatze in *Alice im Wunderland*. »Ist ganz leicht, Cat! Wenn du still und klein bist und Angst im Dunkeln hast, sieht dich niemand. Los!«

Ich lief los. Zurück auf dem Gang sah ich große, lachende Schatten auf der zugemauerten Tür und den Tipis, ich roch Schweiß, Zucker und Rauch. Ich hörte auch Ross' Lachen, die Freude, die darin lag. Angstvolle Tränen liefen mir das Gesicht hinunter, als ich in den Drei-Finger-Joe-Saloon rannte. Die Bar bestand aus einem alten Fernseher, der mit Ziegelsteinen und zerbrochenen Holzdielen verstärkt mit einer karierten Decke verhüllt war. Als ich El meinen Namen rufen hörte, riss ich die Decke hoch und kletterte darunter, kniete mich hin und vergrub mein Gesicht in ihrer kratzigen Wärme.

Die Dunkelheit war beinahe erstickend. *Bitte, bitte*, dachte ich und kniff die Augen zu. *Bitte mach, dass sie mich nicht finden. Bitte.*

Denn was sollte ich ohne das Spiegelland tun? Ohne Ross, Annie, Belle und Mouse? Ohne die Piraten, die Cowboys, die Indianer und die Clowns? Was sollte ich ohne Kapitän Henry tun? Oder ohne El? Ich würde allein sein. Ich würde in einer kalten, grauen, leeren, beängstigenden Welt gefangen sein.

Eine Stunde kann eine Ewigkeit sein, wenn man sie in einem Versteck verbringt und darauf wartet, dass das Allerschlimmste eintritt. Als das Adrenalin nachließ, trat an seine Stelle eine müde Akzeptanz des Untergangs, die sofort wieder zu tiefem Schrecken wurde, als ich laute Schritte auf dem Boden des Saloons hörte.

Bitte, bitte.

Ich hörte das Geräusch, wenn knochige Knie auf den Fußboden treffen. Das Geräusch von jemandem, der näher rückte. Der die Decke anhob.

Es war El.

»Bitte sag es niemandem«, flüsterte ich. »Bitte schick mich nicht aus dem Spiegelland hinaus, bitte lass mich wiederkommen. Bitte!«

Ihr Gesicht lag im Schatten. »Du weinst ja.«

Und ich begriff, dass ich damit gar nicht aufgehört hatte. Die Erkenntnis ließ meine Tränen nur noch stärker fließen; sie machte die Qual größer, beängstigender. Ich packte ihr Handgelenk. »Bitte sag es niemandem!«

»Hör auf!«, zischte El. »Lass mich los.«

»Du wirst sagen, dass du mich gefunden hast.«

»Nein, werde ich nicht.«

»Doch.«

»Nein, das tue ich nicht, du dumme Nuss. Du bist doch meine Schwester. Warum sollte ich wollen, dass du nicht mehr im Spiegelland bist?«

Damit du es – genau wie Ross – ganz für dich allein haben kannst, dachte ich, wagte es aber nicht auszusprechen.

»Wir werden uns nicht verlassen«, flüsterte sie. »Na los! Sag es.«

Ich schluckte. Ließ ihr Handgelenk los. »Wir werden uns nicht verlassen.«

Sie nickte. »Niemals, solange wir leben.«

Es war unsere Piratensprache, und sie bedeutete: *Vertrau mir. Vertrau mir und niemandem sonst.*

»Es ist nur noch eine Viertelstunde«, sagte sie.

Und dann legte sie die Decke wieder über mich und ließ mich in der Dunkelheit zurück.

Es war keine Viertelstunde. Nicht enden wollende Beinkrämpfe fütterten meine Panik, meine Klaustrophobie, meine Ungewissheit. Als die Decke endlich weggezogen wurde, waren mir die Folgen oder die Verbannung oder die Aussicht, allein in einer kalten, grauen, leeren, beängstigenden Welt zu sein, völlig egal.

Ich stand auf eingeschlafenen, prickelnden Beinen und hielt den Schwarzen Punkt zerknüllt in der Hand. El stand im Saloon, alle anderen hinter ihr. Sie sah nicht erleichtert, sondern vielmehr triumphierend aus. »Das hast du ganz toll gemacht. Wir sind alle der Meinung, dass dir vergeben ist.«

Ich hatte nie gedacht, dass der Schwarze Punkt Ross' Idee war. Ich hatte ihm nie die Schuld gegeben. Vielleicht war das, was in Els Tagebuch stand, nicht wahr. Vielleicht stimmt ihre Version jenes Tages ebenso wenig wie meine. Weil eine Erinnerung letztlich, ebenso wie ein Glauben, immer auch eine Lüge sein kann.

Aber es stimmte, dass ich eifersüchtig war, da hatte sie recht. Natürlich hatte sie das, denn wer wäre das nicht gewesen? Sie und Ross verschworen sich miteinander, um mich auf die einzige Weise auszuschließen, die Kindern zur Verfügung steht: mit Blicken, Gelächter und geflüsterten Unterhaltungen, die verstummten, kaum dass ich in Hörweite war. Sie waren beide grausam, das lässt sich nicht von der Hand weisen. Ich erinnere mich noch gut und vor allem viel zu schnell an das Gefühl: an die herzzerreißende Qual, von beiden ignoriert zu werden. Das endlose Nachdenken darüber, was ich falsch gemacht hatte, was ich falsch machte. Zu dem Schluss, dass ich alles richtig machte, kam ich nie. Ist es *das*, was ich aus den Hinweisen in diesen E-Mails, diesen Tagebuchauszügen, diesen unwillkommenen Erinnerungen an unsere Vergangenheit ziehen soll, die wie Feuchtigkeit durch eine schlecht isolierte Wand sickern? Dass Ross immer ihr gehörte, sogar schon am Anfang? Oder dass sie immer Geheimnisse vor mir hatte – dass sie mir – Piratensprache oder nicht – nie vertraut hatte? Oder will sie mir nur zu verstehen geben, dass ich falschlag? Dass etwas anderes, an das ich glaube, nicht existiert? Dass sie niemals wiederkommen wird?

*

Ross ist aus dem Haus gegangen. Ich bin erleichtert und besorgt. Und beschämt. Diesmal hat er mir keinen Zettel hinterlassen. Ich sitze am Küchentisch, google »Wie man den Absender einer E-Mail herausfindet« und scrolle durch die Ergebnisse, bis ich eins finde, das in mir nicht den Wunsch weckt, den Laptop wie ein Frisbee durch die Küche zu schleudern. Mein erster Versuch ergibt *Private IP-Adresse – keine Informationen.* Mein zweiter führt zur Adresse des Google-Mailservers in Kanada. Zwei Kaffees später habe ich es geschafft, einen Mail-Tracker zu installieren, aber wenn ich ihn dazu bringen will, dass er eine Adresse nachverfolgt, muss ich El eine neue Mail schicken.

Nachdem ich »EL« in die Betreffzeile getippt und danach zehn Minuten auf den Bildschirm gestarrt habe, hole ich DS Logans Visitenkarte aus meiner Brieftasche und nehme mein Handy zur Hand.

»DS Logan.«

»Hallo, hier ist Cat. Catriona Morgan. Ähm, Ellice MacAuleys …«

»Cat. Hallo.« Seine Stimme verändert sich, und ich würde am liebsten sofort auflegen.

»Ist denn alles in Ordnung?«

»Ja, alles gut. Ich meine, ich … ich wollte Ihnen nur eine Frage stellen.«

»Klar. Schießen Sie los.«

»Ich habe mich nur gefragt … haben Sie mal überlegt, ob El selbst vielleicht diese Karten schickt?«

Einen Moment lang antwortet er nicht, und ich merke, dass ich den Atem anhalte, ohne genau zu wissen, was ich von ihm hören will. Mein Blick gleitet über die Fliesen vor dem Herd, und ich kneife die Augen zu.

»Nein«, sagt er schließlich. »Das haben wir nicht in Erwägung gezogen.«

Als ich den Anruf beende und zu tippen beginne, zittern mir die Hände. Sie wollen gar nicht mehr damit aufhören.

Wenn du Probleme hast, sag es mir bitte einfach. Bitte.
Ich werde dir glauben.

Und dann warte ich.

KAPITEL 9

Erst als ich schon halb durch die grasbewachsenen Leith Links hindurch bin, merke ich, wohin ich gehe. Der Nachmittag ist kalt und trocken, aber die Wolken am Horizont sind schiefergrau und werden immer dunkler. Ich laufe schnell durch den Park, sehe mir die alten Ahornbäume und Ulmen an, an denen der Wind zieht und zerrt. Ich erinnere mich noch gut, wie viel größer, dichter und bedrohlicher ihre Schatten im stillen graurosa Morgenlicht waren.

Der verfallene Plague Kiln, ein Brennofen, in dem zur Zeit der Pest das Bettzeug und die Kleidung der Seuchenopfer verbrannt wurden, hockt auf dem Boden wie ein Steinturm, der von seiner Burg abgeschnitten wurde, und ich muss an all die Leichen denken, die vor mehr als vierhundert Jahren hier unter dem Gras aufeinandergeschichtet wurden. An ihre aufgequollenen schwarzen, gequälten Geister, die die Leith Links bis in alle Ewigkeit nach ihren verbrannten Habseligkeiten absuchen.

Grandpas Geschichten unterschieden sich immer sehr von Mums Geschichten: Sie waren herrlich gruselig und endeten nicht mit einer Moral. Die Härchen in meinem Nacken stellen sich auf, ich wirbele herum und strecke die Arme aus, um das – oder denjenigen – aufzuhalten, was ich plötzlich hinter mir wähne. Aber da ist nichts. Die wenigen anderen Menschen im Park sind nicht in meiner Nähe, sie schauen nicht einmal in meine Richtung. *Stopp*.

Ich lasse die Links hinter mir, gehe Straße um Straße entlang – einige sind gepflastert, andere asphaltiert. Alte georgianische Reihenhäuser säumen sie, dann wieder moderne Wohnblöcke mit Fassaden aus Glas und Metall; gemütliche Bistros wechseln sich mit schäbigen, vergitterten Zeitungskiosken ab. In der Luft liegt der Geruch nach Frittiertem, Zigaretten und den Abgasen der dahinkriechenden Schulbusse. Aber was ich sehe, sind alte gotische Häuser, in denen Kindermörder lauern und herumgeistern; was ich rieche, ist der scharfe Salzgeruch des Meeres, der Sicherheit, des Entrinnens.

Die zehnstöckigen Wohnhäuser an der Ecke des Lochinvar Drive sind neu. Sie verbergen den Blick auf die Förde noch ein klein wenig länger, und ich gehe langsam an ihnen vorüber, die Straße hinunter und an einem verwitterten Schild vorbei: »WILLKOMMEN IN GRANTON HARBOUR«.

Auf halber Strecke öffnen sich schließlich die Himmelsschleusen, und ich ziehe mir die Kapuze meines Anoraks über den Kopf und zerre an ihren Schnüren, damit sie eng am Kopf liegt. Ich habe Els Kaschmirmantel zu Hause gelassen, teils wegen des Wetters, aber hauptsächlich, weil das hier der letzte Ort ist, an dem sie jemand gesehen hat. Es ist merkwürdig, hier zu sein, ich bin seltsam befangen, als täte ich etwas Falsches. Und das ist gut möglich. Nichts, nehme ich an, hat so sehr das Potenzial, die Suche nach einer Vermissten zu ruinieren, wie ein eineiiger Zwilling, der unkontrolliert durch die Gegend läuft.

Der Royal Forth Yacht Club ist ein niedriges Gebäude mit kleinen Fenstern. Ich höre die Yachten, noch bevor ich nahe genug am Wasser bin, um sie zu sehen: das vertraute Klirren und Klappern von Wind, Wasser und Metall. Auf den Stegen ist eine Menge los; die Boote liegen dicht an dicht an hüpfenden Bojen.

Der Wind und der Regen haben sich zu einem grauweißen Nebel verdichtet, der die Sicht nach Westen behindert, aber im Norden kann ich noch gerade so die vulkanische Erhebung des Binn und die Felsenküste von Kinghorn erkennen. Die sanfte Steinrampe, an die ich mich so gut erinnere, befindet sich immer noch hinter der Hafenmauer und steht immer noch zum großen Teil unter Wasser. Jetzt sind dort, wo früher das Lagerhaus stand, nur noch ein Parkplatz und eine Werft voller verlassen aussehender, aufgebockter Segelboote.

Zu viele Jahre in L.A. haben mir die Immunität gegen den unerbittlichen Wind und Regen genommen, daher bleibe ich stehen, um durchzuatmen, und blinzele die Hafenwand entlang auf die wilde und dunkle Förde hinaus. Ich habe das Gefühl, El ist noch hier. *Warum hier?* Das kann ich einfach nicht herausfinden. Denn es kann kein Zufall sein – es ist *absolut* unmöglich –, dass der Ort, zu dem wir vor all den Jahren gelaufen sind, auch der Ort ist, an dem El jetzt verschwunden ist. Dass alle glauben, hier, wo unser zweites Leben begann, habe Els Leben geendet. Ich spüre den Hauch dieser silbrigen, fröstelnden Angst. Als würde sich die Antwort auf die Frage *Was, wenn?* entwirren.

Ich höre das erschrockene »Scheiße!«, bevor ich denjenigen sehe, der es gerufen hat: ein junger Mann, der an der Wand des Piers hockt. Er sieht mir entgegen, eine Hand am Revers seiner ganz offensichtlich nicht wasserdichten Jacke. Sein zweites »Scheiße« klingt nicht so erschrocken wie das erste, und ich begreife natürlich, was passiert ist. Schon wieder.

»Ich bin nicht …«

»Ich weiß.« Er steht mit einer Grimasse auf, vermutlich hockt er hier schon eine ganze Weile. »Du bist Cat, Els Zwillingsschwester. Ich heiße Sathvik Brijesh. Vik.«

Er ist jünger, als ich gedacht hatte. Nicht gut aussehend, jedenfalls nicht im konventionellen Sinn wie Ross. Sein Gesicht ist eher freundlich als faszinierend. Er räuspert sich und nickt einmal, wobei er mich auf eine Art ansieht, die nervig sein könnte, es aber nicht ist. Ich weiß, dass er nur so schaut, weil er El sieht. Er lässt seine Schultern sinken. »Ich bin Künstler. El und ich haben uns bei einer Porträtausstellung kennengelernt, in der wir unsere Arbeiten ausgestellt haben: ›Ausdruckslose Masken, verborgene Gesichter‹.«

Als er lächelt, merke ich, dass er doch gut aussieht. Die Haut um seine Augen kräuselt sich. »Tagsüber bin ich weit weniger interessant: Versicherungsangestellter bei der LMI. Ich teile mir ein Großraumbüro mit neunundneunzig anderen Leuten. Es hat einen Preis gewonnen.« Er malt mit seinen Fingern Gänsefüßchen in die Luft. »›Effizienteste Nutzung eines Großraumbüros‹. Sexy, was?«

Er schüttelt den Kopf und schaut wieder hinaus auf die Förde. »Ich bin immer wieder hierhergekommen … ich weiß auch nicht, warum. Vielleicht, um mich ihr näher zu fühlen.« Er schließt die Augen. »Und ich mag es, vom Wetter so richtig durchgepustet zu werden, es beruhigt mich.«

Ich mag ihn. El mochte ihn vermutlich auch. Ich bücke mich, um einen kleinen Stein aufzuheben. Als ich ihn ins Wasser werfe, hinterlässt er konzentrische Kreise, die von Regentropfen eingedellt werden. »Ich habe versucht, meine Sorgen zu ertränken, aber leider haben die Drecksäcke schwimmen gelernt.«

»Sie hat immer gesagt, du bist witzig.«

»Hat sie das?« Das kommt mir so wahrscheinlich vor wie Maries *Ellice hat mir natürlich alles über dich erzählt.*

»Sie hat viel von dir gesprochen.«

Wir reden über sie in der Vergangenheitsform, merke ich. Genau wie Ross.

»Bist du je mit ihrem Boot hinausgefahren?«

Vik wirft mir kurz einen scharfen Blick zu, als hätte ihn die Frage überrascht. »Nein, ich werde schon seekrank, wenn ich *Unser blauer Planet* schaue.« Er sieht zu all den neonfarbenen Bojen im Wasser hinaus. »Es war aber ein schickes Segelboot«, sagt er. »Ganz aus glänzendem Mahagoni und Chrom.« Er lächelt erneut. »Als sie es kaufte, hieß es *Doc Holliday*. Wie der Revolverheld aus dem Wilden Westen.«

»Weißt du, wo ihr Liegeplatz war?«

Er runzelt die Stirn und zeigt auf eine gelbe Boje in der Nähe der östlichen Mole. »Ich glaube, die da, aber ich bin mir nicht ganz sicher. Irgendwo dort jedenfalls. Sie musste sich immer hinausziehen lassen.«

»Sie mag Gelb nicht.«

»Was?«

»Gelb. Sie hasst es. Ich habe immer Rot gehasst, und sie Gelb.« Ich starre die Boje an. »Das hatte ich ganz vergessen.«

»Alles okay mit dir?«

»Tut mir leid. Seit ich zurück bin, erinnere ich mich vor allem daran, dass ich so *vieles* vergessen habe.« Ich verstumme und sehe Vik an. Dann sage ich: »Vermutlich glaubst du auch, dass sie tot ist?«

Er sieht mich an. »Ja.« Er sagt es vorsichtig, als wäre ich eine Bombe, die hochgehen könnte.

»Hat sie dir gesagt, dass sie Drohbriefe bekommt?«

»Karten, keine Briefe«, erwidert er. Und nickt.

Ich atme tief ein und halte die Luft an, dann lasse ich sie wieder hinaus. »Sie schickt mir E-Mails.«

»Sie hat dir E-Mails geschickt?«

»Nein. Sie schickt mir *noch immer* E-Mails. Heute. Gestern. Seit sie vermisst wird.«

»Und was steht drin?«, fragt er, immer noch in diesem vorsichtigen Tonfall.

»Nichts Wichtiges. Aber ich weiß, dass sie von ihr kommen.«

»Steht drin, dass sie von ihr kommen?«

Ich beiße die Zähne zusammen. Plötzlich bin ich wütend. »Das heißt nicht, dass sie nicht von ihr kommen. Denn das tun sie.«

»Und steht in diesen E-Mails, dass sie noch lebt?« Nichts in seinem Gesicht sagt, dass er das auch nur eine Sekunde lang glaubt.

Ich schüttele den Kopf und zwinge mich, nichts mehr zu sagen. Meine Frustration und meine Zweifel und *Was, wenns* so lange zu unterdrücken, bis sie wieder still sind.

»Hör mal«, sagt Vik schließlich. »Wollen wir Nummern austauschen? Ich … es ist schwierig, nur aus den Nachrichten Informationen zu bekommen. Ich dachte, vielleicht könntest du mich wissen lassen, wenn etwas …«

»Gut.«

Ich gebe ihm meine Nummer, und er schreibt mir eine Textnachricht mit seiner, und dann verstummen wir erneut. Es regnet jetzt stärker, der Regen prallt vom Asphalt ab.

»Sie hatte furchtbare Angst vor ihm.«

Ich wende den Kopf so schnell, dass mir das Haar ins Gesicht peitscht und meine Haut brennen lässt. »Was?«

Viks Augen sind ganz feucht, und er sieht überall hin, nur nicht in meine Richtung. »Sie hatte Angst. In den letzten Monaten hat sie sich verändert.« Seine Stimme ist jetzt lauter und härter. »Sie hatte abgenommen und schlief nicht mehr richtig. Sie hatte blaue Flecken.«

»Wer ist *er*?«

»Cat. Vielleicht solltest du …«

»*Wer?*«

Aber natürlich weiß ich längst, was er sagen wird, noch bevor er es ausspricht. Ich schaue zu, wie sein Adamsapfel auf und nieder hüpft, wenn er schluckt. Als er mich endlich ansieht, ist sein Blick genauso bekümmert wie sicher.

»Ihr Mann.«

*

Ich gehe zurück in die Westeryk Road, weil ich sonst nirgends hinkann. Und es spielt wohl auch ein gewisser Trotz eine Rolle. Ich glaube vielleicht langsam, dass El in Schwierigkeiten steckt –

oder Schlimmeres –, aber ich glaube keine Sekunde lang, dass Ross sie aus dem Weg geräumt hat. Ebenso wenig wie ich glaube, dass sie Angst vor ihm hatte.

Das Haus ist völlig dunkel. Ein weiterer Umschlag liegt auf der Türmatte. Das Licht des Spätnachmittags teilt meinen Namen in zwei Teile und erleuchtet nur **CAT**.

Ich hebe ihn auf und öffne ihn. Das Bild eines Teddys, der in einem Krankenhausbett liegt und ein Fieberthermometer in seinem traurigen Mund hat, und eines zweiten Teddys, der besorgt an der Bettkante steht. *Gute Besserung.*

Und darin: **AUCH DU WIRST STERBEN**.

Ich drehe mich um, renne den Weg hinunter, durch das Gartentor und auf die Straße. Ich schaue nach links und nach rechts, aber da ist niemand. Die Karte könnte schon seit Stunden auf der Matte gelegen haben. Es regnet wieder: fette, kalte Klatscher auf meiner Haut, meinem Haar. Ich zerknülle die Karte in meiner Faust.

»Hau ab!«

Es tut mir in der Kehle weh, aber das ist mir egal. Ein Doppeldecker fährt vorbei, und die Köpfe wenden sich mir mit gelangweiltem Interesse zu. Ich gehe die Treppen wieder hinauf, knalle die rote Haustür zu, und das Spiegelhaus schreit seine Wut zurück. Und es ist mir egal.

*

Die Hexe zerrt mich einen schwarzen Flur entlang in die Dunkelheit. Ihre Finger krallen sich in meine Haut, ihr Atem ist laut und angestrengt. Und ich habe viel zu lange schon geschrien; meine Stimme ist nur noch ein Flüstern. »Nein, nein! Ich will nicht!«

Belle und Mouse rennen zu mir und ziehen mich an den Armen zurück ins Licht.

»Segle mit uns fort«, ruft Belle. »Komm mit uns!« Die Absätze ihrer Stiefel quietschen über den Stein, weil die Hexe uns hinter sich her zieht.

Tränen rinnen Mouse über die Wangen hinab. »Wir müssen ins Spiegelland! Sie kann dich dort nicht fangen. Im Spiegelland bist du sicher!«

Und dann tritt El aus der Dunkelheit. Ihr Gesicht ist unter Schminke verborgen, die so dick und nachlässig aufgetragen ist, als wäre sie mit einem Messer verteilt worden. Sie packt die Hexe und schlingt einen Arm um ihren Hals. Dreht sich mit heller Wut in den graublauen Augen zu mir um. »LAUF!«

Ich brauche ein paar entsetzliche Sekunden, um mich zu orientieren. Ich liege im Clown-Café auf dem Bett. Es ist schwierig, den Albtraum abzuschütteln, und ich bin froh, vom Geräusch erhobener Stimmen abgelenkt zu werden.

Ich stehe auf und gehe auf wackeligen Beinen nach unten. DS Logan, DI Rafiq und noch eine andere, jüngere Frau stehen am Küchentisch. Ross geht auf und ab und rauft sich die Haare. Als er mich in der Tür stehen sieht, reagiert er mit wütender Erleichterung.

»Sie geben auf, Cat! Hab ich's dir nicht gesagt?« Er stürzt mit wildem Blick auf mich zu. »Ich hab dir doch gesagt, dass sie verdammt noch mal aufgeben!« Ich erkenne den Augenblick, in dem ihm einfällt, dass ich in dieser Sache alles andere als seine Verbündete bin, und er erstarrt, zieht sich zurück, lässt die Arme hängen.

»Wir geben nicht auf, Ross«, sagt Rafiq, und ich rechne es ihr hoch an, dass sie so aussieht, als meinte sie das wirklich. Sie wirft mir einen Blick zu. »Die Leitstelle der Seenotrettung hat die Suche eingestellt. Das wird morgen offiziell bekannt gegeben.«

Der Revolverheld. Ich spüre ein wenig von Ross' Wut in mir prickeln.

»Es ist jetzt sechs Tage her«, sagt Rafiq.

»Mir doch egal!«, explodiert Ross. Er verdreht die Augen. Dicke Adern treten wie Seile an seinem Hals hervor. Seine Fingerknöchel sind so weiß, dass sie beinahe durchsichtig wirken. »Sie müssen sie finden. Sie *müssen* sie finden! Ich ertrage das nicht!«

Die junge Frau legt ihm die Hand auf die Schulter, flüstert ihm etwas ins Ohr, und er beißt sich so heftig auf die Unterlippe, dass sie zu bluten anfängt. Er schaut mit glänzenden, feuchten Augen zur Decke empor.

»Ich heiße Shona Murray und bin die Kontaktbeamtin«, sagt sie zu mir, hört aber nicht auf, Ross die Schulter zu drücken. Ihre Stimme klingt hoch und quietschig wie die eines Kindes. »Es freut mich sehr, Sie endlich kennenzulernen.« Als wären wir auf einer Hochzeitsfeier.

Ich wende mich an Rafiq. »Sie müssen weiter nach ihr suchen.«

Ross war noch nie ein guter Schauspieler. Alles, was er denkt und fühlt, steht ihm seit jeher in Großbuchstaben ins Gesicht geschrieben, sieht man seinem Tun an. Er hat wirklich Angst, dass sie die Suche nach El einstellen könnten. Er hat wirklich Angst, dass sie womöglich niemals gefunden werden könnte. Und ich begreife jetzt, dass ich diese Aussicht ebenfalls nicht ertragen kann. Weil nicht nur Ross' Leben aufgehört hat, sondern auch meins. Sie muss gefunden werden, sie verdient es, gefunden zu werden. Selbst, wenn das bedeutet, dass ich so tun muss, als glaubte ich, *dass etwas Schlimmes passiert ist*; eine Beschönigung für *tot*, die beinahe genauso ärgerlich ist wie die Tatsache, dass alle wild entschlossen zu glauben scheinen, dass sie es wirklich ist.

»Wie ich schon sagte«, fährt Rafiq fort. »Wir haben nicht aufgegeben. Aber unsere Möglichkeiten sind begrenzt.« Hinter ihr sehe ich Logan zusammenzucken, und dafür mag ich ihn ein wenig lieber. »El kann nicht ewig als Risiko-Vermisstenfall behandelt werden, zumal die Küstenwache …« Sie hält inne und schüttelt den Kopf. Eine verwirrte DI Kate Rafiq ist noch viel nervtötender, als ich gedacht hatte.

Ich rette sie, indem ich den Satz für sie beende. »... glaubt, dass sie tot ist.«

Sie räuspert sich. »Wir werden Kontakt zur Seenotrettung halten. Sie werden sich mit uns in Verbindung setzen, wenn sie etwas Neues erfahren.« Diesmal zögert sie nicht, obwohl wir alle ganz genau wissen, was sie damit meint. »Und wir werden Els Vermisstenfall offen halten, ihn uns in regelmäßigen Abständen wieder ansehen, und sobald sich neue Informationen ergeben, die aktiven Ermittlungen wiederaufnehmen.«

Ross hat recht. Sie geben auf. Ich beobachte, wie Rafiq ihren schwarzen Mantel und ihren schwarzen Regenschirm aufhebt und erinnere mich, wie sie im Thronzimmer stand und sagte: *Wir werden sie finden.*

»Gut, also, wir lassen Sie dann mal allein. Shona wird so lange bleiben, wie Sie sie brauchen.« Rafiq nickt Shona zu, die immer noch in Ross' Nähe herumlungert wie ein übler Geruch, ihn mit ihren Rehaugen mitleidig anschaut und stilles Mitgefühl ausstrahlt.

»Haben Sie irgendwelche Spuren auf der Karte gefunden?«, frage ich, als Rafiq sich in der Tür an mir vorbeizudrücken versucht.

»Nein.« Ihr Gesichtsausdruck ist völlig reglos.

»Ich habe heute schon wieder eine bekommen.«

Mein böser Blick erstarrt, weil mich plötzlich alle ansehen.

Rafiq presst die Lippen aufeinander, der einzige Hinweis darauf, dass sie sauer ist. »Habe ich mich nicht klar genug ausgedrückt? Sie sollten doch sofort mit uns Kontakt aufnehmen, sobald Sie weitere Karten bekommen?«

»Ich dachte, es ist Ihnen egal.« Und ich weiß, dass ich unfair bin. Ich weiß, dass meine Wut, meine Frustration vollkommen fehl am Platz sind, aber ich kann nichts dagegen tun. In Amerika war ich wasserdicht. Hier, jetzt, lecke ich praktisch aus jedem Gelenk.

»Wo ist sie?«

Ich renne nach oben und hole die Karte aus dem Clown-Café. Bringe sie zu Rafiq, die sie in eine Beweismitteltüte fallen lässt und ohne ein weiteres Wort geht.

»Hey«, sagt Logan und zieht mich sanft am Arm zurück in den Flur. »Alles in Ordnung mit Ihnen?«

Ich bin plötzlich so müde. Ich frage mich, was er wohl täte, wenn ich einfach den Kopf an seine breite Brust legen würde.

»Ja.«

»Hören Sie, achten Sie gar nicht auf die Chefin.« Er lächelt. »Hunde, die bellen, beißen nicht, glauben Sie mir.« Seine Hand liegt noch auf meinem Arm, aber sein Lächeln fällt in sich zusammen, als er mich ansieht. »Ist da noch etwas anderes?«

»Nein.« Ich sollte ihm von den E-Mails und den Tagebuchseiten erzählen. Aber ich weiß, dass ich das nicht tun werde. Im Gegensatz zu den Karten sind sie nicht besonders bedrohlich. Dass sie dennoch bedrohlich *sind*, kann ich mir erst jetzt eingestehen. Aber ich werde Logan ganz sicher nicht sagen, warum – und auch sonst niemandem. Nicht, wenn ich es nicht muss.

»Sicher?«

Ich denke an Els Antwort auf meine Mail: SAG ES NICHT DER POLIZEI. SAG ES NIEMANDEM. DU BIST IN GEFAHR. ICH KANN DIR HELFEN.

»Ja, ich bin mir sicher.« Ich versuche zu lächeln. »Ich bin nur nervös. Seit ich zurück bin, fühle ich mich – ich meine, ich dachte, ich hätte jemanden gesehen, oder … Ich bin nur … es kommt mir so vor, als beobachtete … mich jemand. Als folgte mir jemand.«

Logans Blick wird ganz scharf. »Sie glauben, dass Ihnen jemand folgt?«

Ich nicke. »Die ganze Zeit.«

Er schaut über meine Schulter hinweg zur Küchentür und dann wieder zu mir. »Am Nachmittag des Verschwindens Ihrer

Schwester berichteten Nachbarn, eine verdächtige Person in der Nähe des Hauses gesehen zu haben.«

»Inwiefern verdächtig?«

»Allein die Tatsache, dass der Mann in der Nähe herumzulungern schien. Und jemand im Reihenhaus gegenüber sah ihn durch den Gang am Haus gehen, um dann in Richtung der Links zu laufen.«

»Wie sah er denn aus?«

»Durchschnittlicher Körperbau, 1,72 bis 1,80 groß, schwarze Jeans, Stiefel. Er trug einen dunklen Parka, die Kapuze hatte er aufgesetzt. Das war's so ziemlich.«

»Gestern war da ein Mann«, sage ich. »Er stand an der Ecke der Lochend Road und beobachtete mich.«

Logan runzelt die Stirn. »Hören Sie, wahrscheinlich ist das nichts, okay? Aber wenn Sie ihn noch einmal sehen oder sich sonst irgendwelche Sorgen machen, aus welchem Grund auch immer, rufen Sie mich sofort an. Egal, wie viel Uhr es ist.«

»Okay.«

»Nähern Sie sich der Person nicht. Rufen Sie nur an.«

»Okay, DS Logan. Tu ich nicht. Und mach ich.«

Sein Lächeln ist jetzt ehrlicher. Wir stehen vor der Haustür. Er öffnet sie, und das helle Licht flutet den Flur. Er dreht sich um und fährt sich mit den Fingern durch die alberne Frisur. »Ich heiße nur Logan. Craig, wenn Sie wollen. Meine Mum hat mich nach einem Mitglied der verdammten Proclaimers genannt. Sie wissen schon, die Band.«

Und damit tritt er durch die Tür und schließt sie hinter sich, und im Flur wird es wieder dunkel. Ich gehe zurück in die Küche, aber irgendetwas bringt mich dazu, vor der geschlossenen Tür stehen zu bleiben. Auf der anderen Seite höre ich das Klappern von Löffeln auf Porzellan und Ross' gemurmelten Dank.

»Wenn Sie Hilfe bei der Organisation von irgendetwas brauchen, dafür bin ich da«, sagt Shona. »Ich weiß, Sie haben die

Nummer der Hotline und der Therapeuten, aber ich meine eher praktische Dinge: Wenn Sie vielleicht eine private Gedenkfeier abhalten wollen oder …«

»Nein.« Ross' Stimme klingt scharf und heiser.

»Na gut, Sie haben recht. Vermutlich ist es dafür zu früh, aber es ist Teil meines Jobs, sicherzugehen, dass Sie all die praktische Hilfe und die Informationen bekommen, die Sie brauchen.« Sie stammelt jetzt ein wenig, und gehässigerweise freut mich das. Eine beschissene Gedenkfeier? Meint die das ernst? El wird noch nicht mal eine Woche lang vermisst. »Auf der juristischen Ebene ist in den letzten Jahren alles viel besser geworden, aber es ist immer noch sehr schwierig für die Angehörigen einer vermissten Person, ihre Angelegenheiten zu regeln.«

»Was meinen Sie damit?« Ross klingt viel weniger entrüstet, als er sollte.

Stuhlbeine kratzen über den gefliesten Boden. »Ich will nicht sagen, dass Sie es jetzt schon tun sollten, oder dass Sie dazu bereit wären, aber wenn jemand verschwindet und es weder eine Leiche noch eine medizinische Bestätigung gibt, dass sie vor dem Gesetz gestorben ist, liegt es an Ihnen, eine Klage anzustrengen, um feststellen zu lassen, dass die vermisste Person tatsächlich tot ist. Wenn Sie Erfolg haben – und Ross, das wollen Sie vermutlich auch nicht hören, aber Sie werden Erfolg haben –, wird das Gericht das Standesamt informieren, und damit wird der Tod registriert. Früher musste man sieben Jahre warten, bis man jemanden für tot erklären lassen konnte, aber das ist nicht mehr so. Ich weiß, dass Sie im Moment noch nicht über die praktischen Dinge nachdenken wollen, aber Sie müssen sich dennoch darauf vorbereiten. Es wird eine Menge zu regeln geben.«

Wenn sie noch einmal mit ihrer lächerlichen Stimme das Wort »praktisch« sagt, erwürge ich sie. Ich verstehe überhaupt nicht, warum Ross sie *nicht* erwürgt.

Ich öffne die Küchentür etwas heftiger als nötig. Ross steht auf und zieht seine Hände aus Shonas Griff.

»Möchten Sie einen Tee, Cat?«, fragt sie mit geröteten Wangen.

»Keinen Tee«, sage ich, aber ich sehe nicht sie an, sondern Ross.

Ich beginne, mir umständlich einen Kaffee zuzubereiten, und Shona macht sich zum Gehen fertig, wobei sie immer wieder verspricht, morgen oder übermorgen wiederzukommen, oder dann, wenn Ross sie braucht.

»Ich begleite Sie hinaus«, sage ich und lächle angespannt.

In der Eingangshalle lege ich die Hand auf den Riegel, und bevor ich die Haustür öffne, drehe ich mich zu ihr um. »Sie ist nicht tot.«

»Was?« Sie hat ein paar hellbraune Sommersprossen auf der Nase. Ihr weißblondes Haar sieht aus, als würde eine steife Brise es abbrechen. Sie ist eine beschissene Elfe.

»Sie ist nicht tot«, wiederhole ich. Dann beuge ich mich zu ihr, und ich weiß, dass mein Lächeln das von El ist: breit, kalt, höhnisch. »So ein Pech aber auch für Sie.«

KAPITEL 10

john.smith120594@gmail.com 9. April 2018, 06:56
Re: ER WEIß ES Posteingang
An: mich

HINWEIS 4. ES WAR DIE BESTE UND DIE SCHLIMMSTE ZEIT
Von meinem iPhone gesendet

*

john.smith120594@gmail.com 9. April 2018, 07:02
Re: EL Posteingang
An: mich

ICH STECKE NICHT IN SCHWIERIGKEITEN, ABER DU
Von meinem iPhone gesendet

*

Ich finde die Tagebuchseite in einem abgegriffenen Exemplar von *Eine Geschichte aus zwei Städten* auf dem Regal unter Els Selbstporträt. Dies war lange ihr Lieblingsbuch: der Schrecken darin, die Brutalität; Madame Defarge und ihre Stricknadeln. Sie lachte mich damals immer aus, weil ich *Anne auf Green Gables* lieber mochte.

12. Oktober 1997: 11 J., 3 M., 12 T.
Mum will immer, dass wir lesen, oder sie liest uns etwas vor. Sie hört NIE auf! Aber immerhin sind es jetzt keine Babygeschichten oder Shakespeare mehr (IGITT). Jetzt sind sie viel aufregender – über Kriege und Spione und Mord! Wir haben gerade Pin-up *von Stephen King gelesen, ein blöder Titel, aber das Buch ist das beste!!! Es geht um einen Mann namens Andy Dufresne der wegen Mord im Gefängnis ist aber er hat es gar nicht getan, und dann plant er die nächsten 27 JAHRE! seine Flucht. Es ist BRILLJANT!!! Er benutzt immer diesen winzigen Hammer um durch anderthalb Meter Beton zu kommen und dann muss er durch ein Rohr voller SCHEIẞE krabbeln!!! 500 METER!!! UNGEHEUER/IRRE!!!!!! Der Teil am Ende, als sein Freund und Feind Red rauskommt und er begreift dass Andy ihm Geld hinterlassen hat damit er auch ein neues Leben beginnen kann ist sogar noch BRILLJANTER! Ich musste weinen was SOOOO peinlich war, aber ist mir auch egal weil ICH ES LIEBE.*
ICH HAB MEINE MUM AUCH LIEB
ICH HAB CAT LIEB (manchmal!!! Wenn sie nicht grad wieder eine ZICKE is!!! ha.)

Mum war nicht davon abzubringen, dass alles im Leben aus Büchern gelernt werden könne. Als El und ich zehn waren, las sie uns keine Märchen mehr vor, sondern Shakespeare, T.S. Eliot, Dickens, Christie. Im Schrank im Prinzessinnenturm stapelten sich die Bücher, und wir ratterten eine Geschichte nach der anderen herunter: *Der Sturm*, *Der Graf von Monte Christo*, *Das krumme Haus*, *Jane Eyre*, *Der Mann mit der eisernen Maske*.

Als wir elf waren, ging Mum zu moderneren Romanen über: *Der kleine Hobbit*, *Papillon*, *Sophies Entscheidung*, *Schlachthof 5*, *Der Spion, der aus der Kälte kam*. Mit Stephen Kings *Pin-up*, das unter dem Titel »The Shawshank Redemption – Die Verurteilten« verfilmt wurde, fing sie im langen, kalten Herbst von 1997 an. Ich sehe sie immer noch vor mir, wie sie auf dem Fensterbrett der Speisekammer saß und die gekreuzten Beine baumeln ließ. Wenn sie uns vorlas, war ihre Stimme niemals hoch oder einschüchternd oder ängstlich, sondern langsam und ruhig und gemächlich. Knapp eine Woche nach dem Ende der Geschichte hatte Andy Dufresne Madame Defarge verdrängt, und El hatte Boomtown in Shawshank verwandelt. Und knapp ein Jahr später war Mum tot. Und das Spiegelland gab es nicht mehr.

Ich zerknülle die Tagebuchseite in meiner Faust und sehe zu, wie der Himmel über der Westeryk Road heller wird. Heute gibt es keine *Was, wenns*. Keine Scham, kein schlechtes Gewissen, keine Sorge. Heute bin ich wütend. Ich habe El die Hand zur Versöhnung gereicht, ich habe ihr *Hilfe* angeboten, und alles, was sie zurückgeschickt hat, ist wieder ein Hinweis, noch eine Seite aus ihrem Tagebuch. Das ist so kindisch. Als versuchte sie, mich neu zu starten, alte Dateien wiederherzustellen, die sie für gelöscht hält. Glaubt sie wirklich, ich hätte unser Leben in diesem Haus vergessen? Nicht an etwas zu denken ist nicht dasselbe wie vergessen. Die Vergangenheit ist vergangen. Sie ist aus und vorbei. Ich habe zugehört, wenn Mum sagte, *wir sollten immer das Gute statt das Böse sehen*. Ich habe gesehen, wie schlecht es ihr ging, weil sie immer nur das Böse sah. Seit ich dieses Haus verlassen habe – seit ich von hier weggelaufen bin –, habe ich mich daran gehalten. Und je näher diese Tagebuchauszüge dem vierten September 1998 kommen, desto näher kommen sie dem Tag – der Nacht –, in der Mum und Grandpa starben, in der El und ich davonliefen, und desto froher bin ich, dass ich immer versucht habe, das Gute zu sehen. Es hat mich einiges gekostet, dahin zu kommen, wo ich jetzt bin, die Last meines ersten Lebens in diesem Haus abzuschütteln. Und ich werde nicht zulassen, dass El mich aus welchem Grund auch immer so manipuliert, dass ich diese Last wieder auf mich nehme. Oder dass ich die traurige und schlimme Geschichte unserer Kindheit jemand anderem erzähle – schon gar nicht der Polizei.

Der Mail-Tracker. Ich renne wieder nach unten in die Küche. Öffne den Laptop und tippe das Passwort zwei Mal falsch ein, bis ich endlich an meinen Posteingang komme. »Na, mach schon.«

Ich klicke auf die E-Mail und die kleine Mailtracker-Box. »E-Mail vor 1 Std. 14 Min. ein Mal geöffnet.« Mein Herz schlägt ganz langsam und schwer, während die Seite lädt. *»Na, mach schon.«*

Und da ist es:

John Smith vor 1 Std. 14 Min.
EL
Standort: Lothian, Schottland
Stadt: Edinburgh
iPhone 7 Sek., ein Aufruf

Ich presse die Handfläche an meine Wange. Mein Gesicht brennt. Hier. Sie ist immer noch hier. Ich weiß auch nicht, was ich erwartet habe. Die Äußeren Hebriden? Die Bahamas? Aber sie ist hier. El ist immer noch hier.

*

Der Friedhof ist alt und liegt ganz oben auf einem bitterkalten Hügel. Ross und ich müssen uns durch Reihen zufällig verstreut liegender Gräber aus dem 18. und 19. Jahrhundert schlagen: riesige, schief stehende Grabsteine, in die Totenschädel und Engel gehauen sind, große graue Brocken auf steinernen Podesten, bewachsen von weißen und gelben Flechten. Die neueren Gräber sind viel bescheidener und stehen näher beieinander; in den meisten liegt nur die Asche der Verstorbenen.

Ross braucht eine Weile, bis er sich daran erinnert, wo die Stelle ist, aber als es ihm wieder einfällt, bin ich plötzlich ganz nervös. Einen Moment lang stehe ich so still, wie es mir der Wind erlaubt, und schaue auf den schwarzen Grabstein hinunter, auf seine goldene Schmuckschrift, die so sehr der Schrift der Karten auf meiner Türmatte ähnelt. Ich frage mich, wer sie dorthin gelegt hat, wer sie bezahlt hat. Ich achte nicht auf den Schauder, der zwischen meinen Schulterblättern entsteht und mir den Rücken hinunterläuft.

IN LIEBENDER ERINNERUNG AN
ROBERT JOHN FINLAY
72 JAHRE

UND AN SEINE TOCHTER
NANCY FINLAY
36 JAHRE
DIE BEIDE AM 4. SEPTEMBER 1998 STARBEN
VERSTORBEN, ABER NICHT VERGESSEN

»Wusstest du, dass man sie Fuchsbaue genannt hat?«

»Was?«

»Die Gräber.« Ross nickt in Richtung Gras. Sein Mund ist nur noch ein grimmiger Strich. Ich frage mich, ob er es wohl bereut, mich hierher gebracht zu haben. »Passt eigentlich sehr gut.«

Ich drehe mich zu ihm um. »Warum hasst du ihn nur so sehr?«

Er wirft mir einen scharfen, beinahe misstrauischen Blick zu. Und dann schüttelt er den Kopf und schaut sich stattdessen die benachbarten Grabsteine an. »Egal.«

Ich glaube nicht, dass es egal ist, liegt mir auf der Zunge. Aber Grandpa war immer mürrisch, fast schon gemein, und ich kann kaum so tun, als wäre das nicht so gewesen. Das Bild von Mum am Küchentisch kommt mir in den Sinn. Sie teilt Eintopf aus und beschreibt vorsichtig monoton den Putzfrauenjob, den sie in der Zeitung gesehen hat. Grandpa, der von seinem Teller aufschaut. *Du tust besser was, worin du gut bist, Mädel.* Er nickt und zwinkert uns zu, wirkt aber kein bisschen weniger sauer. *Zum Beispiel könntest du dich um dieses Haus und die guten kleinen Mädels hier kümmern, was?* Und so hatte sie es natürlich getan. Gegen Grandpa begehrte sie niemals auf. Er hatte nie vor ausgedachten Feuersbrünsten oder Einbrechern oder Apokalypsen fliehen und durch das Haus rennen müssen.

Ich bücke mich, um die weißen Rosen aus dem Garten in die Grabvase zu stellen, aber sie ist bereits voll. Pinkfarbene Gerbera. Mums Lieblingsblumen. Merkwürdigerweise finde ich das noch beunruhigender als die Tatsache, dass sie nicht älter sein können als ein paar Tage.

»Wer hat die denn hierher gestellt?«

Ross schaut sie an und zuckt die Achseln.

»Findest du das nicht auch merkwürdig? Dass jemand frische Blumen auf ihr Grab legt? Ich meine, wer?« Obwohl ich bereits ganz genau zu wissen glaube, wer es war.

Ich werde nur mit einem weiteren sorglosen Achselzucken bedacht. Ross wirkt heute anders. Leichter. Vielleicht, weil er es endlich aufgegeben hat, gleichzeitig Hoffnung und Trauer zu empfinden, und sich für Letzteres entschieden hat. Ich kann es ihm nicht verdenken, und ich glaube noch immer keine Sekunde lang, dass Vik recht hat, aber seine unerschütterliche Trauer ärgert und nervt mich. Es ist, als ertrüge er sie lieber, als auch nur die Möglichkeit in Betracht zu ziehen, dass El ihn freiwillig verlassen hat. Als wäre es ihm lieber, sie für tot zu halten. Es ist ein gemeiner, ein zynischer Gedanke, nehme ich an. Der vermutlich einiges mit der Erinnerung an seinen krassen erschreckten Gesichtsausdruck zu tun hat. Und mit den lange brach liegenden Feldern, durch die Els Tagebuchseiten pflügen, wobei sie nur sauren Dreck aufwühlen.

»Ich habe am Haupteingang Vasen gesehen«, sagt er. »Ich hole mal eine.«

Ich sehe ihm hinterher, wie er davonmarschiert, und versuche, meinen Groll und mein Bedauern zu vergessen. Wir haben nicht über den Kuss gesprochen, haben ihn nicht einmal erwähnt, aber wir können einander kaum in die Augen schauen, und unser unbehaglicher Waffenstillstand ist genau das: unbehaglich. Unzuverlässig. Ich betrachte das Grab und denke an das *ICH HABE CAT LIEB*, und vielleicht ist es unvermeidlich, dass mir dabei auch das Rosemount einfällt.

Ich habe nie Schwierigkeiten gehabt, mich an unser zweites Leben zu erinnern, nur an unser erstes. Meine Brust schmerzt, wenn ich an das Rosemount Care Home denke, eine viktorianische Villa, die früher einmal ein katholisches Waisenhaus war. Die Sorte kalter Monstrosität mit hohen Decken und Wasserspeiern mit gruseligen Gesichtern, die an Irrenhäuser und Massengräber im Keller denken lässt. Die Betreuer waren einigermaßen nett, nicht wirklich freundlich, aber sie verstanden unsere Notlage, so weit es ihnen eben möglich war. Niemand im Rosemount war für uns von echtem Nutzen, weil wir das nicht zuließen. Wir waren zwölf Jahre alte Ausreißerinnen, und das war's. Wir hatten geschworen, niemals mehr zu erzählen. Auch nicht diesem alten Seebären, der uns damals im Morgengrauen fand, als wir geduldig im Hafen saßen und warteten, dass unser Piratenschiff ankäme. Das war vermutlich das einzige Versprechen zwischen uns, das wir tatsächlich hielten.

Ich weinte mehr, litt aber weniger, das weiß ich jetzt. El blieb wütend und trotzig. Unberührbar. Sie zog sich von allem und jedem zurück, bis ich die Einzige war, die noch versuchte, sie dazu zu bringen, dass sie aufhörte. Ihre komplizierten Pläne für unsere Zukunft waren zornig und unergründlich: Wenn wir achtzehn Jahre alt wären, sollten wir Edinburgh verlassen und ins Ausland gehen. Sie würde Porträtmalerin werden und ich Romanautorin, und wir würden niemanden mehr brauchen. Sie musste die Lüge darin erkannt haben, die Illusion. Denn wenn wir allein in unserem Zimmer waren, redete sie unaufhörlich, ja besessen *nur* vom Spiegelland und allem und jedem darin, als wäre das die Realität, das, was wichtig, was unverändert wäre. *Ich vermisse sie*, sagte sie dann, immer und immer wieder wie ein Mantra, wie Dorothy im *Zauberer von Oz*, die die Hacken ihrer roten Schuhe zusammenschlägt und sich dabei etwas wünscht. Ich verstand es schon damals. Lügen und Geheimnisse sind schon schwierig, aber so zu tun, als sei einem alles egal, ist noch schwieriger. Und ich hatte selbst ein schlimmes Geheimnis. Es waren nicht Mum oder Grandpa, die ich am meisten vermisste. Sondern Ross.

Ich höre, wie er zurückkommt. Sein Gesichtsausdruck ist immer noch hart. Undurchdringlich. »Alles gut bei dir?«

Ich nicke, und er kniet sich hin, um die Rosen in die Vase zu stellen. Als er wieder aufsteht, wird die Atmosphäre zwischen uns dünner, sogar noch angespannter. Ich möchte ihm so gern vom Mailtracker erzählen, aber das würde bedeuten, dass ich ihm die E-Mails erklären muss und warum ich ihm weder von ihnen noch von den versteckten Tagebuchseiten etwas *gesagt* habe. Alles zwischen uns fühlt sich noch zu roh, zu zerbrechlich, zu sehr wie *das hier* an. Dazu fehlt mir der Mut.

Ich erinnere mich daran, wie ich im Drei-Finger-Joe-Saloon neben ihm auf einer Kiste saß. El war kurzzeitig zu den Indianern übergelaufen und plante einen Überraschungsangriff auf Boomtown, und wir taten so, als warteten wir nicht darauf. Das muss im Herbst oder Winter gewesen sein; die Luft war so kalt, dass unser Atem zu sehen war. Es muss kurz vor dem Ende von Boomtown und dem Anfang von Shawshank gewesen sein, weil es eine meiner letzten Erinnerungen an den Saloon ist.

Ross war ganz still gewesen, beinahe nachdenklich, bis er mich schließlich mit scharfem Blick unverwandt ansah. »Erzähl mir von Der Insel.«

Und ich lächelte. Froh, dass er mit mir sprach. Froh, dass er etwas von mir wollte. Obwohl ich wusste, dass er es nur tat, weil El gerade nicht da war.

»Sie heißt Santa Catalina und liegt in der Karibik, und sie ist großartig. Sie hat Strände und Lagunen und Mangrovenhaine und Palmen. Kapitän Henry bringt uns dorthin, weil es sein liebster Ort auf der ganzen Welt ist. Er hat dort eine Festung und ein riesiges Haus gebaut, und die Insulaner haben Straßen, Dörfer und sogar einen großen Felsen nach ihm benannt, weil sie ihn so sehr mögen.«

Und Ross sah mich wieder so eindringlich an. »Warum kommt er dann nicht zurück und tut es? Dein Dad. Warum bringt er dich nicht dorthin?«

»Ich weiß es nicht.« Ich hörte auf zu lächeln. Ich hörte auf, froh zu sein. »Mum sagt, er *wird* wiederkommen. Eines Tages.«

Sein Blick wurde sogar noch schärfer, die silbrigen Flecken in seinen Augen blitzten, und ich fürchtete mich plötzlich vor ihm, vor seinem Zorn, vor dem, was er sagen würde. Seine Lippen wurden ganz dünn. Gemein. »Ich glaube ihr nicht. Die Menschen lügen, Cat. Sie lügen die ganze Zeit.«

Vielleicht verleiht mir diese Erinnerung Mut, denn ich wende mich ihm jetzt zu und strecke die Hand aus, um ihn daran zu hindern, fortzugehen.

»Willst du mir nicht sagen, warum du sauer auf mich bist?«

»Ich bin nicht sauer auf dich.« Aber er presst sich die Handflächen auf die Lider.

»Ich hätte dir von der zweiten Karte erzählt, Ross. Ich hatte nur noch keine Zeit …«

»Du musst ehrlich zu mir sein, Cat. Du musst mir *alles* erzählen. Wir müssen der Polizei gegenüber geschlossen auftreten, okay?«

Er packt meine Hand; seine ist eiskalt. »Ich habe dir ja gesagt, dass Rafiq diese Ermittlung ernst nimmt.«

Ich glaube das nicht, aber andererseits glaube ich viele Dinge nicht, die Ross für wahr hält. Ich schaue auf unsere Hände. »Okay. Mach ich. Tut mir leid.«

Er atmet lange und leise aus. Lässt meine Finger los.

»Hör mal«, sage ich. »Neulich Abend …«

»War ein Fehler«, sagt er hastig und schaut weg.

Ich nicke. Ignoriere diesen alten, melancholischen Schmerz.

»Wir waren beide müde und aufgeregt. Das war's.« Ein Lächeln. »Das und der Whisky, der Laphroaig.«

Ich versuche ebenfalls ein Lächeln. Es ist vermutlich genauso überzeugend.

»Ich habe nicht …« Er räuspert sich. »Cat. Ich will, dass du weißt, dass ich dich nicht zurückgeküsst habe, weil ich dachte … es lag nicht daran, dass du mich an El erinnerst oder, du weißt schon, weil ich mir dich als El vorgestellt habe.« Er sieht mich an. »Ich möchte nicht, dass du das denkst.«

»Tu ich nicht«, sage ich. Denn das muss ich ihm lassen. Ross hat uns immer als eigenständige Personen gesehen. Als verschieden. Er war einer der wenigen Menschen, die das machten. Ich sollte mich deswegen besser fühlen, aber das ist nicht der Fall.

*

Wir kehren ins Haus zurück. Sobald wir in der Eingangshalle stehen, legt sich diese bedrückende Last wieder auf unsere Schultern, treibt uns an, trennt uns.

Als ich den Umschlag aufhebe und das Wort **CATRIONA** wegklappe, um ihn zu öffnen, lehnt sich Ross gegen eine dunkelrote Wand. Ein Muskel arbeitet in seiner Wange.

»Was steht da?«

Ich schaue auf die leuchtend rote Schrift. **ER WIRD AUCH DICH VERLETZEN.** Schaue auf die wunde, blau unterlaufene Haut um Ross' Augen.

Ich klappe die Karte wieder zu und schließe die Tür der Eingangshalle. »Wieder dasselbe.«

»Ja«, sagt er und wendet sich von mir ab in die Dunkelheit der Halle.

Und ich denke an meinen neunzehnten Geburtstag. Als Els feste Pläne für die Zukunft – unsere Zukunft – eigentlich schon hätten wahr werden sollen. Stattdessen verbrachte ich ihn in einem schäbigen, tristen Wartezimmer mit noch schäbigeren Sofas und einer in Plastik gerahmten Meereslandschaft mit Felsen, Sand und Wellen. Und ich verabschiedete mich von der Zukunft im grellen weißen Licht eines kleinen Krankenzimmers. Als ich El betrachtete, wie sie mich betrachtete. Viel zu eng in Laken gewickelt. Der blutige Verband, der auf die Kanüle in ihrem Handrücken drückte. Sie lächelte das Lächeln, das ich seither nicht vergessen konnte: müde und zittrig, aber voller Freude. Voller Hass. Das Krächzen ihrer Stimme, das Lachen darin.

Ich habe gewonnen.

KAPITEL 11

john.smith120594@gmail.com 10. April 2018, 15:36
Re: ER WEIß ES Posteingang
An: mich

HINWEIS 5. WO SICH DIE CLOWNS VERSTECKEN
Von meinem iPhone gesendet

*

Ich knie mich auf den Boden des Clown-Cafés, hebe den Volant des Überwurfs an und warte darauf, dass sich meine Augen an die Dunkelheit gewöhnen. Ich kann nur eins sehen. Quadratisch und schwarz. Eine schreckliche Ahnung bringt mich dazu, es hastig ans Licht zu ziehen. Ich höre Mums hohe und wütende Stimme, als sie den Rucksack umdrehte und Pulvernahrung, Konservendosen und eine Plastikflasche auf den Boden des Schlafzimmers warf. *Die sind schlecht! Das hier ist leer! Herrgott noch mal, Catriona, warum bist du nur so nutzlos? Das hier ist wichtig! Tust du eigentlich nie das, was man dir verdammt noch mal sagt, du dummes Gör?* Aber es ist kein schwarzer Canvas-Rucksack. Es ist eine Laterne. Milchige Glasfenster und scharfe Metallkanten. Eine alte Kerze, die ganz heruntergebrannt ist. Ein rostiger Haken. Es ist fast genau dieselbe Laterne, die vom Heck der *Satisfaction* hing. Die *immer noch* vom Heck der *Satisfaction* hängt. Eine Laterne, die mir vor drei Tagen einen derart heftigen Schauer über den Rücken gejagt hat, dass meine Knochen knirschten. Am Metallrahmen dieser Laterne klebt eine weitere Tagebuchseite.

16. Februar 2004
Cat versteht es einfach nicht. Sie versucht es nicht einmal. Als wollte sie es gar nicht. Sie ist eine Idiotin. Sie glaubt, wenn sie nur so tut, dass etwas nicht passiert ist, dann ist es auch nicht passiert. Aber wenn man etwas vergisst, vergisst man vielleicht ALLES. Und das ist einfach dumm. Das macht einen zu einem Idioten. Manchmal hasse ich sie dafür. Manchmal wünschte ich, ich hätte gar keine Schwester. Manchmal wünschte ich, sie würde einfach verschwinden.

Ich will nicht mehr über El im Rosemount nachdenken. Ich will überhaupt nicht mehr über *El* nachdenken. Ich hasse es, dass ich ihre Stimme hören kann: ihren Hohn und ihre spöttische Verachtung. Ich hasse es, dass sie mich immer noch erreichen, mir immer noch wehtun kann. Dass sie mich so sehr beschämen kann, als wäre ich diejenige, die verschwindet.

Ich schiebe die Seite und die Laterne wieder unters Bett und beginne, wie eine Besessene das Clown-Café zu durchforsten. Ich öffne Schubladen und Schränke, schaue unter Büchern und Bildern nach. Es gibt nicht endlos viele Zimmer in diesem Haus, und Els Schatzsuchen waren immer endlos: Manchmal waren drei oder sogar mehr Hinweise in jedem Zimmer versteckt. Sie hasste es immer, wenn ich das tat – wenn ich die Hinweise nicht in der richtigen Reihenfolge fand –, aber ich habe es satt, blind nach ihrer Pfeife zu tanzen. Ich ziehe heftig an der Schranktür. Als sie sich nicht rührt, reiße ich noch stärker daran. Sie öffnet sich mit klebrigem Protest. Keine Schminke, keine Perücken oder Anzüge. Der Schrank ist völlig leer, abgesehen von dem kleinen, quadratisch zusammengefalteten Zettel auf dem einzigen Regalbrett.

Plötzlich fürchte ich mich. Die Härchen in meinem Nacken

stellen sich auf, als schwebte eine lange, knochige Hand über meiner Schulter, um sich gleich auf sie zu legen.

10. August 1998
Etwas kommt. Etwas ist beinahe da.
Manchmal habe ich solche Angst dass ich zu atmen vergesse. Ich vergesse dass ich atmen kann.
Die Glocken jagen mir jedes Mal Angst ein. Eigentlich ist es das was nach dem Läuten kommt, woran ich am meisten denke. Manchmal höre ich sie obwohl sie gar nicht läuten. Manchmal träume ich von ihnen und wache mit meiner Hand auf der Klinke auf weil ich weglaufen will. Oder ich schüttle Cat so heftig, dass ihr die Zähne klappern. Manchmal wache ich unten auf. Das macht mir am meisten Angst. Was wenn mich eines Nachts die TOTEN LICHTER finden, bevor ich aufwache? Einmal bin ich auf dem Hauptdeck der Satisfaction *aufgewacht. Der Wind war zu laut und die Backbordsegel flatterten wie Laken, die im Garten zum Trocknen aufgehängt sind. Und ich weiß, dass ich versucht habe nach Dad zu suchen. Warum kommt er nie wieder, obwohl ER immer wieder kommt? Obwohl ALL die Bösen immer wiederkommen? Öfter jetzt. Die ganze Zeit.*

Ich lasse die Seite fallen, knalle die Tür zu, renne zum Bett und nehme meinen Laptop auf den Schoß.

Was willst du??? Bitte, El, sag mir doch einfach, was los ist.

Die Antwort kommt sofort. ICH BIN NICHT EL. EL IST TOT.

Und doch kann ich nicht widerstehen. Obwohl ich weiß – ich *weiß* es –, dass Schweigen die einzig gesunde Reaktion ist, die mir übrig bleibt.

Wer zum Teufel bist du dann?

Diesmal lässt sie mich vielleicht eine Minute warten.

ICH BIN MOUSE.

*

»Lass uns rausgehen«, sagt Ross. »Diese Wände hier machen mich ganz krank.«

Und ich kann nicht Nein sagen, weil ich das nicht will. Ich will so ungefähr überall hingehen, Hauptsache, ich bin nicht hier.

Ich nehme mir viel Zeit, mich fertig zu machen. Viel zu viel. Ich ziehe eins meiner wenigen teuren Kleider an, es ist kurz und schwarz. Der Stoff ist mit einem blauen Seidenfaden durchzogen. Ich stecke mein Haar locker hoch. Ich lackiere mir die Nägel im selben Rot wie mein Lippenstift. Und als ich in den Spiegel schaue, sehe ich zunächst El, erst danach mich. Und dann rede ich mir ein, dass das gar nicht stimmt.

Oben auf der Treppe lähmt mich plötzlich eine schreckliche Vorahnung. Am liebsten würde ich zurück ins Clown-Café rennen und dort bleiben. Finger drücken auf mein Rückgrat, meine Schulterblätter.

Hör auf, Angst vorm Fallen zu haben. Sonst wirst du immer Angst vorm Fliegen haben.

»Bist du fertig?«, ruft Ross aus der Küche. Und ich halte mich am Geländer fest. Mein Herz hämmert, bis der Schwindel, dieser schreckliche Drang, loszulassen, im selben dunklen Ort verschwindet wie Mums wütende Stimme.

*

Das Restaurant befindet sich in einem engen Gässchen, das von der Leith Street abgeht. Das Kopfsteinpflaster wird nur von alten viktorianischen Laternen erhellt. Ross legt seine Hand auf meinen Rücken, als er die Tür öffnet. Drinnen ist einiges los, aber es ist nicht laut; die Deckenbalken hängen niedrig, wodurch der Raum gemütlich wirkt, die Wände sind schokoladenbraun. Auf den Tischen liegen rot-weiß karierte Decken.

Ein dicker bärtiger Mann macht sich auf den Weg zu uns.

»Ross!«, sagt er. »Ist wirklich schön, dich zu sehen, mein Freund.«

Er schüttelt Ross die Hand, und ich werde ebenso unsicher wie offen gemustert.

»Ich hab gehört, es gibt immer noch keine Neuigkeiten«, sagt er, ohne den Blick von mir zu wenden, und da fällt der Groschen. Er denkt, ich sei El, aber gleichzeitig weiß er, dass ich es nicht bin.

»Nein, noch nicht«, sagt Ross. »Tut mir leid, das hier ist, ähm ... Cat, Els Zwillingsschwester. Cat, das ist Michele. Ihm gehört auch das *Favoloso* in der Altstadt.«

Michele schüttelt den Kopf. »Herrje, eine schreckliche Sache ... eine schreckliche Sache.« Sein Blick gleitet zu mir zurück. »Es ist unglaublich, Mädel, wie sehr du ihr ähnelst.«

»Tut mir leid«, sagt Ross erneut. »Ich weiß, wir haben nicht reserviert oder so, aber ich dachte ...«

»Klar, natürlich, kein Problem. Kommt mit.«

Wir gehen durch das Labyrinth der Tische hindurch, bis wir ganz hinten im Restaurant angekommen sind. Ich höre das gedämpfte Klappern und Plaudern in der Küche. Michele führt uns zu einer Nische in der Ecke. »Ich fürchte, es ist ein kleines bisschen, ähm ...«

Es *ist* ein kleines bisschen *ähm*. Die Stühle in der Nische haben hohe Rückenlehnen, und auf dem Tisch flackern zwei hohe Kerzen, dazwischen steht eine einzelne rote Rose. Das hier ist eindeutig die Nische für *besonders romantische Anlässe*.

»Schon in Ordnung«, sagt Ross. »Danke.«

Ich ziehe meinen Mantel aus, und als mich Ross ansieht, versuche ich, mich nicht über das kurze Aufflackern in seinen Augen zu freuen.

Er räuspert sich und nimmt Platz. »Du siehst toll aus.«

Wir bestellen Antipasti und einen Frascati, den Michele empfiehlt. Als er wieder gegangen ist, kommt eine anscheinend endlose Prozession von Kellnern an unseren Tisch. Ungefähr beim fünften – einem Jungen im Teenageralter, der einen zweiten Korb Brot bringt – begreife ich, dass wir unter Beobachtung stehen. Ich komme mir vor wie die Sensation in einer Monstrositätenschau.

»Wie oft wart El und du hier?«

Ross hört auf, so zu tun, als merke er all dies nicht, und reibt sich mit der Hand übers Gesicht. »Tut mir leid, Cat. Ich hätte nicht gedacht, dass das hier merkwürdig werden würde, nicht einmal, als wir schon da waren, weißt du? Es tut mir wirklich, wirklich leid. Sollen wir gehen?«

»Nein. Ist schon in Ordnung.« Obwohl es das nicht ist. Aber ich bin eigentlich nur wütend auf die Situation, nicht auf ihn. Es ist El. Die ganze Sache mit Mouse ist nicht nur nervig, sondern ein Hohn. Weil sie eigentlich immer meine Freundin war, nicht die von El. Die Maus für meine Katze, die Mouse für meine Cat. *Meine* Schöpfung. Ihre Existenz bedeutete, dass ich nicht ewig ganz unten in der Hackordnung bleiben musste; sie bedeutete auch, dass ich immer freundliche Gesellschaft hatte, ein mitfühlendes Ohr. Und jetzt beansprucht El sogar das für sich. Warum zum Teufel sollten Ross und ich uns wie das Nebenprogramm vorkommen? Warum sollten wir uns schuldig fühlen? Wir haben nichts Falsches getan.

Unsere Vorspeisen werden von einer Kellnerin serviert, die sich so sehr bemüht, uns nicht anzusehen, dass sie Ross seinen Teller beinahe in den Schoß wirft. Ich würde am liebsten lachen, aber Ross wird nur noch angespannter. Als sie geht, isst er, als wäre es die letzte Mahlzeit seines Lebens. Ich wünsche mir so sehr, dass er sich entspannt. Ich wünschte, ich könnte einen kleinen Teil seiner Sorgen, seines Drucks, seiner Qual übernehmen und ihm stattdessen meine Wut überlassen. Aber ich weiß, dass er meine Mühe nicht schätzen würde, mir nicht einmal zuhören würde, daher bleibt mir nur, ihn abzulenken.

»Erinnerst du dich ans Rosemount?«

Er hält inne, seine Gabel schwebt in der Luft. »An das Marshalsea-Gefängnis?«

»So schlimm war es nun auch wieder nicht.«

»Doch, jedenfalls sagte El das.«

»Ist ja nun nicht so, dass sie nicht zur Übertreibung neigen würde.« Der Wein hat meine Nerven einigermaßen beruhigt, ich bin nicht mehr so dünnhäutig. »Erinnerst du dich ans Shawshank im Spiegelland? *Das* war wirklich schlimm.«

»Natürlich erinnere ich mich.« Er sieht mich etwas zu scharf an. »Du auch?«

»Natürlich.«

El, die so tat, als wäre sie Andy Dufresne, und die mich herumkommandierte: Versteck dich da, spionier da herum, schau dich dort um. Ich denke an den alten, mit Kies bedeckten Hof, der jetzt gepflastert ist, im Garten, der einzige Teil des Spiegellandes, der sich draußen befand. Ein Platz für Leibesübungen, ein Gefängnishof. El bestand darauf, dass sie und ich stundenlang endlose, rastlose Runden dort drehten. Manchmal im Regen, manchmal bis zum Einbruch der Dunkelheit. Wir liefen, dass die silbergrauen Kiesel aufspritzten. Das knirschende Geräusch und die Nachgiebigkeit der Steinchen unter unseren Gefängnisstiefeln, die kalkigen Spuren auf unserer viel zu langen Gefangenenkleidung: Grandpas alte, gewachste Fischerlatzhosen und Jacken.

Im Shawshank war Ross immer der Wärter oder Flügelaufseher von Zellenblock 5, der sich auf den alten hölzernen Obstkisten befand, die früher einmal Boomtowns Holzweg gewesen waren. Ich erinnere mich an seinen strengen, autoritären Blick. Die verboten aufregenden Drohungen, uns einzusperren und nie wieder herauszulassen. Wir waren damals schon fast Jugendliche; das Shawshank war vermutlich das letzte Aufkeuchen des Spiegellandes.

»Ich erinnere mich ans Rosemount, aber nur vage«, sagt Ross.

Er schenkt uns nach. »Ihr beide hattet knapp sechs Jahre dort verbracht, als ich euch wiedersah.«

Ich bin erstaunt, wie leicht, wie lebhaft ich mich an diesen Tag erinnern kann. An seine Farben, seine Gerüche. Es war frühlingshaft kühl, roch nach Kohlenrauch, und überall waren weiße und rosafarbene Blüten. Ich lehnte gelangweilt und durchgefroren an einer der Säulen der Scottish National Gallery und wartete darauf, dass El herauskommen würde. Sie konnte den ganzen Tag in einem Kunstmuseum verbringen, von morgens bis abends, und obwohl wir damals kaum noch miteinander sprachen, war ich dennoch entschlossen, es zumindest zu versuchen.

Ich sah Ross auf der anderen Seite der Princes Street, wie er mit Tüten in der Hand aus einem Kaufhaus kam. Ich kann auch jetzt noch nicht beschreiben, wie ich mich bei seinem Anblick fühlte. 2004 kam mir die Aussicht, das Rosemount zu verlassen, nicht mehr wie eine Chance vor, sondern wie eine angsteinflößende Perspektive. Die Betreuer sprachen ständig mit uns darüber, dass wir bald zu alt sein würden, als wären wir hundertfünfzig und nicht siebzehn, achtzehn. Sie redeten außerdem über unsere Möglichkeiten, und zwar so, dass uns bewusst wurde, wie wenige wir hatten. Ross war so ein großer Teil unseres ersten Lebens, das bereits hinter uns lag und hatte sterben dürfen. Als ich ihn sah – größer, breiter, ansonsten ganz der Alte –, folgte daher auf die erste Freude und Begeisterung sofort das Gefühl des Verlustes. Der Unbehaglichkeit.

Ich rührte mich nicht, aber er sah mich trotzdem. Mein Herz flatterte, und mein Magen zog sich zusammen, als er die Straße überquerte und zu laufen begann. Er blieb erst zwei Meter vor mir stehen. Sein Atem vernebelte die Entfernung zwischen uns. Sein Lächeln war warm und breit.

»Cat.«

»Hallo, Ross.«

Er hatte Tränen in den Augen, und dann füllten sich auch

meine mit Tränen. Aber ich könnte nicht mehr sagen, wer den ersten Kontakt hergestellt hatte. In der einen Minute war Ross nicht mehr in meinem Leben, in der nächsten hatte er die Arme fest um mich geschlungen und drückte mein Gesicht an seine Brust. Und er war alles, was ich riechen, atmen, fühlen konnte.

»Wo warst du? Geht es dir gut?« Seine Nasenspitze war gerötet, seine Augen glänzten. »Ich habe versucht, dich zu finden. Ich habe versucht, euch beide zu finden, aber …«

»Tut mir leid.« Denn wir hatten natürlich immer gewusst, wo er war. Das war ein Teil der Abmachung, die wir im Hafen von Granton getroffen hatten. Nichts aus unserem alten Leben durfte überleben, egal, wie sehr wir es uns womöglich wünschten.

Sein Lächeln kam wieder. »Schon okay. Jetzt habe ich dich ja gefunden.«

Und ich weiß, dass ich ihn dann umarmte, weil mein Gesicht ganz heiß davon wurde, dazu den Mut zu fassen. Meine Arme um seinen Hals zu schlingen, seine breiteren Schultern unter meinen Händen zu fühlen, das fremde *erwachsene* Kratzen seiner Wange an meiner zu spüren.

Ich wollte nicht mehr, dass El aus dem Museum kam. Sie würde das hier verderben, das wusste ich. Aber als hätte ich sie damit herbeigezaubert, stand sie auf einmal da.

Ross ließ mich los. »El?«

Wenn das eine Frage war, so antwortete sie nicht darauf. Ich fürchtete mich vor dem Moment, in dem er an mir vorbei auf sie zutreten würde. Vor dem Moment, in dem er sie berühren, küssen, an sich ziehen würde. Vor dem Moment, in dem wir unsere alten Rollen wieder einnehmen würden, in dem sie beide vergessen würden, dass es mich überhaupt gab.

Aber das geschah nicht. Als Ross einen Schritt auf sie zu machte, wich El zurück. Nur ein paar Schritte, aber genug, um Ross innehalten zu lassen. »El?«

»Warum bist du hier?«

»Ich … ich habe gerade Cat hier stehen sehen, und …« Ich sah, dass er mühsam schluckte. Sein Gesicht spiegelte Verletztheit und Verwirrung wider.

Ich drehte mich zu El um und sah ihre Verärgerung, ihren Zorn auf mich. Ich scheute zurück, weil es nicht unverdient war, aber gleichzeitig wollte ich ihr eine Nase drehen. Wir waren gleichwertig, wir waren beide eigenständige Menschen. Sie war nicht meine Chefin.

Wir standen betreten da, keiner von uns sagte etwas. Schließlich ließ sich El dazu herbei, Ross auf die Wange zu küssen.

»Wir müssen zurück.«

»Wohin?« Ross sah zuerst mich an, dann sie.

»Ins Rosemount Care Home«, sagte ich und ignorierte Els wütenden Blick. »Es liegt in Greenside. Willst du uns dort besuchen?«

»Komm«, sagte El, packte meinen Ellenbogen und zerrte mich die Stufen hinunter in den Park. »Wir müssen los.«

»Achte nicht auf sie«, sagte ich. Heimlich war ich begeistert und zugleich beschämt, dass ich so begeistert war. »Sie ist inzwischen bei jedem so.« Denn das stimmte.

El sagte kein Wort, bis wir im Bus saßen und schon beinahe wieder im Heim waren, und dann wandte sie sich mir mit vor Wut ganz rotem Gesicht zu. »Wir hatten eine Abmachung. Das hier ist unser neues Leben, und wir brauchen niemand anders darin.«

Ich verstand nicht, warum sie sich so aufregte, aber ich hatte ein schlechtes Gewissen. Es war ihr größter Gefühlsausbruch seit Jahren. »Aber es ist *Ross.*«

Ihr Gesicht wurde hart, aber ihre Augen waren feucht. »Mir doch egal. Wir hatten eine Abmachung. Und du hast sie gebrochen.«

»Es ist seltsam«, sage ich jetzt zu Ross. »An was ich mich erinnere. Was dann und … danach passiert ist.« Ich bewege mich nun auf gefährlichem Boden, das weiß ich, aber der Wein und

Els *Sie glaubt, etwas ist nicht passiert, wenn sie so tut, als wäre es nicht passiert* machen mich mutig. Trotzig. »Der Grund, aus dem ich gegangen bin.«

Das Kerzenlicht flackert. Unsere Blicke treffen sich.

Er senkt den Blick zuerst. »Vielleicht sollten einige Dinge besser vergessen bleiben.«

»Vielleicht. Vermutlich.« Und bei dem plötzlichen heißen Schmerz, den ich empfinde, denke ich: *auf jeden Fall.* Das war immerhin dieselbe Denkweise, die mich überhaupt hatte nach Amerika fliehen lassen. Aber es ist schwierig, einen Motor abzustellen, den jemand anders gestartet hat, besonders, wenn derjenige noch die Schlüssel in der Hand hält.

»Ich denke darüber nach, die Untersuchungsstelle für Schiffsunfälle einzuschalten«, sagt Ross. Er wirft mir einen Blick zu. »Du hältst das für keine gute Idee.«

Ich trinke meinen Wein und bin verärgerter, als ich sein sollte, weil er so abrupt das Thema gewechselt hat. »Warum hat El diesen Hafen gewählt?«

»Was? Du meinst, warum sie eine Anlegestelle für ihr Boot im Hafen von Granton hatte?«

»Genau.«

Er zuckt die Achseln. »Es ist der nächste Hafen. Soweit ich weiß, ist es auch der einzige. Es gibt keine Jachtclubs in den Docks von Leith. Warum?«

»Ich habe mich das nur gefragt, mehr nicht. Ich weiß auch nicht.« Ich massiere mir die Schläfen. »Du glaubst wirklich, dass es ein Unfall war, oder? Was mit El passiert ist. Du glaubst nicht, dass ihr jemand etwas angetan haben könnte. Du glaubst auch nicht, dass sie sich selbst etwas angetan haben könnte. Du glaubst nicht, dass sie abgehauen ist.«

Er sieht mich eindringlich an. »Sind das Fragen?«

Daraufhin sage ich nichts. Presse die Lippen aufeinander, damit kein Wort herauskommt.

»Ich will wissen, wer diese Karten an El schickt, wer sie an dich schickt. Aber ich glaube nicht, dass derjenige ihr etwas angetan hat. Ich mache mir nur Sorgen … ich mache mir Sorgen, dass der ganze Stress *sie* dazu gebracht hat, etwas Dummes zu tun.« Er beugt sich vor. »Und damit meine ich *nicht* Selbstmord. Ja, sie hatte Depressionen, sie war eine verdammte Nervensäge, aber selbstmordgefährdet war sie nicht. Ich habe dir ja gesagt …«

Er hat offenbar bemerkt, wie laut er spricht, wie aufgeregt, denn er schaut sich um und senkt die Stimme. »Sie hat sich verändert. Sie war anders. Distanziert. Abgelenkt.« Er seufzt und schließt die Augen. »Also, ja. Ich glaube, sie ist mit diesem verdammten Boot hinausgefahren, und ich glaube, sie hatte einen Unfall.«

Ich sehe ihn an, sehe die Ringe unter seinen Augen, die angespannten, harten Linien seiner gerunzelten Stirn. »Du glaubst wirklich, dass sie tot ist?«

Er blinzelt nicht. »Ja, ich glaube wirklich, dass sie tot ist.«

»Wie hat euch die Vorspeise geschmeckt?«, fragt Michele mit einem Lächeln, das starr wirkt, und wir beide weichen voneinander zurück, als hätte man uns einen Stromschlag versetzt.

»Großartig, toll«, murmeln wir, und er hört auf, so künstlich zu lächeln, und nimmt unsere Teller ohne ein weiteres Wort mit.

Ross sieht mich gereizt an.

»Wo sonst sollte sie wohl sein, Cat? In einer Raststätte an der M6, wo sie sich *Game of Thrones* reinzieht und ihr Essen beim Zimmerservice bestellt? Hat deine Zwillingsschwester dir das per Gedankenübertragung oder weiß der Teufel womit mitgeteilt? Und *warum* sollte sie das tun?«

Der erste schreckliche Gedanke, der mir durch den Kopf schießt, ist, dass es in Autobahnmotels vermutlich keinen Zimmerservice gibt. Der zweite ist, dass er besser aussieht, wenn er wütend ist, weniger so, als ertränke er gerade. Der dritte ist, was ich sagen will, aber nicht sagen werde: *Weil sie ein Spiel spielt. Weil sie mich hasst. Vielleicht hasst sie dich auch, das weiß ich nicht. Vielleicht bist du immer noch zu dumm, um sie zu durchschauen.*

»Herrgott noch mal«, sagt er und schüttelt den Kopf. »Ich weiß, dass deine Mutter dir einiges angetan hat, aber …«

»Was?«

»Sie hatte doch Wahnvorstellungen wie aus dem Lehrbuch. Paranoia, Grandiosität, Verfolgungswahn. Sie hat eure Köpfe mit einem Mist gefüllt, der schräg genug war, um jeden zu verwirren, erst recht zwei Kinder. Sie hat euch so lange eingeredet, wie besonders ihr seid, wie anders, dass ihr ohne einander nicht leben könntet, bis es wirklich so war. Kein Wunder, dass ihr so ein beschissenes Verhältnis hattet.«

Habt, denke ich, und meine Finger krallen sich ins Tischtuch. EL IST TOT. ICH BIN MOUSE. Wir *haben* ein beschissenes Verhältnis. Ich muss beinahe lachen, und dann denke ich stattdessen an Mum, wie sie mit langen, harten Strichen unsere Haare bürstete: *Ihr werdet viel zu schnell groß.* Als hätten wir es aufhalten können. Als stünde die Anschuldigung nicht in komplettem Widerspruch zu ihrer apokalyptischen Furcht; zu den Erwachsenenbüchern, die sie uns vorlas; dem Mut, den sie von uns erwartete. Die Bereitschaft. Diese Finger, die sich immer in meinen Rücken zwischen die Schulterblätter gruben. *Hör auf, ständig Angst zu haben.*

Ross seufzt, fällt in sich zusammen. »Mist, tut mir leid. Tut mir leid.« Er greift über den Tisch und drückt meine Hand. Er lässt sie erst los, als wieder ein Kellner vorbeigeht. »Könnten wir vielleicht über etwas – irgendetwas – Normales reden? Nur für fünf Minuten?«

Ich schenke uns den letzten Wein ein, obwohl wir noch nicht einmal bei der Hälfte unseres Menüs angekommen sind. »Wir können es ja versuchen.«

KAPITEL 12

Fast genau vier Monate, nachdem wir Ross vor der Scottish National Gallery getroffen hatten, wachte ich in unserem winzigen Zimmer im Rosemount auf, aß mein Frühstück und schlich mich in die Gemeinschaftsdusche, um mir dann meine schönsten Sachen anzuziehen: Skinny Jeans, Doc Martens und ein holländisches Militärhemd, das ich in der Taille verknotete. Ich stieg in den Bus zum Royal Botanic Garden, wo Ross am großen Tor in der Inverleith Row wartete. Er nahm meine Hand, und wir spazierten durch das Gras, und als wir uns setzten, lächelten wir beide breit, obwohl keiner von uns ein Wort gesagt hatte.

Er streckte sich auf dem Gras aus und schloss die Augen, und ich nutzte die Gelegenheit, um ihn gierig zu betrachten. Sein T-Shirt war genau richtig zu eng; er hatte jetzt Muskeln. Früher war er nur dünn gewesen. Seine Arme und sein Gesicht waren so braun wie meine, weil er wochenlang im Holyrood Park und den Princes Street Gardens gesessen und Straßenmusiker und frühe Sommertouristen beobachtet hatte. El kam auch immer, finster, einsilbig. Aber an diesem Tag war sie krank. An diesem Tag hatte ich sie hustend und schniefend im Bett allein gelassen, und als ich ihr sagte, dass ich mich auf eine Anzeige für eine Aushilfsstelle in einer Bar bewerben würde, tat ich so, als sei die plötzliche schwere Last auf meiner Brust nur eine Phantominfektion, Schmerz aus Mitgefühl.

Ross zündete sich eine Zigarette an, und ich beobachtete die Rauchkringel. Er wirkte so verändert, so erwachsen. Ich wusste, dass er Gras rauchte und manchmal Pillen nahm. Er erzählte von seinen Clubbesuchen und davon, high zu sein, und all das war so neu für mich, so aufregend. Ich wusste, ich würde alles – absolut alles – tun, wenn er mich darum bat.

Als er lachte, merkte ich, dass ich seinen Schritt betrachtete, und mein Gesicht wurde ganz heiß.

»Hey, ist schon okay«, sagte Ross und stützte sich auf die Ellenbogen. »Es gefällt mir, wenn du mich anschaust.«

Es gefiel mir, wenn *er* mich anschaute. Schon als kleiner Junge konnte er mir das Gefühl geben, ich sei der wichtigste Mensch auf der Welt. Und wenn er mich dann nicht mehr ansah, fühlte ich mich, als wäre ich der unwichtigste Mensch überhaupt.

»Ich habe Gewissensbisse«, sagte ich und verfluchte mich sofort dafür.

»Warum?«

Aber er wusste, warum. Weil ich El angelogen hatte, was ich zuvor noch niemals getan hatte. Nie. Weil ich ihr nicht gesagt hatte, dass Ross und ich seit Monaten heimlich Textnachrichten austauschten. Oder dass ich manchmal nicht schlafen konnte, weil ich an ihn denken musste, weil ich ihn für mich allein wollte. Weil ich froh, ja sogar begeistert war, dass sie so krank war, dass ich ihn allein sehen konnte und sie es vermutlich noch nicht einmal bemerken würde.

»Sie redet nicht mit dir«, sagte Ross. »Sie redet mit niemandem.«

Und in seinem Tonfall lag eine Härte, die mich freute.

»Sie kann nichts dagegen tun«, sagte ich großmütig und versuchte, nicht darauf zu achten, dass sich seine Hand meiner immer mehr näherte. »Es liegt daran, dass sie noch immer in der Vergangenheit festhängt. Sie will ständig nur über das Spiegelland reden, oder über Mum und Grandpa, und ich will das nicht. Ich will jetzt leben.« Ich sah ihn an, sah seinen eindringlichen Blick, als eröffnete ich ihm die Geheimnisse des Universums, und plötzlich war ich ganz befangen, ganz betreten. Ich senkte den Blick und starrte das sonnengebleichte Gras an.

»Cat.«

»Ich glaube, ich bin wohl eine Zicke.«

»Cat.«

Er brachte mich auf die schönste Art und Weise dazu, ihn anzusehen: Er beugte sich so nah zu mir, dass ich sein Deodorant riechen konnte, seine Haut; er nahm mein Gesicht zwischen seine Hände und drehte es sanft zu sich.

»Du bist keine Zicke.«

Und da wusste ich, dass es passieren würde. Noch bevor er sich noch weiter zu mir beugte, seinen Blick auf meinen Mund lenkte, mir das Haar aus dem Gesicht strich. Bevor er ein leises und unartikuliertes Geräusch von sich gab, durch das mein Gesicht wieder ganz heiß wurde, mein Herz wie eine Trommel schlug, mein Inneres ganz schwer wurde.

Sie will ihn nicht mehr, redete ich mir ein. *Sie will niemanden mehr.* Und damit meinte ich: *Sie will mich nicht.*

Dann waren seine Lippen auf meinen, sein Atem, seine Zähne, seine Zunge, und ich hörte auf, an El zu denken. Mein erster Kuss.

Das Taxi biegt in die Westeryk Road, und ich drehe mich zu Ross um. Er sieht mich bereits an. Und ich frage mich, ob es Telepathie vielleicht doch nicht nur unter Zwillingen gibt, denn ich bin mir ziemlich sicher, dass er dasselbe denkt wie ich.

Aber sobald das Taxi weggefahren ist und wir zur roten Tür hinaufsteigen und sie hinter uns schließen, verändert sich die Stimmung zwischen uns. Wir gehen ins Wohnzimmer, bleiben in der Nähe der Tür stehen. Ross zieht nicht einmal seinen Mantel aus. Das ist in Wirklichkeit *normal* für uns. Wir warten mit den Schatten, den Geistern und der schweren Stille.

»Willst du was trinken?« Ross' Frage klingt merkwürdig düster, aber ich nicke, denn ich will etwas trinken. Vielleicht sogar noch mehr, als ich unseren Abend retten möchte.

Er mixt am Poirot zwei Wodka-Tonics. Ich sehe ihm zu, bis

ich von mir selbst genervt bin, und trete dann ans Fenster. Maries Haus liegt in völliger Dunkelheit. Die Straße ist leer und still. Ich frage mich, ob uns wohl jemand beobachtet, trete zurück und ziehe die schweren Vorhänge zu.

Ross gibt mir den Drink und hockt sich dann vor den Kamin, um Feuer zu machen. Er stapelt Scheite, bis es im Zimmer weihnachtswarm und golden ist. Als er wieder aufsteht, gelingt ihm das Lächeln schon weit besser.

»Erzähl mir, wie es dir in den letzten Jahren ergangen ist.«

»Wie bitte?«

»Das habe ich dich noch gar nicht gefragt, seit du zurückgekommen bist, und ich hätte es tun sollen. Also«, er setzt sich in den Lehnstuhl. »Wie ist es dir ergangen? Wie ist dein Leben in L.A. so?« Er zögert. »Bist du glücklich?«

Er sieht im flackernden Licht des Kamins viel zu gut aus. Seine unrasierten Wangen und die dunklen Ringe unter den Augen machen ihn nur noch attraktiver. Ich denke daran, wie er sich wütend den jammernden Witwer genannt hat. Ich frage mich, ob er weiß, dass es auf YouTube seitenweise Beiträge über ihn gibt.

»L.A. tut mir gut«, sage ich, weil ich das Gefühl habe, irgendetwas sagen zu müssen. »Da kümmert sich keiner um die kleinen Dinge. Nicht einmal um die größeren.« Ich nehme einen viel zu großen Schluck Wodka Tonic, weil ich ihm die Wahrheit sagen will. Ich will ihm sagen, dass ich manchmal so unglücklich bin, dass ich kaum atmen kann. El hat ein Boot, ein Haus, eine Berufung – ein Talent. Freunde. Einen Mann. Ich habe einen Job, den ich hasse, schreibe lächerliche Artikel über Spinat-Lattes, untreue Ehemänner und beschissenes spirituelles WLAN. Und ich gehe mit Männern aus, die mich nicht weniger interessieren könnten; mit Männern, die sich meistens so benehmen, als wäre ich ihnen völlig egal. Ich gehe zu oft auf Partys. Ich trinke zu viel. Ich verbringe zu viele Stunden damit, auf dem Balkon einer Wohnung zu sitzen, die mir nicht gehört – die ich jetzt nicht einmal mehr *miete* –, und auf das weite blaue Meer und den weiten blauen Himmel hinauszuschauen, obwohl ich viel lieber irgendwo anders wäre; tue aber gleichzeitig so, als wäre das nicht so. Ich lebe nicht. Ich warte. Dass etwas, irgendetwas passiert. Und am schlimmsten ist, dass ich mich langsam frage, ob das – all das – alles ist.

Ich stelle meinen Drink ab. »Tut mir leid, ich muss mal aufs Klo.«

Im Badezimmer lasse ich das kalte Wasser laufen und spritze es mir ins Gesicht. Ich sehe mich im Spiegel an. Ich erwarte, schrecklich auszusehen, aber das tue ich nicht. Ich sehe vital aus, lebendig. Ich sehe aus wie El.

Was tust du da? Was zum Teufel tust du da?

Ich bin betrunken – und zwar weit über das angenehme Maß hinaus. Mir ist schwindelig, und ich bin fast weggetreten. Aber ich weiß genau, was ich tue. Was ich tun werde.

Wir haben uns monatelang hinter Els Rücken getroffen. Wir taten so, als wäre es ihr egal, obwohl wir wussten, dass das nicht stimmte. Vielleicht wollten wir sie bestrafen, weil sie uns von sich stieß. Ich verstehe jetzt, dass sie krank war – depressiv oder etwas Schlimmeres –, aber das mildert dennoch nicht den Schmerz und die Wut. Meine Ausreden wurden immer weniger überzeugend, ihr Rückzug immer stärker. Und es war mir immer noch egal. Ich wollte an alldem festhalten, was sie loslassen wollte.

»Bist du ins Klo gefallen?«, schreit Ross, und es klingt, als käme es vom Fuß der Treppe.

»Komme gleich!«, rufe ich zurück.

Ich schaue an meinem Kleid hinunter. Denke an die irrationale Eifersucht auf Shona. Mein breites, höhnisches Lächeln – *Sie ist nicht tot. So ein Pech aber auch für Sie.* Und dann beginne ich, die Nadeln aus meinem Haar zu ziehen, und schüttele es. Ich muss nicht zu El werden, um nicht ich selbst zu sein.

»Alles in Ordnung?«, fragt Ross, als ich zurück ins Wohnzimmer komme.

»Alles okay.« Ich kann es kaum ertragen, ihn anzusehen, seine gerunzelten Brauen, seine Augen, das Flackern des Kaminfeuers zwischen uns. Es ist so lächerlich, sich so zu fühlen, das hier immer noch zu fühlen.

Er steht auf. »Wirklich? Du …«

»Vermisst du das Spiegelland?«

Er wirkt weder überrascht noch genervt. Er lächelt, und es erreicht seine Augen. »Ich hatte die schönste Zeit meines Lebens dort. Es tat mir leid, als es nicht mehr da war.«

»Warst du noch mal da unten? Nachdem ihr das Haus gekauft hattet?«

Er nickt. »Es war ziemlich traurig. Die MacDonalds müssen die Tür im Speisekammerschrank gefunden haben. Sie haben den Gang zum Vorgarten ausgeräumt und das Waschhaus verrotten lassen.« Er hält inne. Dann sagt er: »Ich habe die Tür zutapeziert; nach unten zu gehen, hat El zu sehr aufgeregt.«

Ich schlage eine andere Richtung ein, weil da schon wieder diese Falte zwischen seinen Brauen ist und weil ich ihm nicht sagen will, dass ich die Tapete heruntergerissen habe. »Du meine Güte, erinnerst du dich noch an die Beutezüge der *Satisfaction* auf dem spanischen Festland Mittelamerikas?«

»Viele Plünderungen.« Sein Lächeln ist so bittersüß vertraut. »Das war meine Schuld. Ich war ein bisschen kleptomanisch veranlagt.«

»Deine Schatztrophäen.«

»Ja, meine Schatztrophäen. Was war ich nur für ein Arsch. Weißt du, Mum hat in meinem Schrank einen ganzen Haufen von dem Mist aus unserer Schatztruhe gefunden, nachdem du schon ein paar Jahre fort warst. Einschließlich eines kompletten Satzes viktorianischen Silberbestecks. Hat mir deswegen keine einzige Frage gestellt. Hat dann alles für einen guten Zweck verkauft.«

Ich gehe auf ihn zu, und sein Lächeln erlischt. Seine Augen werden größer, als ich näher komme, und ich atme tief durch, zwinge mich dazu, mutig zu sein, weiterzugehen.

»Ich vermisse uns«, flüstere ich.

»Cat. Was …«

Ich strecke die Hände aus und überbrücke die Distanz zwischen uns, lege meine Handflächen auf seine Brust. »Am meisten vermisse ich uns im Spiegelland.«

»Was tust du da?«

»Ich will nicht mehr reden«, sage ich. Ich streiche mit den Fingern seinen Hals und seine Kieferlinie entlang, und sie zögern nicht und zittern auch nicht.

Er erstarrt, packt sie und weicht zurück. »Nein. Das können wir nicht tun.«

Um uns ist Dunkelheit, und ich spüre, wie sie uns immer mehr umschließt. Das Feuer knistert. Ich höre die alte Standuhr im Schatten des Flurs tick-tick ticken. Und um uns herum stöhnt und ächzt und lacht das Haus.

Ich drücke mich an ihn, und obwohl ich es nicht sage, liegt es in meinen Augen. *Sie ist nicht tot. Sie hat dich nur verlassen. Wie sie mich verlassen hat.* Ich küsse seine Wange, seinen Kiefer, seine Lippen, lecke über die salzige Haut seines Halses. Ich will, dass er sich mir hingibt. Ich will, dass er bettelt. Ich wollte immer, dass er bettelt.

Aber stattdessen schiebt er mich erneut von sich. Schließt die Augen. Tritt zurück.

Ich denke an seinen erschreckten Blick, wie schnell er vor drei Nächten versuchte, von mir wegzukommen. Ich höre das schwere Klacken eines Riegels. *Donnernde Stiefelschritte. Etwas kommt. Etwas ist beinahe da.* Und dann zittere ich doch. Ich lege meine Hände auf sein Gesicht, seine Brust, streiche über seine Schulterblätter, fahre durch sein Haar.

»Cat, du musst damit aufhören«, sagt er. Aber ob es ihm bewusst ist oder nicht, er berührt mich bereits. Seine Finger halten meine Arme fest, sodass ich bleibe, wo ich ohnehin sein will. Bin.

»Bitte.«

Ich streichele jetzt seinen Körper. Spüre seinen heißen, schnellen Atem, seine Zähne an meinem Hals, als ich meine Hand an seinen Schritt lege. Seine Stimme gedämpft an meiner Haut. »Gott. Bitte. Bitte, Cat.«

Und sobald ich ihn wieder küsse, gibt er nach. Der Kuss ist viel zu feucht, zu heiß, zu ungeschickt, aber genau das brauche ich. Alles fühlt sich so wund an, es tut beinahe weh. Wir packen einander, und es ist genau wie immer. So wunderbar. Derselbe Rausch. Derselbe Irrsinn. Er gibt ein Geräusch von sich, laut und beinahe verzweifelt, und ich denke: *Ja.* Ja.

Ich vermute, bei dem, was wir da tun, geht es wieder darum, El zu bestrafen, weil wir nur diesen einen Weg kennen. Aber, oh Gott, es fühlt sich überhaupt nicht so an. Wir taumeln zurück. Er küsst mich, als müsste er gar nicht atmen, und ich küsse ihn zurück, und alles – die Geräusche, die wir von uns geben, die beinahe hektische Panik dessen, was wir tun: kratzen, kneifen, drücken, beißen –, all das fühlt sich so gut, sauber und richtig an, auf eine Weise, wie sonst gar nichts – und niemand – sich je angefühlt hat. Ungefähr auf die gleiche Weise habe ich auch meine Jungfräulichkeit durch ihn verloren: gegen eine Kommode in seinem Zimmer gedrückt; viel zu schnell, viel zu verzweifelt, der Schmerz war verlangend und wund, ein Ansporn, mehr zu tun, mehr zu fühlen, mehr zu nehmen. Es reichte nie.

Er hebt mich jetzt auf die niedrige Mahagoni-Kommode. Der Schellack fühlt sich kalt auf meiner Haut an. Wir fummeln an unserer Kleidung herum, kommen nur frustrierend langsam voran. Er zieht mich an sich, drückt sich hart gegen mich, beißt so kräftig zwischen meine linke Schulter und den Hals, dass ich aufschreien und ihn noch fester packen muss. Ich will ihn mit jeder Faser meines Körpers, ohne jede Spur von Zweifeln oder

Schuldgefühlen. Ich denke an Els *Manchmal wünschte ich, sie würde einfach verschwinden.* Und dass ich hier und jetzt nicht nur froh darüber bin, dass sie verschwunden ist, ich bin mir sogar sicher, dass sie diejenige ist, die die ganze Zeit verschwinden sollte.

Als ich es endlich schaffe, genügend Stoff zu entfernen, dass er sich an mich schmiegen, in mich stoßen kann, Haut an Haut, schreien wir beide auf. Wir klammern uns aneinander, wir flüstern beide »Scheiße« in den Mund des anderen. Und ich höre auf, an El zu denken.

*

Es gab nie eine Zeit, in der uns das Spiegelland nicht echt vorkam; in der wir nicht den Wind und den Regen und das Wunderbare spürten oder das Meer und den Rauch und den Schweiß und das Blut rochen. Aber manchmal kam uns das Spiegelland sogar *sehr* echt vor, und da waren wir dann besonders schlau oder grausam oder ängstlich.

An einem langen heißen Samstagnachmittag, als die *Satisfaction* von einem Hafen zum nächsten fuhr, erfanden El und ich ein Spiel, um uns die Zeit zu vertreiben: Ross sollte über Bord ins hohe Meer geschmissen werden, und wir würden ihm eine Handvoll Reißzwecken hinterherwerfen. Er würde zehn Minuten haben, um sie alle wiederzufinden, bevor wir Anker lichten und absegeln würden. Er zögerte natürlich, aber alle Regeln im Spiegelland, die entweder El oder ich aufstellten, mussten befolgt werden. Und so stand er mit hochgezogenen Schultern im Karibischen Meer, ungefähr dreihundert Seemeilen von der Küste Haitis entfernt, und gab sich Mühe, nicht zusammenzuzucken, als wir die Reißzwecken nach ihm warfen.

Er musste wissen, dass er es nicht schaffen würde. Dass das Spiel *absichtlich* unmöglich für ihn war. Aber er versuchte es dennoch. Er ließ sich auf Hände und Knie nieder und suchte jeden

Quadratzentimeter des Meeres nach den verstreuten Reißzwecken ab, hob sie mit der einen Hand auf und sammelte sie in der anderen – und erst, als er nur noch eine Minute Zeit hatte, geriet er in Panik.

»Ich schaffe es nicht! Ich habe sie nicht alle gefunden!«

»Es sind fünfzig«, versetzte El mild. »Wie viele hast du?«

»Wir halten die Uhr an«, sagte ich. »Während du zählst.«

Er hatte zweiunddreißig.

»Dann beeilst du dich wohl besser«, sagte El.

Als die Zeit vorbei war und wir uns bereit machten, ohne ihn loszufahren, brach er in Tränen aus. »Nicht! Bitte!«

Ich hatte Ross noch nie zuvor weinen sehen. Der Anblick machte mir kein schlechtes Gewissen, sondern verlieh mir ein Gefühl der Macht. Ich hatte das Bild vor mir, wie ich mich versteckt und in eine karierte Decke geweint hatte.

»Du holst uns doch wieder ein, du Dussel«, sagte El, als läge das auf der Hand.

»NEIN! Ihr dürft mich nicht verlassen!«

Dieses Bild ist eines der eindrücklichsten aus dem Spiegelland. El und ich, wie wir von einem schluchzenden und untröstlichen Ross wegsegeln, der auf den Knien in der Karibik hockt und dessen Hände ganz blutig und voller Reißzwecken sind. Der nach uns ruft, während wir so tun, als ob wir ihn nicht hörten. »Woher soll ich wissen, wohin ihr fahrt?«

Der Wecker zeigt 11:35 Uhr an. Als ich mich strecke, tut mir alles auf warme, lethargische Art und Weise weh. Ross liegt noch bei mir im Bett. Ich höre seine langsamen Atemzüge, spüre seine Wärme an meinem Rücken. Als ich mir sicher bin, dass er noch schläft, drehe ich mich um, um ihn anzusehen. Er liegt halb auf dem Bauch, die Beine hat er unter der Decke gespreizt. Ich bin noch nie mit ihm eingeschlafen, es fühlt sich merkwürdig und intim an, und es ist eine viel größere Grenzüberschreitung, als mit ihm zu vögeln. Immerhin sind wir im Clown-Café und nicht in ihrem Schlafzimmer, *unserem* Schlafzimmer. Ich betrachte sein dichtes Haar, das in alle Richtungen absteht. Seine breiten Schultern und den Rücken, seine schmalen Hüften, den Schwung seiner Flanken. Und ich will ihn immer noch berühren. Ich verspüre immer noch diesen Drang, mehr zu tun. Ich denke das Wort *Arschloch*, aber es hat viel von seiner Macht verloren. Ich habe Gewissensbisse, und nicht zu knapp, aber wenn ich in mir herumstochere wie im angeschwollenen Zahnfleisch um einen entzündeten Zahn, wird der Schmerz nicht stärker, nicht schlimmer.

Sie hat ihn verlassen. Sie will ihn nicht.

»Hey.« Seine Stimme ist dumpf, noch ganz belegt vom Schlaf.

Ich ziehe meine Hand zurück, dann erstarre ich und halte den Atem an.

Er dreht sich nicht um, tastet aber hinter sich nach meiner Hand. Und einen schrecklichen, strafenden Moment lang frage ich mich, ob er mich wohl für El hält.

»Ich weiß, dass du es bist, Cat.«

Ich setze mich auf. Merke, dass ich das gerahmte Foto auf dem Nachttisch anschaue. Eine junge El und ein junger Ross lächeln mich an.

»Bereust du es?« Ich hasse es, dass meine Stimme so kleinmütig klingt. »Bereust du, was wir getan haben?«

Er seufzt, setzt sich ebenfalls auf und sieht mich an. »Nein.«

Aber ich merke, dass er nun ebenfalls das gerahmte Foto anschaut. Und ich sehe in seinen Augen, dass ein Teil von ihm es doch bereut. Ein Teil von ihm *muss* es bereuen. Ein großer Teil.

»Ich will nicht, dass du denkst, ich würde sie nicht lieben«, sagt er. Was die Schuld angeht, übertrumpfen die Gene vermutlich ein Ehegelübde.

Wir zucken beide zusammen, weil es plötzlich an der Tür läutet. Der Schall dringt bis zu uns hinauf. Ross steht auf, zieht sich eine Jogginghose an. Ich höre, wie er über den Treppenabsatz geht und dann seine bloßen Füße auf die Mosaikfliesen der Stufen klatschen. Ich starre die Glocke an der Wand neben dem Schminktisch an. Denke an all die Glocken, die in der Küche wie nicht zusammenpassende Messer in einer Schublade nebeneinander aufgereiht hängen.

Ich schaue mir wieder das Foto an. Und ich höre ihre Stimme immer noch in der Dunkelheit. Nach Stunden und Stunden hässlicher Stille. Heiser und gemein und voll derselben gleißenden Angst wie ihre Augen an jenem Tag, an dem sie mir den Schwarzen Punkt überreichte. *Wie konntest du nur? Du bist doch meine verdammte Schwester.*

*

Im Jahr 2005 hatten El und ich ein möbliertes Zimmer in Gorgie. Eine erwartungsgemäß scheußliche Absteige, für die wir so dankbar waren wie schiffbrüchige Seeleute, wenn sie Land sehen. Das Zimmer gehörte zum Rosemount, und es war exakt zwölf Monate lang unseres. Wir suchten derweil nach einer anderen Unterkunft und nach den Mitteln, um sie zu bezahlen. Wir hatten beide ein Stipendium fürs College und nahmen jeden beschissenen Job an, den wir finden konnten. Wir redeten noch immer kaum miteinander und waren uns mit neunzehn kaum näher als mit knapp achtzehn. Und ich belog sie nach wie vor.

Das Heim veranstaltete an jenem Maifeiertag ein Wiedersehenstreffen: ein Grillfest auf dem riesigen Grundstück. El warf die Einladung in den Papierkorb, doch ich rettete sie und verabredete mich mit Ross am hinteren Notausgang. Wir hielten uns vermutlich für diskret und schlau, aber ich bezweifle, dass wir das auch nur eine Minute lang wirklich waren. Normalerweise trafen wir uns im Haus seiner Mutter – sie waren damals schon von Westeryk nach Fountainbridge gezogen –, und dann hatten wir schnellen und leisen Sex in seinem schmalen Einzelbett und horchten dabei auf die Geräusche der Leute unten. Die Gelegenheit, die ein leeres Rosemount bot, war einfach zu gut, als dass wir sie hätten vorüberziehen lassen können.

Die langen Flure mit den hohen Decken waren verlassen. Ross zog mich an der Hand hinter sich her, ich wies ihm mit lautem Flüstern den Weg. Die Zimmerschlüssel hingen an Haken mit Nummern darüber im Büro der Rezeption, und ich wusste, dass die neuen Bewohner des Doppelzimmers, das El und ich geteilt hatten, damit beschäftigt waren, sich hinter dem Busch im Vorgarten zuzudröhnen. Aber das war vermutlich nicht alles. Ich glaube, dass ich Ross hier haben wollte. In meinem Bett, nicht in ihrem.

Wir hatten die drängende, verzweifelte Phase hinter uns gelassen und waren jetzt raffiniert, verschwitzt und laut, hatten jegliche Scham oder Hemmung abgelegt, als sie hineinkam. Ich sah sie über Ross' Schulter im selben Augenblick, als er zuckend, schaudernd und meinen Namen stöhnend kam.

Ich erstarrte, der exakte Zwilling von El, und eine Scham, die viel stärker, viel machtvoller war als die Liebe, die ich für Ross empfand, packte und würgte mich.

Ross begriff sofort. Zog sich aus mir heraus und löste sich von mir, deckte uns beide mit Decken zu, seine Augen nah genug bei mir, dass ich mein eigenes Spiegelbild in ihnen sehen konnte. Er schloss sie und drehte sich langsam um.

»El«, sagte er. »El.«

Sie starrte uns an. Alles Leben, alle Farbe war aus ihrem Gesicht gewichen, und sie war nur noch grau und schlaff vor Schrecken. Meine Lippen formten ihren Namen, ohne einen Laut herauszubringen.

»Es war niemand da«, sagt Ross jetzt, als er zurückkommt. Er steht befangen neben dem Bett, zögerlich, und mir fällt nichts ein, womit ich ihn zum Bleiben bewegen kann. Endlich sieht er mich an. Sein Lächeln ist emotionslos, unglücklich. Er dreht sich um, setzt sich auf die Bettkante und senkt den Kopf.

»Ich wünschte, wir wären niemals hierher zurückgekommen. Verdammt noch mal, ich *hasse* diesen Ort.«

Ich sage nichts. Vielleicht wäre ich auch nicht hier, wenn sie nicht hierher zurückgekommen wären.

»El hatte eine Affäre«, sagt er zu den Streifen auf der Tapete. »Jedenfalls *glaube* ich, dass sie eine hatte.«

»Warum?« Hinter meinen Schläfen pocht ein dumpfer Schmerz.

»Ich habe gelogen, als ich sagte, es ginge uns gut. Wir haben uns nicht mehr verstanden. Wir haben kaum miteinander gesprochen. Lange Zeit.« Er zuckt die Achseln. »Sie hatte ein zweites Handy.«

Und ich kann nichts dagegen tun. Ich muss an jene drei Worte denken. In Großbuchstaben in einer Betreffzeile. In blutigen Buchstaben auf die nackte Mauer am Waschhaus geklatscht. ER WEIß ES. Ich presse die Finger an die Schläfen.

»Wusstest du, wer es war?«

Ross zuckt erneut die Achseln. »Vielleicht. Ich weiß nicht. Da war dieser Typ, über den sie manchmal sprach. Ebenfalls ein Künstler. Und ich habe es einfach gemerkt, weißt du? Ich habe es gegenüber Rafiq erwähnt, aber El hat mir nie seinen Namen genannt.« Er schüttelt den Kopf. »Ein riesiger Warnhinweis, was?«

Als er sich endlich umdreht, ist sein Blick nicht wütend, wie ich erwartet hatte, sondern müde. »Bestimmt war er *sensibel* und *geduldig*. Hörte bis zum Ende zu, wenn sie von ihren Problemen erzählte.« Er will erneut die Achseln zucken, aber sie scheinen ihm zu schwer zu sein. »*Nett* mit einem großen N. Du kennst die verdammte Sorte.«

Ich kenne sie.

Aber statt ihm von Vik zu erzählen, denke ich an die Mutter, die Ross seinem Vater gestohlen hatte. Ich sehe ihn vor mir, wie er blutend und schluchzend auf den Knien im Karibischen Meer hockt und zusieht, wie wir davonsegeln. Das Geräusch, das er in der Nacht machte, als ich ihn küsste: tief und klagend wie ein heulender Wind in einem engen Raum. *Ich weiß nicht, was ich tun soll. Ich weiß nicht, wie ich ohne sie weitermachen soll.*

Und ich krieche zu ihm, schlinge meine Arme um seinen Leib und lege meine Wange an seinen Rücken, spüre das langsame, regelmäßige Pochen seines Herzens an seinen Rippen. Lasse meine Finger in seine Jogginghose gleiten. Höre, wie er scharf die Luft einzieht, als ich sie um ihn schließe. Er ist bereits hart.

Sie hat ihn verlassen. Sie will ihn nicht mehr. Sie hat ihn mir weggenommen.

Es dauert lange, ziemlich lange, bis er wieder zu betteln beginnt, aber ich will ihn so nah bei mir behalten, will, dass er mich immer noch begehrt, mich braucht, dass ich sein Flehen bis zum Ende ignoriere.

Und als es vorbei ist, drücke ich mein Gesicht an seine Haut und schließe die Augen.

»Das hier darfst du nicht bereuen, Ross«, flüstere ich in seinen Herzschlag hinein. »Das werde ich nicht zulassen.«

KAPITEL 13

Wenn ich früher die Nachrichten schaute, fragte ich mich immer, wie die Leute einfach so mit ihrem Leben weitermachen konnten, wenn sie ein schlimmes Unglück überlebt hatten. Doch die Antwort liegt jetzt auf der Hand. Es ist einfacher. Einfacher, als aufzugeben. Einfacher, als aufzuhören. Es ist einfacher, so zu tun, als wäre alles in Ordnung. Bis es das wirklich ist.

Der Morgen ist kalt, das Sonnenlicht, das durch die großen Fenster des Colquhoun's von Westeryk fällt, blendet. Ich möchte eigentlich nicht hineingehen, aber wir haben absolut nichts mehr zu essen, und Ross liegt noch mit im Schlaf entspanntem Gesicht in meinem Bett. So ist es jetzt seit zwei Tagen. Und seit drei Nächten. Und ich habe schon beinahe vergessen, wie es ist, ohne ihn zu sein.

An der Ladentür zögere ich mit schon auf die Scheibe gelegter Hand. Immer wenn ich alleine rausgehe, ist das Gefühl – die körperliche Reaktion darauf –, beobachtet zu werden, so allgegenwärtig, so erwartet, dass es mir fast schon normal vorkommt. Ich erlaube mir einen Blick: die leere Straße von den Links bis zur Ecke Lochend Road hinauf und hinunter. Dann drehe ich mich wieder um und stoße die Tür auf.

Als ich sehe, dass Anna die einzige Kassiererin ist, sinkt mir der Mut. Ich kaufe langsam ein und fülle den Korb mit so vielen Sachen, wie ich tragen kann. Als ich endlich an die Kasse gehe, sehe ich, dass Anna mich ebenfalls wachsam beobachtet. Ich stelle meinen Korb ab, sie räuspert sich und nimmt allen Mut zusammen, um mich direkt anzusehen. »Wie geht es Ihnen?«

»Mir geht es gut«, sage ich.

Sie räuspert sich erneut. »Ich wollte nur sagen, dass mir das, was ich letzte Woche zu Ihnen gesagt habe, sehr leidtut. Ich war wegen El außer mir, aber ich hätte es nicht an Ihnen auslassen dürfen. Das war nicht richtig.«

»Danke«, sage ich, obwohl ich spüre, dass sie es nicht ganz ehrlich meint.

Sie seufzt. »Ich war wütend auf Sie, weil sie allein war. Weil Sie nicht hier waren, als sie Sie brauchte. Und jetzt … jetzt, da sie …« Sie schüttelt heftig den Kopf. »… *tot* ist. Da sind Sie hier.«

Ich beiße mir auf die Zunge, und es tut weh. Aber ich werde kein Wort sagen. Ich werde nicht meine Unschuld und Els Schuld beteuern. Das bringt nichts.

Anna sagt nichts mehr, bis ich ihr das Geld gebe. Dann schließt sie ihre viel zu kalten Finger um mein Handgelenk.

»El hatte das auch.«

»Was?« Ich versuche, mich ihrem Griff zu entwinden, aber sie ist überraschend stark. Ein Nicken in Richtung meines ausgestreckten Arms und der Hand. Der blaue Fleck ist schon ein paar Tage alt und tut überhaupt nicht mehr weh, aber da fallen mir die kleinen Reihen von Fingerabdrücken auf meinen Unterarmen ein; ich werde rot, wenn ich daran denke, wie ich sie bekommen habe. Gegen den Smeg-Kühlschrank gedrückt, Ross' Atem heiß an meinen Schenkeln, er hält meine Arme hinter meinem Rücken fest: *Beweg dich nicht, beweg dich nicht.*

»Lassen Sie mich los«, sage ich mit einer so kalten Stimme, dass ich beinahe von mir selbst beeindruckt bin.

Aber das tut sie nicht. Stattdessen wird ihr Griff immer fester, und sie zieht mich zu sich heran. Ihr Gesichtsausdruck ist jetzt weicher, wird beinahe flehend. »Ich habe es so gemeint, als ich sagte, sie würde nicht wollen, dass Sie hier sind, Cat. Sie sollten gehen.«

Ich entwinde ihr meinen Arm. »Ich weiß nicht, was sie Ihnen

erzählt hat«, sage ich, wende mich ab und reibe mir das Handgelenk. Mein Gesicht brennt. Zwei Rentner beobachten uns, als wären wir die Gegner in einem Wimbledon-Finale. »Ich *will* gar nicht wissen, was sie Ihnen gesagt hat. Sie lügt, Anna. Das tut sie die ganze Zeit. Mir geht es gut. Und *ihr* auch.«

Ich schnappe mir meine Tasche und renne fast zur Tür hinaus, weil ich unbedingt an die kalte frische Luft muss. Als Erste begegnet mir Marie. Sie trägt ein wunderschönes Kopftuch im selben Saphirblau wie die Smeg-Kühlkombi, und meine Haut wird noch heißer und prickelt.

»Gibt's was Neues?« Sie wirkt panisch, außer Atem. Ich frage mich, ob sie mich wohl von ihrem Fenster aus beobachtet hat und deshalb hier ist.

Ich versuche, langsamer zu atmen, mich zu beruhigen. »Nein. Nichts Neues.«

Was nicht ganz stimmt. Ich muss an Rafiqs und Logans letzten Besuch und deren schlechte Prognose denken. Ich muss an all den wilden Sex denken, den ich mit dem Ehemann meiner vermissten Schwester habe.

»Ich habe vor ein paar Tagen gesehen, dass die Polizei vor Ihrem Haus parkte.« Die vernarbte Haut in ihrem Gesicht ist heute noch viel auffälliger. Sie sieht aus wie verbrannt. Sie runzelt noch intensiver die Stirn und macht einen Schritt nach vorn auf mich zu. »Sie ist meine Freundin, Catriona.«

Ich weiche nicht zurück. »Waren Sie diejenige, die gemeldet hat, dass sie jemand Verdächtigen vor dem Haus gesehen hat?«

»Was?«

»Die Polizei. Sie haben gesagt, dass ein Bewohner Ihres Reihenhauses angerufen hat, weil er am Tag von Els Verschwinden jemanden vor dem Haus hat herumlungern sehen. Ich frage mich nur, ob Sie etwas gesehen haben?«

»*Non*«, sagt sie. »Ich habe nichts gesehen.« Aber etwas in ihrem Blick verändert sich.

»Wussten Sie, dass sie Karten mit Drohungen bekommt?«

»*Oui*. Sie hat uns davon erzählt.«

»Hat sie auch gesagt, von wem sie vermutlich kommen?«

»Warum fragen Sie, Catriona?« Sie ist plötzlich wie erstarrt. »Sie glauben nicht, dass das, was mit ihr passiert ist, ein Unfall war?«

Ich werfe einen Blick durchs Fenster. Anna tut so, als beobachtete sie uns nicht, und bedient die Rentner.

»Nein.« Das ist die Wahrheit, zumal ich nicht glaube, dass irgendetwas von all dem ein Unfall ist.

»Sie hatte Angst«, sagt Marie schließlich. Sie folgt meinem Blick zu Anna und sieht dann wieder mich an. »Sie hat es zuerst vor uns zu verbergen versucht. Aber sie hatte wirklich große Angst.«

Ich schnaube, obwohl ich das nicht will, und Maries Gesichtsausdruck wird angespannt.

»Ich habe immer gedacht, wie merkwürdig es ist, dass *sœurs jumelles* nicht miteinander sprechen. Sie sagte, Sie hassten sie.«

»*Ich* hasste *sie*? Verdammte Scheiße …« Aber es ist schon zu spät. Selbst wenn man den Springteufel wieder zurück in die Kiste stopft, wissen alle, wie er aussieht. Und ich kann mir nicht ewig auf die Zunge beißen oder die Schuld für all das, was sie getan hat, auf mich nehmen. »El hat mich gehasst. Und sie hat mich so lange gehasst, bis ich gegangen bin. Verstehen Sie? Das hier war auch mein Zuhause.«

Und ich weiß nicht, ob ich damit das Land, die Stadt oder das Spiegelland meine, oder alle drei. Vielleicht sogar das Spiegelland oder Ross, oder wie es war, eine Schwester zu sein, ein Spiegelzwilling. »Sie hat es mir genommen. Sie hat mich davongejagt. Das war sie.«

»Einige meiner Freunde kommen aus Regionen und Ländern, die ganz anders sind als dieses«, fährt Marie fort, als hätte ich gar nichts gesagt. »Und sie haben nichts. Manchmal – oft sogar –

fürchten sich die Menschen vor jenen, die nichts haben. Ihre Schwester nicht.«

Am liebsten würde ich wieder schnauben, aber ich tue es nicht. In meiner Brust sitzt etwas Heißes und Schweres.

»An sonnigen Tagen ging sie mit meinen Freunden hinunter in die Links oder ans Meer und zeigte ihnen, wie man zeichnet oder malt.« Sie sieht mich jetzt wieder an, und ich weiß, dass sie uns miteinander vergleicht. Das tun die Leute immer, als müsste man Charakterzüge zwischen uns aufteilen. »Sie hat ihnen gezeigt, wie man frei ist.«

Darauf antworte ich lieber nicht. Ich bin wütend. Ich fühle mich ungerecht behandelt, verfolgt, nicht angehört. Ein Gefühl, das ich viele, viele Jahre nicht mehr hatte, und ich hatte ganz vergessen, wie sehr es schmerzt. Als ich merke, dass ich zittere, bin ich entsetzt.

»Vielleicht hatte Ellice recht.« Das Dunkle liegt wieder in Maries Blick, wie ein Rollladen vor einem Fenster. »Sie sagte, dass Sie niemals zuhören. Niemals etwas lernen.«

Ich werde immer gereizter. Die Wut in mir tut mir körperlich weh. »Ross behauptete, dass er Sie gar nicht kennt«, sage ich. Zu laut. Zu abwehrend. »*Ihre sehr gute Freundin* – und er meinte, er hätte keine Ahnung, wer Sie sind.«

Sie ballt ihre vernarbten Finger zu Fäusten. »Er sagte zu mir, ich solle mich von ihr fernhalten.« Der Blick, den sie mir zuwirft, ist vernichtend. »Er hat mich *bedroht.*«

Als ich nichts darauf erwidere, schüttelt sie den Kopf, dreht auf dem Absatz um und marschiert zurück zur Straße und zu ihrem Haus. Und dann bleibt sie stehen und schaut über die Schulter zurück. »Fragen Sie ihn.«

*

john.smith20594@gmail.com 13. April 2018, 11:31
Re: ER WEIß ES Posteingang
An: mich
HINWEIS 6: EL KANN DICH IMMER NOCH SEHEN
Von meinem iPhone gesendet

*

Ich bin durch das Haus gestürmt und habe Fotos von El gesucht, um auf ihre Rückseite zu schauen, bis mir das Selbstporträt im Prinzessinnenturm einfällt. Ich marschiere zum weiß lackierten Schrank und ziehe die Tür auf. Versuche mit aller Kraft, nicht zu schwanken, als mich El böse ansieht. Als wäre sie jetzt Prinzessin Iona, von einer Hexe entführt und in einem Turm gefangen gehalten; jedes Jahr ein wenig älter, ein wenig hoffnungsloser.

Ich finde die Tagebuchseite. Sie ist an die Rückwand geklebt.

24. Juni 2005
Er gehört mir, wenn ich ihn will. Er gehört NICHT ihr. So war es immer, und so ist es jetzt. Ich weiß, warum er es getan hat, aber das hilft mir nicht. Jedes Mal, wenn ich an sie beide zusammen denke, fühlt es sich an, als läge ein Felsblock auf meiner Brust. Ich bin dann wütend, ich habe Angst und kann gar nicht aufhören zu weinen. Es ist, wie wenn ich an das Spiegelland und die Satisfaction *und die Clowns denke und mir wieder einfällt, dass all das jetzt fort ist. Ich kann nie wieder dorthin zurück.*

Aber ich KANN das hier wieder in Ordnung bringen. Ich KANN es schaffen, dass alles wieder so wird wie zuvor. Cat wird mich dafür hassen, aber das ist mir egal. Ich werde froh sein.

Weil er sie nicht haben KANN und sie ihn NICHT bekommen wird.

Als ich die Klingel höre, zucke ich zusammen und lasse beinahe die Seite fallen. Ich stopfe sie in meine Tasche und gehe wieder nach unten.

Vor der Tür ist niemand. Als ich in die Küche gehen will, erstarre ich in der Tür und schaue hoch zum Glockenbrett. Eines der Pendel schwingt noch, sein fünfzackiger Stern ist wie ein Metronom, die Uhr eines Hypnotiseurs. *Schlafzimmer 3*. Ich blinzele, und es bewegt sich nicht mehr. Alle Glocken sind still.

Ich bemerke aus dem Augenwinkel eine Bewegung und wirbele herum. Mir ist ganz schwindelig vor Furcht, ich bin mit den Nerven am Ende. Ich sehe verschwommen etwas am Fenster vorbeiflitzen und schnell verschwinden. Ich renne in die Spülküche, reiße die Hintertür auf und sehe eine weitere **CATRIONA**-Karte auf der obersten Stufe liegen, dann laufe ich nach unten. Ich bleibe auf dem Pflaster stehen, drehe mich nach links, nach rechts. Lausche. Nichts als der Wind in den Apfelbäumen, und aus der Ferne höre ich den Verkehr auf der vorderen Seite des Hauses. Die Tür zum Waschhaus ist immer noch mit Ketten und Riegeln verschlossen. Ich betrachte die hohen, mit Efeu bewachsenen Mauern. Auf keinen Fall kann jemand so schnell darübergeklettert sein, dass ich ihn nicht mehr erwischt hätte.

Vorsichtig drehe ich mich zum zweiten Gang auf der anderen Seite des Hauses um, der ins Spiegelland führt. Seine rote Tür steht offen. Ich renne den Gang entlang in den Vorgarten, aber da ist niemand. Sogar das Gartentor ist abgeschlossen.

Ich überlege, auf die Straße zu laufen, lasse es dann aber sein. Stattdessen schließe und verriegele ich die Tür und gehe zurück in den Garten mit seinen Mauern. Ich schaue zum Haus hoch, das groß und breit und eiskalt und hell aussieht. Und einen langen Schatten wirft. Ich will nicht wieder hineingehen. Also stapfe ich die Stufen zur Spülküche hinauf, um den Umschlag aufzuheben, und ziehe die Hintertür wieder zu. Gehe mit der halb verdeckten Sonne, der raschelnden Brise zugewandtem

Gesicht durch den Obstgarten. Ross wird mich sehen können, wird mir klar, wenn er aus dem Fenster des Clown-Cafés schaut. Aber wenn er noch nicht nach unten gekommen ist, um nachzusehen, warum ich wie eine Irre herumlaufe, schläft er vermutlich noch. Wir haben beide viel geschlafen. Es ist ein bisschen wie verstecken.

Der Alte Fred knarrt zur Begrüßung. Ich stecke die Karte unter den Arm und lege meine Handflächen an seine knorrige Borke, schließe die Augen, damit ich nicht das eingeritzte Wort GRABE oder unsere Namen in einem Kreis sehen kann, und denke an all die Male, die ich auf seinem niedrigsten Ast lag oder saß und hinauf in den Himmel geblinzelt habe. Wie viele Male hat er mich genauso getröstet wie die treue und ängstliche Mouse. Mit der Art von Trost, die nicht von einem verlangte, dass man gut oder besser wurde, sondern einfach nur stark, warm und voller stiller, verlässlicher Zuneigung war. Leider erinnert mich das nur an Els ICH BIN MOUSE, daher trete ich vom Alten Fred weg, stehe mit weit gespreizten Armen und Fingern einen Augenblick lang ganz still da und lege den Kopf in den Nacken, bis die Sonne warm und rot hinter meinen Augenlidern brennt. An sonnigen Tagen standen El und ich manchmal stundenlang so da, hielten einander an den Händen, um nicht das Gleichgewicht zu verlieren, lachten und machten Mums hohes und schrilles *Nicht in die Sonne schauen! Nicht hineinschauen, sonst werdet ihr blind!* nach.

Aber ich muss hinsehen. Ich öffne die Augen, und dann öffne ich den Umschlag. Es ist ein Landschaftsaquarell und zeigt eine geschäftige Hafenszene unter einem sonnigen, wolkenlosen Himmel. Ich schaudere in der Kälte. Ich will die Karte noch weniger öffnen als all die anderen.

ER WIRD DICH AUCH TÖTEN

Ich schließe die Augen. Klappe die Karte zu. Denke an das *Weil er sie nicht haben KANN und sie ihn NICHT bekommen wird*, das auf der heutigen Tagebuchseite stand. Der Seite, die eine Woche vor unserem neunzehnten Geburtstag geschrieben wurde. Eine Woche, bevor wir in diesem schäbigen, tristen Zimmer mit der in Plastik gerahmten Meereslandschaft mit Felsen, Sand und Wellen waren. Eine Woche, bevor El das tat, was sie tat, um das hier wieder *in Ordnung zu bringen. Um alles wieder so zu machen, wie es vorher war.*

Ich arbeitete gerade, als Ross mich am ersten Juli anrief. Erst meine zweite Schicht in einem schlimmen Pub im West End, der White Star hieß. Und – so stellte sich heraus – meine letzte Schicht. Als ich im Krankenhaus ankam, war meine anfängliche Panik größtenteils bereits verflogen. Das Paracetamol war aus Els Magen gepumpt worden, und man hatte sie sediert und ihr Flüssigkeit verabreicht. Ross stand an ihrem Bett und hielt ihr die Hand, die nicht verbunden und um die Kanüle herum blutig war. Sein Haar war völlig zerzaust, und er zitterte, als wäre ihm kalt, obwohl wir da schon beide wussten, dass sie wieder gesund werden würde. Er wollte sie nicht verlassen, nicht einmal, um in dem schäbigen tristen Zimmer auf einem schäbigen tristen Sofa zu sitzen, wie ich es pflichtschuldig getan hatte. *Er war völlig außer sich*, flüsterte mir eine der Schwestern viel später zu, als die Nacht schon angebrochen und alle anderen Besucher fort waren. Sie drückte mir die Hand und legte sich die andere Hand auf die Brust. *Oh, noch einmal so jung und verliebt zu sein!*

Erst als er endlich gegangen war, um sich in der Kantine etwas zu essen zu holen, öffnete El die Augen und suchte meinen Blick. Und sie lächelte dieses Lächeln – so voller Freude und Hass. *Ich habe gewonnen.*

*

Am Tag, bevor El aus dem Krankenhaus entlassen wurde, traf sich Ross mit mir wieder vor dem Royal Botanic Garden. Es regnete, und wir standen unter einer großen Weide neben dem schmiedeeisernen Tor. Er hielt meine Hand, und ich weinte und flehte ihn an. *Nicht. Bitte.* Er nahm mein Gesicht in die Hände und versuchte, meine Tränen mit seinen Daumen aufzufangen. Seine Augen waren nahezu schwarz vor Kummer. *Sie hat eine Nachricht dagelassen, Cat. Darin stand, wir hätten ihr das Herz gebrochen. Dass sie nicht ohne uns oder ohne mich leben könne.*

Warum musst du mit ihr zusammen sein?, wollte ich schreien. *Warum muss sie es sein?*

Aber er sah mich nur mit seinen traurigen Augen an, in denen diese dumme, reflexhafte Scham lag. *Ich liebe euch beide*, sagte er, und in diesem Moment wusste ich, dass El *tatsächlich* gewonnen hatte – egal wie jämmerlich er aussah oder wie viel er weinte. Seine Scham hatte es geschafft, uns auseinanderzureißen. Ich hatte ihn für immer verloren.

El muss uns beobachten. Sie muss diejenige sein, die uns die Karten schickt. Um mich loszuwerden. Aber *warum*? Denn bevor sie verschwand, *war* sie mich bereits losgeworden. Alles: Die Karten und Hinweise und Tagebuchseiten haben mich nur dazu gebracht, sie noch mehr und ihn noch weniger zu hassen. Und ich kann jetzt zugeben, dass ich, als ich das Wort GEH las, als Erstes dachte: *Nein.* Und mein zweiter Gedanke war: *Komm doch und versuch mich dazu zu zwingen.* Denn ich hätte mich schon beim ersten Mal wehren sollen. Ich hätte niemals aufgeben, weglaufen, zu vergessen versuchen sollen. Sie hatte mein Leben jahrelang gehabt. Sie hat es gestohlen. Während ich was war? Ein Spiegelbild. Ein Schatten auf der Erde, dunkel und flach und flüchtig. Ohne jede Bedeutung.

Der Wind wird stärker und drängt mich zurück zum Haus, und als ich mich umdrehe, höre ich die Tür des Schuppens. Sie sitzt nicht ganz gerade im Rahmen, und bei jedem Windstoß gibt sie ein dumpfes Geräusch von sich. Ohne recht zu wissen warum, gehe ich darauf zu und stoße sie auf. Ich brauche ein paar Sekunden, bis sich meine Augen an die Dunkelheit darin gewöhnen. Dann sehe ich nur staubige, leere Kisten, ein paar alte Zeitungen und Kompostbeutel. Und dann blitzt etwas leuchtend Blaues auf.

Vorsichtig trete ich ein und navigiere durch all den Müll. Das Blau lehnt an der hinteren Wand des Schuppens, es ist zu einem schiefen Würfel zusammengelegt. Ich bücke mich, um ihn zu berühren, und er fühlt sich an, als bestünde er aus demselben Material wie die Luftmatratze, die El und ich in unserem möblierten Zimmer hatten. Etwas regt sich in meiner Erinnerung, eine böse Schlussfolgerung, die mein Unterbewusstes schon zieht, bevor der Rest von mir es recht begreift. Ich sollte das Ding lassen, wo es ist. Was auch immer es ist.

Stattdessen zerre ich es unter all dem anderen Zeug hervor, und zwar so heftig, dass ich das Gleichgewicht verliere. Ich versuche, es auseinanderzuklappen und glatt zu streichen, es in die Form zu ziehen, die es eigentlich haben sollte. Es ist groß, vielleicht so groß wie ich. In der Mitte befindet sich eine große ovale Lücke, und darin finde ich ein in vier Teile zerlegtes Paddel aus Karbonfaser. Das Wort *GUMOTEX* steht auf dem größten Teil. Und da weiß ich es sicher.

Es ist Els aufblasbares Kajak.

KAPITEL 14

Ich habe einen schrecklichen Traum. El und ich rennen so schnell wir können, und jeder unserer Schritte bebt durch unsere Beine, rüttelt unsere Knie und Hüften durch. Die Angst ist ein festes, prügelndes Ding. Sie drückt auf unsere Schultern und raubt uns den Atem.

Die Zahnfee läuft hinter uns her, ihre schweren, schnellen Schritte donnern über die Dielen. Wir rennen ins Clown-Café. Dicky Grock sieht eher ängstlich aus als traurig. Er hat die Lippen aufeinandergepresst und scheucht uns in den Schrank. Selbst Pogo wirkt besorgt, obwohl sein breites rotes Lächeln nicht aus seinem erstarrten Gesicht verschwindet.

Wir kauern uns in der Dunkelheit hin. Die Clowns schließen die Schranktür, ihre Stofffüße rascheln über den Boden, als sie sich hastig unter dem Bett verstecken. Im Schrank atmen wir abgestandene, kalte Luft und klammern uns so fest aneinander, dass es wehtut. Ich höre Stiefel, die schwer und unregelmäßig auftreten. Ich kann Blut riechen.

Am Knauf des Schranks wird gerüttelt, er dreht und dreht sich, und dann ist der Schrank verschwunden, das Clown-Café ebenfalls, und El und ich stehen an einem Strand. Das Meer spült über unsere Füße, der schwarze Umriss eines Piratenschiffs ist am Horizont zu sehen. Blaubart steht über Grandpa im Sand und hält einen langen, gebogenen Haken in der einen Hand und eine noch längere Pfeife in der anderen. Grandpa hat nur noch einen halben Kopf. *Keine Sorge, Mädel.* Er lacht. *Tut gar nicht weh.*

Blaubart grinst uns mit seinen spitzen schwarzen Zähnen an.

Sein Gesicht, seine Brust und seine Fingerknöchel sind voller Blut. Er schlägt gern zu. Verletzt gern. Sein Haar fällt ihm über den Rücken und schwingt schwer zwischen seinen Beinen. In seinen Bart sind Knöchelchen geflochten. Er zwinkert mir zu, und dann holt er mit der Pfeife aus und zerschmettert das, was von Grandpas Schädel übrig ist, dass das rote Blut in Bögen über den Himmel spritzt.

Mum packt unsere Arme und kneift uns. Ihr Gesicht ist blutbespritzt, der Blick wild. *Ihr* versteckt *euch vor Blaubart, weil er ein Monster ist. Weil er euch fangen und zu seiner Frau machen und euch dann an seinen Haken hängen wird, bis ihr sterbt.* Sie schüttelt uns und lässt uns gerade lange genug los, um auf das schwarze Schiff zu zeigen. Es ist jetzt näher und lässt sich von der Flut hereintragen. *Aber ihr* lauft *vor Schwarzbart* fort, *weil er listig ist, weil er lügt. Denn egal, wohin ihr geht, er ist immer schon da, direkt hinter euch. Und wenn er euch fängt, wird er euch den Haien vorwerfen.*

Also laufen wir. Wir laufen, obwohl der Sand viel zu tief und die Flut zu hoch ist. Obwohl Schwarzbarts Schiff viel näher ist als sonst. Obwohl wir Blaubarts grabschende Finger spüren und den Rum in seinem Atem riechen können.

Nimm mich!, schreit Mum weit hinter uns. *Nimm mich stattdessen!* Aber wir wissen, dass er das nicht tun wird.

Und als die Sonne mit einem lauten und widerhallenden Krachen verschwindet und wir von der Dunkelheit verschluckt werden – die dicht und kalt und voller Schrecken ist –, beginnen wir ebenfalls zu schreien.

Und ich wache im Clown-Café auf, die Hand fest auf meinen Mund gepresst. Ross schläft immer noch neben mir.

*

john.smith120594@gmail.com 14. April 2018, 12:01
Re: ER WEIß ES Posteingang
An: mich

HINWEIS 7. JEDE BÖSE HEXE BRAUCHT EINEN GUTEN THRON
Von meinem iPhone gesendet

*

Ich habe unter fast jeden der Stühle im Thronraum geschaut, bevor ich mich daran erinnere, dass ich die Hexe nur einmal gesehen habe, und zwar in der Küche. Und wenn sie sich hinsetzte, dann auf Grandpas Stuhl am Kopfende des Tisches.

Ich finde zwei Seiten, die im Holzrahmen des Sitzes stecken.

4. August 1993 = 7+ein winziges bisschen!DIE HEXE war heute hier. SCHON WIEDER. Cat und ich hassen sie. Sie ist fies und knaift und manchmal schpuckt sie sogar auf uns. Cat und ich denken uns immer aus, wie wir sie TÖTEN könnten – zum Beispiel in der Badewanne ertränken weil Hexen Wasser nich mögen oder zerkwetschen wie die BÖSE HEXE DES OSTENS. Mouse sagt sie hatt auch Ankst aber sie hat auch immer Ankst sie ist total NUTZLOS!!! Ich und Cat haben keine Ankst vor einer fiesen hässlichen alten Hexe.

29. März 1997 = 10 J, 9 M, 29 T
DIE HEXE war wieder da. Sie hasst uns und ich weiß gar nicht warum. Ich weiß nicht warum sie kommt wenn sie uns hasst. Man sollte sie eigentlich DIE ZICKE nennen. Hexen sollten besser aufpassen sagt Grandpa, sonst schneiden sie sich an ihren eigenen Zungen.

Ich sehe ihr Gesicht immer noch vor mir: scharfe, graue, angespannte Gesichtszüge, als zöge etwas hinter ihrem Mund und ihrer Nase an einem Band. Eng zusammenstehende Augen wie die böse Madame Defarge, die mich anstarren, als wäre ich der allerschlimmste Anblick. Etwas anderes versteckt sich hinter diesem Bild und der Erinnerung an das dünn in mein Ohr gezischte *Du bist eine ekelhafte kleine Schlampe!*, aber ich kann mich nicht richtig erinnern, bekomme es nicht zu fassen.

El und ich benutzten immer Mouse dazu, unsere Ängste auszudrücken. Dadurch fühlten wir uns besser. Und mutiger. Wir setzten sie auf den Holzgang oder auf das Deck der *Satisfaction* und listeten alle Möglichkeiten auf, wie wir die Hexe aus dem Weg räumen könnten – sie ertränken, ihren Tee vergiften, uns mit einem Kriegsbeil der Sioux von hinten an sie heranschleichen oder mit Pogos Megafon. *Aber sie kann sowieso nicht ins Spiegelland hinein*, sagte El dann in einem ihrer Anfälle von Freundlichkeit. *Denn es gehört uns.*

Ich bin völlig überrumpelt davon, wie klar und plötzlich die Erinnerung an Mum und die Hexe vor meinem inneren Auge auftaucht, wie sie zusammen vor der Tür zur Spülküche standen; die Wut und die Feindseligkeit zwischen ihnen war geradezu greifbar, so sehr, dass ich mich an die Küchentür presste und durch den Spalt zwischen den Angeln spähte.

»Gib sie mir wieder. Sie gehört mir.«

Ich sah die Halskette, als sich die Hexe zu Mum herunterbeugte; ihr ovales goldenes Medaillon schwang hin und her und reflektierte das Sonnenlicht. »Und jetzt gehört sie mir.«

Ich zuckte bei dieser Stimme zusammen, aber Mum nicht. Die Frau, die sich ständig über alles Schlimme auf der Welt aufregte und immer das Böse befürchtete; die uns dazu brachte, Notrationen in Rucksäcken unter unseren Betten zu verstecken, uns jahrelang drillte und finstere Märchen erzählte, weil es nichts gab, wovor sie keine Angst hatte, weil ihr Leben randvoll mit der

Furcht vor dem sicheren Untergang war, diese Frau trat so nah an die größere, breitere Hexe heran, dass sie beinahe Nase an Nase standen. Mums Lächeln war so kalt wie schwarzes Eis. »Du willst immer das, was ich habe.«

Die Hexe schloss die Finger um die Halskette zu einer Faust und steckte sie in die Tasche ihres langen schwarzen Kleides. »Und manchmal bekomme ich es auch.«

*

Ich stehe viel zu lange mitten in der Küche. Wieder pochen Kopfschmerzen hinter meinen Augen. Ich weiß nicht einmal, ob es die Hexe wirklich gab, merke ich. Ob dieses Gespräch je stattgefunden hat. Es wird immer schwieriger, jetzt, da mehr Erinnerungen zurückkommen – die bösen ebenso wie die guten –, die Wahrheit von der Einbildung zu trennen. Vielleicht ist es bei Kindheitserinnerungen stets so, dass sie zu einem Teil aus Wahrheit und zu einem Teil aus Fantasie bestehen. Aber dieses Haus, unsere Mutter und ihre Geschichten haben unsere Vorstellungskraft in einen Schmelztiegel verwandelt. Und, das beginne ich langsam zu begreifen, ich kann nichts trauen, das aus ihm kommt.

Plötzlich bin ich wütend. Ich beginne, jeden Schrank und jede Schublade zu durchwühlen. Ich erwarte nicht, weitere Seiten zu finden, nicht wirklich, aber wie im Clown-Café gibt mir allein die Tätigkeit das Gefühl der Kontrolle, hilft mir, diesen merkwürdigen trägen Nebel zu vertreiben, der mich fest im Griff hat und nicht weggehen will. El manipuliert mich wie stets für ihre eigenen unerklärlichen Zwecke, und ich kann nichts dagegen tun. Nichts, nur das hier.

Die Schublade unter der Arbeitsfläche ist immer noch die Büroschublade: Ich schiebe Dutzende Kontoauszüge und Rechnungen für Strom und Wasser beiseite, bis ich einen Umschlag von einem Rechtsanwalt in Leith Walk finde. Er ist an Ross adressiert und vor zwei Tagen abgestempelt worden. Ich nehme die Papiere darin heraus. Das erste ist ein Dokument mit der Aufschrift TODESERKLÄRUNG (SCHOTTLAND), Gesetz von 1977; Informationsbroschüre. Und darunter, FORMULAR G1 ERSTERLASS. Unter SHERIFFBEZIRK hat Ross EDINBURGH, CHAMBERS STREET 27 geschrieben. KLÄGER, ROSS MACAULEY GEGEN ELLICE MACAULEY, BEKLAGTE. Er hat das Dokument nur noch nicht unterzeichnet.

Ich starre es an und merke erst dann, dass Ross in der Küchentür steht. Sein Gesicht ist ganz weiß, aber sein Kiefer ist angespannt.

»Ich musste es tun, Cat. Die Polizei hat mir geraten, einen Anwalt zu kontaktieren, und der hat mir gesagt, dass es Monate dauern kann, einen Prozess in Gang zu bringen oder überhaupt bei Gericht vorgelassen zu werden. Es ist nur in …«

»Die Polizei?«, sage ich, als ich sicher bin, dass ich überhaupt etwas über die Lippen bringe. »Oder Shona Murray?«

»Himmel Herrgott noch mal!«, explodiert er, und es wirkt so, als wäre er erleichtert. »Sie ist die Kontaktbeamtin! Das ist ihr Job!«

Ich möchte ihn am liebsten schlagen. Ich will ihm so sehr wehtun, und einen Moment lang frage ich mich, ob ich es wohl tue, aber stattdessen entscheide ich mich, ebenso laut zurückzuschreien. »Sie ist nicht tot!«

Er stellt sich so nah vor mich, dass ich den säuerlichen Geruch seiner Wut wahrnehmen kann, den heißen Rausch durch zusammengebissene Zähne. »Und warum *vögelst du dann ihren Ehemann*?«

*

Es wird immer schwieriger, davon überzeugt zu bleiben, dass El uns nur verhöhnt. Dass sie ihre seltsamen Pläne verfolgt. Dass sie mir Fallen stellt, nur um mich stürzen zu sehen. Ich weiß, dass das weit hergeholt ist, dass ich meine letzten bitteren Erinnerungen an sie überspanne. Ich fühle mich gefangen, belagert – und all diese Erinnerungen an unser erstes Leben machen es immer schwerer, meine Verteidigungslinien zu halten. In mir löst sich etwas, und zwar nichts Gutes, Freundliches. Es lässt mich an das Küchenfenster treten und mit den Fingern an den krummen Nägeln reiben, es lässt mich auf die Mauer am Waschhaus starren und an die erste E-Mail denken: ER WEIß ES. ER WEIß DINGE, VON DENEN ER NICHT WILL, DASS DU SIE WEIßT. DU BIST IN GEFAHR. ICH KANN DIR HELFEN.

Maries *Sie hatte Angst.* Viks *Sie hatte furchtbare Angst vor ihm.*

El ist nicht diejenige, die die Karten schickt. Sie steht hinter der Schatzsuche, sie schickt die E-Mails – aber sie schickt nicht die Karten. Ich weiß das; der größte Teil von mir hat es immer gewusst. Ich weiß nicht, wer gestern im Garten war, aber sie war es nicht. Und das Kajak im Schuppen. Das Gumotex-Kajak, von dem Logan gesagt hatte, dass El es benutzt, um zu ihrem Boot zu fahren, wenn sie keine andere Möglichkeit hat. Ist es ein Ersatzkajak? Oder hat El es hier liegen gelassen, nachdem sie es benutzt hatte, um von ihrem Boot an Land zu kommen? Oder jemand anders?

Angst macht aus kleinen Schatten große, Mädel.

Ich hole mein Handy heraus und finde Viks Nummer.

Ross sagt, du und El hättet eine Affäre. Stimmt das? Hat er es herausgefunden? Oder dich bedroht?

Als Ross mit Rosen, einer Flasche kalifornischen Rotweins und einer ehrlichen Entschuldigung aus der Stadt zurückkehrt, hat Vik immer noch nicht geantwortet. Wir trinken so langsam, wie wir können, sitzen am Küchentisch und schauen in den Garten hinaus. Der Nachmittagsregen klatscht in beinahe hypnotisierendem Rhythmus gegen die Fensterscheiben.

»Cat. Sprich mit mir.«

Als ich zu Ross hochschaue, sieht er mich offen und besorgt an.

»Ich habe gestern wieder Marie im Laden gesehen.« Ich schlucke. »Sie sagte … sie behauptete, du hättest sie bedroht und gesagt, sie soll sich von El fernhalten.«

Ross zieht die Brauen zusammen. »Ich hab dir doch gesagt, ich habe absolut keine Ahnung, wer zum Teufel Marie ist.« Er holt sein Handy heraus. »Aber wir sollten Rafiq von ihr erzählen. Sie klingt ziemlich durchgeknallt. Vielleicht ist sie …«

»Nein, Ross, warte.« Ich denke an Maries verbrannte, vernarbte Haut, die Tränen in ihren Augen. »Es ist nur – wir müssen das nicht tun. Noch nicht. Ich will nur … wenn sie wieder etwas zu mir sagt, rufe ich Rafiq an, versprochen.«

Er legt sein Handy wieder hin. Als ich es über mich bringe, ihn richtig anzuschauen, sehe ich, wie müde er ist, wie unglücklich, wie verloren. Es brennt in meiner Kehle und hinter meinen Augen. Ich glaube ihm, aber wie kann ich meiner Wahrnehmung trauen? Wie kann ich mir selbst trauen? Ich hasse all dieses Chaos, diese *Gefühle*. Jahrelang war ich so angenehm taub.

»Nicht«, sagt er und zuckt leicht zusammen, dann berührt er mein Gesicht. »Ich habe auch keine Ahnung, was ich tue. Aber das hier ist nicht Trauer, Cat. Es ist kein Ersatz.« Er schluckt. »Für mich jedenfalls nicht.«

»Für mich auch nicht.« Aber mein Magen krampft sich zusammen.

Ross räuspert sich. »Als El versuchte … als sie mir diese Selbstmordnachricht schrieb … als ich …« Er schaut weg.

Als du deine Wahl getroffen hast, denke ich. *Als du sie gewählt hast.*

»Das war der schlimmste Fehler meines Lebens, Cat. Ich hatte solche Gewissensbisse und war voller Angst – es war meine Schuld: Was sie getan und was das mit dir gemacht hat – und als du nach Amerika gingst, schien es mir am besten zu sein, dich loszulassen. Ich habe dich geliebt. Ich *liebe* dich. Aber wie hätte ich sie verlassen und hinter dir herreisen können? Was hätte sie dann getan?«

Ich schließe die Augen. Der Schmerz in seiner Stimme ist wund und echt. Aber obwohl er mir sagt, was ich hören will – alles, was ich vermutlich je hören wollte –, ist da ein Teil von mir, der immer noch von diesem fast vollständig ausgefüllten Todeserklärungsformular abgeschreckt ist; davon, wie schnell er seine Gefühle von der einen auf die andere von uns übertragen hat, genau wie damals. Ob El jetzt eine Affäre mit Vik hat oder nicht. Ob sie und Ross schon seit Monaten nicht mehr miteinander zurechtkamen oder nicht. Ob es mich zur schlimmsten Heuchlerin überhaupt macht, dass ich überhaupt so denke, oder nicht.

Als mein Handy piept, werfe ich schnell einen Blick aufs Display. Es ist Vik.

Nein. Nichts davon. Aber geht es dir gut? Sollen wir uns treffen?

Ich bin nicht wütend auf Ross. Ich bin nicht eifersüchtig auf Shona wegen El oder weil ich glaube, dass zwischen ihr und Ross wirklich etwas passiert. Ich bin eifersüchtig, ich bin *misstrauisch*, weil ich mich dann besser fühle. Es verdünnt sozusagen meine eigene Schuld.

Ich stecke das Handy in die Tasche, und Ross nimmt meine Hände. »Aber was ist mit dir, Blondie? Liebst du mich auch?«

Ich kann ihn nicht ansehen. Sein müdes, schönes Gesicht, das mir so lieb ist, das ich so viele Jahre lang vermisst habe. Ich kann nicht lügen oder so tun, als täte mein Herz nicht einen jugendlichen Hüpfer bei dem alten Kosenamen.

»Du weißt, dass ich dich liebe. Das habe ich immer getan.«

Er steht auf, zieht mich an sich, drückt warme, langsame Küsse auf mein Haar, meine Schläfen, meine Lippen. Wir bleiben minutenlang so stehen, und ich lausche dem Regen, seinem Herzschlag und seinem Atem. Und ich versuche mit aller Kraft, an nichts anderes zu denken.

Aber dann muss ich es doch tun. »Es gibt da etwas, was ich dir sagen muss.«

Ross löst sich von mir und schaut auf mich herunter. »Oh-oh.«

Als ich nichts sage, verändert sich sein Gesichtsausdruck. »Soll ich uns einen richtigen Drink holen?«

Er lässt mich los und verschwindet im Flur, und ich setze mich wieder hin und lausche auf das Klirren von Glas auf den Fliesen der Bar.

»Hier«, sagt er, als er wieder da ist. »Wodka Soda.«

Ich nehme einen Schluck, verziehe das Gesicht, versuche zu lächeln.

Er setzt sich. Zieht die Augenbrauen hoch. »Und ...?«

»Ich habe E-Mails bekommen.«

»Was?« Seine Überraschung ist fast schon erheiternd. Was auch immer er erwartet hat, das war es auf jeden Fall nicht.

»E-Mails. Ganz viele. Seit ich zwei Tage hier war.« Ich senke den Blick auf den Tisch. »Es sind Hinweise. Die mich zu Seiten aus Els Tagebuch führen. Du weißt doch, dass sie früher immer ...«

»Was?«

Ich zucke zusammen, weil sein Stuhl über die Fliesen quietscht, als er ihn zurückschiebt.

»Els Tagebücher? Was zur Hölle?« Er beginnt, auf und ab zu gehen, und fährt sich mit den Fingern durchs Haar. »Worum geht es darin?«

»Meistens um die Zeit, als wir hier wohnten. El und ich. Es geht ums Spiegelland und ...«

»Von wem sind sie?« Seine Stimme klingt viel zu hoch, in seinem Blick liegt Wut. »Um Himmels willen, El wird vermisst, sie hat Drohungen bekommen, *bevor* sie verschwunden ist, und jetzt schickt jemand – er hat Els *Tagebücher*, und er …« Er verstummt und sieht mich an. Dann sagt er: »Und du bist nicht mal auf die Idee gekommen, jemandem davon zu *erzählen*? Was ist bloß los mit dir, Cat?«

»Hör auf, Ross. Hör auf! Ich werde es *jetzt* der Polizei mitteilen. Deswegen habe ich es dir erzählt. Okay? Und niemand *hat* die Tagebücher. Das versuche ich dir ja zu sagen. Sie sind hier, die Seiten sind über das ganze Haus verteilt, wie bei einer Schatzsuche. Die E-Mails sind die Hinweise. Es ist El, Ross. Es ist El.« Ich stehe auf. Ich bin schrecklich nervös, merke ich. Er muss das hier akzeptieren. Er muss mir endlich glauben. Und ich mache mir Sorgen, dass er es nicht tut. »Als ich ihr sagte, ich würde zur Polizei gehen, sagte sie, sie sei Mouse. Als wäre das alles nur ein Witz für sie. Als wäre ich ein Witz für sie. Also können wir es ihnen sagen, wir können Rafiq Els Mails zeigen …«

»Mouse?« Seine Arme hängen schlaff herunter. Sein Mund ist ganz schlaff geworden, sein Gesicht grau. *»Mouse?«*

Meiner Nervosität wachsen ängstliche Flügel. »Ja. Du musst dich doch an sie erinnern. Du und ich und El und Mouse und Annie und Belle in Boomtown? Auf der *Satisfaction*? In der …«

»Ja, ich erinnere mich an Mouse. Die *beschissene Mouse.*« Er sagt es auf eine Art, die mir einen Schauder über den Rücken jagt. Zu wütend, zu vertraut.

»Ross …«

»Sie ist vor ungefähr einem halben Jahr aufgetaucht. Größter Fehler meines Lebens, sie in dieses Haus zu lassen. Sie war völlig abgedreht. Total besessen von El. Sie hat begonnen, uns zu verfolgen, als …«

»Warte, was …« Mein Atem kommt jetzt stoßweise, ich keuche fast. »Ich glaube nicht – du willst sagen, dass Mouse real ist? Ein echter Mensch? Sie ist nicht – du willst sagen, dass sie ein *echter Mensch* ist?«

Ross' Gesichtsausdruck verändert sich. Er sieht mich mit einem dumpfen Missfallen an, vielleicht ist es auch nur Verwirrung. Und als er endlich den Mund aufmacht, um zu antworten, weiß ich schon, was er sagen wird. »Natürlich ist sie das, Cat.«

KAPITEL 15

Ich weiß nicht, was ich sagen soll. Ich weiß nicht, was ich denken soll. Ich habe absolut keine Ahnung. Und daher schüttele ich nur immer und immer wieder den Kopf. »Aber sie hat doch im Spiegelland gelebt. Wie … wie Annie und Belle und Häuptling Rote Wolke und der alte Joe Johnson … Natürlich hat sie das! Na, komm schon, Ross! Ross?« Aber ich verliere langsam meine Überzeugung, sie fließt ab wie durch ein Loch, das ich nicht sehen kann, eins, das ich nicht gemacht habe, und mein Ich füllt sich stattdessen mit Panik. Hauptsächlich, weil ich weiß, was es für mich bedeutet, mich in diesem Punkt zu irren. Schlimmer noch, was es für El bedeutet – was es bedeuten *könnte*. »Wir haben sie *Mouse* genannt, Herrgott noch mal!«

Statt mir zu antworten, marschiert Ross aus dem Zimmer. Ich höre, wie seine Stiefel die Stufen hinauftrampeln. Es regnet jetzt viel heftiger; in der Küche ist es ganz dunkel. Mein Handy vibriert. Es ist Vik. Ich reagiere nicht, sondern betrachte die beiden Fliesen vor dem Herd, die gebrochene Fuge zwischen ihnen. Greife nach dem Wodka und kippe ihn herunter.

Ich glaube nicht, dass Ross zurückkommen wird, aber er tut es. Sein Gesicht sieht kein bisschen weniger grimmig aus, und als er etwas vor mich auf den Tisch fallen lässt, zucke ich zusammen. »El hat das hier auf dem Dachboden gefunden.«

Es ist ein Fotoalbum. Ich erinnere mich schwach daran. Es ist auf einer Seite aufgeschlagen, auf der nur ein einziges Foto klebt. El und ich, wie wir am Küchentisch stehen und Zitronenkuchen backen. Wir sind acht oder neun, tragen die gleichen Schürzen und sind mit Mehl bestäubt. Aber ich schaue uns nur eine Sekunde lang an, nicht länger. Denn auf einem Stuhl, am Rand des Schnappschusses, sitzt die blasse, großäugige Mouse.

Ich merke erst, dass ich die Hand auf den Mund gepresst habe, als ich erschrocken einzuatmen versuche. »Mein Gott.« Mein Körper ist viel zu kalt, meine Wangen sind zu heiß. Ein Schauder nach dem anderen fährt mir von der Kopfhaut über den Rücken. »Oh Gott.«

Ross setzt sich. »Du hast wirklich geglaubt, es *gebe* sie nicht?«

Ich blättere die Seiten im Album um. Meine Angst wird stärker, ich fürchte mich davor, sie noch einmal zu sehen. Es sind nur wenige Fotos im Album, auf jeder Seite klebt nur eins, manchmal zwei. Einige sind schwarz-weiß, andere so alt, dass die Menschen darauf nur noch als Umrisse zu erkennen sind. Geister. Ich bleibe bei einem unglaublich jungen Grandpa hängen, der in einem dunklen Anzug mit Fliege unglaublich gut aussieht. Eine blonde Frau steht neben ihm. Sie wirkt förmlich und lächelt nicht. Mums Augen. Meine Großmutter.

Und dann, auf der nächsten Seite, sehe ich ein Porträt in Farbe, aufgenommen vor dem Haus im Vorgarten. Mum trägt darauf eine Schürze und lächelt unbehaglich. Und neben ihr, größer und von Kopf bis Fuß in Schwarz gekleidet –

»Die Hexe«, sagt Ross, der den Mund zu einem grimmigen Strich zusammengepresst hat.

»Die Hexe.« Meine Stimme klingt unsicher. »Wer ist sie?«

Ross wirft mir einen Blick zu. Er sieht besorgt aus, ängstlich. »Deine Tante? Ich weiß es nicht. Sie war Mouses Mum. Kannst du dich wirklich an gar nichts davon erinnern?«

Ich schüttele den Kopf. »Wir hatten keine – haben keine weiteren Verwandten gehabt. Daran würde ich mich erinnern.«

Ross schweigt viel zu lange, und dann sagt er ganz vorsichtig: »An Mouse hast du dich auch nicht erinnert.«

»Doch!«, sage ich, obwohl ich weiß, dass das lächerlich ist.

»Eine Freundin der Familie dann vielleicht?« Ross zuckt die Achseln. »Sie waren ziemlich oft im Haus. Wir mussten immer ganz leise sein, wenn sie da war; du hattest furchtbare Angst vor ihr.«

All das Gift, all der Hass. Gebleckte Zähne und blutiges Zahnfleisch. Dieses ovale Medaillon, das in ihrer Faust glitzerte.

Wie konnte ich mich nur an jeden Winkel und jedes Wort aus der Geheimsprache im Spiegelland erinnern und gleichzeitig eine so verdrehte Erinnerung von zwei Menschen haben, dass ich sie als eine monströse Zahnfee oder einen hinterhältigen, grinsenden Clown sah? Und *warum*? Denn wenn ich nicht verrückt bin, habe ich mich offenbar vorsätzlich dafür entschieden, mich so an sie zu erinnern. Mich falsch zu erinnern. Nicht einmal jetzt, da ich weiß, dass es sie gab, wird in meinem Kopf irgendetwas klarer – sie bleiben vage und unbestimmt, wie Rauch, der vom Wind verweht wird.

ICH WEIß DINGE. DINGE, DIE DU VERGESSEN WOLLTEST.

Ich schließe das Album und wende mich wieder Ross zu.

»Du hast gesagt, dass sie – Mouse –, dass sie zurückgekommen ist?«

»Letztes Jahr, ungefähr Mitte Oktober.« Ross verschränkt die Arme. »Dingdong, die Hexe war tot. Offenbar.« Er verstummt, und ich sehe, dass er versucht, seinen Ärger zu verstecken, ihn auszutreten. »Ich weiß nicht, woher sie wusste, dass wir hier waren. Ich weiß nicht, warum sie so lange wartete, bis die Hexe tot war, um hierherzukommen. Sie wirkte völlig durcheinander. Schlimmer noch als damals, als wir Kinder waren. Sagte, sie wolle El noch einmal neu kennenlernen. Und El war zuerst so glücklich darüber, weißt du?« Er sieht mich an. »Vielleicht sah sie Mouse als Ersatz für dich. Ich weiß es nicht. Nichts von dem, was El in den letzten sechs Monaten tat, hat besonders viel Sinn ergeben.«

»Was ist passiert?«

Er zuckt erneut die Achseln. »Wie ich schon sagte; Mouse war völlig durchgeknallt. Sie brauchte dringend Hilfe. Sie kam zu jeder Tages- und Nachtzeit vorbei. Sie weinte dann untröstlich, und in der nächsten Minute begann sie zu strahlen wie ein Kind an Weihnachten. Sie hasste mich. Wollte El ganz für sich allein. Eines Tages – halt dich fest …« Sein Zorn gewinnt die Oberhand, er steht mit geballten Fäusten auf und beginnt, auf und ab zu gehen. »Sie hat gewartet, bis ich bei der Arbeit war, und dann tauchte sie hier mit zwei verdammten Flugtickets ohne Rückflug nach Ibiza auf, ausgerechnet.«

»Ross …«

Er bemüht sich sichtlich, sich wieder zu beruhigen. Setzt sich hin und atmet zwei Mal tief und langsam durch.

»Als El sie wieder loszuwerden versuchte, fing sie an, sie zu verfolgen, spionierte ihr nach.« Er zuckt die Achseln. »Uns.«

»Du dachtest, dass sie die Karten geschickt hat.«

»Sie war die Erste, an die wir dachten, als die Karten eintrudelten. Die Polizei ist dem nachgegangen, fand aber keine Beweise gegen oder für sie. Aber es funktionierte, denn sie ließ uns in Ruhe und tauchte nicht wieder auf. Und wir dachten, sie hätte jemand anderen gefunden, an dem sie ihren Wahn auslassen konnte.« Sein Blick wird jetzt ganz kalt und hart; plötzlich sieht er aus wie ein Fremder. »Als wir noch Kinder waren, wollte sie uns immer auseinanderbringen und gegeneinander aufhetzen. Das tut sie vermutlich auch jetzt noch. Es klingt logisch, dass sie Els Tagebücher hat, sie hat sie vermutlich gestohlen, als sie hier war.« Er verstummt und setzt dann hinzu: »Und du erinnerst dich *wirklich* nicht mehr an sie?«

Was ich erinnere ist, dass die Mouse, die ich kannte, keiner Fliege etwas zuleide hätte tun können. Sie war ängstlich und lieb, meistens unterwürfig. Ein Schwamm für all unsere Ängste und Schwächen und Geheimnisse. Ein Schiffsmädchen, Pulvermädchen, Dienstmädchen. Unsere Lieblings-Piñata, auf die wir draufschlagen konnten. Die Mouse, die ich kannte, wollte nicht gegen Piraten kämpfen, wollte sich auf niemandes Seite schlagen, wollte nicht strafen.

Ross schüttelt immer noch den Kopf, immer noch mit demselben kalten, harten Gesichtsausdruck, den ich noch nie an ihm gesehen habe. Plötzlich sacken seine Schultern nach unten. Ich sehe das Mitgefühl in seinem Blick, dann die Freundlichkeit und die Liebe, und er greift nach meinen Händen und hält sie so fest, dass es wehtut. »El hat diese E-Mails nicht geschickt. Es tut mir leid, Cat. Herrgott, es tut mir so leid. Aber sie ist tot. Sie ist schlicht tot.«

*

Aus Kuba kommt eine Sturmfront auf uns zu. Ich sehe die rauchgrauen Wolken am Horizont: ein Tropensturm in der Nähe der Bucht von Bayamo.

Das Tageslicht wird immer dunkler, und ich klettere vom Ausguck herunter und renne über das Hauptdeck. Die *Satisfaction* krängt bereits hart nach Backbord, und der Wind wird immer stärker. Ich spüre heißen Regen auf meinem Gesicht. Als ich zu El hinüberschaue, kämpft sie bereits mit dem Steuerrad.

»Wir haben keine Zeit mehr, nach Port Royal zu segeln«, rufe ich. »Wir schaffen es nicht!«

Ein Schrei, dann ein Klatschen, und ich habe gerade noch Zeit zu sehen, wie ein Piratenschiff Backbord an unsere Seite und in die wirbelnde, steigende See gleitet, als eine Welle über das Heck hinwegspült.

»Beidrehen?«, ruft El. Ihr Grinsen ist so breit, dass ich all ihre Zähne sehe.

Und ich grinse ebenfalls, als der Bayamo auf uns zukommt. Der Wind wird immer stärker, er klatscht mir den Regen ins Gesicht und in meine Augen, während ich mit Annie und Belle das Hauptsegel reffe. Meine Muskeln schmerzen, mein Herz pocht.

Ein plötzliches Brüllen, und die *Satisfaction* krängt noch stärker.

»Wir können nicht an den Wind drehen!«, schreit El, und ich sehe, dass sie und Mouse sich ans Steuerrad klammern. Ihre Gesichter sind vor Anstrengung ganz angespannt.

Und dann rennt Ross über das Halbdeck zum Heck. Er legt einen Arm um El und ergreift mit dem anderen das Steuer. Er schubst Mouse aus dem Weg, so heftig, dass sie mit einem Schrei loslässt und zum Bug gespült wird.

Als die *Satisfaction* wieder gut im Wasser liegt und mit dem Wind zu segeln beginnt, hat sich die Windbö beinahe erschöpft, und ich taumele unter Jubeln und Schulterklopfen zum Bug. Mouse hat sich hinter einem Fass zusammengerollt. Das kurze Haar klebt ihr am Kopf, das hässliche Sackkleid ist völlig durchnässt.

Sie schaut zu mir hoch. Ihr weißes Gesicht ist nass von Tränen oder Regen. »Ich *hasse* ihn.«

Und ich drehe mich nicht zu Ross und El um, sondern halte Mouse meine Hand hin, um sie wieder auf die Beine zu ziehen, weil ein Teil von mir ihn ebenfalls hasst. Ein Teil von mir hasst sie beide.

Mouse lässt meine Hand nicht los. Sie sieht mich an und wischt sich die Nase an ihrem Ärmel ab. »Ich wünschte, ich wäre wie du.«

Und ich glaube, dass die Wildheit in ihrem Blick, der Neid zu meinem Wohl ist, weil sie nur deshalb existiert, damit ich mich besser fühle; damit ich mich daran erinnere, dass ich jemandem etwas wert bin. Denn sie ist *meine* Freundin. *Meine* Schöpfung.

Ich halte ihre Hand und schaue zur Sonne hinaus, die sich jetzt wieder sehen lässt. »Ich wünschte, ich könnte immer im Spiegelland bleiben«, sage ich.

Und Mouse lächelt mich schüchtern und wässrig an. »Ich auch.«

*

Ich starre in die Dunkelheit. Ich bin hellwach. Ich hätte mich erinnern müssen. Ich hätte es *wissen* müssen. Ein Teil von mir will über die Absurdität lachen – dass ich mich nicht erinnern kann, dass ich nicht weiß, dass Mouse so real war wie El oder ich. Aber das tue ich nicht. Weil ich Angst habe. Angst, dass ich es auch damals nicht wusste. Und Angst, weil es bisher noch keine Erklärung für diese E-Mails gab, nur El. Bis jetzt.

Ich stehe auf, ohne Ross zu wecken, und gehe auf Zehenspitzen mit meinem Laptop nach unten, um mich an den Tisch im Thronzimmer zu setzen.

Ich denke an das, was Ross gesagt hat. *Deine Tante? Eine Freundin der Familie? Sie war Mouses Mum.* Und dann kehrt der Albtraum von ein paar Tagen zuvor mit voller Wucht zurück. Verschärft. Verändert.

Die Hexe zerrt Mouse durch den Flur in die Eingangshalle. Mouse schreit: *Nein, nein! Ich will nicht gehen!*

Und als Mum sagt: *Du kannst doch sicher noch ein kleines bisschen länger bleiben?*, hält die Hexe abrupt inne. Schüttelt den Kopf.

Mouse schluchzt jetzt lauter und streckt die Hand nach uns aus – *Ich will ins Spiegelland! Bitte, ich will nicht weg! Ich will zurück ins Spiegelland!* –, und wir vergessen unsere Angst vor der Hexe, rennen auf sie zu, packen Mouse an der Hand und versuchen, sie zurück in den Flur zu zerren.

Die Hexe bleibt erneut stehen. Dreht sich um und lächelt eisig. Und schlägt Mouse hart ins Gesicht. Einmal. Zweimal. Bis wir loslassen. Sie sticht mit einem langen Fingernagel nach Mouses zitterndem, gesenktem Kopf. Wirft El und mir einen bösen Blick zu. Wir sind erstarrt und ganz still.

Gehorsam. Das ist Familie. Der Blick, den sie Mum zuwirft, ist hässlich und hasserfüllt. *DAS ist es, was eine gute Tochter ausmacht.*

Eine Flut von Licht. Eine zuknallende Tür. Und dann Dunkelheit.

Ich atme zittrig aus. Kämpfe gegen die Gewissensbisse und die Angst an, die in mir größer werden. Ich weiß, was passiert ist. Und ich weiß, dass ich es vergessen habe.

Ich öffne den Laptop, google »Nationalarchiv Schottland« und tippe den Namen meiner Mum und ihr Geburtsdatum ein. Dann setze ich einen Filter, der die Suche auf Geburten in der Gegend von Leith begrenzt. Mum ist der einzige Eintrag. Ich lösche ihren Vornamen und erweitere den Suchzeitraum um fünf Jahre vor und nach ihrer Geburt. Vier neue Namen erscheinen – Jennifer, Mary, zwei Margarets –, aber da ich keine Details herausfinden kann, auch nicht ihre exakten Geburtsdaten, ohne mich zu registrieren, bestelle und bezahle ich alle Geburtsurkunden, einschließlich der von Mum. Die Bestätigungsmail weist auf eine mögliche zweiwöchige Wartezeit, also öffne ich meinen Mail-Account und beginne eine neue Nachricht an john.smith120594.

Wenn du wirklich Mouse bist, dann sollten wir uns treffen. Ich weiß, dass du in Edinburgh bist.

Die Antwort kommt sofort.

NEIN. ICH TRAU DIR NICHT. NOCH NICHT. UND ICH TRAUE IHM SCHON GAR NICHT.

Sag mir, was du willst. Du musst mir erklären, was los ist.

ICH WILL, DASS DU DICH ERINNERST. ICH WILL, DASS DU DICH ERINNERN WILLST. ICH VERSUCHE,

DIR ZU HELFEN. ICH VERSUCHE, DIR DAS LEBEN ZU RETTEN. EL IST TOT. ER HAT SIE UMGEBRACHT.

Und genau diese letzte Antwort überzeugt mich davon, dass meine Ängste unbegründet sein müssen. Sein *müssen*. Mouse ist real, das kann ich akzeptieren, aber dieser letzte, überdramatische und klischeehafte Cliffhanger ist so sehr El. Ich höre geradezu ihre Stimme in meinem Kopf, wenn ich das lese. Es ist nur ein Spiel. Nur eins von ihren gnadenlosen Spielchen. Der verzweifelte Wunsch, dass das wahr sein möge, macht mich schon wieder wütend. Und so versuche ich, ihr genug Futter zu geben, damit sie sich daran verschluckt.

Wer hat sie umgebracht?

Eine längere Pause, die in etwa die Funktion eines Trommelwirbels erfüllt.

IHR VERLOGENER EHEMANN.

KAPITEL 16

john.smith120594@gmail.com 15. April 2018, 00:15
Re: ER WEIß ES Posteingang
An: mich

HINWEIS 8. DU MUSST ES GAR NICHT VERSCHLEIERN: ALLE HABEN ANGST VOR CLOWNS
Von meinem iPhone gesendet

*

Der Schrank mit den Verkleidungen im Clown-Café. Das ist der Hinweis auf der Tagebuchseite, die ich vor fünf Tagen fand, nachdem ich die Seite mit Hinweis Nummer 5 unter dem Bett entdeckt hatte. Es ist die Tagebuchseite, auf die ich außer der Reihe stieß, weil ich es satt hatte, blind nach Els Pfeife zu tanzen. Es ist die Tagebuchseite, die mir am meisten Angst gemacht hat.

Ich öffne den Verkleidungsschrank nicht. Ich will die Seite nicht noch einmal lesen. Aber ich zittere sowieso. Die Härchen in meinem Nacken sind immer noch gesträubt. Weil ich nicht vergessen habe, was darauf stand.

10. August 1998
Irgendetwas kommt. Es ist schon beinahe da. Ab und zu habe ich solche Angst, dass ich zu atmen vergesse. Ich vergesse dann, dass ich atmen kann.

*

El und ich rennen wieder. So schnell, dass wir über unsere eigenen Füße stolpern. Ein lautes, metallisches Krachen hallt von den Mauern wider, und die Sonne verschwindet. Die Glocken läuten in der Dunkelheit. Zu viele, als dass wir sie zählen könnten. Zu viele, um zu wissen, welche Glocken, welche Sterne, welche Zimmer es sind.

Tote Lichter hetzen uns, sie blitzen auf und huschen über die Wände, während wir vor den Stiefeln und Schreien und dem Brüllen wegzulaufen versuchen. Gesetzlose und Gefängniswärter, die Zahnfee und Madame Defarge, Blaubart und Schwarzbart. Aber wir sind jetzt so weit vom Spiegelland entfernt wie eine Erinnerung, die nicht einmal eine ist, nur ein Ort, von dem wir so viel gelesen haben, dass es einem vorkommt, als hätten wir dort einst gelebt. Wie das Auenland in Mittelerde oder ein blutiger Platz in Paris. Ein Gefängnis in Maine oder eine Insel in der Karibik.

Und dann ducken wir uns in den Verkleidungsschrank, die Angst macht uns noch kleiner, wir drücken einander noch fester die Hand, graben unsere Nägel in die Haut der anderen. Denn das Clown-Café kann uns nicht so beschützen wie das Spiegelland. Es ist nur ein Ort, an dem man sich verstecken kann.

Wir sind Piraten, und unser Dad ist der Piratenkönig, flüstert El mir ins Ohr. In der kalten, dichten Dunkelheit. *Wir schaffen das.*

Aber das stimmt nicht. Ich weiß es. Es ist eine Lüge.

Und als am Knauf der Schranktür gerüttelt wird, als er sich dreht und dreht, will ich am liebsten schreien – ich muss schreien –, weil es der einzige Weg ist, dem Blut und dem Schweiß und dem Brüllen und dem Zorn und dem *Falschen* zu begegnen, das so unbedingt hereinwill. Ich weiß nicht, was wir getan haben. Ich weiß nicht, warum sie uns Angst machen, uns finden, uns wehtun wollen. Ich weiß nicht, warum sie wollen, dass wir sterben. Warum sie uns an einen Haken hängen wollen, bis wir verrotten.

Als die Tür splittert, schreien wir. Als das Tote Licht und dieses schreckliche erste Gesicht in dem Loch erscheint. Schwarze Knochen, die in einen blauen Bart geflochten sind. Grinsende spitze Zähne. Rum und Rauch. Ein Zwinkern und ein Brüllen. Und die Glocken kreischen und kreischen.

*

Eine Glocke kreischt immer noch – und zwar viel zu laut. Zu echt. Es ist kein Kater von meinem Albtraum, sondern es geschieht hier und jetzt.

Ich fühle mich unglaublich schwer, unglaublich müde. Ich lasse mich wie ein gestrandeter Wal auf die Seite fallen und blicke auf den Wecker. Dreizehn Uhr fünfzehn. Ich habe dreizehn Stunden lang geschlafen. Ich weiß nicht genau, wie das überhaupt möglich war. Ich setze mich langsam auf und blinzele mit wunden Augen, die noch voller Schlaf sind.

Steh auf, denke ich. Das wäre schon mal ein guter Anfang.

Aber dann höre ich wieder die Glocke. Länger, hartnäckiger. Und plötzlich packt mich die allerschlimmste Vorahnung. Ein schlimmes Vernichtungsgefühl. Es geht mir durch den Kopf, als ich mich aus dem Bett rolle und auf die wackeligen Beine stelle. Ich werfe mir die Kleider von gestern über und versuche, beim Anziehen nicht umzukippen. Versuche, nicht an meinen Traum zu denken, an *Irgendwas kommt. Es ist schon beinahe da.* Wie eine kreischende, läutende Glocke.

Ich trete hinaus auf den Treppenabsatz. Ich höre Ross in der Dusche, daher gehe ich die Treppe hinunter, einen festen Schritt nach dem anderen. Unten beginnt das Läuten erneut, aber es ist das laute und hartnäckige Klopfen, das mich endlich aufweckt. Ich zögere an der Haustür noch, mein Atem geht flach und viel zu schnell. Doch als die Türglocke weiter klingelt, ziehe ich den Riegel zurück und lasse die helle Kälte herein.

Es ist DS Logan. Und am Fuß der Treppe hinter ihm ist der weißblonde Pixie-Schnitt von Shona Murray zu sehen.

»Hallo, Catriona«, sagt er ohne eine Spur von Grübchen oder Zwinkern. Er sieht nicht einmal mehr so aus, als wäre er dazu überhaupt in der Lage. »Tut uns leid, dass wir Sie stören. Dürfen wir hereinkommen?«

»Natürlich.«

Sie gehen an mir vorbei in die Eingangshalle, und ich halte den Blick auf den Weg, das Gartentor, die gelb werdenden Hecken gerichtet. Ich versuche mich damit abzulenken, dass ich ihnen jetzt vom Kajak erzählen werde. Von den E-Mails und den Tagebuchseiten. Selbst wenn sie mit dem Finger auf Ross zeigen; selbst wenn sie mit einem weiteren Finger auf den September 1998 zeigen, auf den letzten Tag unseres ersten Lebens; den letzten Tag – die letzte Nacht – im Leben von Mum und Grandpa. Obwohl in den E-Mails steht, ich solle der Polizei nichts sagen. Ich werde es trotzdem tun. Denn plötzlich habe ich zu viel Angst davor, es nicht zu tun.

Sie warten in der Eingangshalle auf mich, und einen Moment lang habe ich keine Ahnung, wohin ich mit ihnen gehen soll. Das Thronzimmer ist zu lächerlich, die Küche zu persönlich, die Speisekammer geht überhaupt nicht. Ich beschließe, dass das Wohnzimmer das kleinste Übel ist, bis ich sie dabei erwische, wie sie den Poirot und die niedrige Chippendale-Kommode mit so etwas wie Ehrfurcht anschauen. Ich erinnere mich an die Kälte des Schellacks an meiner erhitzten Haut.

»Möchten Sie sich setzen? Vielleicht etwas trinken? Da ist etwas, was ich gern …«

»Cat«, sagt Logan und legt seine Hand auf meinen Unterarm. »Könnten Sie vielleicht Ross holen? Ist er …«

»Ich bin hier«, sagt Ross. Aber er bleibt in der Tür stehen, die Hand auf dem Türblatt, als wäre er kurz davor, sie uns ins Gesicht zu schlagen. Er ist barfuß und trägt alte Jeans und ein Black-

Sabbath-T-Shirt. Sein nasses Haar klebt auf einer Seite flach an seinem Kopf, auf der anderen steht es wie bei einem Kleinkind zu Berge.

Logan lässt meinen Arm los und räuspert sich. »Vielleicht wollen Sie sich beide setzen.«

Ich wähle den gelben Brokat-Schaukelstuhl am Kamin. Mums Stuhl. Er beginnt sofort zu schaukeln. Ich beuge mich vor und stelle die Füße auf den Boden, um ihn daran zu hindern.

»Was ist los?«, sagt Ross mit einer Stimme, die gar nicht wie seine klingt.

»Ross«, sagt Logan. »Warum setzen Sie …«

»Ich bleibe lieber stehen.«

»Na gut.« Logan räuspert sich erneut, und in der schrecklichen erwartungsvollen Stille, die folgt, schaue ich auf und sehe, dass sich Shona Murray auf das Chesterfield-Sofa fallen lässt.

Logans Blick huscht von Ross zu mir. »Gestern hat die MAIB …« Er schüttelt den Kopf. »Die Seeunfalluntersuchungsbehörde hat von einem Frachtschiffunfall in der Förde berichtet, und sie … sie haben etwas anderes … ohne … es war nicht …«

»Was ist *los*?«, fragt Ross erneut.

Aber ich sehe nur Logan an. *Craig, wenn Sie wollen. Meine Mutter hat mich nach einem Mitglied der verdammten Proclaimers genannt.* Das langsame, regelmäßige Ticken der Standuhr hallt hinter meinen trockenen, müden Augen in meinem Schädel wider.

»Sie haben das Boot gefunden«, sagt er schließlich. »Sie haben die *Redemption* gefunden.«

»Okay«, sage ich. »Woher wissen sie …«

»›The Redemption‹ steht in verdammten goldenen Lettern auf beiden Seiten«, knurrt Ross. Aber seine Stimme ist jetzt so heiser, dass ich sie kaum verstehe.

Logan sieht mich an. »Sie haben Echolote benutzt und Taucher hinuntergeschickt. Das Boot lag im Tiefwasserkanal, ein paar Meilen östlich von Inchkeith. Wir haben unsere eigenen

Taucher und ein Unterwasserfahrzeug nach unten geschickt, um es zu identifizieren.«

»Okay.« Ich schaue zum flaschengrünen Kamin, auf den Ständer mit den Schürhaken, der Schaufel und den Zangen. »Okay.«

»Wir haben Beweise dafür gefunden, dass sie versenkt wurde.«

»Gesunken«, sage ich.

Logan nickt. Er schaut sich um, sieht all die lächerlichen Sitzgelegenheiten und beschließt, sich stattdessen auf die Hacken zu hocken. Seine langen Arme baumeln zwischen seinen Beinen. »Absichtlich versenkt.«

»Wie?«, fragt Ross.

Logan greift in seine Tasche, holt sein winziges Notizbuch heraus und blättert darin. »Der Lenzstopfen am Heck war herausgezogen worden. Das ist ein kleiner Propfen, den man anstatt einer Lenzpumpe benutzt. Er wird auf See in ein Loch im Heck eines Bootes geschraubt. An Land wird er wieder herausgeholt, damit das Wasser abfließen kann. Die Taucher fanden überdies mindestens ein halbes Dutzend Löcher im Rumpf, fast zwölf Zentimeter im Durchmesser. Vermutlich mit einer Säge gemacht. Die Takelschrauben und Haltebolzen waren vom Mast entfernt worden. Was im Grunde bedeutet, dass der Mast umgekippt ist. Beim Sinken hätte der Mast sonst die Position des havarierten Schiffes markiert.« Sein Blick findet meinen. »Am dritten war die Sicht sehr schlecht. Östlich von Inchkeith hätte man das Boot von Edinburgh und Burntisland aus schon nicht mehr gesehen. Als sie unterging – als sie versenkt wurde –, konnte man also davon ausgehen, dass sie nie gefunden werden würde, solange kein Treibgut von ihr angeschwemmt worden wäre.«

»Okay.« Ich kann Logan nicht mehr erkennen, er ist nur noch ein hockender Umriss.

»Es sieht außerdem so aus, als wären sowohl die Seenotfunkbake wie auch das GPS-Gerät zerstört worden, was erklärt, dass es kein Signal gab. Und das Rettungsboot lag noch in einem Fach an Deck.« Er verstummt. Dann fügt er hinzu: »Es sieht aus wie Selbstsabotage.«

Selbstsabotage? Ich denke an das blaue Kajak im Schuppen. »Okay«, sage ich.

»Sie haben noch etwas gefunden«, wirft Shona ein. Sie steht auf und tritt wie eine kleine weißblonde Wolke zu Logan. Sofort richtet er sich wieder auf, wendet sich von ihr ab, geht in meine Richtung.

»Die Taucher haben noch etwas gefunden«, sagt er langsam und schrecklich vorsichtig. Ich rieche sein Deodorant und den süßlichen, chemischen Geruch von dem Mist, den er für seine lächerliche Frisur benutzt. »In der Kombüse des Boots.«

»Okay.« Ich bemerke, dass Ross hinter mir steht und seine Arme um meine Schultern schlingt. Ich schaue auf die angespannten Unterarmmuskeln, die gesträubten Härchen und die Gänsehaut hinunter.

Untergang, denke ich. *Untergang.*

»Sie haben eine Leiche gefunden«, sagt Logan. »Eine weibliche.«

Ross' Arme halten mich fest; seine Finger graben sich in mein Schlüsselbein.

Logan wirkt so gequält, so elend, dass ich beinahe aufstehe, um ihn zu trösten. »Die Taucheinheiten aus Greenock haben sie heute Morgen gefunden«, sagt er. »Es tut mir so leid.«

*

Die Fensterscheibe fühlt sich an meinen Fingerspitzen kalt an. Sie vibriert jedes Mal, wenn ein Bus vorbeirumpelt. Ich stehe hier noch keine ganze Stunde, aber es kommt mir vor wie Tage, bis DI Kate Rafiqs stark glänzender silberner BMW vor dem Haus anhält und sie aussteigt. Ein paar Minuten später höre ich, wie sie ins Wohnzimmer kommt, aber ich drehe mich nicht um.

»Catriona, wie geht es Ihnen?«

Jetzt drehe ich mich doch um. »Sie ist es nicht.«

Rafiq marschiert in die Mitte des Raumes, zeigt auf das Chesterfield-Sofa und nickt einmal, als ich mich darauf setze. »Wir wissen es noch nicht sicher.«

»Sie wissen, dass es ihr Boot ist«, sagt Ross. Er will sich auf den Schemel setzen, verpasst aber beinahe die Kante und fällt fast auf den Boden. Er sieht genauso aus wie ich: völlig verstört, verlangsamt, verwirrt. Vielleicht hat er sich doch noch nicht so sehr mit Els Schicksal abgefunden, wie er glaubte.

»Gut. Aber bisher ist das alles. Wir wissen nicht, ob die ... verstorbene Frau Ellice ist. Und Sie sollten sich zwar beide auf diese Möglichkeit einstellen, aber es ist ebenfalls wichtig, dass Sie nicht vorschnell Schlüsse ziehen, ehe wir Beweise haben.«

Ich weiß nicht, wie man beides gleichzeitig tun soll. »Haben Sie sie gesehen?«

Sie sieht keinen von uns beiden an und nickt. »Ich war gerade im städtischen Leichenschauhaus. Deshalb konnte ich nicht schneller kommen, tut mir leid.« Sie räuspert sich und zeigt auf einen hochgewachsenen dünnen Mann, der hinter ihr steht. »Iain Patterson hier ist Forensiker«, sagt sie. »Wir möchten Ihnen beiden so schnell wie möglich eine Identifikation geben, in Ordnung?«

Mit seinem ernsten Stirnrunzeln, dem schwarzen Anzug und der großen Tasche sieht Iain Patterson aus wie eine Kreuzung zwischen einem Bestatter und einem Mormonen. Er nickt Ross zu, dann mir. Stellt seine Tasche ab und beginnt, ihren Reißverschluss zu öffnen.

»Ross«, sagt Rafiq. »Könnten Sie uns bitte etwas von El bringen? Eine Haarbürste vielleicht oder einen benutzten Rasierer?«

Er bleibt weiter halb auf dem Schemel hocken. »Das habe ich doch schon gemacht«, sagt er und sieht zu ihr auf. Er klingt wie ein kleiner Junge. »Oder nicht?«

»Ja, das haben Sie, das stimmt. Wir haben bereits ihre Zahnbürste. Aber zwei Proben sind immer besser als eine. Shona, würden Sie ihm bitte helfen?«

Shona hilft ihm auf, als wäre er wirklich ein kleines Kind, und begleitet ihn hinaus. Ihre Hand schwebt über seinem Rücken, als sie aus dem Zimmer gehen.

Rafiq wartet, bis ihre Schritte verklungen sind, dann wendet sie sich wieder mir zu. Ihr Gesichtsausdruck ist entweder sehr grimmig oder sehr schmerzerfüllt, ich kann nicht genau sagen, was von beidem, aber von diesem Blick bekomme ich plötzlich Klaustrophobie. Sie sieht mich zu intensiv an, als hoffte sie, dass ich stolpere. Ich habe keine Ahnung, warum.

»Catriona, würden Sie Ihre Zustimmung dazu geben, dass Iain hier auch eine DNA-Probe von Ihnen nimmt?«

Ich antworte nicht sofort, daher kommt sie näher und legt mir eine Hand auf den Arm. Ihre Nägel sind kurz, ordentlich und weiß. »Anfangs nehmen wir nur Vergleichsproben von den Habseligkeiten der vermissten Person und noch keine von den Verwandten, aber in diesem Fall …«

»Weil wir Zwillinge sind.«

Sie nickt. »Weil Sie eineiige Zwillinge sind, jawohl. Sie haben exakt dieselbe DNA. Also, geben Sie Ihre Einwilligung?«

»Ja. Natürlich, ja.« Ich sehe sie an. Diesen Gesichtsausdruck. »Ist … ist da noch etwas?«

Rafiq schüttelt sofort den Kopf und zwingt sich zu einem Lächeln, aber ich weiß, dass da noch etwas ist. Und ich weiß auch, was immer es ist – was immer es ist, was sie zu wissen glaubt, oder glaubt, dass ich es weiß –, sie wird es erst verraten, wenn sie dazu bereit ist. Mein Magen zieht sich zusammen; der Nebel in meinem Kopf wird nur noch dichter.

Rafiq nickt Iain Patterson zu, der aus der Hocke aufsteht und ein Plastikröhrchen aus seiner Tasche holt.

»Tag«, sagt er genüsslich. Seine Stimme ist so tief, dass sie mehr vibriert, als dass sie zu hören ist. Er nimmt einen langen Wattestab aus dem Röhrchen. »Also, wenn Sie bitte Ihren Kopf ein winziges bisschen nach hinten neigen und den Mund weit öffnen könnten, dann würde ich einen schnellen Abstrich von der Innenseite Ihrer Wange nehmen, okay? Das geht ganz fix.«

Er klingt eindeutig zu fröhlich für seinen Anzug und die Umstände, aber ich nicke und folge seinen Anweisungen. Sobald er das Wattestäbchen in meinen Mund schiebt, verspüre ich den Drang, ganz fest daraufzubeißen und den Mund zuzumachen.

»Wir müssen Ihnen vielleicht später noch Blut abnehmen«, sagt er, sobald er das Wattestäbchen wieder herausgezogen und zurück in das Röhrchen geschoben hat.

Ich merke, dass ich zittere. Ich weiß nicht genau, wann das angefangen hat, aber ich kann damit gar nicht mehr aufhören.

»Kommen Sie, Catriona, setzen Sie sich wieder«, sagt Rafiq, und ihre Stimme klingt nicht mehr hart, sondern so weich, dass ich am liebsten weinen würde. Aber das werde ich nicht tun.

Als wir Ross und Shona die Treppe herunterkommen hören, sieht Rafiq erleichtert aus und knöpft sich die Jacke zu.

»Eine DNA-Analyse kann vierundzwanzig bis zweiundsiebzig Stunden dauern«, sagt sie. »Aber natürlich werden wir die Sache als besonders dringlich behandeln, okay?«

Ich nicke. Ross nickt ebenfalls und lehnt sich schwer gegen die Kommode, auf der er mich vor nicht einmal einer Woche gevögelt hat. Ich schließe die Augen, und als ich sie endlich wieder öffnen kann, sieht mich Rafiq wieder so hart und durchdringend an.

»Versuchen Sie, sich keine Sorgen zu machen«, sagt sie. »Wie auch immer es ausgeht, es wird bald vorbei sein.«

*

Nachdem ich die Tür hinter ihnen geschlossen habe, bleibe ich lange in der Eingangshalle stehen, direkt in dem silbrigen Lichtstreifen der Sonne, der durch das runde Oberlicht dringt.

Wir stehen das gemeinsam durch, okay?, flüstert mir Ross ins Ohr. Aber natürlich ist er nicht da, als ich herumwirbele. Es war nur wieder ein Geist.

KAPITEL 17

Die Zeit vergeht so zäh und langsam, es ist fast, als könnte ich sie anfassen. Als könnte ich meine Hände hineinstecken und zusehen, wie sie mir durch die Finger rinnt. Ross und ich gehen ruhelos von Zimmer zu Zimmer. Wir bleiben immer ganz nah beieinander. Sobald wir stehen bleiben oder uns setzen, berühren wir uns mit den Knien, Armen oder Händen, und ich schaffe es einfach nicht, all die Gründe wichtig zu finden, warum wir es nicht tun sollten. Er zittert; sein Beben erschüttert ihn und überträgt sich auf mich. Wir sitzen am Küchentisch, als er schließlich den Kopf hebt. Ich sehe, dass er wütend und zugleich ängstlich ist.

»Ich will nicht, dass El tot ist, Cat.«

»Ich weiß«, flüstere ich.

»Ich wollte nie, dass sie stirbt.«

Und ich weiß nicht, ob er das wegen uns sagt, weil wir uns einander wieder so schnell zugewandt haben, oder weil seine Trauer schon von Anfang an so stark, so sicher gewirkt hat. Ich greife nach seinen Fingern und schiebe meine zwischen sie. »Ich weiß, Ross.«

Dann muss ich irgendwann allein sein. Ich schließe mich im Badezimmer ein, blinzele, als ich das Gesicht im Spiegel sehe. Die Augen sind müde und blicken verängstigt. Ich denke an das letzte Mal, dass ich in dieses Gesicht geschaut habe und es kein Spiegelbild war. Neujahr 2006. Sechs Monate nach Els *Ich habe gewonnen.* Sechs Monate, bevor wir keine Teenager mehr waren. Wir trafen uns in Yellowcraigs. Ich musste von meinem gemieteten Zimmer in Niddrie aus einmal umsteigen und noch anderthalb Kilometer zu Fuß laufen. Ich hatte keine Ahnung, wo El herkam; ich wusste nicht einmal, ob sie überhaupt noch in der Stadt wohnte.

Der Strand war leer, die Wellen hoch, der Wind stark, der Tag sonnig und kalt. Es fiel mir schwer, sie lange anzusehen. Ich vermisste sie und Ross so sehr, dass ich ständig einen wütenden, erbärmlichen Schmerz spürte; einen Stumpf, der juckte und prickelte und einfach nicht vergessen konnte, wie es sich anfühlte, heil zu sein. Sie ließ mich nicht mit ihm sprechen, obwohl er mich oft anrief, wenn er die Gelegenheit hatte – obwohl wir beide wussten, dass es sinnlos und sogar noch schmerzhafter als die Funkstille war. Ich konnte es nicht ertragen, von ihr zu hören, von den Plänen, in denen ich nicht vorkam. Ich konnte seine Traurigkeit nicht ertragen, sein schlechtes Gewissen, sein Flehen, doch bitte zu verstehen warum. Warum es so sein musste.

»Du hast zu viel Gewicht verloren.«

Ich konnte nicht schlafen. Ich ging von Arzt zu Arzt und nahm zu viele Tabletten. Ich flirtete sogar mit der Vorstellung, mich umzubringen, und das Einzige, was mich daran hinderte, war der Gedanke, wie lächerlich ich aussehen würde, wenn ich es nicht schaffte, wie jämmerlich. Dass es dann nichts mehr von mir geben würde, das nicht vorher El gehört hatte.

Ich sah sie immer wieder aus dem Augenwinkel an. Ihre Haut war hell, ihr Haar blonder. Sie hatte sich die langen Nägel rot lackiert. Ich fragte mich, wann sie wohl aufgehört hatte, auf ihnen herumzukauen.

»Du musst essen.«

Ich sah, wie sie auf meine ungepflegten Nägel schaute, die verschorften Kratzer und Schnitte auf meiner Hand, die so oft auftauchten, ohne dass ich wusste, warum oder wann. Ich zuckte zusammen, als sie ihre rechte Hand ausstreckte, um meine linke zu nehmen. Ich schaute wieder über das kabbelige Wasser zur dunstigen schwarzen Linie der Nordsee und schluckte, weil ich plötzlich Angst hatte.

»Wir heiraten«, sagte sie. Ich löste den Blick nicht von den gischtigen Wellenkämmen, dem blendenden Glitzern der Sonne auf ihnen. Ich spürte, wie meine Hand ihre fester packte, aber sie zuckte nicht zusammen und ließ auch nicht los.

»Du willst ihn doch gar nicht. Das weiß ich. Du nimmst ihn nur, weil ich ihn will. Weil ich ihn liebe.«

Es war das erste Mal, dass ich das aussprach. Vor jemand anderem als mir selbst.

El drehte sich zu mir um. »Du bist wie ein verdammter Welpe, weißt du das, Cat? Je schlimmer dich jemand behandelt, desto mehr bemühst du dich, desto mehr wünschst du dir, dass er dich mag. Das ist erbärmlich.«

Ich blinzelte das Brennen in meinen Augen fort. »Ich gehe. Ich gehe nach Amerika.«

Das College vermittelte ein Praktikum bei der *Los Angeles Times*, das alle Lebenshaltungskosten deckte. Es gab bereits eine kilometerlange Liste von Bewerbern. Bis zu dem Tag hatte ich keine Sekunde lang ernsthaft darüber nachgedacht.

Sie wirkte ganz kurz überrascht, vielleicht sogar erschrocken, aber dann schaute sie weg. »Gut.«

Meine Angst, meine Verletztheit schluckte ich mit meiner Wut herunter. »Ich komme nie wieder.«

Jetzt sah sie mich direkt an, und ihr Lächeln war breit. Ich wäre vor dem Triumph in diesem Lächeln ebenso gern zurückgezuckt wie vor dem plötzlichen Druck ihrer Hand um mein Handgelenk, der blaue Flecken hinterlassen würde, die mich noch wochenlang an ihre Worte erinnern würden.

»Das ist keine Drohung für mich, Cat. Denn ich hasse dich. Verstehst du? Ich hasse dich. Also geh nur. Ich will nur, dass du weg bist.« Ihr Zischen kann die Verletztheit, die Wut in ihrem Blick nicht verbergen. »Damit ich nie mehr an dich denken muss.«

Und dann ließ sie mich los. Ging fort, ohne sich noch einmal umzudrehen.

Es hat viele Nachteile, wenn man ein eineiiger Zwilling ist. Immer zu wissen – zu sehen –, wie man aussieht, wenn man lächelt, die Stirn runzelt, wenn die ersten Fältchen um die Augen auftauchen. Es ist, als trüge man stets einen schweren und klaren Spiegel unter dem Arm. Immer für jemand anderen gehalten zu werden, immer auf den Moment warten zu müssen, um die anderen zu unterbrechen, sie zu korrigieren, zuzusehen, wie die warme Vertrautheit in ihrem Blick erstirbt. Sich immer eine Schublade teilen zu müssen, immer ertragen zu müssen, dass die Charakterzüge aufgeteilt werden, sodass die eine extrovertiert und die andere schüchtern sein muss; die eine abenteuerlustig, die andere ängstlich. Und es selbst zu glauben. Zu glauben, dass es nie daran liegt, wie man aussieht, wenn man nicht ausgewählt, wenn man zur Seite gestoßen wird. Weil es immer daran liegt, dass man selbst man selbst ist. Und nicht sie.

Aber das hier ist schlimmer. Dieses bleierne, brutale *Wissen*, dass man ohne einander niemals ganz sein kann. Dass man niemals allein in der Welt wird überleben können. Dass das so auch nicht vorgesehen ist. An sie an jenem Tag zu denken schmerzt mehr als alles andere bisher. Mit roten Wangen, gegen die Tränen anblinzelnd, von denen ich hoffte, dass sie mir galten, aber wusste, dass der scharfe Wind sie ihr in die Augen getrieben hatte, drückte sie meine Hand. Der Druck ihrer Finger auf meine Hand, genau wie damals, als wir unter den Hainbuchen und Bunyan-Bäumen im Kakadu-Dschungel miteinander kämpften und keine von uns als Erste loslassen wollte. Das war der letzte Tag, der letzte Augenblick – obwohl sie so grausam war –, in dem ich spürte, dass sie mich vielleicht noch liebte. Und dann war sie die Erste, die losließ.

»Ich würde es wissen.« Als ich zu weinen beginne, verzerrt sich das Gesicht im Spiegel, und das zu sehen ist beängstigend. Ich beobachte, wie sie die Hand auf den Mund legt. Ich beobachte, wie ihre Tränen wie Zwillings-Wasserfälle über die weiße, von bläulichen Adern durchzogene Haut rinnen. Ich beobachte, wie sie den Kopf schüttelt, als sei das genug, als sei das alles, was getan werden müsse. Und dann wird alles aufhören.

Ich würde es wissen.

*

john.smith120594@gmail.com 15. April 2018, 21:15
RE: ER WEIß ES Posteingang
An: mich

HINWEIS 9: SCHAU UNTER DEINE MATRATZE
Von meinem iPhone gesendet

3. Juli 1998
Es gibt ihn gar nicht. Dad gibt es nicht.

Ich glaube, das wusste ich eigentlich, aber wie konnte Mum nur so LÜGEN???

Sie hat Cat und mir gesagt, wir sollten unsere alten Verkleidungssachen und Spiele und Bücher in Kisten packen, damit wir sie nach unten ins Spiegelland bringen können, und ich fand eine von Grandpas großen Enzyklopädien in ihrem Schrank. Also nahm ich sie heraus und öffnete sie, und auf einer Seite mit einem Eselsohr war KAPITÄN HENRY MORGAN!!!!!!!!

Zuerst habe ich mich gefreut – weil das Bild genauso war, wie Mum ihn beschrieben hat – haargenau wie mein Bild im Spiegelland und dann stand da all das tolle Zeug über ihn, dass er Freibeuter ist (was wohl nur ein schickes Wort für einen Piraten ist der für die Regierung arbeitet. HAT MUM AUCH GESAGT). Er war sogar der KAPITÄNLEUTNANT UND GOUVERNEUR VON JAMAIKA!!!

Aber dann hat Cat gesehen, wann er geboren war. 1635!!!!!!!

Wir konnten es nicht glauben. Wie konnte Mum uns nur so anlügen? Sie hat uns immer gesagt dass er uns lieb hat und wenn wir im Spiegelland auf ihn warteten, würde er wiederkommen. Er würde uns zur Insel bringen. Nach Santa Catalina. Und auch wenn das jetzt blöd klingt, aber das Spiegelland ist magisch. Besser als Narnia oder Oz oder Nimmerland oder Mittelerde. Wir können dort Sachen geschehen lassen die nirgends sonst geschehen. Es ist REAL. Aber ist auch egal. Weil sie nämlich gelogen hat. Er ist gar nicht unser Dad. Und als wir es ihr sagten weinte sie – Mum weint NIE!! Sie hat gesagt, sie hat es getan, um uns glücklich zu machen. Und dann laberte sie die ganze Zeit davon, wie sehr sie uns lieb hat und so weiter bla bla BLA.

Und Grandpa war so gemein! Als wären wir sowieso zu doof, um das zu kapieren. Als wär es unsere Schult oder so. Er sagte, sie hätte uns gleich sagen sollen, dass unser Dad ein TOTALER BESCHISSENER VERSAGER ist, der sie sofort verlassen hat, als er hörte, dass sie schwanger ist. Und als Cat Mum fragte ob unser Dad wirklich ein TOTALER BESCHISSENER VERSAGER ist, weinte Mum nur noch doller und ließ uns bei dem gemeinen Grandpa.

ICH HASSE sie. ICH HASSE SIE BEIDE.

Jetzt sieh sie dir nur mal an! Die sind doch völlig übermüdet. Sie schlafen nie. Du hast doch selbst gesagt, dass die Schule darunter leidet. Du hast ihre Köpfe mit so viel verdammtem Quatsch gefüllt, dass sie ihre ganze Zeit in einer Traumwelt verbringen. Und jetzt hast du ihnen auch noch eingeredet, dass ihr beschissener Vater ein Pirat aus dem siebzehnten Jahrhundert ist, Herrgott noch mal! Die werden langsamer erwachsen, als eine Woche im beschissenen Gefängnis vergeht, Frau!

Ich erinnere mich, wie ich bei dieser Stimme zusammenzuckte. Seine Lippen waren voller Speichel. So ganz anders als der Grandpa, den ich kannte. So fremd wie eine tränenüberströmte

Mum, die uns immer wieder sagte: *Es tut mir leid, ich hab euch lieb, ich habe gelogen, weil ich wollte, dass ihr beide glücklich seid.* Oder ein gesichtsloser Vater, der ein totaler beschissener Versager war.

Der Wind rüttelt am Fenster des Clown-Cafés. Es ist jetzt so dunkel geworden, dass ich nur noch mein Spiegelbild sehen kann. Mein Handy vibriert. Es ist wieder Vik. Als ich nicht reagiere, erscheint eine Textnachricht auf dem Display. *Ich muss mit dir reden.* Ich stecke das Handy in eine Schublade, öffne meinen Laptop und klicke auf Antworten. Meine Finger zittern, aber nicht so sehr, dass ich john.smith120594 nicht antworten könnte.

Sie haben eine Leiche gefunden. Sag mir, wer das ist. Bitte.

Ich schließe meine brennenden, trockenen Augen. Ich bin so, so müde. Mein Herz pocht langsam und träge, und ich kann es in meiner Brust und meinem Bauch fühlen.

Niemand antwortet mir.

KAPITEL 18

Sie kommen siebenundzwanzig und eine halbe Stunde nach ihrem Aufbruch zurück. Sie alle. Ich stehe am Fenster des Prinzessinnenturms und sehe zu, wie Rafiqs silberner BMW hinter Shonas hellblauem Käfer parkt – einem Cabrio. Shona trägt enge Hosen und eine dünne Seidenbluse. Wer würde in Edinburgh nicht ein Cabrio und eine dünne Seidenbluse haben wollen? Ich beschäftige mich mit noch mehr Einzelheiten. Sie öffnen das Gartentor und kommen langsam und im Gänsemarsch den Weg herauf. Und als ich keine Gehässigkeit mehr in mir finden kann, bewundere ich stattdessen Logans Beine, seine breiten Schultern, sogar seine alberne Frisur.

Bitte, denke ich, als ich die Haustür, die Flurtür und das Stimmengemurmel höre. *Bitte*, als Ross vom Fuß der Treppe unsicher und dünn meinen Namen hinaufruft, und statt zu antworten, öffne ich den weißen Schrank und sehe mir Els Selbstporträt an, streiche mit den Fingerspitzen über die wütenden Pinselstriche ihrer Haut. *Bitte*, als ich auf den Treppenabsatz hinaustrete und mich am Geländer festhalte, spüre, wie die Welt sich neigt und schwankt. Als ich kurz vor dem Ende der Treppe stehen bleibe und in der Eingangshalle all diese ernsthaften, düsteren Gesichter sehe, und dann das Glockenbrett in der Küche: die spiralförmigen Federn, die glänzenden Glocken, die sternförmigen Pendel.

Bitte.

Rafiq räuspert sich und sieht erst mich, dann ihn an. »Tut mir leid, Ross. Catriona.« Sie senkt den Kopf. »Es ist eindeutig sie. Es ist eindeutig El.«

Und da schmerzt jener schreckliche Tag in Yellowcraigs mit einem Mal nicht mehr als alles andere.

*

Ich lande im Spiegelland. Als ich wieder etwas sehen kann, hocke ich auf den Knien auf dem Heckdeck der *Satisfaction* und halte die Schiffslaterne an die Brust gedrückt. Ich schaue hinaus zu den ungeduldigen weißen Wolkenbäuschen und den weißen Schaumkronen der Wellen und zu Schwarzbart, der groß und schroff immer näher kommt.

Ich weine nicht, ich kann nicht weinen, aber alle paar Minuten krampft sich mein Körper in einer Art würgender Lähmung zusammen. Ich kann dann nicht atmen, nicht sehen, nicht denken. In den Pausen dazwischen huste ich und wiege mich und unterdrücke einen abgehackten Atemzug nach dem anderen, aber sobald ich mich erholt habe, geht es von Neuem los.

Ich stolpere von der *Satisfaction* herunter und wanke in den langen, leeren Gang. Bleibe auf halber Höhe der Grenzmauer stehen und denke an Els Kapitän Henry Morgan, der für immer verbessert, aber nie fertiggestellt wurde. Unseren Piratenkönig-Vater aus dem siebzehnten Jahrhundert.

Es ist nicht real. Es ist *nicht* real.

Als ein weiterer Krampfanfall im Anmarsch ist, lasse ich mich auf die Knie fallen. Ich weiß nicht, welchen Trost ich mir davon erwarte, aber ich beginne zu flüstern: »Wir werden einander nicht verlassen. Solange wir leben nicht.« Immer und immer wieder.

Ich höre ein Geräusch, sehe einen Schatten, spüre, wie meine Luftröhre sich so sehr verengt, dass ich nur noch ganz flache Atemzüge machen kann. Ich spüre kalte Luft, einen Angstschauder. Eine weiße Linie in der Dunkelheit, die monstrose Schatten an die Wand wirft. Tote Lichter. Das Echo von *LAUF!*. Die hohe, lange, kreischende Panik, und dann rappele ich mich zu spät auf, renne von dem aufragenden Schatten fort, der kein Schatten mehr ist.

»Cat! Herrgott noch mal. Bleib stehen!«

Ross fällt neben mir auf die Knie und versucht, meine zappelnden Arme und Beine festzuhalten. Und ich kämpfe dagegen an, obwohl ich es bald nicht mehr muss oder will, weil er Els Ehemann ist; er hat ihr gehört und sie ihm, seit er sich zum ersten Mal durch die Dachluke ins Spiegelland fallen ließ – und irgendwie war mir das bisher immer egal, bis jetzt. Irgendwie habe ich es fertiggebracht zu glauben, dass es gar nicht wahr ist.

»Oh Gott, bitte. Bitte. Lass mich in Ruhe. *Bitte!*« Ich packe ihn fest genug, dass es uns beiden wehtut, und klammere mich an ihn, als wäre er der einzige Fels in einem mörderischen schwarzen Meer.

TEIL ZWEI

KAPITEL 19

john.smith120594@gmail.com 17. April 2018, 05:50
Re: ER WEIß ES Posteingang
An: mich

HINWEIS 10. HINTER DER BERLINER MAUER
Von meinem iPhone gesendet

*

Ich bin im Clown-Café. Blaubart und Schwarzbart sind auch da. Sie werden uns aus dem Schrank und in Schlafzimmer 3 zerren, um uns dort an Haken zu hängen, bis wir tot sind. Und wenn wir sterben, werden wir wie das Meer in die Dunkelheit schreien, wie sterbende Piraten auf einem Deck voller Blut. Und sie werden unsere Leichen den Haien vorwerfen.

Ich bin im Spiegelland, sitze im Schneidersitz auf dem Kanonendeck der *Satisfaction* und sehe El an. Wir tragen die gleichen Karokleider über gestärkten weißen Blusen. Wenn Ross nicht zwischen uns hocken würde, wäre es, als schauten wir in einen Spiegel. Als wäre eine von uns gar nicht hier. Er hält ein Blatt Papier in der Hand, das mit roter und schwarzer Schrift bedeckt ist. DER PLAN.

Wir machen das zusammen, okay?, sagt Ross. *Wir drei. Zusammen.*

Und Annie zwinkert mir feierlich zu. Sie steht hinter dem Steuerrad.

Manchmal muss man mutig sein. Selbst wenn man ein kleiner Riesenfeigling ist.

Ich bin in der Küche und sitze am Tisch. Rührei mit Toast und Porridge, der zu heiß zum Essen ist. Ein Vogel hat sich in den alten Rauchfang verirrt. Ich höre das Kratzen und Flattern. Meine Hand zittert. Ich verfehle meinen Mund, und Mum ärgert sich. *Schling nicht so, Catriona.* Grandpa hat sein schlimmes Bein auf den leeren Stuhl gelegt, wirft den Kopf zurück und lacht, aber seine Hände zittern, und zwar schlimmer als meine. Er schaut zu El neben der Tür hinüber, deren Hand auf der Klinke liegt. *Steh da nicht so rum, Mädel. Setz dich verdammt noch mal hin.* Und El sieht mich an. Ihr Lächeln ist schrecklich. Ich tue so, als würde ich es nicht sehen. *Kann ich Tee haben?*

Der schwarze Samtvorhang in der Speisekammer war die Berliner Mauer. El war immer Alec Leamas, der heldenhafte Spion, der aus der Kälte kam, während ich stets mit den Clowns auf der anderen Seite war – der grausame George Smiley und sein Zirkus – und Alec in sein Verderben lockte. Ich finde die Tagebuchseite im Saum des Vorhangs.

4. September 1998

Heute beim Frühstück haben alle so getan, als wäre alles normal. Sogar ich, glaube ich. Dabei ist es das nicht, dabei hab ich so viel Angst wie in meinem Ganzen Leben noch nicht.

Und Mum und Grandpa und Cat haben die ganze Zeit nur gesagt Gib mir mal das Salz und schenk mir noch mehr Tee ein und Beeilung jetzt aber, ihr müsst in die Schule. Und ich frage mich die ganze Zeit, wie könnt ihr nur Normal sein? Habt ihr es nicht gehört? Gesehen? Habt ihr keine Angst? ER WIRD ZURÜCKKOMMEN.

Aber ich habe auch nichts gesagt. Vielleicht dachten wir alle dasselbe, und keiner hat sich getraut es auszusprechen. Für den Fall, dass er das tut. Zurückkommen, meine ich.

Also habe ich Cat nach dem Frühstück hinter die Berliner Mauer gezogen und ihr meine Hand auf den Mund gelegt und ihr ins Ohr geflüstert »ES MUSS HEUTE ABEND SEIN«!!

Denn das stimmt. Egal was sie sagt. Egal wie viel Angst wir haben. Es ist DER PLAN. Darauf haben wir uns geeinigt.

Ich stehe hinter dem Vorhang in der Speisekammer und versuche, durch Els klamme Hand und die staubige Dunkelheit hindurch zu atmen. Die Geister flüstern und klopfen um uns herum. *Es muss heute Abend sein.*

Nein, denke ich. *NEIN*.

Doch, sagt El. Ich spüre ihr Lächeln unter meinen Fingern, als hätten wir die Plätze getauscht – ich bin sie geworden, und sie ist ich. Und als ich sie loslasse und den Vorhang aufziehe, ist jede Wand im Flur und in der Küche in einem hässlichen feuchten tiefen Rot gestrichen. Ich höre einen Eulenschrei: hoch und lang. Ich höre Stiefel, ich höre *LAUF!*. Ich höre Klingeln. Der Lärm ist ohrenbetäubend. Das Holzbord bebt, jede einzelne Glocke schwingt, die sternförmigen Pendel glänzen in der Dunkelheit, der Finsternis. Ich sehe den Mond.

Wach auf!, schreit El mit meiner Stimme. Unserer Stimme. *Wach verdammt noch mal auf.*

Ich falle vom Hocker auf den Boden der Speisekammer. Meine Arme und Beine fühlen sich viel zu schwer an. Mein Magen ist leer, mir ist flau. Mein Kopf schmerzt, schmerzt, schmerzt. Fühlt sich so Trauer an? Oder Schuld? Fühlt es sich so an, wenn die Hälfte von einem selbst fort ist? Wenn die Hälfte von einem selbst tot ist?

Ich nehme mein Handy und drücke auf Antworten. Das Display bleibt verschwommen, egal, wie oft ich blinzele.

Antworte mir. Triff dich mit mir. Erklär es mir. Oder lass mich verdammt noch mal in Ruhe.

Ross steht am Küchenfenster und schaut in den Garten, der vom Regen ganz entstellt ist. Die Tropfen hämmern aufs Dach und die Schornsteinabdeckung, auf die Regenrinnen. Ross dreht sich um, als er mich hört. Letzte Nacht habe ich darauf bestanden, dass wir getrennt schlafen, und dann habe ich mich die ganze Zeit nach seinem Atem an meinem Hals und seinem Arm auf meinem Bauch und seinen Beinen zwischen meinen gesehnt. Heute kann ich ihn nicht einmal ansehen.

»Der Tee hat schon genug gezogen«, sagt er und nimmt die Kanne. Sie zittert in seinen Händen, so sehr, dass der Deckel zu scheppern beginnt. »Ich mache noch mehr.«

Ich nehme ihm die Kanne ab. »Schon okay.« Ich schenke einen Becher voll und setze mich. Nehme einen zu großen Schluck. *Schling nicht so, Catriona.*

»Cat.« Ross setzt sich neben mich. Seine Finger auf meinen fühlen sich warm an. Ich versuche mir einzureden, dass ihre Berührung mir nicht hilft, nicht sofort das hohle Gefühl in meiner Brust lindert. »Bitte, schließ mich nicht aus.«

Ich ziehe meine Hände zurück und stecke sie stattdessen zwischen meine Knie. »Ich muss sie sehen.«

Ross zuckt beinahe zurück. »Was? Warum? Die DNA …«

»Du bist der Einzige, der gesagt hat, dass sie nicht selbstmordgefährdet war«, sage ich. Denn ungefähr das Einzige, was mich noch aufrecht hält, ist dieses hartnäckige und ständige *Ich würde es wissen*. Dass ich den Augenblick gespürt hätte, in dem sie gestorben wäre, den Augenblick, in dem sie ertrunken, in dem sie gegangen wäre. Dass diese hoffnungslosen, hilflosen, erschreckenden Krämpfe von gestern nur der Schock, nur die Scham gewesen waren.

»Vielleicht hat sie es nicht absichtlich getan.« Er nimmt wieder meine Hände und zieht sie an seine Brust. Ich spüre das zu schnelle Hämmern seines Herzens. »Vielleicht war es *wirklich* ein Unfall. Vielleicht wollte sie nur, dass ich begreife, dass sie leidet.«

Seine Augen sind ganz feucht von ungeweinten Tränen. Und als ich ihm meine Hände entziehe, steht er auf und wendet sich von mir ab.

Ich schaue auf die beiden Fliesen vor dem Herd. Sehe diesen schwarzen Riss in der Fuge an. Mein Lächeln fühlt sich angespannt an, als könnten meine Lippen reißen und bluten. »Vor Jahren habe ich einmal über diesen Stamm gelesen. In einer von Grandpas Enzyklopädien. Und das war ... einer von diesen Stämmen, die das Glück hatten, den Rest von uns über Jahrhunderte meiden zu können. In Südamerika irgendwo, ich weiß auch nicht mehr genau.«

»Cat ...«

»Wenn ein Mitglied dieses Stammes etwas falsch machte und dabei erwischt wurde, oder wenn die anderen auch nur dachten, er hätte etwas Falsches gemacht – irgendwas, weißt du, ob er nun eine Lüge erzählt oder einen Mord begangen hatte –, brachte der ganze Stamm denjenigen ins Dorfzentrum und bildete einen Kreis um ihn, so eng, dass er nicht fliehen oder sich verstecken konnte. Und dann sagten sie diesem Menschen alles, was an ihm gut war. Alles Gute, was er je getan hatte. Immer und immer wieder. Sie hörten einfach nicht damit auf. Bis dieser Mensch sie hörte. Und ihnen glaubte.«

Mir versagt die Stimme. In meinen Augen brennen Tränen, die ich nicht weinen will. Meine Hände zucken, weil sie seine halten wollen. Mein Körper sehnt sich danach, sich hinzulegen. Sein hartes, warmes, sicheres Gewicht auf mir, in mir zu spüren. Und alles in mir will in einen Spiegel schauen und nur El sehen. Will an einem eiskalten Strand stehen und sagen, hier bleibe ich. Will mir niemals erlauben, sie loszulassen. Egal, wie weh es tut. Egal, wie oft sie mich zurückstößt.

KAPITEL 20

Marie steht in einem Streifen hellen Morgenlichts auf der Stufe vor der Haustür. Sie hat einen großen Strauß Zantedeschien in der Hand. Tränen rinnen ihr die Wangen hinab.

»Je suis désolée. C'est affreux. Je suis tellement désolée.«

Ich nehme ihr die Blumen ab – ihr antiseptischer Geruch treibt mir das Wasser in die Augen und sticht in meiner Nase. »Danke, Marie.«

Sie holt ein wunderschön besticktes Taschentuch hervor und tupft sich die Haut ab. »Ich wusste … ich wusste, dass sie … *aber* …«

»Entschuldigen Sie, ich würde Sie hereinbitten, aber ich war gerade auf dem Weg nach draußen.«

Sie blinzelt, als sie meine Jeansjacke sieht. Heute kann ich den grauen Kaschmirmantel, der auf dem Ständer hinter mir hängt, nicht einmal ansehen.

»Ist Ross da?«

»Nein.« Ich bin mir ziemlich sicher, dass er nicht da ist. Dass sie gewartet hat, bis er zu Colquhoun's gefahren ist, bevor sie gekommen ist.

Sie beugt sich zu mir. Ihr Blick ist plötzlich ganz scharf und trocken. »Haben Sie ihn gefragt? Wegen der Dinge, die er zu mir gesagt hat? Wie er mich bedroht hat?«

»Marie …«

»Sie sind in Gefahr.« Ihre Finger schließen sich um mein Handgelenk. *»Tu comprends?«*

»Marie! Hören Sie auf.« Ich ziehe meine Hand ruckartig zurück.

Sie schüttelt den Kopf, holt ein Handy aus ihrer Tasche und streckt es mir entgegen. »*Regardez.* Sehen Sie selbst, was er zu mir eine Woche vor Ellices Verschwinden gesagt hat. Sehen Sie!«

Lassen Sie sie in Ruhe. Lassen Sie sie in Ruhe, sonst werden Sie es bereuen.

Es ist Ross' Nummer. Zumindest glaube ich das. Aber ich schiebe das Handy wieder zu ihr zurück und versuche, die Tür zu schließen. »Ich kann das jetzt nicht. Ich muss …«

»Sie müssen! Sie sind in Gefahr!« Sie hält die Tür fest. Versucht erneut, meine Hand zu packen. *»S'il te plaît!«*

Ich bin froh über den Zorn, der mich plötzlich durchfährt und alles andere in Schutt und Asche legt. Ich lasse die Blumen fallen und reiße die Tür weit auf. Dann schubse ich Marie zur Seite, trete hinaus und knalle die Tür hinter mir zu.

»Catriona …«

Ich kämpfe damit, die Tür abzuschließen, aber ihre Hände versuchen weiter, mich zu berühren, an mir zu ziehen. Ich würde am liebsten schreien. Ich würde am liebsten von all dem weglaufen und mich nie wieder umdrehen.

»Catriona. Hören Sie mir zu! Sie …«

»Ich gehe ins *Leichenschauhaus*!« Mein Schreien klingt selbst in meinen Ohren mehr wie ein Kreischen. Marie schließt den Mund, tritt zurück und lässt die Hände fallen.

Ich spüre andere Blicke auf mir, als ich die Stufen hinab und durch das Gartentor laufe, dann die Straße entlang zum 49er Bus, der gerade in die Haltestelle fährt. Aber ich werde nicht langsamer, drehe mich nicht um. Schaue nicht zurück.

*

Das städtische Leichenschauhaus ist ein hässlicher Betonklotz, der zwischen wunderschöne viktorianische Reihenhäuser gequetscht wurde. Logan lehnt an einer Doppeltür neben einer großen Garage mit einem breiten Metalltor. Als er mich sieht, richtet er sich auf. Sein Lächeln ist feierlich, aber flüchtig. Ich kämpfe gegen einen weiteren Würgekrampf an, indem ich fest auf meine Unterlippe beiße und meine Fingernägel in den fleischigen Teil meiner Handfläche grabe.

»Hallo, Cat.«

Auf einem Schild an der Wand neben ihm steht EDINBURGH CITY MORTUARY. Es ist ein sehr großes, goldenes Schild, so auf Hochglanz poliert, dass ich mein Gesicht darin sehen kann. Ich blinzele heftig und schaue stattdessen lieber in den Himmel. Er ist weiß und schwer vor Frühlingsschnee.

»Sie bluten ja.«

Ich spüre Logans Handfläche an meiner Wange, die raue Wärme seines Daumens auf der Haut. Ich drehe mich weg und ziehe die Unterlippe zwischen die Zähne.

»Es geht mir gut.«

Er nickt. Lässt die Hände wieder fallen. »Okay.«

»Logan.« Rafiq steht jetzt in der Tür. Allein der Anblick ihres glatten Pferdeschwanzes und intensiven Blicks erinnert mich an das Haus. *Tut mir leid, Catriona. Es ist eindeutig sie. Es ist eindeutig El.* »Sie werden im Kommissariat gebraucht.«

Er widerspricht nicht, aber in der Art, wie er auf mich zutritt und kurz meine Hand drückt, liegt ein wenig Trotz. »Passen Sie auf sich auf, okay? Sie haben ja meine Nummer.«

Rafiq hält mir die Türen auf und nickt mir zu, als ich an ihr vorbeigehe. Der Warteraum ist in einem sanften Magnolienton gestrichen. Es ist sehr warm hier und sehr leer.

»Setzen Sie sich kurz«, sagt sie. »Sind Sie sich ganz sicher, dass Sie das hier tun wollen?«

Ich nicke. Obwohl ich das nicht bin.

Sie seufzt. »Würde es Ihnen helfen, wenn ich Ihnen den DNA-Bericht zeigte?«

Ich weiß nicht, was sie mit *helfen* meint. Obwohl mir bewusst ist, dass ich ihn so dringend sehen will, dass ich erneut nicke.

Sie holt ihr Handy heraus und gibt es mir.

DNA-ISOLIERUNGSTEST
Referenzproben:
ID 1551204: Zahnbürste weich, Ellice MacAuley gehörend (geb. 01/07/86) [genommen 04/04/18]
ID 1551205: Breite Haarbürste, Ellice MacAuley gehörend (geb. 01/07/86) [genommen 15/04/18]

Probe von Blutsverwandten:
ID 1551206: Wangenschleimhautabstrich von eineiiger Schwester, Catriona Morgan [HID1551_201] (geb. 01/07/86) [genommen 15/04/86]

Unbekannt [HID1551_200] Proben:
Teilweise Verseifung des Gesichts und des Oberkörpers; DNA aus dem Mark des Oberschenkelknochens entnommen

Die DNA-Isolierung wurde getrennt von den Proben vorgenommen. Genetische Charakteristika wurden durch die folgende PCR-Single-Locus-Technologie-Analyse bestimmt.

Die Resultate wurden durch die erneute Testung der Originalproben bestätigt. Alle Laboranalysen und Deutungen folgen den Empfehlungen der DNA-Kommission der International Society for Forensic Genetics, ISFG.

Schlussfolgerung:
Basierend auf unserer Analyse und der biostatistischen Auswertung der Resultate kann es als bewiesen gelten, dass Jane Doe

[HID1551_200] zu >99,9999% Ellice MacAuley (geb. 01/07/86), wohnhaft Westeryk Road 36, Leith ist.

Und dass Catriona Morgan [HID1551_201] (geb. 01/07/86) zu >99,9999% die lebende eineiige Zwillingsschwester der Verstorbenen ist.

Gutachter:
Dr. Iain Patterson MB ChB, BMSc (Hon.), FRCPath, MFFLM
Leitender Forensischer Pathologe
North Lothian CID

Ich lese die Analyse zwei, drei Mal, bis ich sie nur noch ganz verschwommen sehe. Als ich Rafiq das Handy zurückgebe, zittern meine Hände.

»Ich will eine Kopie davon«, versuche ich mit Nachdruck zu sagen, aber meine Stimme zittert ebenfalls. In meinen Ohren ist nur noch Weißes Rauschen, als wäre ich unter Wasser.

»Natürlich«, sagt Rafiq.

»Ich will sie immer noch sehen.«

»Ich glaube wirklich, dass das keine gute Idee wäre. Es hilft nicht. Wenn überhaupt …«

»Ich muss.« Ich bringe mich dazu, Rafiq anzuschauen. Ihre Brauen sind zusammengezogen, der Mund ist ein dünner Strich, ihr Blick voller Sorge. »Bitte.«

Endlich nickt sie. »Aber hinterher muss ich Ihnen einige Fragen stellen, Catriona. Okay? Es ist wichtig.«

Ich höre sie kaum noch, weil mein Herz so laut pocht und es in meinen Ohren so laut rauscht.

*

Rafiq führt mich durch eine weitere Tür: BESUCHERRÄUME. Als wären wir in einem Schloss. Im Flur dahinter sind noch mehr Türen: GESPRÄCHSRÄUME, BERATUNGSRÄUME. Ich folge Rafiq. Ich sage nichts. Ich denke nicht.

Wir gehen an einer Tür vorbei, auf der ein Schild mit dem Wort AUFBAHRUNGSRAUM prangt, aber bevor ich sie fragen kann, was das ist, öffnet Rafiq die Tür daneben. SCHAURAUM.

Und mein Mund schließt sich wieder.

Alles darin ist weichgezeichnet, unaufdringlich, warm. Nicht wie in einer Anstalt. Das Licht ist gedimmt, selbst die Akustik irgendwie gedämpft. Ich erkenne, dass ich seit Logans *Die Taucheinheiten aus Greenock haben sie heute Morgen gefunden* einen dieser sterilen weiß gefliesten Räume mit Metallschubladen und Stahltischen mit großen Abflusslöchern erwartet habe, so wie in *CSI* oder der Thrillerserie *Silent Witness.*

Als mich Rafiq bittet, mich zu setzen, ist sogar ihre Stimme ganz weich. Der Sessel ist beigefarben und gut gepolstert. An den Wänden hängen Landschaftsaquarelle, die mich an das Krankenzimmer vor beinahe dreizehn Jahren erinnern, an jene in Plastik gerahmte Meereslandschaft mit Felsen, Sand und Wellen. Ich schaue überall hin, nur nicht zum Fenster gegenüber mit den blauen, zugezogenen Vorhängen.

Ein Klopfen lässt mich zusammenzucken. Die Tür öffnet sich, und ich springe auf, dankbar, nicht mehr sitzen zu müssen, nicht mehr versuchen zu müssen, nicht hinzuschauen.

»Catriona«, sagt Rafiq. »Das hier ist Dr. Claire MacDuff.«

Dr. Claire MacDuff ist ungefähr Mitte fünfzig und mit etwas Glück einen Meter fünfzig groß. Ihr sandfarbenes Haar ist kurz geschnitten, aber dick, sie hat eine Brille mit einem grünen Gestell, und ihr Lächeln ist beflissen. Sie trägt Jeans und Pullover, was ich am verstörendsten finde. Ich hatte einen Krankenhauskittel erwartet, eine Operationshaube, Handschuhe, Gummistiefel, so etwas.

Ich ergreife ihre ausgestreckte Hand, und sie schüttelt meine ausgesprochen kräftig, wobei sie sagt: »Hallo. Ich war die leitende Medizinerin bei der Obduktion Ihrer Schwester.«

»Oh«, sage ich und schlucke das lächerliche *super* herunter, das danach meinem Mund entschlüpfen will.

Schließlich lässt sie meine Hand los. »Ich verstehe, warum Sie hier sind, aber ich fürchte, dass ich in diesem Fall davon abgeraten habe, dass Verwandte sich die Leiche ansehen. Als Ermittlerin in diesem Fall war DI Rafiq ebenfalls bei der Obduktion anwesend und kennt daher die Gründe für meine Entscheidung.« Sie hebt eine Hand, bevor ich etwas einwenden kann. »Egal. Sie hat mir außerdem die Umstände erklärt, und ich bin nicht gefühllos. Aber Sie werden mir zuhören müssen, bevor ich es erlaube, okay?«

»Okay.«

»Normalerweise finden wir eine Leiche in der Förde, weil die Verwesungsgase sie nach ein paar Tagen wieder an die Oberfläche steigen lassen. Aber Ihre Schwester war dreizehn Tage lang *in* der Förde. Das bedeutet, dass die Leiche zusätzlich zu den normalen Verwesungsprozessen weiteren Veränderungen und Traumata ausgesetzt war. Es ist wichtig, dass Sie das wissen, und es ist wichtig, dass Sie wissen, *was* das bedeutet, bevor ich zustimmen kann, dass Sie sie sehen, okay?«

Zum ersten Mal seit meinem Anruf bei Logan geht mir auf, dass das, was ich gleich sehen werde, womöglich das Schlimmste ist, was ich je gesehen habe. Obwohl ich zittere, seit ich aufgewacht bin – vermutlich schon, bevor ich aufgewacht bin –, werde ich plötzlich ganz ruhig.

»Wenn eine Leiche einige Zeit im Wasser gelegen hat, kann es sein, dass ein natürlicher Konservierungsmechanismus einsetzt, der sich Verseifung nennt. Bei diesem Prozess entsteht etwas, das man Leichenwachs nennt. Es bedeutet, dass ein großer Teil von Ellices Leiche wächsern, brüchig und deformiert ist.« Sie sieht mich an. »Denken Sie an eine heruntergebrannte Kerze oder Seife am Band.«

»Also, das reicht wohl«, mischt sich Rafiq ein und legt ihre Hand zwischen meine Schulterblätter. »Ist es unbedingt nötig, dass Sie so …«

»Sie muss wissen, was sie erwartet«, sagt Dr. MacDuff. Sie sieht mich wieder ruhig an. »Der Kopf, genauer, das Gesicht ist stets der am stärksten verformte Teil einer Wasserleiche. Daher verlassen wir uns beinahe immer auf die DNA, um sie zu identifizieren. Ellices Lippen, Ohren, Nase und Kehlkopf sind besiedelt und teilweise aufgefressen von Meeresräubern. Das hat deutlichen Schaden verursacht.«

Ich habe keine Ahnung, was Meeresräuber sind, aber ich werde auch nicht fragen. »Okay.«

»Cat«, sagt Rafiq und streicht mir jetzt kreisförmig über den Rücken. Ihre Augen sind so schwarz, dass ich ihre Pupillen nicht erkennen kann. Zwischen ihren Augenbrauen sind zwei tiefe Linien. »Hören Sie das? Sie zu sehen, wird Ihnen nicht helfen. Sie wird nicht mehr als Ihre Schwester zu erkennen sein. Ich rate dringend – wir raten *beide* dringend, dass Sie es nicht tun.«

Ich trete von ihr weg und aus der Reichweite ihrer Hände, ihres besorgten Blickes. Ich fand es besser, als sie ein kalter und effizienter Roboter war, der mich Catriona nannte; diese merkwürdige Freundlichkeit kann ich nicht ertragen.

»Ich will sie sehen.«

»Na gut«, sagt Dr. MacDuff. »Wenn Sie bitte hier warten wollen, ich lasse sie von den Technikern aus dem Aufbahrungsraum bringen.«

Ich warte, bis sie gegangen ist, und atme zittrig ein.

»Cat …«

»Ich bin mir sicher«, sage ich und wünschte, meine Stimme würde nicht so zittern.

Rafiq drückt meine Schulter und geht zum Vorhang. Ein kleines grünes Licht leuchtet auf einer Schalterblende an der Tür auf.

Ich halte den Atem an. Und obwohl ich das merke, kann ich nicht aufhören. Ich kann nicht ausatmen und nicht einatmen. Von meiner Kopfhaut aus jagt ein Schauder nach dem anderen meinen Rücken hinunter, und meine Schulterblätter ziehen sich zusammen, sodass mein Hals ganz steif wird. Meine Unterlippe pocht, als ich wieder darauf beiße, und ich schmecke altes und frisches Blut. »Ich bin mir *sicher.*«

Rafiq nickt knapp. Sie zieht den Vorhang zurück und enthüllt den gut ausgeleuchteten Raum dahinter. Ich schließe die Augen. Öffne sie wieder.

Ich muss es *wissen*. Das ist alles.

Und dann. Dann ist *es* da.

Es hat keine Haare. Der Kopf ist ganz kahl. Glänzend, cremig, mit dicken Wülsten – und das Erste, woran ich denke, ist eine heruntergebrannte Altarkerze, deren Wachs unregelmäßig geschmolzen, erstarrt und wieder geschmolzen ist. Die Nase ist nur noch ein Loch, ein dunkles Labyrinth aus Nebenhöhlenwänden. Es hat keine Lider mehr. Keine Augen. Der Mund ist zu einem lippenlosen Grinsen erstarrt. Unter dem wächsern grauen Hals und einem blauen Tuch kann ich gerade noch die groben schwarzen Stiche an den beiden Seiten des Schlüsselbeins sehen, mit denen Dr. MacDuff den großen Y-förmigen Rumpfschnitt wieder zugenäht hat. Ich versuche, mir den Körper unter dem Tuch vorzustellen, so reglos und flach auf der Metallbahre. Ich halte inne.

Als ich vom Fenster zurücktrete, ist da schon Rafiq, die mir hilft, mich zur Tür zu wenden, und diesmal habe ich nichts gegen diese Hände an meinem Rücken. Meine Beine geben nach, sobald ich den Flur erreiche, und als sie mich an sich zieht, als sie sich mit mir auf den gefliesten Boden setzt, habe ich auch nichts gegen ihre merkwürdige Freundlichkeit. Stattdessen greife ich danach so fest, wie ich nach ihr greife, und lasse all den silbrigen Schrecken und die Scham in Schluchzern und Schreien und Würgeanfällen an ihrem ordentlichen schwarzen Jackett heraus.

*

»Bitte sehr.«

Ich nehme den Becher aus Rafiqs Hand. Der Tee ist viel zu heiß, zu süß, aber ich trinke ihn dennoch. In ihrem Büro ist es kalt. Ich kann mich kaum an die Autofahrt vom Leichenschauhaus zum Kommissariat erinnern. Mir ist übel, und mein Kopf schmerzt. Meine Augen sind so geschwollen, dass ich kaum etwas sehen kann.

»Sind Sie sich sicher, dass Sie niemanden anrufen wollen? Einen Arzt oder ...«

»Wie ist sie gestorben? Ich habe gar nicht gefragt, wie sie gestorben ist.«

Rafiq sieht mich an und dreht ratlos die Handflächen nach oben. »Wir wissen es nicht genau. Jedenfalls nicht so genau, dass es den Staatsanwalt zufriedenstellt. Die offensichtlichsten Todesursachen sind sicher Ertrinken oder Unterkühlung. Aber ... auch um das zu bestätigen, gab es zu wenig intaktes Lungen- oder Gefäßgewebe.«

Meeresräuber, denke ich, und ich sehe wieder dieses schwarze Labyrinth aus Nebenhöhlen, diese tiefen augenlosen Löcher.

»Was wir aber wissen, ist, dass El sehr hohe Diazepam-, Fluoxetin- und Oxycodon-Werte in ihrem Knochenmark hatte.«

Ich denke an die Tablettenfläschchen im Spiegelschrank des Badezimmers. »Genug, um sie umzubringen?«

»Da sind wir uns auch nicht ganz sicher. Die Zeit, die diese Toxine brauchen, bis sie in den Knochen eingelagert werden, kann nicht genau beziffert werden, und die Proben aus dem Knochenmark sind normalerweise höher als die in Blutproben.«

Sie beugt sich vor. »Oxycodon ist ein Opioid, das normalerweise nur bei schweren Schmerzzuständen gegeben wird. Es ist stärker als Morphium. Ihr Hausarzt hat ihr diese Mittel nie verschrieben. Wissen Sie, ob Ihre Schwester Drogen genommen hat? Vielleicht gelegentlich?«

»Was? Nein. Natürlich nicht.« Ich kann mir nicht vorstellen, dass El Opioide oder Valium genommen hat. Sie trank noch nicht einmal gern Alkohol. Konnte es nicht ertragen, auch nur einen Augenblick lang die Kontrolle zu verlieren. Ich schaue auf Rafiqs Schreibtisch und sehe ein Foto von einem lachenden Mann in Krankenhauskleidung. »Hat sie *das* also umgebracht?«

»Es ist zumindest möglich, dass das auf die eine oder andere Weise zu ihrem Tod beigetragen hat.«

Ich stelle mir vor, auf kalten nassen Steinen zu stehen. Auf die östliche Mole und den vulkanischen Hügel des Binn hinter den Häuserstümpfen zu schauen. Hinaus auf die mit weißer Gischt gekrönten Wellen des Hochwassers und die weite ferne Nordsee dahinter. Und denke, dass dieser Ort – dieser Ort, an den wir damals flohen – der Ort war, an dem El verschwunden ist. Aber sie ist nicht verschwunden. Sie war die ganze Zeit hier, unter dem heulenden Wind und dem Regen und all diesen grauen Wellen, unten im dichten schwarzen, trüben Wasser des Tiefwasserkanals.

»Wann bergen Sie das Boot?«, würge ich hervor. »Für die Spurenanalyse oder so. Denn jemand hat den Lenzstopfen herausgezogen und Löcher in den Rumpf gesägt. Und den Mast umgelegt. Und …«

»Der Betreffende hat auch die Toilette an Bord außer Betrieb gesetzt«, sagt Rafiq. Und sie sagt es nicht wie jemand, der auf meiner Seite ist. »So, dass das Wasser hineinströmte, statt hinausgespült zu werden.«

Ich schaue durchs Fenster in den schweren weißen Himmel:

auf die gotischen und die Stahltürme der Stadt, die grünen Hügel in der Ferne. Meine Haut juckt und bebt. Ich atme so tief ein, als wollte ich den Atem anhalten, unter Wasser tauchen.

»El hat sich nicht umgebracht. Das hätte sie *nie* getan.«

»Na ja, das sagen Sie, und ich verstehe, dass Sie das gern glauben wollen, aber 2005 hat sie …«

»Verdammte Scheiße noch mal, ich habe Ihnen doch gesagt, dass sie sich auch damals nicht umzubringen versucht hat! Sie hat es nur getan, um mich zu ärgern, um Ross' Aufmerksamkeit zu bekommen, um mich zum Gehen zu zwingen. Es war nicht – sie hat gerade genug Paracetamol genommen, um ins Krankenhaus zu müssen und sich den Magen auspumpen zu lassen, das ist der …« Ich verstumme und zwinge mich dazu, mich zu beruhigen. »Ross glaubt auch nicht, dass sie sich umbringen wollte«, sage ich, obwohl ich argwöhne, dass das womöglich nicht mehr stimmt. »Wir werden das nicht so stehen lassen. Wenn es das ist, was Sie vorhaben, dann müssen wir Sie enttäuschen. Das hier ist nicht ihre Schuld. Das hier hat ihr jemand angetan. Ich weiß es.«

Rafiq erinnert mich nicht daran, dass ich auch wusste, dass El nicht tot ist, aber der Blick, den sie mir zuwirft, sagt, dass sie das denkt.

»Hören Sie«, sagt sie. »Weder die Seeunfalluntersuchungsbehörde noch die schottische Umweltbehörde werden die Bergung der *Redemption* finanzieren. Sie ist kein Handelsschiff, und wir wissen bereits, *wie* …«

»Also wollen Sie sie da unten einfach verrotten lassen?«

»Manchmal bekommt die Kriminalpolizei von der Regierung eine gewisse Summe zugeteilt, um in bestimmten Mordfällen weitere Ermittlungen anstellen zu können. Aber dieser Fall gehört nicht dazu.«

Die Endgültigkeit in ihrem Tonfall macht mich so wütend, dass ich am liebsten auf irgendetwas einschlagen würde. »Aber was ist mit den Karten? Jemand hat sie doch bedroht. Und ich habe noch mehr davon bekommen! Ich habe sie aufbewahrt. Im Schuppen ist ein Kajak! Und ich habe außerdem ...«

Rafiq schüttelt den Kopf und hält eine Hand hoch. »Ich glaube nicht, dass die Karten etwas mit dem zu tun haben, was mit El passiert ist. Wir untersuchen sie und haben jede Spur verfolgt, die Ross und El uns gegeben haben, aber die Karten haben El nie explizit mit dem Tod gedroht – oder Ihnen. Wenn überhaupt, war Ross die Zielscheibe, und *ihn* haben wir ebenfalls bereits durchleuchtet. Sie kamen nicht mehr miteinander klar. Vielleicht traf sich El schon mit jemand anderem. Vielleicht er. Die Leute lieben es, sich einzumischen, teil an Dramen zu haben, die nichts mit ihnen zu tun haben.«

Ich fühle mich wie betäubt, frustriert, in die Ecke gedrängt. Tagelang habe ich El E-Mails geschickt, war wütend auf sie. Und die ganze Zeit war es in Wirklichkeit Mouse gewesen. Und wenn Ross recht hat und die Karten ebenfalls von ihr stammen, dann sollte ich es Rafiq sagen. Ich sollte ihr die E-Mails zeigen. Denn auch wenn sie sich bereits um Mouses Hintergrund gekümmert haben, hat Mouse nun mal mit der Sache zu tun. Sie hat mir von Anfang an gesagt, dass sie weiß, was los ist. ICH WEIß DINGE. DINGE, VON DENEN ER NICHT WILL, DASS DU SIE WEIßT. EL IST TOT. ICH KANN DIR HELFEN. Ich denke an Ross' Textnachricht auf Maries Handy. *Halte dich von ihr fern. Halte dich von ihr fern, sonst wirst du es bereuen.*

»Catriona.« Rafiq streckt die Hände über den Tisch. »Hören Sie mir zu, okay? Els früherer Selbstmordversuch, ihre Depressionen und die Medikamente, die sie zum Zeitpunkt ihres Verschwindens nahm, der Fakt, dass sie ihre Brieftasche, ihr Handy, ihren Pass zurückgelassen hat und dass die *Redemption* nicht an dem Ort gefunden wurde, den sie dem Bootsführer genannt hatte – all dies weist entweder auf einen Unfall oder auf Selbstmord hin. Und Sie werden auch das nicht gern hören, aber wir werden vermutlich nie mit Sicherheit wissen, was es genau war.« Sie legt ihre kleine Hand auf meine. »Es tut mir leid. Wirklich.«

Mir ist schwindelig. In meinem Kopf hämmert es. Ich weiß nicht, was ich sagen soll. Wenn ich Rafiq von den E-Mails erzähle, muss ich ihr auch vom Spiegelland und von Els Tagebuch erzählen. Ich muss ihr dann sagen, was am 4. September 1998 geschehen ist. Und das kann ich nicht.

Ich will aufstehen, weglaufen. Ich will weiter Feuer legen, egal wie gnadenlos effizient Rafiq darin ist, sie wieder zu löschen. Denn wenn ich das nicht tue, bleibt mir nur dieses bleierne, brutale Wissen, diese schreckliche Leere, die größer, tiefer ist als alles andere. Spezieller zu sein als hunderttausend andere Kinder, selten wie Höhlenschwalme oder Kalifornische Kondore. Als krank im Bett zu liegen und trotzdem fliegen zu können, die schnelle, kalte Luft auf der Haut fühlen zu können, das kitzelnde Kratzen der Blätter und Zweige, die Angst vorm Fallen, die Qual des Landes, das Wunder des Wissens. Als die Hälfte eines Ganzen zu sein, niemals allein; Tage, Stunden, Minuten entfernt davon, zu etwas Neuem zu verschmelzen, so wie Sand und Kalk zu Glas werden. Ich will dieses Nichts nicht begreifen, bevor es wahr wird. Dass wir niemals besonders waren. Dass El gestorben ist und ich das nicht gespürt habe. Dass ich doch allein in der Welt überleben kann.

Ich merke, dass ich wieder weine. Weine und würge und auf dem Fußboden hocke, wo ich mich an den Beinen meines Stuhls festhalte wie ein Kleinkind.

Anna hatte recht. Ich habe all das hier falsch gemacht. Ich habe El im Stich gelassen. Schlimmer noch, ich habe sie auf jede nur erdenkliche Weise verraten. Ich habe sie bestohlen, sie gehasst, ihr nicht geglaubt, sie verlassen, immer und immer wieder. Jahrelang habe ich nur das Schlimmste von ihr gedacht, obwohl ich der Feigling war. Ich war diejenige, die weggelaufen ist. Und jetzt bekomme ich nicht einmal Gerechtigkeit für sie. Ich kann nicht einmal mehr um Verzeihung bitten.

*

Rafiq versucht nicht, mich zu beruhigen. Sie bleibt bei mir, bis meine Trauer sich erschöpft, und dann hilft sie mir wieder auf den Stuhl und holt eine Flasche Whisky aus ihrer Schreibtischschublade.

Ich kippe ein Gläschen herunter, und sie schenkt mir erneut ein. Alle paar Sekunden schüttelt mich ein Nachbeben.

»Sie hat immer gesagt, sie wolle eingeäschert werden«, flüstere ich.

»Es wird noch ein Weilchen dauern, bis Sie dafür Ihre Vorbereitungen treffen können«, sagt Rafiq. »Der Staatsanwalt muss erst unseren Bericht und den Obduktionsbericht bekommen, um seine eigene Entscheidung treffen zu können, bevor die Leiche den Angehörigen überlassen werden kann. Und wenn El eingeäschert werden wollte, muss der Staatsanwalt das auch absegnen, fürchte ich.«

»Aber warum? Wenn es ein *Unfall* war, oder wenn sie sich *selbst umgebracht* hat, wie Sie sagen, warum müssen Sie dann …«

»Weil alle Beweise auf exakt dieselbe Weise gesammelt, aufgelistet und ausgewertet werden müssen, in jedem einzelnen Fall, ohne jede Voreingenommenheit, ganz egal, was wir zu glauben oder zu wissen meinen.« Sie sieht mir direkt in die Augen. »Außerdem gab es in diesem Fall einige Komplikationen. Einige Anomalien, Unsicherheiten.«

Ich setze mich gerade hin. »Was für Anomalien? Warum haben Sie mir davon nichts gesagt?«

Und ich begreife viel zu spät, dass sie mich wieder so misstrauisch ansieht. Mit diesem scharfen, prüfenden Blick aus ihren viel zu dunklen Augen.

»Heutzutage können wir eine Leiche mittels verschiedener Methoden identifizieren, aber wir befolgen immer dieselbe Checkliste: persönliche Gegenstände, Erkennungsmerkmale, die visuelle Identifikation, Zahnschema, DNA.« Sie hält meinen Blick fest. »In Els Fall gab es, wie Dr. MacDuff schon sagte, signifikante Traumata und beginnende Verwesung, daher kamen weder die Erkennungsmerkmale noch die visuelle Identifikation zum Tragen.«

Genau wie im Schauraum kann ich plötzlich nicht mehr ausatmen, geschweige denn Luft holen.

»Und ich weiß, das ist eine traumatische Zeit für Sie, das verstehe ich. Aber Sie wollen dasselbe wie ich. Dass Els Leiche freigegeben wird, dass ihr Fall korrekt und ordentlich geschlossen wird.« Sie blinzelt. »Erklärt wird.«

Ich sage nichts. Atme nicht aus. Atme nicht ein.

Rafiq beugt sich so weit vor, dass wir uns beinahe berühren. »Erinnern Sie sich, dass ich sagte, es gebe da noch Fragen, die ich Ihnen stellen muss, Catriona?«

Ich nicke nicht, obwohl ich mich erinnere. Und obwohl ich jetzt weiß, wie diese Fragen lauten. Was hinter diesen Blicken aus dem Augenwinkel und den bedeutungsschwangeren Pausen steckte, in denen sie so wirkte, als dächte sie ständig, ich wüsste etwas, was sie nicht weiß, als wartete sie darauf, dass ich einen Fehler machen und es verraten würde. Sie hatte recht. Und ich glaube, ich habe gerade einen Fehler gemacht.

»Nachdem die Taucher nach unten gegangen waren, um die persönlichen Gegenstände der Toten einzusammeln«, sagt Rafiq, »haben wir uns mit Els Zahnschema, ihrem Odontogramm, beschäftigt. Was glauben Sie, dass wir gefunden haben, Catriona?«

Ich schlucke.

»Wir haben überhaupt kein Zahnschema für El gefunden, nirgends.« Rafiqs Lächeln ist schwach und freudlos. »Also habe ich Logan beauftragt, sich ihre Vorgeschichte genauer anzusehen, während die DNA-Analyse lief. Und was glauben Sie, dass wir gefunden haben, Catriona?« Ihre Stimme klingt immer noch freundlich, aber ihre Worte sind hart wie Stahl.

Ich schaffe es, den Kopf zu schütteln.

»Nichts. Wir haben gar nichts gefunden.«

Ich schließe die Augen.

»Weil es so aussieht, als hätte El – und Sie auch – vor dem fünften September 1998 gar nicht existiert.«

KAPITEL 21

El und ich sitzen im Schneidersitz im Clown-Café. El trägt glänzende Clownshosen, die von getupften Hosenträgern gehalten werden. Ich trage eine karierte Latzhose und eine orangefarbene Perücke. Mein Gesicht ist passend zu Dicky Grocks traurigen Augen und traurigem Mund angemalt. El hat ein weißes Gesicht und rote Lippen, die wie der schreckliche Pogo grinsen.

Wir sitzen in einem American Diner aus den 50ern an einem Plastiktisch. Trinken schwarzen Kaffee und essen Doughnuts. Pogo sitzt neben uns, während Dicky Grock an der Fritteuse steht. Aus der Jukebox dudelt *Teddy Bear*, *Love Me Tender*, *Blue Moon of Kentucky*. Ich flüstere El zu: *Wann können wir gehen? Wann können wir weg?*, weil wir eigentlich gar keine Clowns sind und sie es vielleicht wissen oder herausfinden. Weil Clowns schlau sind, Clowns sind angsteinflößend, Clowns sind eine Spezies, die ganz anders ist als die Menschen. Clowns *hassen* Menschen. Jeder weiß das. Aber Els breites rotes Grinsen sagt: *Noch nicht, noch nicht.* Weil sie noch mehr Angst vor der Zahnfee hat, und jeder weiß, dass die Zahnfee Angst vor Clowns hat.

Aber Blaubart nicht.

*

Im Café ist einiges los, es ist heiß, aber nicht allzu laut. Geplauder und das ständige Scharren von Stühlen, das Kreischen der Kaffeemühlen und das laute Zischen des Wasserdampfes. Ich schaue aus einem großen Fenster, das immer stärker beschlägt, und beobachte das Hüpfen der Regenschirme und die eingemummelten Körper draußen, die hastig die Straßen entlanggehen.

»Schnee im verdammten April«, bemerkt Rafiq, als sie sich setzt und mir einen riesigen Cappuccino und einen Dreierpack Kekse mit Vanillecremefüllung zuschiebt.

Ich halte die Tasse mit beiden Händen, um sie zu wärmen. An einem Tisch hinter uns beginnt ein Kind zu kreischen und ein Baby zu schreien.

»Essen Sie die Kekse«, sagt Rafiq.

Die Übelkeit liegt in meinem Magen wie ein Stein. Noch ein Baby weint.

»Wollte nie Kinder«, sagt Rafiq und verdreht die Augen. »Abgesehen von einem sehr seltsamen Tag im Jahr 2006. Ein winzig kleines Ticktack, und dann hörte meine biologische Uhr auf zu ticken, Gott sei Dank.«

Als ich immer noch nichts sage, sie immer noch nicht ansehe, setzt sie ihre Tasse ab und faltet die Hände.

»Hören Sie. Es ist nicht meine Absicht, Ihnen noch mehr Kummer zu bereiten, aber das muss geklärt werden.« Sie verstummt. Dann sagt sie: »Statt einer Geburtsurkunde oder eines Krankenhausberichts oder wenigstens eines dieser Babyhand- und -fußabdrücke haben wir nur ein einziges echtes Dokument für Sie beide, und das ist der Polizeibericht eines PC Andrew Davidson, datiert auf den fünften September 1998, in dem steht, dass Sie Ausreißerinnen seien, die von einem Mr Peter Stewart gefunden wurden, sechsundsechzig Jahre alt, wohnhaft Muirdyke Place 10. Und als Logan und ich uns den Bericht genauer ansahen, wissen Sie, was da noch seltsamer war?«

Die Hitze der Kaffeetasse brennt auf meiner Haut.

»Mr Peter Stewart fand Sie im Hafen von Granton.«

Meine Finger prickeln, als könnten sie noch immer Els Wärme spüren, den festen Griff ihrer Hand. Ich schaudere, weil der eiskalte Wind von der Nordsee im Schlund der Förde gefangen ist, die Wellen aufpeitscht und die Masten und Bojen klappern lässt. Und statt eines weißen Himmels, der schwer von Schnee ist, sehe ich, wie eine Morgenröte über die Mole kriecht, die aussieht wie eine Schürfwunde. Wie Blut, sauer und dunkel und hinterhältig.

»Als Sie beide zwölf Jahre alt sind, tauchen Sie plötzlich – *puff!* – aus dem Nichts im Hafen von Granton auf. Sie wollen nicht sagen, woher Sie kommen, nur Ihre Namen. Kein Mensch meldet Sie je als vermisst, sucht nach Ihnen, obwohl Sie beide Verletzungen haben, die auf tätliche Angriffe hinweisen. Ihre Namen sind in keiner amtlichen Liste zu finden. Sie existieren gar nicht.«

Sie verstummt erneut und lehnt sich auf ihrem Stuhl zurück. Wartet. Ich sage nichts, tue nichts, schaue aus dem Fenster nach draußen, wo der Schnee jetzt dichter fällt.

»Und, was ist dann geschehen? Das Jugendamt nimmt Sie in Obhut, stellt keine Fragen, gibt Ihnen einfach ein neues Leben?«

Sie haben sogar eine ganze Menge Fragen gestellt. Wir haben nur keine Antworten gegeben. Und als klar war, dass wir nicht adoptiert werden würden, halfen sie uns, unsere Namen eintragen zu lassen, unsere neuen Leben offiziell zu machen, so lange es auch dauerte, so schwierig es auch war. Mum hatte uns immer gesagt, unser Nachname sei Morgan, nach dem Piratenkönig, der uns verlassen hatte. Der Vater, den wir nie gekannt hatten. Ich schaue zu, wie sich dicke Schneeflocken auf dem nassen Bürgersteig auflösen.

»Okay, Cat. Dann fangen wir mal damit an. Warum hatte El nie ein Odontogramm?«

Ich schließe die Augen. Tue so, als zitterte ich nicht. Schauderte ich nicht. »Sie hatte eine Zahnarzt-Phobie.«

»Okay.«

»Sie war immer sehr gewissenhaft, was das Zähneputzen und die Zahnreinigung anging, all das. Mum achtete bei uns beiden sehr darauf. Und als wir im Rosemount waren, ging El einfach nicht mit zum Zahnarzt.« Ich schlucke. »Offenbar hatte sich das nicht geändert.«

»Warum?«

Eins der heulenden Babys wird an unserem Tisch vorbeigetragen. Seine Arme und Beine kämpfen gegen das Tragetuch an, die Mutter schaut ziemlich grimmig drein.

»Mum hat uns die Zähne gezogen. Sie wissen schon, wie Eltern das so tun.« Ich wage es, Rafiq einen schnellen Blick zuzuwerfen, aber sie sieht ganz neutral aus. »Wenn ein Zahn locker war, hat sie einen Faden darum gebunden, und das andere Ende um eine Klinke. Dann hat sie die Tür zugeschlagen. Das half meistens. Und wenn er noch nicht locker genug war, zog sie ihn mit einer Zange heraus.«

Rafiq runzelt die Stirn. »Ihre Milchzähne.«

Ich weiß nicht, ob das eine Frage ist. »Meistens. Ein, zwei Mal auch, als wir schon älter waren. Wenn wir ein schlimmes Loch oder einen Abszess hatten.«

»Du meine Güte«, sagt Rafiq.

»Das machen Eltern manchmal.«

»Nein, das tun sie nicht, Cat.«

Ich erinnere mich daran, wie El schrie und schrie. Wie ich gegen die verschlossene Badezimmertür hämmerte und die Angst, die Schmerzen, die Hilflosigkeit mitfühlte. Ich erinnere mich daran, wie es war, den Mund voller Blut zu haben. Es tagelang ausspucken zu müssen. Ich erinnere mich an die silbrig-schauerliche Angst, wenn ich das Quietschen des Küchenschranks hörte, in dem die Kneifzange aufbewahrt wurde.

»Mum hatte Angst vor Clowns.« Ich versuche ein Lachen, aber es hört sich wie ein würgendes Husten an. »Sie hatte vor vielen Dingen Angst, aber vor Clowns hat sie sich richtig *gegraut*. Ich glaube, es gibt dafür ein Wort; ich habe es nie nachgeschaut, aber das war es, worunter sie litt. Also hatte El die Idee, dass wir uns als Clowns verkleiden sollten, wenn eine von uns Zahnschmerzen hatte, damit Mum nicht … Sie wissen schon, irgendwas tun konnte. Grandpa kaufte uns die Kostüme, er dachte, das wäre einfach nur ein Spaß. Er sagte immer, Mum sei viel zu ängstlich und dass sie uns das vererben würde.« Ich merke erst, dass ich an meinen Fingern herumbiege, als einer von ihnen laut knackt. »Wir malten dann einen Clown auf den Badezimmerspiegel, als Warnung, dann verkleideten wir uns und versteckten uns im Gästezimmer – wir nannten es immer das Clown-Café – und blieben dort. Manchmal tagelang. Bis wir zu hungrig oder durstig wurden, oder bis uns langweilig wurde. Mum kam nie herein.«

»Du meine Güte«, sagt Rafiq erneut.

»Es war nicht ihre Schuld.« Ich muss an ihr verkniffenes, ernstes Gesicht denken. An ihre endlosen Geschichten und Lektionen und Warnungen. »Sie machte sich nur … Sorgen. Sie wollte, dass wir sicher wären. Das wollten sie beide – sie und Grandpa. Warum wollen Sie das alles überhaupt wissen?«

»Warum sind sie nicht einfach mit Ihnen zum Zahnarzt gegangen? Was war, wenn Sie beide krank waren?«

Ich erinnere mich daran, wie ich einmal im Bett lag und mich fragte, ob man an einer Grippe sterben könnte. An Els schwarzblaues Fußgelenk, nachdem sie vom Alten Fred gefallen war. Dass sie einen Knubbel zurückbehielt, als es verheilte. Was uns wieder ein wenig mehr voneinander trennte.

»Wir wurden dann wieder gesund.«

»Aber sie gingen nie mit Ihnen zum Arzt, oder? Das konnten sie nicht. Ebenso wenig, wie sie Sie zum Zahnarzt bringen konnten. Weil Ihre Geburten nie gemeldet worden waren. Und was war mit der Schule?«

»Wir wurden zu Hause unterrichtet. Mum war eine großartige Lehrerin.« Ich denke an die Speisekammer und die verblichenen orangefarbenen und gelben Narzissen, an den Holztisch, von dem aus man den Auslauf für Sportübungen sehen konnte, und dahinter den Obstgarten. *Der Sturm*, *Der Graf von Monte Christo*,

Jane Eyre, Das krumme Haus. Ich erinnere mich, wie ich im Prinzessinnenturm lag und sie uns von Schneeweißchen und Rosenrot erzählte, von Blaubart, Schwarzbart und dem Piratenkönig.

»Sie haben Sie gefangen gehalten?«

»Nein. Nein!« Aber ich denke an die langen, krummen Nägel, die in jeder Fensterbank steckten; an das Geräusch, wenn sich der Riegel an der roten Tür vorschob. Und ich stehe auf, die Hinterbeine meines Stuhls schaben geräuschvoll über den Boden.

Rafiq packt meine Handgelenke und zieht mich wieder herunter.

»Durften Sie überhaupt nach draußen gehen?«

»Ja. Wir haben die ganze Zeit hinten im Garten ...«

»Durften Sie aus dem Garten hinausgehen?«

»Nein. Aber das ...«

»Haben Sie je mit jemandem gesprochen, der nicht Ihre Mum oder Ihr Grandpa war?«

»Ja!«, sage ich, und ich denke nicht zuerst an Ross, nicht einmal an Mouse, sondern an die Hexe: hochgewachsen und dürr und voller schwarzer Wut.

»Mit wem?« Das schnelle Aufblitzen von Rafiqs Augen ist der einzige Hinweis darauf, dass sie nicht so ruhig ist, wie sie mich glauben lassen will, und das macht mir plötzlich Angst. Belebt meine Furcht. Ich weiß ganz genau, welchen Namen ich sagen soll.

Ich beginne, den Kopf zu schütteln, und versuche, wieder aufzustehen, aber nicht einmal meine Beine gehorchen mir mehr.

»Wo war Ihr Haus, Cat?«

Ich kann mich nicht mehr rühren, nicht mehr aufstehen. Meine Zähne klappern.

»Cat. Es ist *in Ordnung*. Versuchen Sie sich zu entspannen.« Rafiq legt ihre Hände flach auf den Tisch zwischen uns. »Gut. Ich sage Ihnen, was ich denke. Das meiste davon weiß ich mit Gewissheit. Aber einiges davon glaube ich auch nur.«

Ich sage nichts. Schaue ins Leere.

»Im September 1998 war ich eine kleine, strunzdumme Police Constable, die im East End von Glasgow gearbeitet hat. Damals war da noch nicht viel los, genau wie in Leith, glaube ich: Drogen und Betrunkene. Aber nachdem Logan und ich den Bericht des PC vom fünften September gelesen hatten, erinnerte sich einer in meinem Team an etwas. Er hatte damals in Leith gearbeitet. Ihm fiel ein anonymer Notruf ein. Ein junger Mann hatte die Polizei zu einer Adresse in der Westeryk Road gerufen. Weniger als fünf Kilometer vom Hafen von Granton. Und als die Polizei zur Westeryk Road 36 kam und schließlich dort einbrach, wissen Sie, was sie da fand?«

Ich sage nichts. Schaue ins Leere.

»Sie fanden zwei Leichen. Eine männlich, eine weiblich. Man ging von einem erweiterten Selbstmord aus.« Sie sieht mich an, wartet auf eine Reaktion. Und ich bemühe mich mit aller Kraft, ihr keine zu geben. »Also fragte ich mich, wer wohl dieser anonyme Anrufer war, dieser junge Mann. Ich ließ Logan jeden überprüfen, der in Verbindung mit diesem Fall stand. Und stellen Sie sich mal unsere Überraschung vor, als ein Name immer wieder fiel, und zwar der eines gewissen Ross MacAuley, der direkt nebenan in Nummer 38 wohnte.« Sie verstummt, und als sie weiterredet, mildert sie den scharfen Tonfall ab, den sie vermutlich in Verhören benutzt. »Das ist es, was ich weiß, Catriona. Also, wollen Sie mir sagen, was ich glaube?«

Ich schüttele den Kopf.

»Ich will die Dinge nur aufklären, das ist alles. Das war alles vor zwanzig Jahren. Ihr wart beide noch Kinder. Kinder, die, soweit ich das erkennen kann, eine ziemlich beängstigende Erziehung genossen.« Sie sieht mich an, als erwartete sie, dass ich dem widerspreche. »Allem Anschein nach hatte die Polizei die Möglichkeit in Erwägung gezogen, dass Sie beide in jener Nacht aus der Hausnummer 36 kamen. Denn in dem ersten

Bericht aus dem Hafen von Granton bestand Mr Peter Stewart darauf, dass eines der Mädchen einen blutgetränkten Pullover getragen habe. Und PC Davidson sagte überdies aus, dass Mr Peter Stewart *sternhagelvoll* war. Und danach wurde keinerlei blutige Kleidung mehr gefunden. Auch die Durchsuchung von Hausnummer 36 ergab keinerlei Hinweise darauf, dass jemand anders als die Opfer – schon gar nicht zwei Kinder – unter dieser Adresse wohnten. Also blieb es, was es war: ein anrührendes Rätsel. Zwei eineiige Zwillingsschwestern, die Misshandlungsspuren trugen, aus dem Nichts auftauchten und zu niemandem gehörten.

Aber jetzt ist eine junge Frau – eine eineiige Zwillingsschwester –, die genau in dem Haus wohnte, in dem der erweiterte Selbstmord stattgefunden hat, tot aufgefunden worden, nachdem sie genau diesen Hafen verlassen hatte. Vielleicht greife ich also ein wenig vor. Denn wissen Sie, die erste Regel eines Detective, abgesehen von der Tatsache, dass man es sich nicht mehr leisten kann, strunzdumm zu sein, lautet, dass es Zufälle tatsächlich gibt – aber sie kommen nicht gerade häufig vor.«

Ich versuche zu atmen, kann aber nicht. Ich versuche zu sprechen, aber das ist sogar noch weniger möglich. Ich habe keine Ahnung, was ich sagen soll.

Rafiq scheint sich meiner zu erbarmen, lehnt sich wieder zurück und lächelt mich freundlich an. »Ich glaube nicht, dass Sie an irgendetwas schuld sind, Cat, darum geht es nicht. Aber ich muss die Geschichte so erzählen können, wie sie war. Denn sonst *wird* es irgendwer anders herausfinden. Und dann muss ich in der Lage sein, denjenigen einzufangen. Ich muss alles erklären und einen Strich darunter ziehen können. Also bitte. Erzählen Sie es mir. Kennen Sie die Namen der beiden Menschen, die tot in der Westeryk Road 36 aufgefunden wurden?«

Ich kann nicht stillsitzen. Ich kann mich auf gar nichts konzentrieren. Ich will weglaufen. Ich will mich verstecken. Ich will, dass das alles aufhört. Ich will es ihr sagen. »Sie müssen ihre Namen doch längst kennen. Warum wollen Sie dann …«

»Sie wissen, warum. Weil ich glaube, dass Sie dort waren – Sie und El, beide. Weil ich glaube, dass Sie dort gewohnt haben. Weil ich glaube, dass Sie mit angesehen haben, was in der Nacht geschah, in der sie starben. Und deshalb sind Sie weggelaufen. Weil ich wissen muss, dass diese Dinge wirklich passiert sind. Sie müssen es mir sagen. Wissen Sie, wer das war?«

»Ja.« Ich flüstere es. Ich höre Kinder weinen, Babys schreien, heißes Wasser zischen, Stuhlbeine scharren, mein Herz klopfen. Ich rieche feuchte Mäntel und Schirme. Kaffee und Doughnuts. Ich sehe den Schnee, den trüben weißen Himmel, die glitschignassen Bürgersteige, die eingemummelten Körper, die am Fenster vorbeieilen. Ich sehe Rafiqs kleine, leuchtende Augen. Die Wärme, die immer hinter ihrer dunklen Wachsamkeit steckte. Sie greift nach meinen geballten Fäusten und nimmt sie sanft in ihre Hände.

»Sagen Sie mir ihre Namen, Cat.«

Ich schlucke. Sehe sie unverwandt an, bis ich gar nichts mehr sehen kann.

»Nancy Finlay und Robert Finlay«, flüstere ich, aber die Namen klingen immer noch zu laut.

»Ihre Mum und Ihr Grandpa?«

Nein, denke ich. *Die Zahnfee und Blaubart.*

KAPITEL 22

Das Haus ist so leer, wie es nur sein kann. Darin hallt die Stille wider, sie ist voller Bedrohung und Erinnerungen. Ich stehe in der Eingangshalle und sehe die geschlossenen Türen, die Standuhr, den Telefontisch, die dunklen Schnörkel des Treppengeländers, die grüngoldene Lichtpfütze auf den Mosaikfliesen, den staubigen schwarzen Vorhang, der die Speisekammer und den Eingang ins Spiegelland verbirgt. Ich schaue mich um und sehe all die Teller an den Wänden: Finken, Schwalben, Spatzen, die auf belaubten Zweigen sitzen, kahlen Zweigen, verschneiten Zweigen. Ich höre Mums Stimme: *Es gibt einen Vogel, der Curre heißt, und das ist der klügste aller Vögel. Denn wann immer er seine großen goldenen Flügel aufspannt, davonfliegt und irgendwo anders landet, beginnt er dort sein neues Leben, als hätte es das davor niemals gegeben. Alles, was er weiß, alles, woran er sich erinnert, ist, was er jetzt ist. Wie eine Raupe, die sich in einen Schmetterling verwandelt. Seid nicht wie ich. Seid wie er. Habt niemals Angst vorm Fliegen.*

Ich muss mich an die Wand in der Eingangshalle lehnen. Die ganze Zeit über habe ich so getan, als wäre ich vor zwölf Jahren davongeflogen; als hätte mein Leben vor zwölf Jahren neu begonnen. Aber das war eine Lüge. Ich bin nirgends hingegangen, weil ich nie vergessen habe, wer ich war, und die Erinnerungen, die ich mitnahm, waren nur die eine Hälfte eines Ganzen. Die gute Botschaft, die märchenhafte Botschaft der Erinnerungen in mir ist traurig und schal geworden und hat mich noch mehr verfolgt als dieses Haus und seine Geister. Und was sich in mir an dem Tag gelöst hat und herausgekommen ist, an dem ich wieder durch die große rote Tür getreten bin, war vielleicht ein scharfes Gefühl mit harten Ecken und Kanten und warm mit tiefen, dunklen Rissen, aber es war keine Angst, keine Furcht, keine Erwartung. Es war Erleichterung.

Und ich schulde dieser Erleichterung die Wahrheit.

Eine Wahrheit ist, dass ich einen Drink brauche. Ich will keinen, ich brauche einen.

Eine halb volle Flasche billiger Wodka steht auf dem Küchentisch neben einem leeren Glas und einer Nachricht.

Cat, ich bin bald wieder zurück. Ich brauche nur ein wenig Zeit für mich. Die brauchen wir vermutlich beide. Tut mir leid, dass ich nicht mit dir kommen konnte, um sie anzusehen. Ich liebe dich. xxx

Ich setze mich und schenke mir den Wodka ein.

Die andere Wahrheit ist, dass ich dachte – und völlig glaubte –, dass El noch am Leben ist, sogar noch, nachdem die Leiche gefunden wurde. Dass es die Leiche von jemand anderem ist. Dass sie vom Boot und aus der Förde geflohen ist. Dass das blaue Gumotex-Kajak im Schuppen von ihr dort zurückgelassen worden war. Dass es nicht mein Hass oder meine Verletzungen waren, die wollten, dass das stimmte – sondern dass es einfach die Wahrheit war. Manche Menschen finden Kraft im Mut, in der Tapferkeit, in der Hoffnung. Ross hatte recht: Ich habe meine immer im Leugnen gefunden.

Noch eine Wahrheit. Grandpa war der schlimmste und der beste Mensch, den ich je gekannt habe. Ich schüttele den Kopf. Eine Halbwahrheit. Ich trinke noch etwas, schaue zum Glockenbrett und seinen Glocken, seiner verblichenen Beschriftung. Ich denke an ICH WILL, DASS DU DICH ERINNERST. ICH WILL, DASS DU DICH ERINNERN WILLST. Ich will aber nicht. Aber ich werde es tun. Denn die zahlreichen Arten und Weisen, wie ich El verraten habe – indem ich gelogen habe, hinterhältig war, gegangen bin –, waren immer nur die Symptome, nicht die Krankheit. Ich habe sie vor allem verraten, indem ich geleugnet, vorgetäuscht, vergessen habe.

Auf jedem Boot gibt es ein Arschloch, und wenn es keins gibt, bist es vermutlich du.

Grandpa, das waren breite Koteletten und der Geruch nach Pfeifentabak, ein lautes Lachen, immer noch weiße Zähne in einem grinsenden Mund und kreischende Hörhilfen, die ständig kaputt waren. Ein alter Seebär. Balsam für Mums vielfältige Ängste. Ein Grandpa, der die Sonne und orangefarbene TicTacs mochte; der den ganzen Sommer damit verbrachte, Gänseblümchenketten im Garten zu flechten und Burgen unter den Treppen zu bauen. Auf den man sich immer verlassen konnte, wenn man Trost brauchte: ein Zwinkern, ein Lächeln, ein Händetätscheln.

Aber Blaubart. Blaubart war ein Tyrann. Blaubart mochte die Nacht und dunklen Rum. Er sagte uns, dass er seinen ältesten Freund Irvine an einen Haken gehängt habe, damit er derjenige sein konnte, der ihn losließ, der ihn ertränkte – für die Freiheit, für Geld, für ein Haus voller Düsternis und Geistern. Und er schlug die langen Nägel in seine Fenster – Fenster mit kleinen, dicken Scheiben und georgianischen Sprossen aus Hartholz –, damit alles darin immer nur ihm gehören würde. Blaubart wütete und raste und jagte unsere Mutter mit einem Ofenrohr durch Flure und Zimmer. Nannte uns miese kleine Schlampen und erschütterte das Haus mit dem, was er tun wollte, was er zu tun versprach. Denn Blaubart liebte es, zu hassen, liebte es, gefürchtet zu werden, musste immer jedermanns *allerschlimmster Albtraum* sein.

Ich halte inne. Schaue hinüber zu den Fliesen im Herd. Ich kann noch nicht über Rafiqs *erweiterten Selbstmord* nachdenken, noch nicht. Aber ich kann mich daran erinnern, wie es davor war. Nicht in *jener* Nacht. Nicht einmal in jeder Nacht, aber in vielen.

Und in immer mehr Nächten. Bis es die Ruhe war – die Pause –, die wir nicht mehr erwarteten.

Ich erinnere mich an das schwere Klicken und Drehen des Riegels an der roten Tür, der sich anhörte wie die an den Zellentüren im Shawshank. Immer und immer wieder hallten sie wider. Weil ein kluger Seemann den Hafen niemals an einem Freitag verlässt. Stattdessen geht er zur Seemannsmission und trinkt Rum an Land. Und immer, wenn er das tat, immer, wenn er die große rote Tür hinter sich verriegelte und das Licht und die Außenwelt ausschloss, schickte uns Mum in die Eingangshalle, damit wir auf die Glocken lauschten. Sie ging dann durch das Haus und in jedes Zimmer, zog an jedem Glockenzug, ließ jede Glocke läuten. Und wir schrieben mit Bleistiften auf, zu welchen Zimmern sie gehörten, damit sie sie überprüfen, säubern und am nächsten Freitag denselben Test noch einmal machen konnte. Denn das war niemals ein Spiel, niemals ein Telepathietest. Sie tat das, damit sie uns warnen konnte, wo Blaubart genau war. Wenn er zurückkam.

Und dann die langen Stunden, in denen wir die Treppen hinauf- und hinunterrannten, durch Flure, unter Tischen und Betten, in Schränke, ins Spiegelland. El und ich, die wir flüsterten und lachten; unsere Herzen, die schnell und fröhlich schlugen, weil das nur Mums Übungen waren, weil sie nicht echt waren. Weil es auch keine Einbrecheralarmübungen, Feueralarmübungen, Atomkriegübungen waren. *Lauft schneller! Er kommt!* Es waren Blaubart-Alarmübungen.

Nach Einbruch der Dunkelheit lagen El und ich dann im Bett, hielten uns an den Händen und kämpften gegen den Schlaf an. In manchen Nächten passierte nichts, und wir wachten bei Licht und Vogelgezwitscher auf. Aber wenn eine Glocke lange und laut in der Dunkelheit läutete, standen wir bereits angezogen hastig auf und lauschten auf das nächste Läuten. Die Küche war am einfachsten zu erkennen, weil sie keine eigene Glocke hatte; Mum benutzte stattdessen den Glockenzug im Wohnzimmer und klingelte zweimal kurz hintereinander. Wenn wir das hörten, hatten wir ein wenig mehr Zeit, weil in der Küche seine Rumvorräte lagerten. Wir schlichen die Treppe hinunter, immer langsamer, je näher wir der letzten Stufe kamen. Mum versuchte stets, die Tür des Zimmers zu schließen, in dem sie gerade waren; wir hörten dann ihre Stimme, die so hoch und wild klang wie die Glocke im Thronzimmer, wie eine lachende Fremde, und wir rannten dann um das Eichenholzgeländer und die Berliner Mauer herum, an den orangefarbenen und gelben Narzissen vorbei und hinein in den Schrank. Dort fanden wir unsere Taschenlampen und hielten ihren Strahl auf das Blau und Gelb und Grün der Insel, schoben die Riegel zurück und krochen hinunter in die Dunkelheit. Ins Spiegelland. In jenen Nächten gingen wir immer in Richtung Osten auf das breite Deck und zu den hohen Segeln der *Satisfaction*. Und wir warteten darauf, dass Kapitän Henry uns retten kommen würde, während wir gegen Fregatten und Brigantinen kämpften, während der Lärm splitternden Holzes und sterbender Menschen, das Knallen von Kanonen und Musketen, das Brüllen der Wellen in unseren Ohren klangen.

Aber in manchen Nächten – in immer mehr Nächten – waren wir, was Blaubart wollte. Anstelle von Mum. In manchen Nächten läuteten zu viele Glocken, und zu schnell hintereinander. In manchen Nächten schaltete er alle Lichter aus – mit einem lauten, metallischen Klacken des Hauptschalters –, sodass sein Totes Licht alles war, was wir sehen konnten, zerklüftet, wenn es nach uns suchte, nach uns brüllte, uns fing. In manchen Nächten war es das Ofenrohr; in anderen sein Gürtel mit der schweren Schnalle; meistens aber waren es seine Fäuste. Und in jenen Nächten musste Mum uns nicht nur warnen, sondern retten. In jenen Nächten mussten wir so tun, als hätte es sie nie gegeben. Blaubart verlangte es. Mum verlangte es. Das Spiegelland verlangte es.

Ich zittere. Mir ist eiskalt. Ich erinnere mich daran, wie ich im Verkleidungsschrank im Clown-Café hockte. Verängstigt. Weil es das Clown-Café nur zum Verstecken gab. Es konnte uns nicht beschützen wie das Spiegelland. Ich erinnere mich an die donnernden Stiefelschritte auf der Treppe, dem Treppenabsatz.

Erinnere mich, wie ich kreischte, als die Tür aufgerissen wurde, das Tote Licht erschien und Grandpas grinsender Mund darin. An den Geruch nach Pfeifentabak und Rum. An die Faust, die mich beim Haar packte. Die Faust, die Els Arm so sehr drückte, das ich hörte – fühlte –, wie ihre Knochen aufstöhnten. *Diesmal bring ich euch um, euch beide. Miese kleine undankbare Schlampen.* Ein listiger Blick, kalt und hart. *Oder es ist vielleicht an der Zeit, dass ihr euch euren Unterhalt verdient.*

Und ich erinnere mich an Mums schrille und hohe Stimme: *Nein! Das kannst du nicht tun. Es sind doch noch Kinder! Nimm mich stattdessen. Bitte.* El und ich klammern uns aneinander fest und weinen; wir hoffen, *beten*, dass er es tut. Die Rückwand des Schrankes drückt in unsere Kleider, unsere Haut, wir drücken uns dagegen, versuchen, mit den Füßen Halt zu finden, suchen nach einem Weg, uns zu verstecken, zu verschwinden.

In der schweren, schrecklichen Stille höre ich, wie die Haustür geöffnet wird. Ich stehe schnell auf, bin wütend, ich würde alles tun, um dieser Lawine an Wahrheit zu entgehen, diesem schrecklichen Erdrutsch, dieser sich riesig auftürmenden Welle – die so hoch und breit und grell ist. Ich renne durch die Eingangshalle, reiße die Tür auf, sehe die Karte auf der Matte, mein Name steht in Großbuchstaben darauf, und dann stürze ich durch die Haustür und rase die Stufen hinunter.

Marie erstarrt. Sie hat die Hand noch auf dem Gartentor liegen. Ihr Schrecken ist so stark, dass sie davon hässlich aussieht, kindlich. Sie erholt sich schneller als ich, knallt das Tor zu und rennt über die Straße zum Lebkuchen-Knast.

Ich lasse mir keine Zeit, nachzudenken, anzuhalten, denn das tue ich sonst immer. Noch eine Wahrheit. Marie schließt bereits ihre Haustür, aber ich werfe mich dagegen, beiße die Zähne zusammen und drücke zu. Sie schreit auf, die Tür gibt nach, und ich taumele hinein.

Sie weicht in einen kurzen Flur und in die Küche zurück. Lehnt sich schwer atmend an eine Arbeitsfläche. Aber als sie zu mir aufschaut, ist ihr Blick trotzig. Sie schaut zu dem großen Messer mit dem Stahlgriff, das im Messerblock neben ihr steckt. Und dann sieht sie mich an.

Ich sollte vermutlich vor ihr Angst haben, aber das habe ich nicht. »Warum hast du diese Karten auf meine Matte gelegt?«

Sie presst die Lippen zusammen. Ich zwinge mich, auf sie zuzugehen.

»*Warum* hast du die Karten auf meine Matte gelegt?«

Marie verschränkt die Arme vor der Brust. »Weil ich nicht wollte, dass Ross dir etwas antut. Keiner von euch.«

Sie seufzt und lässt sich schwer auf einen Stuhl fallen. Die Traurigkeit, die jetzt in ihrem Blick liegt, macht mich wütend. »Setz dich, Catriona«, sagt sie. »Setz dich, dann erzähle ich dir alles.«

Aber ich setze mich nicht. Ich tue nicht mehr das, was mir die Leute sagen.

»D'accord.« Sie seufzt erneut. Strafft dann die Schultern. »Ich heiße nicht Marie Bernard. Ich komme auch nicht aus Paris. In den Neunzigern habe ich eine Menge bezahlt, um aus der Demokratischen Republik Kongo hierherzukommen.« Sie sieht mich an. »Ich habe mein Land geliebt. Sehr. Sein Motto ist ›Justice, Paix, Travail‹. Gerechtigkeit, Frieden, Arbeit. Ich habe hier sehr hart für meinen Lebensunterhalt gearbeitet, und als ich das schließlich geschafft hatte, konnte ich endlich Frieden finden. Also brauchte ich nur noch Gerechtigkeit.«

»Gerechtigkeit?«

»Ich helfe Menschen. Frauen.« Sie schaut auf ihre vernarbten Hände hinunter. »Anna hat Els blaue Flecken gesehen. Wir bemerkten, dass sich ihr Wesen veränderte, ihre Gewohnheiten. Wir sahen die Angst in ihren Augen. Merkten, dass ihr Mann immer die Kontrolle über sie haben wollte.«

»Und das – *das* – war für dich genug, um anzunehmen, dass Ross sie misshandelte? Weißt du eigentlich, wie …«

»Non.« Sie schiebt ihre Ärmel hoch und zeigt zickzackförmige Narben, die bis über die Ellenbogen hoch gehen. Zieht den Ausschnitt ihrer Bluse weit auseinander. Die Haut unter ihrem Schlüsselbein ist fleckig und erhaben wie die Brandwunde in ihrem Gesicht. »Was ich im Kongo zurückgelassen habe, hat es mir verraten.« Ihr Blick wird jetzt schärfer. »Verrät es mir.«

»Er misshandelt mich *nicht.*« Aber diese schrecklichen Narben dämpfen meine Empörung.

Sie lächelt. »Das hat er zuerst auch gesagt.«

Ich schüttele den Kopf. »Wie oft hast du das getan?«

Ihr Kinn hebt sich. »Oft.«

»Du terrorisierst die Terrorisierten. Auf diese Weise willst du *helfen*?«

Maries Lächeln wird mitleidig. Ich würde es ihr am liebsten aus dem Gesicht schlagen. »Nach einer Weile verstehen sie nichts anderes mehr. Sosehr ich auch wünschte, es wäre nicht so.«

»El wusste es nicht, oder? Dass du es warst?«

Marie setzt sich auf ihrem Stuhl zurecht und wirkt jetzt zum ersten Mal so, als fühlte sie sich unbehaglich. »Sie hatte Angst vor ihm.«

»Ich glaube dir nicht.«

»Sie wollte weglaufen, und ich wollte ihr dabei helfen. Aber dann überlegte sie es sich anders. Sagte, sie könne es doch nicht tun. Wollte mir aber nicht sagen, warum.«

»Marie. Ich glaube dir verdammt noch mal *nicht ein Wort.*«

Ihr Lächeln erlischt, und sie verschränkt die Arme. »Du hast seine Nachricht gesehen. Ich wollte nur, dass sie in Sicherheit ist.«

»Aber er ist nicht aufgegangen, oder? Dein genialer Plan. Warum zum Teufel glaubst du dann, dass dieselben Drohungen bei mir funktionieren würden?«

Sie lächelt wieder. Es ist ein böses, vielleicht sogar ein irres Lächeln. Es zieht ihre vernarbte Haut auseinander. Lässt ihren Blick hinterhältig wirken. »Die Karten waren nicht für dich.«

»Was?«

»Sie waren für *ihn*. Ich wollte, dass Ross weiß, dass jemand anders von seinen Machenschaften weiß. Dass er sie umgebracht hat. Dass er vermutlich auch dich töten wird.«

Ich erinnere mich daran, dass Rafiq sagte: *Die Karten haben El nie explizit mit dem Tod gedroht – oder Ihnen. Wenn überhaupt, war Ross die Zielscheibe.*

»Weißt du, wie irre das …«

»Missbrauch fürchtet nur die Öffentlichkeit.« Sie zuckt die Achseln. Als sie aufsteht und auf mich zugeht, weiche ich zurück und gehe in Richtung offene Tür.

»Hast du sonst noch etwas getan?«

»Que veux-tu …«

»Bist du mir gefolgt? Hast du mich beobachtet? Hast du etwas getan, weißt du noch etwas – *irgendetwas*?«

Sie sieht mich verwirrt an. »*Non*. Was …«

»Ich glaube dir nicht.«

Ihr Gesichtsausdruck klart sich auf. »Ich habe nur gelogen, was meinen Namen und meine Herkunft angeht. Ansonsten habe ich dich nicht ein einziges Mal angelogen.«

Ich zucke zurück, als sie die Hand nach mir ausstreckt, und schaffe es gerade noch, sie nicht wegzuschlagen. »Er misshandelt mich *nicht*.«

Sie lässt die Arme sinken. »Noch nicht.«

»Tut mir wirklich leid, was mit dir passiert ist.« Meine Stimme zittert, und ich drehe mich um und trete auf den Gartenweg. Wenn ich nicht sofort von ihr weggehe, werde ich ganz sicher etwas sagen, was ich hinterher bereue. »Aber du bist diejenige, die Hilfe braucht, Marie. Lass mich in Ruhe. Lass uns in Ruhe. Sonst sage ich der Polizei, was du getan hast. Und das ist *keine* Drohung. Das ist ein Versprechen.«

Ich marschiere zurück über die Straße und ins Haus. Ich bleibe nur kurz stehen, um die Karte aufzuheben, dann knalle ich die Haustür hinter mir zu. Ich kann schon durch den dünnen Umschlag sehen, was in großen schwarzen Lettern darin steht.

VIEL GLÜCK

KAPITEL 23

Ich gehe in die Küche und stopfe die Karte ganz unten in den Mülleimer. Ich versuche, mich zu beruhigen, zwinge mich dazu, mich hinzusetzen. Ich schaue die Wodkaflasche und Ross' Nachricht an. Okay. Da ich mich den Dingen gestellt habe, werde ich mich auch dieser Sache stellen. Ich schenke mir einen doppelten Wodka ein und trinke die Hälfte davon.

Eigentlich ist es nicht logisch. Er hat sie geliebt. Warum hätte er ihr wehtun wollen? Wenn El *wirklich* eine Affäre gehabt hätte, hätte er sie einfach verlassen können. Ross hat einen guten Job, mehr Geld als sie. Er wollte sowieso nie in diesem Haus, diesem *Mausoleum* wohnen.

Und wenn er sie *tatsächlich* misshandelt und kontrolliert hat …

Ich trinke den Wodka aus und ertrage eine Reihe von Erinnerungsbildern, in denen Ross mich berührt und küsst, das warme Gleiten seiner Haut, den warmen Blick seiner Augen. Die blauen Flecken verdränge ich. Das war Sex. Guter Sex. *Großartiger* Sex. Und obwohl ich nicht gern darüber nachdenke, dass er den gleichen Sex mit El hatte, ist es einfach eine Tatsache, dass die Leute mögen, was sie nun mal mögen. Es liegt in seiner Natur, leidenschaftlich zu sein. So ist er eben. So war er immer. Ich denke an seinen Kummer und dann an seine Wut, als die Küstenwache die Suche aufgab. Seine Schluchzer und seine Verzweiflung. *Was soll ich nur ohne sie tun?*

Wenn er sie misshandelte und kontrollierte, warum hat El ihn dann nicht einfach verlassen? Diesmal blitzt in meinem Kopf

Grandpas Grinsen auf, seine gefletschten Zähne, aber das verdränge ich auch. El war immer stärker als ich. Sie vergab nicht, sie vergaß nicht. Wenn Ross ihr wehgetan hätte, hätte sie ihn verlassen. Und wenn Marie recht hat, wenn Vic recht hat, wenn Mouse recht hat und Ross genau so ist, wie sie es sagen, dann hätte er sie aus Leidenschaft, aus Wut getötet, wie es andere gewalttätige Ehemänner tun. Er hätte nicht einen so komplexen Plan ausgearbeitet, um sie und ihr Boot in der Förde von Forth versinken zu lassen. Und wie hätte er das überhaupt anstellen sollen? Rafiq hatte bestätigt, dass Ross in London war, als El verschwand. Und als sie aus dem Hafen von Granton hinausfuhr, war sie allein. Wie hätte Ross ohne jeden Zeugen sie erreichen, sie überwältigen, ihr Boot versenken und zurück zum Ufer gelangen können, und das alles, während er woanders hätte sein sollen? Abgesehen davon kann er nicht schwimmen und hat Angst vor Wasser.

Aber.

Da ist das Gumotex-Kajak im Schuppen. Und jemand, der tatsächlich einen komplexen Plan erarbeitet hätte, um seine Frau und ihr Boot in der Förde von Forth zu versenken, würde *natürlich* behaupten, dass er nicht schwimmen könne und Angst vor Wasser habe. Ich denke an diesen Antrag auf eine Todeserklärung. An Ross, der behauptete, nicht zu wissen, wer Marie ist.

Ich denke daran, dass ich Mouse vergessen habe. Dass ich all das Böse vergessen habe, was in diesem Haus geschah. Die Mühe, die sich Mouse macht, um meiner Erinnerung auf die Sprünge zu helfen. Ich muss ihr eine E-Mail schicken. Ich muss sie diesmal wirklich dazu *bringen*, sich mit mir zu treffen, komme, was wolle. Denn ich kann dem, was ich glaube oder zu wissen glaube, nicht mehr vertrauen.

Ich schenke mir noch mehr Wodka ein. Denn Ross selbst ist im Grunde das größte, stärkste Warnsignal. Wenn ich diese alte, vertraute Eifersucht ignoriere, die ich jedes Mal empfinde, wenn ich an den HEISSEN TRAUERNDEN EHEMANN denke, der sein Leid aufs Meer hinausschreit, muss ich mir eingestehen, dass er sich nur mit Mühe mit jenem Mann zusammenbringen lässt, der die letzte Woche mit mir im Bett verbracht, mir ins Ohr, in die Haut, in mein Herz geflüstert hat, wie sehr er mich begehrt, mich braucht, mich liebt. Schuld oder sogar Reue kann vermutlich fast genauso aussehen wie Trauer.

Ich stelle das Wodkaglas wieder ab. Er hat kein bisschen geholfen. *Ich habe versucht, meine Sorgen zu ertränken, aber leider haben die Drecksäcke schwimmen gelernt.* Mein Kopf fühlt sich schwerer, dicker an, mein Körper schmerzt. Ich stehe auf und halte mich am Tisch fest, um nicht das Gleichgewicht zu verlieren.

Herrgott noch mal, Catriona, warum bist du nur so nutzlos? Aber ich bin nicht nutzlos. Oder hilflos. Wochenlang habe ich versucht, auszusehen wie El, zu denken wie El, El zu *sein*, weil ich nicht ich selbst sein will. Ich weiß das. Aber es ist nicht das Ich, das zurück in dieses Haus gekommen ist, vor dem ich Angst habe. Es ist das Ich, das *in* diesem Haus gelebt hat. Das Ich, das immer Angst hatte. Vor dem Fallen, vorm Rennen, vorm Fliegen. Davor, sich mit der Wahrheit auseinanderzusetzen.

Also gehe ich die Treppe hinauf und halte mich dabei am Geländer fest. Und ich zögere vor dem Kakadu-Dschungel nur einen kurzen Moment. Ich weiß nicht, wann Ross zurückkommt. Ich öffne die Tür zu unserem alten Zimmer. Ich bin baff, dass es nicht mehr so aussieht wie früher. Es gibt keine Holzrollläden mehr, keine Regenwald-Tapete, keinen goldgelben Bettüberwurf. Statt des alten Eichenschranks und des Schminktischs steht da ein antiker Schreibtisch mit Stuhl, dazu eine weiße, mit Chintz bezogene Garderobe. Das Zimmer ist magnolienfarben gestrichen, der Teppich weich. Das hier ist das einzige Zimmer im ganzen Haus, das komplett und von Grund auf renoviert und neu eingerichtet wurde.

Ich gehe zum Schreibtisch mit den vielen Schubladen und beginne, den Inhalt zu durchsuchen. Ich habe keine Ahnung, wonach ich suche, aber ich finde nur leere Notizbücher und Postkarten, Büroklammern, neutrale Kuverts, Dutzende Stifte.

Ich bereue es wieder, den Wodka getrunken zu haben, weil ich mich zu schnell umdrehe und der Boden sich zu neigen beginnt, und zwar so sehr, dass ich mich an einem Bettpfosten festhalten muss, damit ich nicht falle. In meinem Kopf ist alles ganz klebrig und viel zu langsam. Ich werfe einen Blick aufs Doppelbett, und plötzlich taucht vor meinem inneren Auge ein viel zu lebendiges Bild von Ross und El auf. Ich sehe eine Ledertasche, die an eines der Beine des Nachttisches gelehnt steht, greife hastig danach, froh über die Ablenkung, und versuche, den steifen Verschluss zu öffnen. Darin finde ich lose Zettel und eine dicke Plastikmappe. »Southwark University« steht in goldenen Buchstaben unter einem blauroten Wappen auf ihrem Rücken gedruckt.

DIE PSYCHOLOGIE DER PSYCHOPHARMAKOLOGIE
THEMA: PSYCHOAKTIVE SUBSTANZEN:
GUTE VS. SCHLECHTE MEDIZIN;
DIE EFFEKTIVITÄT VON THERAPIEN VS.
SICHERE ANSÄTZE
2. APRIL 2018, 9 UHR – 3. APRIL 2018, 16 UHR
SOUTHWARK UNIVERSITY, ST JAMES ROAD, LONDON

Ich blättere durch den Zeitplan der Konferenz, lese mir die Zusammenfassungen der Vorträge durch und sehe Ross' Namen auf der Liste der Teilnehmenden. Ich erinnere mich daran, wie er sagte: *Als ich zurückkam, wurde sie schon mindestens fünf Stunden lang vermisst*, und blättere vor zur Seite mit den Kontaktdaten. Der erste Name auf der Liste ist Catherine Ward, Leiterin der Abteilung für Pharmazie und Pharmakologie, dazu ihre Telefonnummer und ihre Mail-Adresse.

Ich setze mich aufs Bett, hole mein Handy heraus, gehe online, lege eine neue Mail-Adresse an. Als DI Kate Rafiq als

Username nicht akzeptiert wird, gebe ich ihr eine Mittel-Initiale, ein M. Ich habe keine Ahnung, wie man eine Mail-Adresse fälscht, und ich bin zu aufgedreht und zu betrunken, um es herauszufinden. Ich werde einfach nur hoffen müssen, dass Professor Catherine Ward sich nicht fragt, warum eine Detective Inspector der schottischen Polizei Gmail benutzt. Wenn ich auffliege, ist es mir auch egal. Wenn das hier ungesetzlich ist, ist es mir auch egal. Ich muss es wissen. Etwas. Irgendetwas. Meine Mail ist ganz kurz: Eine kurze Kontrolle der ursprünglichen Ermittlungen, mit der die Anwesenheit von Ross bestätigt werden soll. Kaum habe ich sie abgeschickt, wünschte ich schon, ich hätte es nicht getan.

Und dann beginne ich eine neue Mail an john.smith120594.

Mouse, ich weiß, dass El tot ist. Tut mir leid, dass ich dir nicht geglaubt habe. Bitte triff dich mit mir. Bitte.

Ich stehe auf und lege die Mappe zurück, diesmal schwanke ich nur ganz wenig. Ich gehe zum Treppenabsatz zurück. Im Haus ist es immer noch ganz ungewöhnlich still. Die Härchen auf meinen Unterarmen und in meinem Nacken prickeln und jucken, als ich in den dunklen Schlund des Flurs zwischen dem Clown-Café und dem Prinzessinnenturm schaue. Die mattschwarze Tür an seinem Ende sehe. Schlafzimmer 3. Blaubarts Zimmer. Der Sog, den sie ausübt, fühlt sich an wie der Schwindel meiner Kindheit: die verwirrende Lähmung, wenn man darauf wartet zu fallen. Fallen *will.* Und als mein Handy plötzlich an meinem Bein vibriert, schreie ich auf – hoch und lang –, hole es umständlich aus meiner Tasche und gehe ran, ohne nachzusehen, wer es ist, so groß ist meine plötzliche und absolute Angst davor, allein zu sein.

»Cat! Gott sei Dank reagierst du endlich.«

»Was willst du, Vik?« Meine Stimme klingt unsicher, aber ich komme mir schon dumm vor.

»Ich …« Eine Pause entsteht, eine lange. »Ich habe von El gehört, und ich …«

»Schon in Ordnung«, sage ich. »Danke. Ich …«

»Nein. Du verstehst das nicht …« Der Empfang bricht ab, es zischt und rauscht. »… etwas, was ich dir sagen muss … Ich wusste nicht …« Seine Worte werden von einer sich nähernden Sirene und einem Hupen geschluckt.

»Vik, ich kann dich nicht hören. Wo bist du?«

»Wo bist *du*?«

Ich stehe in einer Pfütze goldenen Lichts von der Westeryk Road und drehe mich träge und schwindelerregend im Kreis. »Ich bin oben.«

»Cat, hör …« Seine Stimme bricht wieder ab und kommt dann lauter zurück. »… musst fortgehen.«

»Warum?« Ich bleibe stehen, aber die Wände bewegen sich noch, immer und immer weiter.

»… kann ich dir nicht sagen. Tut mir leid. Ich bin so … aber du musst mir glauben.«

»Warum?« Mein Magen zieht sich zusammen, und ich frage mich mit leichter Sorge, ob ich mich vielleicht gleich übergeben muss.

»Cat …« Jemand schreit; das Brüllen eines weiteren vorbeifahrenden Autos. Vielleicht größer. Ein Van. »… mich hören? Du musst *unbedingt* aus diesem Haus raus.«

Und dann ist er weg. Und ich bin wieder allein mit der Stille. Allein mit der Glaskugel, die von der Deckenrosette hängt, mit den geschlossenen Türen, dem goldenen Licht, diesem engen, dunklen Flur. Allein mit dem Haus.

Ich schüttele den Kopf. Meine Stimme ist ganz fest und ruhig. »Wohin sonst sollte ich gehen?«

Es fühlt sich körperlich an, als ich wieder ins Spiegelland gezogen werde: Es ist weniger ein Ziehen denn ein plötzlicher Ruck. Hart, scharf und real. Und schmerzhaft, denn meine Stimme ist ganz heiser vom Schreien, und ich bin in der Dunkelheit auf den Knien. Der Sturm schleudert uns vom Hauptdeck zum Kanonendeck, brüllt in seiner Wut, raubt El den Atem.

Nein.

Grandpa war auf den Knien. Er schubste mich so heftig weg, dass ich mit dem Kopf auf das Deck knallte und Sterne sah, aber Els rotes, geschwollenes Gesicht konnte ich trotzdem noch sehen. Er hatte die Hände um ihren Hals gelegt. Schweiß rann ihm von der Nase. Ich hörte Mum schreien: *Lass sie in Ruhe!* Auch sie war heiser, denn es war der Abend nach dem Clown-Café und Blaubarts Zimmer, es war die letzte Nacht des Spiegellands. Die letzte Nacht unseres ersten Lebens.

Und als ich versuche, mich loszureißen, mich *zurück*zureißen – gibt Mum einen Schrei von sich und gleitet wie ein Geist durch mich hindurch. Sie steht hinter Grandpa, hat ihren heilen Arm über den Kopf erhoben und hält die Hecklaterne der *Satisfaction* hoch. Und als sich Grandpa umdreht, sie mit einem Zwinkern und einem Grinsen anschaut – *Stell das wieder hin, Mädel* –, tut sie es nicht. Stattdessen schlägt sie die Laterne auf seinen Kopf. Immer und immer wieder. Bis das Geräusch nicht mehr hart und kurz und weiß klingt, sondern weich und lang und kupferdunkel.

»Großer Gott.«

Ich bin jetzt auf allen vieren auf dem Treppenabsatz. Mein Atem geht heiß und schnell, als wäre ich gelaufen. Kalter Schweiß rinnt mir den Rücken hinunter.

Als ich höre, wie sich die Tür zur Eingangshalle knarrend öffnet und leise klirrend wieder schließt, stehe ich zu schnell auf – die Welt dreht sich und wankt kurz, bevor sie sich wieder fängt.

»Cat?«, ruft Ross. »Bist du da oben?«

Ich schlucke und greife nach dem Geländer. Ich fühle mich nicht mehr betrunken. Sondern krank, fiebrig und schrecklich nüchtern. Schrecklich wach. Der Schwindel kommt wieder, doch ich achte nicht darauf. Ich kann nicht zulassen, dass er zu mir gehört. Auch nicht dieses Geräusch. Dieses feuchte, weiche, *lange* Geräusch.

Ross wartet am Fuß der Treppe auf mich. Ich trete in die Eingangshalle, und er geht abrupt auf mich zu und zieht mich an sich. »Hey, Blondie.« Und ich habe keine Chance, ich muss ihn an mich heranlassen, ihn einatmen, und ich fühle, wie all die schwere Langsamkeit, diese brüchige Furcht und die Unsicherheit verschwinden. Ich hasse mich deswegen, ich fürchte mich vor mir selbst deswegen, aber es geschieht dennoch.

Er drückt mich einen Moment lang zu fest, dann löst er sich von mir. Seine warme Handfläche liegt auf meiner Wange. Er hat wieder geweint, seine Augen sind rot. Seine Haut ist feucht, sein Haar vom Wind zerzaust.

»Ich bin gelaufen«, sagt er. »Immer nur gelaufen. Immer rundherum. Stundenlang.«

Ich schlucke den Kloß in meiner Kehle herunter. Alles, was Marie und Vik gesagt haben, alles, was ich gedacht, geargwöhnt habe, was ich im Wodka zu ertränken versucht habe, all das verwandelt sich in Staub, wenn er vor mir steht und mich so ansieht, wie es noch nie jemand getan hat. Obwohl er es weiß. Er hat immer alles gewusst, was in diesem Haus geschah. Und doch sieht er mich noch ganz genauso an. Auf dieselbe *gute* Art.

Ich kann einfach nicht glauben, dass er El etwas angetan haben soll. Nicht einmal die *Polizei* glaubt es.

Und ich empfinde so viel Schuld und so viel Kummer. Schuld, weil ich ihn will, weil ich ihn habe, weil ich an ihm zweifle. Schuld wegen all dem, was ich getan habe, um diese drei Dinge zu erreichen. Kummer, weil zwei Kinder misshandelt und terrorisiert wurden, bis sie Misshandlung und Terror nicht mehr als solche erkennen konnten. Kummer um dieses geschmolzene, glänzende, angefressene Ding unter einem blauen Chirurgentuch in der Edinburgh City Leichenschauhalle. Kummer um die

Schwester, die mir die Hand hielt, wenn wir einschliefen; die immer den Schmerz und die Albträume mit mir teilte, und dieselbe erbärmliche Hoffnung. Kummer um meine arme, gequälte, gestörte Mum. Die neben Grandpas Leiche kniete. Den Mund grausam verzogen, mit kalten, ruhigen, wütenden schwarzen Augen.

»Alles okay mit dir?«, fragt Ross. Er schüttelt den Kopf. »Mist, das ist eine dumme …«

»Es war ein wirklich schlimmer Tag«, sage ich. Weil das stimmt. Wenn ich daran denke, wie ich mit ihm am Küchentisch saß und ihm von einem Stamm in Südamerika erzählte, kommt es mir vor, als wäre das vor Wochen passiert.

»Tut mir leid, dass ich nicht …« Er blinzelt. »War es … ich meine, ich weiß, dass es so war, aber ich dachte, vielleicht …« Hoffnung liegt in seinem Blick. Eine Hoffnung, die sicher nicht einfach so vorgespielt sein kann.

»Es war El. Es war …« Ich strecke die Hände aus, um seine Unterarme anzufassen. Ich weiß, dass ich ihm vermutlich wehtue, aber er zuckt nicht einmal mit der Wimper.

»Sie war …«

»Schon okay, es tut mir leid. Es tut mir leid.« Und die Tränen, die ihm die Wangen, das Kinn hinunterrinnen, sind so echt und schrecklich wie meine. Ich weiß nicht, wer den anderen zuerst packt. Wer von uns mit dem Küssen beginnt, wer zuerst an den Kleidern des anderen zerrt, wer von uns fordert und wer von uns nachgibt. Er stößt in mich, als ich auf den Stufen liege, und ich schaue hinauf zur hohen, gewölbten Decke und zum grüngoldenen Licht. Ich lasse es zu, ich halte ihn, ich fühle ihn, und die Stufen unter mir drücken kalt und hart gegen meine Haut und meine Knochen.

Und ich komme so heftig, dass ich schreie. Ich vergesse.

Denn wohin sollte ich *sonst* gehen?

Er ist alles, was mir geblieben ist.

KAPITEL 24

Ich haste am Colquhoun's vorbei, aber bevor ich auch nur ein paar Meter weiter bin, höre ich schon, wie die Tür aufgerissen wird und Annas »Warten Sie!«.

Ich bleibe stehen und drehe mich um. Obwohl ich nicht will.

Anna weint bereits; laute, hässliche Schluchzer, die sie daran hindern, zu sagen, was sie sagen will. »Es ist ja so schrecklich. Ich kann es nicht glauben. Ich kann nicht glauben, dass sie tot ist. Es tut mir so leid. Es tut mir so leid.«

Sie zieht mich heftig an sich, und ich erwidere die Umarmung in der Hoffnung, dass das dann reicht. Ich kann mich jetzt nicht mit anderen Menschen auseinandersetzen – weder mit ihrem Mitleid noch mit ihrem Kummer oder ihrer Anhänglichkeit. Schließlich lässt sie mich los, und ich trete zurück. Sie schnieft laut, atmet zwei Mal durch und wischt sich die Wangen ab. Schmiert eine lange schwarze Mascara-Spur von ihrem linken Auge zur Schläfe.

»Als ich es gestern hörte, konnte ich keinen einzigen klaren Gedanken fassen«, sagt sie, senkt die Stimme und fixiert mich mit diesem harten Blick, den ich schon an ihr gesehen habe. »Aber jetzt … jetzt weiß ich, dass ich zur Polizei gehen muss.«

»Anna …«

»Nein, hören Sie mir zu. Ich muss. Ich muss ihnen sagen, dass sie Angst hatte. Ich muss ihnen von den blauen Flecken erzählen. Marie sagte, El wollte Ross verlassen.« Sie hebt die Hände, als ich sie zu unterbrechen versuche. »Und dann bringen Ehemänner ihre Frauen um, nicht wahr? Wenn sie …«

»Anna! Ich kann jetzt nicht mit …«

Sie packt mich bei den Ellenbogen. »Aber Sie müssen! Ich hätte sie stärker drängen, ihr mehr helfen sollen.« Ihr Griff wird noch fester. »Sie hätte gewollt, dass ich Ihnen helfe, Cat. Sie müssen weggehen. Sie müssen …«

Ich mache noch einen Schritt zurück und grabe meine Nägel in ihre Finger, bis sie mich loslässt.

»Tun Sie, was Sie nicht lassen können, Anna«, sage ich. Meine Stimme schwankt. In meinen Beinen fühle ich den kribbeligen Drang, einfach loszulaufen. Stattdessen drehe ich mich um und zwinge mich, langsam davonzugehen. »Ich kann jetzt nicht reden.«

Und ich beachte ihre Rufe und diesen Drang zu rennen nicht, bis beide nicht mehr da sind.

*

Die Links sind völlig verlassen. Aber hier spüre ich Blicke auf mir; meine Haut kribbelt, weil ich die vertraute Gewissheit empfinde, dass mich jemand verfolgt, mich jemand *mustert*. Einmal drehe ich mich um und schaue mich in der flachen, leeren Parklandschaft um. Keine Anna. Niemand.

Ich setze die Kapuze auf und gehe weiter. An denselben Bäumen vorbei, die gegen denselben bitterkalten Wind ankämpfen wie an jenem eiskalten Morgen vor all den Jahren: Ahornbäume und Ulmen, die gequälte, von der Pest schwarz angeschwollene Geister verbergen. Ich laufe an den Mietshäusern und Reihenhäusern aus Backstein vorbei, in denen Kindermörder lebten und lauerten. Und uns beobachteten.

All jene Hindernisse, diese Tretminen, die Grandpa ausgelegt hatte, damit wir Westeryk Road 36 nie verließen. Er hatte es übertrieben, nehme ich an, so wie es Missbrauchstäter tun; als wir durch die Links liefen, hatten wir es ebenso satt, Angst zu haben, wie wir nicht mehr laufen wollten. Und wir wussten da schon, dass er ein Lügner war. In der Westeryk Road 36 war es genauso beängstigend, so gefährlich wie überall sonst auch. Aber wir liebten ihn dennoch, trotz all der Angst und der Lügen, trotz dem heißen kupfernen Gestank von Blut auf unserer Haut. Denn damals wie heute war es immer noch so einfach, Grandpa von Blaubart zu trennen. So nötig. Es war viel schwieriger und schmerzhafter, sie zusammenzubringen, zu akzeptieren, dass der schlimmste Albtraum meiner Kindheit früher mein liebster Mensch nach El war. Auch darum trauere ich, heute wie damals – als hätte ich ihn zwei Mal verloren. Als hätte es ihn nie gegeben.

Ich schaue zurück zur Straße und biege dann in den Lochinvar Drive ein, um hinunter zum Yachtclub zu gehen. Ich muss mich an ein paar Booten auf Gestellen vorbeiquetschen, um ans Wasser zu kommen. Der Wind von der Förde ist so kalt wie immer, aber er ist nicht stark; das Klirren und Klappern der vertäuten Yachten hört sich gedämpft an, wie aus der Ferne. Endlich bleibe ich stehen. Atme ein, atme aus.

Ich schaue zur Rampe und dann über die Molenmauer von Granton hinweg nach Nordosten hinüber zum Inselchen Inchkeith. Von hier aus ist der kleine gelbe Fleck ihres Leuchtturms kaum zu sehen. Dahinter liegt dunkles Wasser. Der *Tiefwasserkanal.* Ich schaue und schaue, und beinahe bin ich froh, als tiefe Wolken über Burntisland ziehen und der Regen wie aus Eimern zu schütten beginnt, so hart und schnell, dass er auf meinen schmerzenden Schädel trommelt und mir den Blick verschleiert.

Mein Handy piept. Es ist eine Textnachricht von Ross.

Muss kurz zur Arbeit, dann hole ich etwas zum Abendessen. Irgendwelche Wünsche? x

Ich antworte nicht. Obwohl an dem, was er da schreibt, nichts falsch ist. Er hat einen Job. Wir müssen essen. Wir sind nicht gestorben. Was mich nicht daran hindert, zusammenzuzucken, als das Handy erneut piept.

john.smith120594@gmail.com 18. April 2018, 14:55
Re: ER WEIß ES Posteingang
An: mich

DIR LÄUFT DIE ZEIT DAVON.
DENK DRAN, WAS AM 4. SEPTEMBER GESCHEHEN IST.
DANN WIRST DU VERSTEHEN.
DU WIRST WISSEN, WAS DU ZU TUN HAST.
Von meinem iPhone gesendet

Ich werde es nicht wissen. Ich weiß es *nicht*. Ich habe mich an alles erinnert – noch an die letzte schreckliche Einzelheit – und habe immer noch keine Ahnung, was ich da verstehen soll. Tun soll.

Keine Rätsel mehr, Mouse. Das hier ist kein Spiel. Wir sind nicht im Spiegelland. Sag mir, was du weißt. Triff dich mit mir. Oder lass mich in Ruhe.

Ich schicke meine Antwort ab und wende mich wieder zur Straße. Der Regen wird immer schlimmer. Der Himmel ist jetzt so dunkel, dass es mir vorkommt, als sei die Nacht angebrochen. Ich habe Schwierigkeiten, um die Boote in der Werft herumzugehen. Ihre Rümpfe sind voller Rost und Seepocken. Sie riechen nach dem Meer, nach den Dingen, die darin gelebt haben und darin gestorben sind. Ich schaudere. Und als ich viel zu nahe hinter mir etwas höre, wirbele ich herum, und dabei knallen die Knöchel meiner Hand laut gegen das nächststehende Boot. Ich falle sofort hin, mir ist schwindelig, ich rutsche über den nassen Beton und bleibe schließlich mit ausgestreckten Armen und Beinen auf dem Rücken liegen. Ich wende den Kopf, mühe mich, bei dem rauschenden Regen etwas zu hören – und dann sehe ich unter dem aufgebockten Schiffsrumpf Stiefel. Leder mit Stahlkappen. Und darüber Jeans.

Ich krabbele zurück, kämpfe um einen Halt auf dem nassen Boden. Als ich es endlich schaffe, mich wieder aufzurappeln, atme ich zu schwer, zu *laut*. Aber ich renne nicht. Ich will rennen – ich will immer rennen –, aber stattdessen schleiche ich ums Boot und springe dann in seinen schwarzen Schatten. Und als ich gegen etwas stoße, das sich bewegt und fest ist, boxe und trete und schreie ich. Und brülle.

Hände greifen nach mir, und ich kratze sie, schlage sie weg. Ein schwereres Gewicht drückt sich gegen mich, aber es ist nicht so wütend, so verzweifelt, so bereit, schmutzig zu kämpfen wie ich. Ich pikse mit meinen Nägeln, ramme mein Knie immer und immer wieder nach oben.

»Stopp. *Stopp!*«

Vik taumelt in das wenige Licht, das noch da ist, und hält die Hände hoch.

»Du!«, rufe ich, und die laute, empörte Wut in meiner Stimme – die Macht darin – verbirgt meine Erleichterung.

»Cat, bitte. Hör auf!« Das Letzte ruft er, weil ich mich wieder auf ihn stürze. Er ist völlig durchnässt, die Jacke klebt an seinem Oberkörper, der Regen tropft in seine Augen und von seinem Kinn. Er sieht erbärmlich aus.

Ich höre auf. Ich brauche alle Kraft dafür, die mir noch geblieben ist, aber ich höre auf. Wir stehen in den Schatten und dem Regen einander gegenüber und starren uns an, beide atmen wir schwer und zu schnell.

»Wie lange folgst du mir schon?«

»Cat, ich …«

»Wie lange, Vik?«, schreie ich. Denn jetzt kommt endlich all die Wut aus mir heraus, und nicht einmal das Versprechen einer Erklärung – eines möglichen Endes all dieses *Nicht-Wissens* – kann sie wieder einfangen.

Er schaut zu Boden. »Seit du aus Amerika zurückgekommen bist.«

»Wie zum Teufel wusstest du, dass ich zurück war?«, frage ich, bis mir aufgeht, dass die Frage, die ich eigentlich stellen sollte, *Warum?* lautet. Und dann bringt mich ein plötzlicher Verdacht auf etwas anderes. »Kennst du Mouse? Ist sie – seid ihr …«

Aber obwohl Vik bereits den Kopf schüttelt, erhärtet seine nicht vorhandene Verwirrung darüber, wer Mouse ist, meinen Verdacht nur noch. »Du kennst sie. Du *kennst* sie! Ihr seid beide …«

»Cat. Ich muss …«

»Warte. Steckt Marie auch mit drin in dieser Sache, was auch immer es ist? Ging es gestern bei deinem beschissenen Anruf darum? *Du musst unbedingt aus diesem Haus raus.* Seid ihr alle …«

Vik macht einen Schritt vorwärts. »Da gibt es etwas, was ich dir sagen muss.«

»Dann *tu* es doch.«

Ich höre trotz des rauschenden Regens, wie er schluckt. Und dann sieht er mich unverwandt an. »Ich bin Mouse.«

»Was?«

Sein Blick gleitet an mir vorbei. »Es tut mir leid. Ich bin Mouse. Zumindest habe ich so getan, als wäre ich sie. Ich habe dir diese E-Mails geschickt.«

Ich weiche zurück und schüttele den Kopf. »Ich – ich verstehe nicht. *Warum?*«

»Weil mich El darum gebeten hat«, sagt er.

»Zeig mir dein Handy.« Ich schüttele noch immer den Kopf. Ich kann gar nicht mehr damit aufhören. »Zeig mir dein Handy, Vik. Jetzt.«

Er greift in seine Hosentasche, holt ein iPhone hervor und tippt sein Passwort ein, um es mir dann zögernd zu reichen.

Ich öffne mit zitternden Fingern seinen Posteingang, wobei ich Regentropfen auf dem Display verschmiere. Und ganz oben:

Cat Morgan
Keine Rätsel mehr, Mouse. Das hier ist kein Spiel. Wir sind nicht im Spiegelland.

»Oh Gott.«

Er stößt einen langen Seufzer aus. »Sie sagte, ich solle es tun, damit du in Sicherheit bist. Sie sagte, wenn ihr etwas passiere, wenn du zurückkämst, und … als ich zustimmte, dachte ich, sie sei paranoid, ich glaubte nicht, dass irgendetwas passieren würde. Ich wusste, dass sie vor Ross Angst hatte, aber ich hätte nie gedacht …« Er verstummt und schließt die Augen. Dann fährt er fort: »Und als sie verschwand, hatte ich das Gefühl … ich hatte das Gefühl, tun zu müssen, worum sie mich gebeten hatte. Und jetzt … jetzt ist sie tot, und ich …«

»Versuchst du mir zu sagen, dass El dich gebeten hat, mich im Falle ihres Todes – falls sie von ihrem großen bösen Grobian von Ehemann umgebracht werden würde, den sie einfach nicht verlassen konnte – zu stalken und zu bedrohen? Damit ich in Sicherheit bin? Vor ihm. Willst du mir das sagen?« Es ist besser, wütend zu bleiben. Besser, nichts anderes zu denken oder zu fühlen.

»Ich habe dich *nie* bedroht.«

»*Habt* ihr eine Affäre gehabt?« Denn ich kann mir absolut keinen anderen Grund vorstellen, aus dem er so was tun würde.

»Ich habe sie geliebt.« Und in diesem Satz liegt so viel Gefühl, in seinen Augen so viel Bewunderung, dass ich ihn am liebsten wieder schlagen würde.

»Ist das ein Ja?«

»Ich habe es dir bereits gesagt, nein. Es ist nie etwas passiert.«

»Was *genau* wollte sie von dir?«

»Sie wollte, dass ich dir folge, dass ich auf dich aufpasse. Dass ich dir E-Mails schicke, die sie mir schon geschickt hatte, bevor sie … verschwand. Sie wollte, dass ich sie in einer ganz bestimmten Reihenfolge zu ganz bestimmten Zeiten schicke.« Er räuspert sich. »Sie wollte, dass ich auf deine Fragen mit denselben Antworten reagiere. Dass El tot sei. Dass ich Mouse sei. Dass ich dich nicht treffen könne. Dass du dich an das erinnern solltest, was am vierten September geschah. Ich wusste nicht – ich weiß nicht, was all das bedeutet. Das verspreche ich dir.«

»Gut. Also weißt du nicht, woran sie mich erinnern wollte? Was zum Teufel sie von mir wollte?«

Er schüttelt den Kopf und sieht wieder ganz jämmerlich aus. »Sie hat nur immer wieder gesagt, dass es das Ende deines ersten Lebens war. Sie sagte immer wieder: *Er weiß es.*«

Ein Schauder überläuft mich, aber ich will ihn nicht fühlen. Ich höre das Rütteln an der Tür des Clown-Cafés, des Verkleidungsschranks. Das rostige Kreischen der Laterne der *Satisfaction*. Ein Geräusch, das nicht mehr hart und kurz und weiß ist, sondern weich und lang und kupferdunkel.

»Warum?«

Vik blinzelt. »Warum was?«

»Warum hat er sie umgebracht?«

»Weil sie gehen wollte. Sie hatte vor zu gehen.«

»Und warum ist sie dann nicht einfach *gegangen*? Warum ist sie nicht zur Polizei gegangen?«

»Ich weiß es nicht. Ich wünschte, sie wäre zur Polizei gegangen.«

»Warum zum Teufel bist *du* nicht zur Polizei gegangen?«

»Bin ich doch! Nachdem sie verschwunden war, habe ich dort angerufen. Habe ihnen gesagt, dass sie Angst vor ihm hatte, dass sie Angst hatte, er könnte ihr etwas antun. Ich sagte ihnen …«

»Nein. Die Polizei hat dich gar nicht erwähnt, Vik. *Ich* weiß nur, dass es dich gibt, weil du mir offenbar seit zwei Wochen folgst!«

»Ich habe ihnen meinen Namen nicht genannt. Ich wollte nicht …«

»Was?« Ich breite die Arme aus. »Du wolltest dich nicht *einmischen*?«

»Du verstehst das nicht. El hat mich versprechen lassen, dass ich die Polizei nicht anrufe. Sie sagte, sie befürchte, dass Ross dann hinter mir her sein würde. Das wäre mir völlig egal gewesen, aber ich habe befürchtet, dass … Ich bin verlobt. Und ich …«

»Du bist verlobt.«

Er sieht mich an, und nicht einmal seine trotzig gestrafften Schultern und seine zusammengebissenen Zähne können von der Scham in seinem Blick ablenken. »Ich musste es ihr *versprechen*, Cat.«

»Gut.« Ich kann ihn nicht mehr ansehen; ich schaue den rostigen, nassen Bootsrumpf und die abblätternde Farbe darauf an. »Was ist mit Mouse? Weiß sie von all dem? Hat sie damit zu tun?«

»Ich weiß nicht einmal, wer sie ist«, sagt Vik jetzt kleinlaut. »El sagte, dass es dir helfen würde, dich zu erinnern, wenn ich so tue, als wäre ich sie.«

»Was ist mit Marie? Kennst du sie?«

»Nein. Ich schwör's.«

»Warst du im Haus?« Und ich denke nicht nur an die Tagebuchseiten, die Laterne, die Piratengeheimschrift, die an der Decke vom Spiegelland klebte, sondern auch ans Kajak im Schuppen, das Flüstern in meinem Ohr, das Gefühl, dass ich in der Westeryk Road 36 nie ganz allein bin.

»Natürlich nicht. Was …«

»Hast du pinkfarbene Gerbera auf Mums Grab gelegt?«

»Ja. El …«

»… hat dich darum gebeten.« Als er nur noch elender aussieht, flammt meine Wut wieder auf. »Vor nur einer Woche hast du hier gestanden und mich getröstet. Du hast dafür gesorgt, dass es mir besser ging. Ich mochte dich. Du hast *geweint.*«

»Cat, ich …«

»Und als ich dir sagte, dass ich nicht glaube, dass El tot ist, weil sie mir noch Mails schickt, standest du da, schütteltest nur den Kopf und sagtest kein Wort. Kein einziges beschissenes Wort! Und jetzt erwartest du von mir, dass ich auch nur ein einziges Wort von dem glaube, was du sagst?«

»Verstehst du denn nicht?« Er sieht jetzt frustriert aus, als vermutete er, dass er etwas falsch macht. »Sie *wusste*, dass das passieren würde – alles! Sie wusste, dass er sie töten würde, und das tat er dann auch. Sie wusste, dass du zurückkommen würdest, und das tatest du. Sie wusste, welche Fragen du stellen würdest, und das tatest du. Sie wusste, dass die Polizei denken würde, dass es ein Unfall war.« Er sieht mich an. »Ich sage dir die Wahrheit, Cat. Du *musst* mir glauben.«

Aber das tue ich nicht. Vik hat El geliebt, das sehe ich. Ich sehe auch, dass seine Verzweiflung echt ist, vielleicht ist er auch davon überzeugt, die Wahrheit zu sagen, aber ich sehe da auch noch etwas anderes. In seinem Blick, in seiner Körpersprache. Ich bin gut darin, etwas vorzuspielen. Besser als Vik. Und ich würde einen anderen Lügner mit geschlossenen Augen erkennen. Das hier ist nicht nur Schuld und eine verdrehte Form von Pflichtgefühl. Er wollte mir folgen, mich ausspionieren, weil El nicht tot ist. Sie ist immer noch in den Nachrichten, die er mir schickt, und sie ist in mir – ihre Augen, ihr Gesicht, ihre Stimme; dieser Spiegel, den ich ständig unter dem Arm herumtrage. Ich bin die letzte Verbindung zu ihr.

Wie? Wie ist es nur möglich, dass sie uns nach wie vor alle manipuliert? Mich, Vik, Ross. Die Polizei. Und ohne dass auch nur einer von uns irgendeine Ahnung hätte, warum.

»Ich gehe heute zur Polizei«, sagt Vik und starrt auf seine Stiefel. »Werde diesmal eine richtige Aussage machen und ihnen alles erzählen, was El mir erzählt hat. Ich hätte nie …«

»Gibt es noch mehr?«

»Was?«

»Gibt es noch mehr Nachrichten, die du mir noch nicht geschickt hast?«

»Nein.«

»Vik.«

Er lässt die Schultern sinken. »Nur noch eine. Mehr nicht.«

»Zeig sie mir.«

Vik greift nach seinem Handy. Und zum ersten Mal, seit ich ihn getroffen und ihn gegen die Brust geboxt habe, spüre ich, wie der Regen mein Gesicht hinunterrinnt, wie er von der Nase, dem Kinn und meinen Fingern tropft und hart auf meinen Schädel trommelt. Ich kann ihn hören: Blechern und schnell fällt er auf Metallmasten und Metallboote, gedämpfter und langsamer auf Beton, Asphalt, Holz. Am lautesten prasselt er auf die Förde: tief und scharf und nachhallend, wie eine alte Erinnerung, eine vergessene Angst, ein *Ruck* – hart und scharf und real.

»Hier«, sagt er und gibt mir das Handy, und ich nehme es und sehe ihn lange genug an, dass er meinen Blick erwidern muss.

»Geh noch nicht zur Polizei, Vik. Noch nicht. Wenn es sein muss, gehen wir zusammen. Aber du musst mich zuerst das hier tun lassen. Das bist du mir schuldig.«

Er nickt langsam und unsicher, und ich atme lang und tief durch. Okay, El. *Noch eine, mehr nicht.* Und dann sind wir fertig.

john.smith120594@gmail.com
Re: ER WEIß ES   Entwürfe
An: Cat Morgan

HINWEIS 11. DER EINZIGE ORT AUßERHALB DES SPIEGELLANDS, AN DEM DU JE ROT STATT WEIß WARST.
Von meinem iPhone gesendet

KAPITEL 25

Ich stehe auf dem Pflaster im Garten. Ich bin nass bis auf die Knochen. Aber mein Kopf hämmert oder pulsiert nicht mehr. Ich fühle mich klarer und wacher denn je. Ich gehe ein paarmal im Kreis, bis ich merke, was ich tue: Ich trete silbergraue Kiesel hoch, ziehe die alte, gewachste Fischerlatzhose hoch. Marschiere um den mit Kies bedeckten Gefängnishof hinter Els Andy Dufresne herum. Das war das einzige Mal, als ich Rot statt Weiß war.

Ich gehe zum ersten hässlichen Sockel und schaue in die Urne. Leer. Als ich sie zu bewegen versuche, rührt sie sich nicht. Die zweite ist ebenfalls leer, aber sie bewegt sich, als ich dagegen drücke – so schnell, dass ich sie hastig abfangen muss, bevor sie auf den Boden fällt. Darunter liegt ein Umschlag in einem Gefrierbeutel. Ich hebe ihn auf, schiebe die Urne zurück an ihren Platz und steige die Stufen zur Spülküche hinauf. In der Küche schenke ich mir einen Wodka ein, den ich vermutlich besser nicht trinken sollte, und setze mich an den Tisch. Ich sollte ins Clown-Café gehen, falls Ross zurückkommt, aber ich kann nicht einmal mehr die kurze Zeit abwarten, die ich brauchen würde, die Treppe hochzusteigen. Wegen des Wortes, das in Els krakeliger Schrift auf dem Umschlag steht.

SCHNEEWEIẞCHEN

Ich hole den Umschlag aus der Tüte und reiße ihn auf. Es ist nur ein dünnes, eng beschriebenes Blatt Papier.

Liebe Cat,
ich werde es sagen, damit es gesagt ist. Vielleicht sollte ich mit Es tut mir leid anfangen, oder mit Wie geht es dir? Oder Wie war dein Leben in den letzten zwölf Jahren so? Aber du kennst mich bestimmt noch gut genug, dass du weißt, dass ich immer mit der Tür ins Haus falle. Also muss ich es einfach sagen. Damit es gesagt ist.

Er wird mich umbringen. Wenn du dies liest, hat er es bereits getan. Dann bin ich schon tot.

Wenn du jetzt denkst, Und tschüss!, dann kann ich es dir nicht verübeln. Wenn du denkst, geschieht ihr recht, dann verdiene ich das wohl auch. Ich habe dich früher gehasst. Ich mache dir keinen Vorwurf, dass du mich auch gehasst hast. Und wenn du denkst: Lügnerin, dann habe ich nur diesen Brief, um dich davon zu überzeugen, dass ich die Wahrheit sage.

Es begann als Liebe – oder als das, was ich für Liebe hielt. Du weißt, wie er war, das kannst du nicht vergessen haben. Die Intensität – seine Intensität –, wie gut es sich anfühlen konnte, wenn er seine Aufmerksamkeit auf dich richtete. Und dann wurden all diese Leidenschaft und diese Angst zu einer erstickenden Beziehung, zu Eifersucht, zu Kontrollwahn. Alle Männer sind Piraten, erinnerst du dich? Gute Traumprinzen gibt es nicht. Er hat mich so kleingemacht. Ich bedankte mich sogar noch bei ihm dafür, dass er sich um mich kümmerte. Ich dankte ihm für seinen Hohn und dann für seine Wut. Als er mich das erste Mal schlug, weinte er danach eine Woche lang. Beim zweiten Mal nur noch knapp einen Tag. Beim dritten Mal war ich diejenige, die sich bei ihm entschuldigte. Ich fragte mich immer, was er in mir gesehen hat, aber ich glaube, jetzt weiß ich es. Er wusste, was Blaubart mir angetan hatte. Er wusste, dass ich schwächer war als du. Er wusste von Anfang an, dass ich ein hoffnungsloser Fall war.

Ein paar Jahre nach unserer Hochzeit hörte er von der Auktion, in der das Haus verkauft wurde. Unser Haus. Ich flehte ihn an, es nicht zu kaufen, aber er tat es trotzdem. Alles, um mich wieder in dieses

Gefängnis zu sperren. Er ließ mich jedes Detail in jedem Zimmer beschreiben. Und er kaufte alles zurück und stellte es an seinen Platz, ließ mein Gefängnis immer kleiner, immer ausbruchssicherer werden.

Du hast Grandpa am meisten geliebt. Du hast Mums Geschichten am meisten geliebt. Deine Fantasie war immer ausgeprägter als meine – wenn du nicht wolltest, dass etwas wahr war, tatest du einfach so, als wäre es nicht passiert. Ich glaube, deshalb hast du auch das Ende unseres ersten Lebens vergessen. Deshalb hast du nie versucht, dich daran zu erinnern. Ich dachte damals, das sei am besten so.

Ich könnte dir einfach sagen, was in der Nacht geschah, in der Grandpa und Mum starben. Ich könnte es dir sagen und versprechen, dass es die Wahrheit ist, und vielleicht würdest du es glauben, dich vielleicht sogar daran erinnern. Aber ich glaube es eigentlich nicht. Man muss kein Psychologe sein, um zu wissen, dass all die unbewussten Fantasien, die du dir ausgedacht hast – die tief in dir verwurzelt sind –, so viel stärker sind als das, was sie unterdrückt haben. Und die einzige Art, sie zu zerstören, die ich mir vorstellen kann, ist, dir zurückzugeben, was real ist, Stück für Stück, Hinweis für Hinweis. Bis du gezwungen bist, dich selbst an die ganze Wahrheit zu erinnern. Denn nur so wirst du sie auch glauben.

Ich weiß, dass du wegen der Schatzsuche sauer bist. Ich habe die Tagebuchseiten versteckt und die Hinweise geschrieben. Und ein Freund – ein guter *Freund, von dem ich weiß, dass er meine Wünsche nach meinem Tod respektieren wird – mailt sie dir. Tut mir leid wegen dieser List. Tut mir leid, dass ich ihn dazu gebracht habe, so zu tun, als wäre er Mouse. Sie ist letztes Jahr aus heiterem Himmel bei uns aufgetaucht. Und statt ihre Freundin zu sein, statt mich zu freuen, dass sie wieder da war, konnte ich nur sehen, wie wütend es Ross machen, wie sehr er sich an mir dafür rächen würde. Denn ich bin ein Feigling. Und vielleicht war es auch feige, in den E-Mails so zu tun, als kämen sie von Mouse, aber ich dachte, es würde vielleicht helfen. Ich dachte, dass du sicher nicht auf mich, aber be-*

stimmt auf sie hören würdest. Tut mir leid, wenn die E-Mails oder meine Tagebuchseiten dir Angst eingejagt haben. Aber ich glaube, ich wollte das auch. Ich wollte, dass du dich daran erinnerst, was in der Nacht passiert ist, in der Mum und Grandpa starben. Ich wollte, dass du dich daran erinnerst, was Ross *damals tat.*

Ich habe im Silver Cross etwas für dich versteckt. Das und dieser Brief sind alles, was ich dir noch geben kann. Du musst ihnen glauben. Du musst mir glauben. Ich weiß nicht, was er tun wird, aber ich weiß, dass es nicht aussehen wird wie ein Mord. Weil er ein geborener Pirat ist.

Ich denke immer an dich. Bitte glaube nicht, das sei nicht so. Als du gingst, habe ich jeden Tag und jede Nacht geweint, wochenlang. Und er hat mich dann umarmt und mir gesagt, dass alles wieder gut wird. Es war gut, weil zumindest wir uns hatten. Es passt ihm, wenn wir beide voneinander getrennt sind. Das war schon immer so. Ich wollte so oft zu dir Kontakt aufnehmen. Aber ich habe es nicht getan. Weil ich wusste, dass es dir ohne uns besser geht. Weil ich wusste, dass er mir auch noch die letzten Freiheiten nehmen würde, wenn ich das täte. Ich habe meine Malerei, arbeite ein wenig ehrenamtlich, habe ein paar Freunde. Ich habe mein Boot. Er stimmte dem Kauf zu, bevor er begriff, dass es meine Fluchtmöglichkeit war. Deshalb habe ich es The Redemption *genannt, nach dem englischen Titel des Films* The Shawshank Redemption, Die Verurteilten. *Wenn du das hier gefunden hast, musst du dich erinnern. Wie sehr ich den Film und die Stephen-King-Kurzgeschichte liebte, auf dem er beruht. Jede Flucht ist besser als keine.*

Ich kann dich nicht bitten, mir zu vertrauen, weil ich weiß, dass du das nicht tust. Ich kann dich nicht bitten, mir zu glauben, weil ich weiß, dass du das nicht tust. Jeden Tag bereue ich, was ich uns angetan habe. Ich hätte ihm niemals die Kontrolle überlassen dürfen. Nicht in unserem ersten Leben, und ganz bestimmt nicht in unserem zweiten. Denk immer daran, ER WEIß ES. Erinnere dich an DEN PLAN. Ans Silver Cross. Ein X bezeichnet die Stelle.

Erinnere dich daran, dann fällt dir auch der Rest wieder ein. Du wirst die Wahrheit erkennen. Du wirst ihn erkennen. Du wirst mir glauben. Du wirst sicher sein.

Tut mir leid.

Alles Liebe,

Rosenrot x

Ich lese den Brief wieder. Und wieder. Streiche mit den Fingern über Els Tintenschnörkel. Es ist ihre Handschrift, ihre Stimme, das weiß ich, ich kenne sie, aber dennoch fühlt es sich falsch an. Zu vorsichtig, zu kalkuliert. *Wenn du das hier liest, bin ich bereits tot*; El hätte früher verächtlich und höhnisch die Augen verdreht, wenn sie so etwas gelesen hätte. Denn ganz sicher ist das, was sie da sagt, der blanke Irrsinn. Ich versuche mir vorzustellen, wie Ross sie schlägt, und es gelingt mir nicht. Es ist, als müsste ich mir vorstellen, dass er mich schlägt. Das *kann* einfach nicht wahr sein.

Aber es war Ross, der mir gesagt hat, dass El wieder hierher habe zurückkommen wollen, dass sie gewollt habe, dass alles haargenau so aussah wie immer. Und ich merke jetzt, wie lächerlich *das* klingt. Wie falsch. Warum hätte sie zurück in das Haus wollen sollen, das zwölf Jahre lang ihr Gefängnis war? An diesen Ort des Todes, der Angst und der Dunkelheit?

Aber. Wenn ich glaube, dass El wirklich Angst vor Ross hatte und nur versucht, mich zu beschützen, warum hat sie mir dann nicht *gesagt*, was sie glaubt, dass ich vergessen habe – was auch immer es ist, was er getan haben soll? Denn an alles, was ich verdrängt hatte, erinnere ich mich jetzt. Diese Erinnerungen sind *nicht* falsch. Das können sie nicht sein. Ich erinnere mich an alles, was in unserem ersten Leben passiert ist, einschließlich der Nacht, in der Mum mit der Hecklaterne der *Satisfaction* Grandpa den Schädel einschlug. Was soll es da noch geben?

Mein Kopf dröhnt. Silver Cross. Ich weiß, dass ich wissen

sollte, was das ist – ich weiß, dass ich *weiß*, was es ist –, aber ich kann nicht darüber nachdenken. Ich kann mich nicht erinnern.

Ich trinke den Wodka aus. Stehe auf. Denn El hatte zumindest in einer Sache recht. In einer Sache, die mich ganz eiskalt und verängstigt und unsicher macht. Sie glaubte, sie müsse sterben. Und nun ist sie tot.

*

Ich stehe am Anfang des engen Flurs, der zu Schlafzimmer 3 führt, und taste nach dem Lichtschalter, finde aber keinen. Ich zwinge mich dazu, mit ausgestreckten Händen in die Dunkelheit zu tappen. Zucke zusammen, als ich das Türblatt am Ende des Flurs berühre. Zögere, weil mir meine Erinnerung sagt: *Geh da nicht rein! Da dürfen wir niemals rein!* Dies ist das einzige Zimmer, in dem ich nie war, nicht einmal als Kind. Mum hatte dafür gesorgt, hatte uns solche Angst davor gemacht, dass El und ich stets an dem Flur vorbeigingen, ohne auch nur hinzusehen. Ich muss an ihre Schreie denken. Der Widerhall, wenn diese Tür zuknallte. Grandpa hatte auch davor Angst – manchmal sah ich, wie er in der Tür zum Maschinenraum stand und über den Treppenabsatz hinweg in diesen Flur starrte. Dann zitterte er, sein Mund war ganz schlaff, die Augen leer. Kann es sein, dass El etwas in Blaubarts Zimmer versteckt hat? Kann es sein, dass sie sich hierher gewagt hat? Ich weiß es nicht. Aber ich weiß, dass ich nachsehen muss.

Als ich die Klinke berühre, merke ich, dass ich leise und schnell vor mich hin murmele: »Er kommt nur nachts raus, er kommt nur nachts raus.« Ich zwinge mich, damit aufzuhören. Alle Ehefrauen Blaubarts endeten an rostigen und blutigen Haken, ausgenommen die letzte. Und was sie rettete, war, dass sie nicht auf ihre Angst achtete, dass sie doch nachsah, dass sie die einzige Tür öffnete, die sie nicht öffnen durfte. Und so drücke ich die Klinke herunter. Stoße die staubige, dunkle Tür auf. Und trete ein.

Blaubarts Zimmer hat keine Fenster. Ich wusste das im Grunde, weil seine äußere Wand der Gang vom Spiegelland ist, aber dennoch trifft mich die Erkenntnis unvorbereitet. Die Dunkelheit. Ich finde den Lichtschalter. Drücke ihn, bevor ich mich hineinwage.

Die Luft hier fühlt sich kalt und schwer an. Es riecht nach alter Farbe. In einer Ecke stehen ein abgewetzter Ledersessel und eine Stehlampe. Alles andere ist unter Laken verborgen. Ich schaue mir jede Wand an, jeden Schatten, als erwartete ich immer noch, die Leichen von Blaubarts Frauen zu entdecken. Oder Mums Kreischen widerhallen und durch die Dielen in die Speisekammer und den Schrank darin und das Meer darunter dringen zu hören.

Konzentrier dich.

Ich trete weiter ins Zimmer hinein, beginne, die Laken abzuziehen, huste Staub aus. Unter dem zweiten Laken befindet sich eine große Holzkiste. Ich halte inne. Mein Herz stolpert. Keine Kiste. Unsere Schatztruhe von der *Satisfaction*. Verschlossen mit schwarzen Lederriemen und einem Schloss, das golden und rostig ist.

Ich knie mich davor. Das Schloss ist offen. Ich hebe den Deckel an und zucke zusammen, weil die Angeln so laut quietschen.

Darin liegen alte Laken. Ich beginne, sie herauszuholen, und stapele sie auf dem Fußboden. Dann berühren meine Finger etwas Hartes, und ich ziehe sie sofort zurück.

Komm schon.

Ich greife wieder hinein und hole das letzte Laken heraus.

Darunter liegen zwei Gegenstände. Ein großer und ein kleiner. Der große: ein Bohrer mit blauem Griff und einem hohlen Zylinder daran. Der kleine: ein runder Stahlgriff an der einen Seite, ein schwarzer Gummi-Gewindestopfen auf der anderen.

Ich verlagere das Gewicht auf die Fersen. Lege mir die klammen Finger aufs Gesicht. El hat diese Dinge nicht hineingelegt. Sie hat sie nicht in diesen scheußlichen Raum gelegt, damit ich sie hier finde. Denn ich weiß instinktiv, was ich da vor mir habe.

Ich denke an Logans Gesicht, den vorsichtigen Tonfall, in dem er zu mir sagte: *Wir haben Beweise dafür gefunden, dass sie versenkt wurde. Absichtlich versenkt.*

Ich schaue die Lochsäge an. Den Lenzstopfen. Es sind Trophäen.

*

Die Treppe liegt im Dunkeln. Das einzige Licht kommt von der milchigen Viktorianischen Lampe im Eingangsbereich. Ich taste mich die Stufen hinunter, das Geländer fühlt sich kalt an. Das laute und alte Haus schläft weiter; seine krachenden, knarrenden Adern sind wie eine versteckte Landkarte aus schwarzen Straßen und Kupferdrähten, Meeren, mitternächtlichen Welten aus Feuer, Wut und Spaß.

Ich gehe an der Küche vorbei, sehe mein Gesicht im Spiegel über dem Telefontischchen. Ich öffne die Tür zum Wohnzimmer. Atme endlich aus.

Im Zimmer ist es warm, das Licht ist golden. Die langen Vorhänge, die von der Decke bis zum Boden reichen, sind wegen des Regens und der Dunkelheit zugezogen, und das Feuer frisst sich lautstark durch einen Haufen Holzscheite und tanzt auf den flaschengrünen Fliesen. Auf den Beistelltischchen stehen Teelichte, ebenso auf dem Poirot, und sie zucken silbern und golden in Spiegeln und polierten Holzoberflächen, sodass es hier aussieht wie am Weihnachtsabend. Das Einzige, was fehlt, ist die zweieinhalb Meter hohe Fraser-Tanne, die weiß glitzert und Nadeln verliert und die ihren Weihnachtswald-Duft im Zimmer verbreitet.

Unbewusste Fantasien. Ich denke an die Worte, bis sie in meinem Kopf verschwimmen. Bis ich nur noch Blaubart sehen kann, der uns mit seinem Toten Licht jagt. Wie er Blut aus seinem zertrümmerten Schädel hervorhustet, das schwarz aufs Kanonendeck der *Satisfaction* sickert.

Ross steht vom Chesterfield-Sofa auf und lächelt vorsichtig.

»Geht es dir gut?«

»Ja.«

Sein Blick flitzt durch das Zimmer. »Sag mir, wenn das hier zu viel ist.«

»Nein. Nein, es ist in Ordnung.« Aber ich schaffe es irgendwie nicht, weiter in das Zimmer zu treten. Ich bringe es irgendwie nicht über mich, irgendetwas zu *tun.*

»Bist du dir sicher, dass es dir gut geht?« Die tiefe Falte zwischen Ross' Brauen ist wieder da. Ich würde sie am liebsten mit meinem Daumen glatt streichen.

»Ja.« Ich zwinge mich dazu, zum Sofa zu gehen, auf ihn zu.

»Setz dich bitte«, sagt er und greift kurz nach meiner kalten Hand, um sie zu drücken. Dann geht er an mir vorbei zur Bar.

Ich setze mich. Beobachte ihn. Den Umriss seiner schmalen Taille und der breiten Schultern im flackernden, glitzernden Licht, die dichten Locken seines Haars in seinem Nacken. Meine Finger gleiten in die Tasche meiner Jeans, wo Els Brief in seiner Plastiktüte steckt. Seine Existenz tröstet und erschreckt mich zugleich. Ich sehe die Sherrygläser, die auf den türkisfarbenen Kacheln des Poirot stehen. Golden im geschliffenen Kristall. Zwei statt vier. El hat ihm tatsächlich alles erzählt.

»Aperitif«, sagt Ross und stellt sie auf einen Beistelltisch, auf dem Kerzen stehen. Das Arrangement erinnert mich an die Nische für *besonders romantische Anlässe* im italienischen Restaurant. Als er sich neben mich setzt, spüre ich seine Hitze an meinem Oberschenkel. Ich rieche seine holzige, moschusartige Vertrautheit. Ich höre meinen eigenen Herzschlag, der schwer und viel zu laut ist.

»Prost«, sagt er feierlich, sodass ich endlich mein eingefrorenes Lächeln löse. Unsere Gläser klingen noch lange nach, länger, als mein Sherry im Glas bleibt. Ich spüre sein wunderbares Brennen in meinem Magen. Ich weiß, ich sollte ihn eigentlich nach seinem Tag fragen. Was bei der Arbeit passiert ist. Wie er sich fühlt, wie er klarkommt. Ich wirke wohl nicht besonders normal. Ross findet das auch. Er greift nach meinen eiskalten Fingern und umschließt sie mit seinen.

»Es wird schon alles gut, Cat«, flüstert er. »Immerhin haben wir noch uns.«

Und ich schließe die Augen, als er seine warmen Lippen auf meine Schläfe drückt.

KAPITEL 26

Ich sitze am Küchentisch, während Ross vor Mums Herd steht. Der Regen trommelt ans Fenster; der Wind heult, gefangen zwischen den hohen Steinmauern des Gartens. In der Küche ist es heiß und feucht und dennoch irgendwie kalt. Ich schaudere.

Ich nehme das Glas mit Shiraz, das mir Ross eingeschenkt hat. Stelle es wieder hin, ohne einen Schluck getrunken zu haben. Vom Geruch nach Hackfleisch dreht sich mir der Magen um. Mein Kopf schmerzt, er fühlt sich dick und sumpfig an, und ich bin viel zu unruhig, zu nervös. Alle paar Minuten setzt mein Herz einen Schlag aus und beginnt dann zu galoppieren. Vielleicht ist es die Trauer, der Schock: zu viele tiefe Erschütterungen in zu kurzer Zeit. El, die gestorben ist. Maries Geständnis. Viks »Mouse«. Els Brief. Alles, was in diesem Haus geschehen ist. Ich muss Ross nach den Dingen fragen, die ich in Blaubarts Zimmer gefunden habe. Ich muss ihn nach Marie und diesem Text fragen. Nach dem, was Vik gesagt hat. Und ich muss ihn wirklich nach all dem fragen, dessen El ihn bezichtigt hat. Aber ich kann es nicht.

Ross legt den Deckel auf den Chili-Topf und kommt zum Tisch zurück. Er setzt sich so nah neben mich, dass ich die silbrigen Flecken in seinen Augen sehen kann.

»Da gibt es etwas, worüber ich mit dir sprechen will. Herrgott, du bist ja eiskalt.«

Ich schaue auf meine Hände, die in seinen liegen. Ich habe gar nicht gemerkt, dass er sie genommen hat.

»Mir geht es gut«, sage ich, aber er beginnt, meine Finger zu reiben, und pustet warmen Atem auf meine Handflächen.

»Ich weiß, dass es vielleicht nicht der richtige Zeitpunkt ist, das zu sagen, aber … ich werde verkaufen.«

»Was?«

»Sobald ich kann, meine ich.« Seine Stimme ist so sanft, als wäre ich ein scheuendes Pferd. »Es wird eine Weile dauern. El hatte kein Testament, und dann ist da dieser ganze Kram mit der Todeserklärung.« Als ich ihm meine Hände wieder zu entziehen versuche, hält er sie nur noch fester. »Ich weiß, wie das alles klingt, Cat. Ich weiß, wie schwer es ist. Ich weiß …« Er hält inne und beißt sich auf die Unterlippe.

»Schon okay.« Es ist lächerlich, wie sehr ich ihn immer noch trösten will – muss. Die Falte zwischen seinen Brauen glätten, meine Daumen über seine Haut gleiten lassen will, über seine dunklen, müden Schatten.

»Bleib bei mir.«

»Was?«

Er starrt mich so intensiv an, so eindringlich, dass ich kaum blinzeln kann. »Bleib bei mir. *Sei* mit mir zusammen. Ich weiß, dass es auch dafür nicht der richtige Zeitpunkt ist, aber ich liebe dich, Cat. Nicht so wie El. Anders, es ist anders.« Er schließt die Augen, als täte ihm etwas weh. »Besser.«

Ich weiß nicht, was ich sagen soll. Was ich fühlen soll.

»Ich weiß, dass man uns verurteilen wird. Aber, Cat, ich bin bereit dazu, wenn du es willst. Wir können hierbleiben, bis das Haus verkauft ist. Oder wir gehen irgendwo anders hin. Es liegt nur an dir. Alles liegt nur an dir. Ich liebe dich. Ich brauche dich.« Er lässt meine Hände los, um mein Gesicht zwischen seine Hände zu nehmen und meine Wange zu streicheln. Seine Finger zittern, seine Augen glänzen. »Und El hat uns beide geliebt. Sie würde wollen, dass wir glücklich sind.«

Ich weiß nicht, ob der Lenzstopfen *der* Lenzstopfen ist. Und die Lochsäge könnte einfach nur eine Lochsäge sein. Ich muss zu Logan und Rafiq gehen und ihnen alles zeigen. Damit sie Fingerabdrücke und andere Spuren daran sicherstellen. Denn es ist *Ross*. Und weder meine Scham noch meine Trauer können die Erinnerung an Els Klugheit auslöschen, ihre manchmal lässige Grausamkeit. Sie hatte recht: Ich vertraue ihr nicht. Ich vertraue ihr schon sehr lange nicht mehr. Sie zieht immer noch die Fäden im Hintergrund. Der Brief kann ebenso gut eine weitere Lüge sein. Wie die E-Mails von »Mouse«.

Denn einer von beiden *muss* mich angelogen haben. Sie können nicht beide die Wahrheit sagen. Ein großer Teil meines Lebens, meiner Überzeugungen ist falsch. Ein Paralleluniversum, in dem ein Mensch, den ich liebe, ein Monster ist. In dem ein Spiegelbild lügt. Ich erinnere mich daran, wie El in ihrem Tagebuch schrieb: *Sie glaubt, wenn sie nur so tut, dass etwas nicht passiert ist, dann ist es auch nicht passiert.* Ich will nicht mehr, dass das stimmt. Ich bin verwirrt, verunsichert. Vor allem habe ich Angst. Als ich zwölf war, bin ich einmal von Mum und Grandpa und diesem Haus weggelaufen. Aber diesmal renne ich nicht fort. Ich gehe nirgendwo hin, bis ich die Wahrheit kenne.

Ich schließe die Augen, und sofort ist es kälter und heller. Ich rieche harte Eier und verbrannten Toast. Höre die hektische Panik flatternder Flügel. *Schling nicht so, Catriona.* Mums runder Rücken, den Arm in einer Schlinge, die sie aus einem Küchenhandtuch geknüpft hat, eine faustgroße kahle Stelle in der Nähe des Scheitels, die rohe, pinkfarbene Nacktheit dieser Stelle. Der Schrecken in Grandpas lautem und vertrautem Gelächter. *Steh nicht so rum, Mädel. Setz dich endlich hin.* Silbrige, schaudernde Angst. Etwas, das näher kommt. Etwas, das beinahe da ist.

Ich öffne die Augen. Ross sieht mich mit einer Mischung aus Sorge und Ungeduld an.

»Wo warst du?«

Ich schüttele den Kopf und nehme mein Glas. Trinke einen Schluck und schaudere dann. »Ich habe an die Vergangenheit gedacht. An dieses Haus. An Grandpa.«

Ross setzt sich gerade hin.

»An das, was er getan hat. An das Trinken, an die Gewalt.«

»Es hat keinen Sinn, über die Vergangenheit nachzudenken. Sie ist nicht mehr wichtig.« Seine Finger streichen über meine Wangenknochen, und sein Lächeln ist zaghaft. »Deshalb müssen wir alles verkaufen und fortziehen. Deshalb müssen wir ...«

»Aber ich habe das alles verdrängt, Ross! So viel davon. Was hier passiert ist. Was mit uns passiert ist. Findest du *das* nicht wichtig?«

»Dein beschissener Grandpa ist schon Jahrzehnte tot, Cat! *Das hier* ist wichtig.« Er nimmt wieder meine Hände. »Wir sind wichtig. Ich wüsste nicht, warum ...«

Ich ziehe meine Hände weg und stehe auf. Die Beine des Stuhls kreischen auf dem gefliesten Boden, sie wackeln, gleiten, bis Ross vorstürzt, um ihn aufzufangen. Ich zucke zusammen, und zwar viel zu auffällig – die ungläubige Verletztheit, die über sein Gesicht zuckt, lässt mich wegschauen.

»Denn was, wenn ich nicht richtigliege? Was, wenn da noch etwas anderes ist – etwas Schlimmeres – und ich mich nicht daran erinnern kann? Was, wenn ich immer so getan habe, als wäre es nicht passiert?« Ich stehe noch und zittere, aber der Nebel in meinem Kopf hat sich ein wenig gehoben. Ross sieht verwirrt und wütend aus. Aber natürlich kann er es nicht verstehen, weil ich von meiner Fantasie rede, die womöglich im Widerspruch zur Wahrheit steht. Von den Antworten auf die schrecklichen Fragen, die ich nicht über mich bringe, ihm zu stellen.

Aber es muss heute Abend sein.

Els blutunterlaufene Augen. Ihr schreckliches Lächeln hinter der Berliner Mauer. *Es* muss *heute Abend sein.*

Ross schüttelt mich, seine Finger hat er fest um meine Oberarme geschlossen.

»Cat! Kannst du mich hören? Geht es dir gut?«

»Hör auf! Mir geht es gut. Mir geht es gut.«

Er lässt mich nicht los. »Herrgott noch mal, bist du dir sicher? Ich dachte schon, du hättest einen Anfall oder so etwas.«

Vielleicht sollte ich *wirklich* aufhören. Alles wieder dorthin zurückstopfen, wo es so lange gelagert hat. Nur dass es einfach zu viel ist. Ich merke jetzt, dass es nicht normal ist, einfach allem aus dem Weg zu gehen, das einem Angst macht – einschließlich den schlimmsten Zeiten der eigenen Vergangenheit –, und es kommt mir noch merkwürdiger vor, dass ich bis jetzt nie so gedacht habe.

Mum, die den schwarzen Rucksack unter meinem Bett hervorzog und Konservendosen mit abgelaufenem Essen herausholte und auf den Boden schleuderte. *Um Himmels willen, Catriona, warum bist du so* nutzlos*? Das hier ist* wichtig*!* Sie klopfte mit den Fingerknöcheln auf unseren Schreibtisch und fachte diesen allgegenwärtigen Grundton der Bedrohung, des Untergangs an. *Eine Geschichte aus zwei Städten, Papillon, Der Mann mit der eisernen Maske, Der Spion, der aus der Kälte kam, Der Graf von Monte Christo, Pin-up.*

Sei nicht wie ich. Hab keine Angst vorm Fliegen.

»Oh mein Gott.« Ich lasse mich auf den Stuhl fallen. Ich presse die Hand auf den Mund. Als ich das Weinglas nehme, zittern meine Finger so sehr, dass ich nicht trinken kann. Mein Magen zieht sich zusammen.

»Cat, was zum Teufel ist eigentlich los? Soll ich jemanden anrufen?«

Keine Überlebensrationen. Keine Englischstunden. Keine Märchen oder Vorspiegelungen. Paranoia, Grausamkeit oder Wahn. Nicht einmal auch nur versuchen, im selben Haus wie ein Monster zu überleben.

Ross starrt mich an. »*Was?*«

Alles dasselbe. Derselbe *PLAN. Es muss heute Abend sein.* An diesem letzten Abend unseres ersten Lebens. Dieser letzte goldene Streifen Licht auf dem Teppich in der Eingangshalle, dieses letzte Klacken des Riegels am Freitag. Stille, Dunkelheit, und dann die Stufen hinunterrennen, mit klappernden Rucksäcken, die an den Schultern zerren. Mum, die uns die Mäntel über den Pullovern zuknöpft; ihr Gesicht ist verkniffen, wund und lebendig, ihre linke Wange dunkel und verschwollen, das Auge nicht mehr als ein dunkelvioletter Schlitz. Sie hält uns mit ihrem heilen Arm viel zu fest. *Seid ihr bereit?*

»Großer Gott.« Meine Stimme klingt ganz ausdruckslos. Irgendetwas zwischen Hoffnung und Schrecken klettert meinen Hals hinauf. Wir sind nie aus diesem Haus fortgerannt. Wir sollten immer gehen. *Das* war *DER PLAN* gewesen. »Es ging um Flucht. Es ging *immer* um Flucht.«

»Cat …«

Ich sehe Ross an. Die Haare auf seinen Unterarmen haben sich aufgestellt, und er sitzt ganz gerade da; es wirkt, als wäre sein ganzer Körper in Hab-acht-Stellung. »Das war es, oder? Die Nacht, in der sie starben? Der vierte September? Wir flohen. El und ich. Und du und Mum wussten es. Du und Mum haben uns geholfen. Das war *DER PLAN*. Nicht wahr? Dass wir ihm entkommen konnten. Hier. Dass wir nie wiederkommen sollten.«

Ross sackt in sich zusammen. Legt seine Finger um meine Handgelenke. »Natürlich.«

Ich höre ein Geräusch. Über das Trommeln des Regens und das Heulen des Windes hinweg. Unheimlich, lang und leise. Wie der Schrei einer Eule.

Wir standen in dieser Küche, nur ein paar Meter vom Tisch entfernt. Mondlicht strömte über den Boden. Unsicher, ungeduldig, nervös, aufgeregt, voller Angst vor Mums wütendem Drängen. Selbst da wussten wir nicht, was los war. Nichts wussten wir. Wir hatten absolut keinen Begriff davon, was Flucht bedeutete.

Ein Eulenschrei. Ein Herzschlag, währenddessen ich El ansah

und sie mich ansah. Mums gerunzelte Stirn. Das langsame Abebben des Misstrauens, das sie nur für uns reserviert hatte.

»Jemand hilft uns«, sagte El.

Jemand, dem wir vertrauen können, wollte ich sagen, tat es aber nicht. Weil Mum glaubte, dass gut aussehende Traumprinzen hinterhältig waren. Dass man ihnen niemals trauen durfte. Weil Ross von Anfang an unser Geheimnis war.

»Der Eulenschrei bedeutet *Gefahr*, Mum! Er bedeutet: *Lauft!*«

Und das taten wir.

»Du hast Schmiere gestanden«, sage ich.

Ross ist ganz bleich geworden. Er schaut hinaus in die schwarze, nasse Nacht – die so anders ist als die unheimlich ruhige Nacht des vierten September 1998 –, und dann steht er auf. Seine Schultern sind ganz steif. Ich sehe die Adern an seinem Hals, das Zucken in seinem Kiefer. Er will mich nicht anschauen.

»Ich sage dir, dass ich dich liebe. Dass ich mit dir zusammenleben will, mit dir zusammen sein will. Ich hatte erwartet, dass du über El würdest sprechen wollen. Aber du willst nur über *dieses* Haus und deinen beschissenen irren Grandpa sprechen.« Er marschiert zur Tür. »Ich gehe nach oben. Wenn ich zurückkomme, werden wir verdammt noch mal normal miteinander reden, okay?«

Und dann ist er weg. Seine Schritte stampfen die Treppe hinauf.

Ein Donnergrollen lässt mich zusammenzucken. Der Fensterrahmen klappert, hebt sich und fällt wieder zurück. An meinem Schenkel vibriert es, und als ich begreife, dass es mein Handy ist, mühen sich meine zitternden Finger damit ab, es herauszuholen. Als ich es endlich schaffe, hat der Anrufer bereits aufgelegt. Ich erkenne die Nummer nicht, aber da ist eine Textnachricht. *Rufen Sie mich an, wenn Sie diese Nachricht erhalten. Rafiq.* Und als ich meine Mailbox abrufe, sagt sie exakt dasselbe, aber ihr angespannter, strenger Tonfall alarmiert mich. Sie klingt wie eine DI Kate Rafiq, die ich noch nicht kenne. Sie klingt besorgt. Vielleicht hat sie sogar Angst.

Ich sollte sie zurückrufen. Aber ich habe so sehr das Gefühl, kurz vor einer Erkenntnis zu stehen. Und ich habe schon nach unten gesehen. Ich *will* fallen. *Es* muss *heute Abend sein.*

In meinem Posteingang ist eine ungelesene E-Mail. Von ProfessorCatherineWard@southwarkuni.com. Das Küchenlicht flackert, als ich sie herunterlade, und ich starre das Download-Symbol an und versuche, nicht auf mein hämmerndes Herz und meine langsamen, benebelten Gedanken zu achten.

Sehr geehrte DI Kate Rafiq,
vielen Dank für Ihre Mail. Ich bin gerade von einer dreiwöchigen Reise in die Arktis zurückgekehrt, aber als ich von Ihren Ermittlungen gehört habe, hatte ich bereits beschlossen, Kontakt zu Ihnen aufzunehmen. Meine Kollegen (wobei das nicht ihre Schuld ist, wie ich betonen möchte) hatten unrecht, als sie Ihnen sagten, Dr. Ross MacAuley habe die Konferenz nicht vor ihrem Ende um 16 Uhr am 3. April verlassen. Tatsächlich hat er sie bereits am Abend des 2. April verlassen. Ganz genau um siebzehn Uhr fünfunddreißig.

Ich bin mir ganz sicher, was den Zeitpunkt angeht, weil mein Flug nach Bergen wegen der schlechten Wetteraussichten vorverlegt worden war – ich hatte nur wenige Stunden, um die Universität zu verlassen, meine Sachen zu packen und nach Gatwick zu fahren. Ich sah Dr. MacAuley sein Gepäck in sein Auto verladen und vom Parkplatz fahren. Ich kenne Dr. MacAuley vom Sehen; letztes Jahr hielt er beim Symposium für Borderline-Störungen in Glasgow einen Vortrag.

Ich entschuldige mich vielmals, dass diese Beobachtung so spät kommt. Ich habe in den Nachrichten gesehen, dass die vermisste Frau tot aufgefunden wurde, man ihren Tod jedoch nicht für ver-

dächtig hielt. Daher habe ich die Hoffnung, dass mein Versäumnis wenig ausmacht, wobei ich natürlich zur Verfügung stehe, sollten Sie mich brauchen. Meine privaten und dienstlichen Kontaktdaten finden Sie unten.

Mit freundlichen Grüßen,
Catherine Ward

Sie hat natürlich recht. Es macht nichts aus. Es bedeutet gar nichts. Noch ein Donnergrollen rüttelt am Fensterrahmen. Ich schlucke. Es bedeutet, dass er gelogen hat. Dass er mich angelogen hat. Und die Polizei. Genau deswegen habe ich ihr überhaupt gemailt. Dies ist genau das, wovor ich mich gefürchtet habe. Es ist genau das, was ich *erwartet* habe.

Ein Blitz erhellt die Küche mit grellweißem Licht, und ich blinzele. Glaube etwas im Garten zu sehen, etwas Falsches, etwas, das dort nicht hinpasst, dann wird das Fenster wieder dunkel. Das Haus stöhnt, ist rastlos und wach. Ich höre Ross, der oben umhergeht; alte Dielen knarren, als wollten sie mich warnen.

Ich stehe auf. Stolpere gegen den Tisch. Plötzlich ist mir so schwindelig, dass ich schwarze tanzende Flecken sehe. Mein Kopf kippt nach vorn, er ist zu schwer, und der Schwindel, der damit einhergeht, ist so schlimm, dass ich nach meinem Stuhl greife. Als er fällt, klingt das Krachen gedämpft, als wäre ich unter Wasser. Erst als ich mit der Hüfte heftig gegen den Tisch stoße, macht es in meinen Ohren *plopp*, und die Geräusche des Unwetters und des Hauses stürmen wieder auf mich ein. Ich lege die Handflächen auf den Tisch, beruhige meine Atmung, lehne mich gegen das Holz, bis seine Festigkeit sich auf mich überträgt.

Ich sehe den Shiraz. Er sieht im flackernden Licht aus wie altes Blut. Mir fällt auf, dass ich mich so merkwürdig und langsam und bleiern schon seit vielen, vielen Tagen fühle. Ich denke an all diese Nächte, in denen ich zwölf Stunden geschlafen habe. An all die Drinks, die Ross mir am Poirot gemacht hat. An die Wodkaflasche auf dem Küchentisch. An den Tee, den er immer frisch zubereitet. Els Untersuchung auf Gifte nach ihrem Tod. All die Tabletten. Vermutlich haben sie auf die eine oder andere Weise zu ihrem Tod beigetragen. PSYCHOAKTIVE SUBSTANZEN: DIE EFFEKTIVITÄT VON THERAPIEN VS. SICHERE ANSÄTZE.

Ich stolpere zum Ausguss, kippe den Wein aus und trinke dann direkt aus dem Hahn, einen lauwarmen Schluck nach dem anderen, bis mein Magen sich ganz hart und voll und mein Kopf sich klarer anfühlt. Noch ein Blitz, das Donnern folgt nur ein paar Sekunden danach. Ich schaue zum Fenster. Sehe die dicken georgianischen Hartholzsprossen und die Scheiben, durch die nicht einmal ein Kind passen würde. Die langen, krummen Nägel in der Fensterbank. Denke daran, wie Ross sagte: *Das hat mich nicht besonders gestört. Ich dachte, dadurch wäre El sicherer, wenn ich nicht da war.* Und El, die schrieb: *Und er kaufte alles zurück und stellte es an seinen Platz, ließ mein Gefängnis immer kleiner, immer ausbruchssicherer werden.* Vielleicht sind es nicht einmal mehr dieselben Nägel, die Grandpa in das alte, verschrammte Holz gehämmert hatte.

Ich sehe die Fliesen vor Mums Herd, und zum ersten Mal sehe ich auch das Blut, das schnell und dunkel zwischen ihnen dahinrinnt und sich in den Fugenritzen sammelt.

Über mir knarren die Dielen. Gefahr. Lauf.

Das tue ich. Über alles andere denke ich später nach. Zum Beispiel darüber, ob Weglaufen ein Fehler ist oder nicht. Ich sprinte durch die Flure, achte nicht auf das warnende Klappern der Vogelteller. In der Eingangshalle werfe ich einen hastigen Blick zurück zur Treppe. Noch ein Blitz erleuchtet den leeren Flur, das Buntglasfenster. Ich renne zur Eingangstür.

Sie ist abgesperrt.

Dummerweise verschwende ich wertvolle Zeit damit, den Riegel immer und immer wieder zurückzuschieben, obwohl ich weiß, dass es sinnlos ist. Ich weiß, dass es nur einen Schlüssel dafür gibt.

Ich renne zurück durch den Flur, werfe wieder einen Blick hoch zu der Stelle, an der die Treppe in der Dunkelheit verschwindet. Dann renne ich in die Küche und schließe leise die Tür.

Lauf.

Ich renne über die Fliesen in die eiskalte Spülküche. Den Lichtschalter finde ich nicht, aber ein weiterer Blitz bestätigt meine schlimmste Befürchtung. Der alte Schlüssel ist fort. Als ich die Klinke zu bewegen versuche, merke ich, dass die Tür zum Garten ebenfalls verschlossen ist.

Ich kann nirgends hin. Ich muss mich beruhigen. Ross wird bald zurück sein. Ich muss *nachdenken.* Und dann muss ich handeln.

Ich gehe zurück in die Küche. Stelle meinen umgekippten Stuhl wieder auf. Hole mein Handy heraus und rufe Rafiq zurück.

»Ich bin im Haus«, sage ich, als ich auf die Voicemail umgeleitet werde. Und ich habe keine Zeit mehr, noch mehr zu sagen, weil dann ein Donner über das Haus hereinbricht, der so laut ist wie eine Explosion. Meine Verbindung reißt ab, und der Garten erstrahlt in einem kalten weißen Licht.

Der Obstgarten, die hässlichen Säulen und das Pflaster, das Waschhaus mit seinem Schieferdach und der zugeketteten Tür. Und da, auf der langen, nackten Mauer, sehe ich es. Es steht grell und in hartem Kontrast da, wie in einem viel zu hellen Fotoblitz: hoch und breit und blutrot. Laut genug, dass es auch ein Ruf sein könnte. Ein Schrei.

El schrie *tatsächlich*, als sie aus dem Fenster schaute und mit dem Finger zeigte. Ich sah ihr Spiegelbild im dunklen Glas. Ihr Mund war zu einem erschreckten O geformt. Das Mondlicht machte aus den Apfelbäumen, aus dem Gefängnishof, aus den hohen Gefängnismauern silbrige Schatten. Und die Worte sind eine hässliche rote Warnung.

ER WEIß ES

Der Schreck lässt mich vollkommen erstarren.

Bis ich den Riegel höre. Der sich mit einem Klacken öffnet, schwer und laut. Wie die Gefängniszellen im Shawshank.

Beim nächsten Donner gehen die Lichter aus, und ich schreie, lasse mein Handy klappernd fallen. Ich bin jetzt auf allen vieren auf dem Boden und taste hektisch herum, als die Lichter plötzlich mit einem tiefen Summen wieder angehen.

»Cat?«

Ich erstarre. Mein Handy liegt unter dem Tisch. Ich stürze mich darauf und rappele mich auf.

»Alles okay mit dir?«

Knarr, knarr, Pause. Er steht oben an der Treppe.

»Ja.« Meine Stimme bricht beinahe.

Wieder ein Knarren, eine längere Pause. »Ich hole mal die Taschenlampe für den Fall, dass der Strom ausfällt, und dann komme ich runter.« Knarr. »Geh nirgends hin.« Er klingt viel zu heiter; das Lächeln in seiner Stimme klingt bissig. Besonders nach unserem Streit. Besonders nach dem, was ich gesagt habe, nach dem, was er nicht gesagt hat. Besonders nach meinem Schrei.

Das Läuten der Glocke reißt mich aus meinen panischen Gedanken. Tief und schwer, behäbig. Ich schaue hoch zum Glockenbrett, sehe die wild schwingende Glocke. Dünn, blechern, Fis oder G. Das Wort *Badezimmer* wird fast von dem wild schwingenden sternförmigen Pendel verdeckt. Ich schaue hoch zur Decke. Warum zum Teufel läutet Ross die Glocke im Badezimmer? Ich sehe mein Spiegelbild im Küchenfenster, die dunklen Schatten auf meinem Gesicht, die vom Regen verzerrt sind. *Es ist nicht er.*

Als die Lichter diesmal ausgehen, dann noch einmal aufflackern, um schließlich die Küche wieder in Schwarz zu tauchen, schreie ich nicht. Auch nicht, als ein Donner das Haus in den Grundfesten erschüttert und der Garten erneut aufleuchtet. Ich erwarte, dass die Worte fort sind. Ich will, dass sie fort sind, denn dann bin ich nur verrückt, ein Mensch, der so darauf festgelegt ist, immer davonzurennen, dass er mehr Fantasien erfindet, als er jemals analysieren oder widerlegen kann. Aber sie sind noch da, in der Sekunde, bevor der Garten erneut in der Dunkelheit versinkt und es in der Küche wieder hell wird. Die Worte, die Tatsachen. Die Schrift an der Wand.

ER WEIß ES

Mum schrie nicht, als sie den Riegel hörte. Sie packte El mit ihrem heilen Arm und mich mit ihrem verletzten und zog uns vom Fenster fort, schob uns in den Flur. Wir wollten nicht gehen. Mum schubste uns zur Speisekammer, der Berliner Mauer. *Geht sofort ins Spiegelland.* Ihr schiefes, verschwollenes Gesicht war so entschlossen, ihre Nägel kratzten, ihre Füße traten – sie hatte nie Angst davor, uns wehzutun. Ein Blick über ihre Schulter wie ein Vogel, der gleich picken, der gleich losfliegen wird. *Ich halte ihn auf. Aber ihr müsst schnell sein. Es ist Zeit. Es muss heute Abend sein. Ihr müsst gehen. JETZT. LAUFT!*

Jetzt läuten zwei Glocken gleichzeitig, misstönend und hektisch, ihre Sterne schwingen wie betrunken, das Glockenbrett zittert und staubt. Schlafzimmer 4 und 5. Der Prinzessinnenturm und der Maschinenraum. Sie klingeln zusammen, weil beide einander am Ende des Treppenabsatzes gegenüberliegen. Dann Schlafzimmer 3: tief und lang in ihrem verklingenden Widerhall. *Er kommt zurück.* Ich stolpere aus der Küche, als die Lichter von Neuem flackern und andere Glocken läuten. Schlafzimmer 1 und 2. Der Kakadu-Dschungel und das Clown-Café. *Er ist oben auf der Treppe.* Ich renne zur Speisekammer, reiße den Vorhang zurück. Weil es egal ist, wenn diese blutroten Worte nur verdrängte Erinnerung sind. Es ist egal, ob die läutenden Glocken echt oder nur in meinem Kopf sind. Es ist egal, dass es fast zwanzig Jahre lang weder eine Mum noch einen Blaubart oder eine Übung mehr gab. Sie sind eine Warnung. Eine Warnung, dass ich gehorchen muss. Denn noch mehr als meine Fantasien oder die knarrenden alten Dielen waren diese Glocken immer das beste Alarmsystem in diesem Haus. Und das Spiegelland war immer sein Zufluchtsort.

Nach einem weiteren Donnerschlag höre ich Ross rufen. Ich schaue nicht aus dem Fenster, laufe zum Schrank, öffne den Riegel, zerre den Schemel herbei und klettere hinein. Die Lampen flackern; ich schalte die Taschenlampe auf meinem Handy ein und schließe die Schranktür hinter mir. Das Licht wirft tiefe Schatten; sie kommen näher und ziehen sich wieder zurück. Ich lange nach den beiden schweren Riegeln. Ich weiß nicht, was ich tue, aber ich kann nicht aufhören, ich will es nicht einmal. Nur dieses eine Mal muss ich mir selbst trauen. Ich öffne die Tür zum Spiegelland, trete auf die hölzerne Treppe. Erstarre, als ich noch eine Glocke höre, die zweimal kurz läutet. Ross ist in der Küche. Er ruft erneut, diesmal aus der Nähe. Eine klirrende, nervenaufreibende Glocke. Ein Moment Stille, dann eine andere Glocke. Beide gedämpft, aber ich erinnere mich sofort. *Wohnzimmer. Esszimmer.* Er läuft herum und sucht nach mir.

Ich schließe die Tür, aber mehr kann ich auch nicht tun. Ross weiß, dass es sie gibt. Und er weiß, dass es weder an der Schranktür noch innen Schlösser gibt, nichts, womit man die Türen verrammeln könnte. Schwindelig, wie mir ist, greife ich nach einer Hand, die es nicht gibt, und ich halte inne und atme tief durch. Ich tappe in die Dunkelheit, trete auf die nächste Stufe und wieder die nächste. Ich lasse nur zu, dass ich daran denke, wie Ross sich wie ein Schimpanse durch das Oberlicht im Waschhaus-

Dach schwingt. Wie er in den Tag flieht. Ich flüstere die Worte, die ich genau an dieser Stelle vor elf Tagen dachte. *Ich bin kein Kind mehr.* Diesmal werde ich keine Angst vorm Klettern und Fallen haben.

Die Rucksäcke waren zu groß. Sie schleiften an den Wänden des Treppenhauses entlang. Els Hand hielt meine, zu fest, zu heiß, der Lichtstrahl der Taschenlampe tanzte in wütenden Zacken umher. Grandpa über uns brüllte. Mums Proteste verwandelten sich in Schreie. Und als ein allmächtiges Krachen die Wände erzittern ließ, zog El mich noch schneller nach unten. *Los, komm; los, komm. Schnell.*

Ein helles, höfliches Klimpern wie die Tür zu einem altmodischen Kleidungsgeschäft. Die *Speisekammer.* Das muss sie sein – die einzige Glocke, die ich noch nie gehört habe, nicht ein einziges Mal. Weil Grandpa nie in die Speisekammer ging. Er dachte, es sei ein enger, kalter Unterrichtsraum. Bis zu jener letzten Nacht wusste er nicht einmal, dass es das Spiegelland gab; er wusste nicht, dass es einen Weg ins Waschhaus gab, der nicht verriegelt und mit Ketten verrammelt war. Ich schaue nach oben und über die Schulter, aber nur eine Sekunde lang – die Dunkelheit ist zu dicht, die Stufen sind zu steil. Und Ross wird mir sowieso bald auf den Fersen sein.

KAPITEL 27

Ich erreiche den Fuß der Treppe und taste hektisch nach der Lichtkordel. Als ich sie finde, reiße ich fest daran. Diesmal kommt das Licht nicht sofort, und es ist schwach. Es flackert, wird braun und schließlich gedämpft butterfarben.

Als El diese Kordel zog und das Spiegelland mit kaltem Silberlicht flutete, ließ ich den Rucksack fallen und zuckte zusammen, weil oben ein Knall ertönte, der laut genug war, um die hölzernen Dachsparren erzittern zu lassen. *Was machen wir jetzt?* Und es war mir fast egal, dass es das Weinen eines Kindes war, oder dass El das auch fand. Sie schob mich zur Grenze zwischen dem Shawshank und der *Satisfaction. Was Mum gesagt hat. Los jetzt!*

Nun renne ich den Gang entlang zum Waschhaus, reiße die Tür auf, halte den Strahl meiner Handytaschenlampe hoch zu den Rippen seines Daches, suche nach dem Oberlicht. Ich sehe nur tiefe Schatten und alte Spinnweben.

Bitte, bitte.

Ich sehe es. Keine Fensterluke. Sondern ein Quadrat aus blassem, neuem Holz. Es ist fort. Das Oberlicht ist fort.

Ich wirbele mit dem Licht in dem eiskalten Raum herum. Es gleitet über die Hecklaterne und ihren Haken, der in die östliche Wand geschraubt ist. Es ist natürlich nicht dieselbe Laterne. Ich weiß das jetzt. Die Laterne, die sich in Grandpas Schädel grub, muss irgendwo in einer Asservatenkammer liegen. Aber genau wie die Laterne unter dem Bett des Clown-Cafés macht sie mir Angst. Erinnert mich daran, dass nicht alles gut ist. Dass ich nicht in Sicherheit bin.

Ich renne zurück in den Gang; mein Licht fällt diesmal auf die Mauer an seinem Ende. Ich sitze in der Falle. Mir ist übel, und ich habe Angst. Mein Kopf hämmert, und in meinem Magen rumort das Gift. Vermutlich dachte ich, ich würde wissen, was ich tun soll, wenn ich hier bin. Vielleicht dachte ich, dass das Spiegelland es mir schon sagen würde. Stattdessen ist er noch mehr ein Gefängnis denn je zuvor.

Ich stolpere über den breiten, dreirädrigen Kinderwagen und kämpfe gegen eine Schwindelwelle an. Der Strahl meiner Taschenlampe fällt auf den weißen, verblichenen Aufkleber in der Ecke des Verdecks, und in genau diesem Moment fällt es mir ein. *Silver Cross.*

Meine Finger zittern, und ich ziehe das Verdeck auf. Auf einem schimmligen Kissen liegt eine einfache Postkarte mit einem gestanzten Loch in der Ecke. Ich nehme sie in die Hand, drehe sie um. Erkenne Ross' Handschrift. Und dann geht das buttergelbe Licht mit diesem vertrauten metallischen Klicken aus. Und er kracht durch den Eingang zum Spiegelland.

Er rennt schnell hinunter, zu schnell, sodass ich mich nur noch verstecken kann. Ich kauere an der Wand unter der Treppe, zucke beim Stampfen seiner Stiefel zusammen. Er ruft meinen Namen. Er sieht mich sofort, obwohl ich ihn nicht sehen kann. Sein Gesicht ist von einer Sturmlaterne verdeckt. Statt eines Kerzenstummels tanzt und flackert darin eine Kerosinflamme.

»Was zum Teufel tust du hier unten?« Seine Stimme klingt normal und leicht amüsiert. »Hast du nicht gehört, dass ich nach dir gerufen habe?«

Ich blinzele im grellen Licht. »Warum hast du den Strom ausgeschaltet?«

»Habe ich nicht. Der Strom ist überall aus.« Er hält die Laterne höher. »Na komm, es ist eiskalt hier. Lass uns ...«

»Hast du das Oberlicht zugenagelt?«

Das Kerosin zischt. Ich höre das gleichmäßige Rauschen in den Regenrinnen des Waschhauses.

»Ich habe es herausgenommen«, sagt Ross. Seine Stimme ist jetzt tiefer und nicht mehr so amüsiert. »Sonst hätte ja jeder ins Haus einsteigen können. Man konnte es von außen öffnen, weißt du noch?«

Ich schlucke. Atme lang und tief durch. »Ich weiß, dass du am zweiten und nicht am dritten April von der Konferenz zurückgekehrt bist.« Ich weiß auch, dass das hier strunzdumm ist. Wenn Ross schuldig ist, ist es der reine Irrsinn, ihn hier unten in diesem dunklen und vergessenen Raum anzugehen. Auch wenn ich offenbar nur hier den Mut dazu habe.

Eine Pause. Dann tief und viel zu ruhig: »Du hast mir hinterherspioniert?«

Er ist immer noch nicht mehr als ein Umriss. Wenn ich die Augen schließe, kann ich nur das Abbild der goldenen Lampenflamme sehen. Aber ich kann ihn riechen. Und ich kann ihn *fühlen.*

»Ich bin früher gefahren, weil El mich *angefleht* hat, nach Hause zu kommen. Sie sagte, sie habe Angst und brauche mich. Sie war so instabil zu der Zeit, ich hatte Angst, dass sie Dummheiten machen würde.« Der Schatten seines Achselzuckens hüpft über die Wand. »Es gab keine Flüge, also habe ich das Auto genommen. Aber ich bin dann doch nicht zurück zum Haus gefahren. Ich konnte damit nicht umgehen. Ich konnte mit *ihr* nicht umgehen.« Er macht ein Geräusch, das irgendwo zwischen einem Lachen und einem Schnauben liegt. »Ich habe El nichts getan, Cat.«

»Und warum hast du dann die Polizei angelogen?«

»Ich bin in Panik geraten. Sie stürzen sich ja immer zuerst auf den Ehemann, und ich wusste – schon da –, dass sie fort war. Dass es schlecht aussehen würde, dass ich die Konferenz früher verlassen habe. Ich meine, verdammte Scheiße« – wieder dieses halbe Lachen, halbe Schnauben –, »selbst du glaubst mir ja nicht.«

Er stellt die Laterne ab. Als er näher kommt, versuche ich, ganz still zu sein. Ich sehe ihn jetzt: ausgehöhlte Wangen und wildes Haar.

Ross.

»Warum sind alle Türen zugesperrt?«

»*Was?*«

»Warum hast du die Haustür und die Hintertüren verschlossen?«

»Als ich heute aus der Stadt zurückkam, standen im Vorgarten zwei Reporter und lugten ins Wohnzimmer.« Er breitet ratlos die Arme aus. »Ich schließe alles sofort wieder auf, wenn du willst.« Er schweigt. Dann sagt er: »Bist du hierher *geflohen*?« Er lässt es so klingen, als wäre das das Verrückteste, das er je gehört hat. »Durch das *Oberlicht*?« Er macht zwei Schritte zurück und fährt sich mit der Hand durchs Haar. »Herrgott noch mal, Cat. Hast du Angst vor mir?«

»Der vierte September. Du warst da. Du sagtest, du wollest uns helfen. Du hast uns geholfen.« Diesmal lässt mich nicht ein Donnern zusammenzucken, sondern das Krachen eines Blitzes direkt über unserem Haus. Ich stelle mir seine eiskalten weißen Finger vor, wie sie durch die Leitungen, Drähte und versteckten Ritzen in den Boden unter unseren Füßen zucken.

Ross saß zwischen uns an Deck der *Satisfaction*, als El ihm alles erzählte. Dass Mum gesagt hatte, es würde in jeder schlimmen Nacht von nun an so sein wie damals, als Grandpa uns im Schrank des Clown-Cafés fand. Und uns so hart schlug, dass sie ihre Stimme verlor, weil sie ihn so sehr anschrie, dass er aufhören solle. Weil es Blaubart nicht mehr reichte, Mum wehzutun. Weil wir zu schnell groß geworden waren, obwohl Mum so sehr darauf beharrt hatte, es nicht zu tun. Wir konnten uns nicht mehr verstecken. Sie konnte uns nicht mehr retten. Also mussten wir fliehen. Wir mussten uns *DEN PLAN* ausdenken.

»*Cat!*«

Ich schüttele den Kopf. Presse die Handflächen fest gegen den kalten Stein hinter mir. Erinnere mich an die Testdose mit roter Farbe im Schuhkarton.

»Du hast in jener Nacht ›ER WEIß ES‹ auf die Mauer geschrieben. Oder?«

Ross seufzt genervt. »Na gut, du willst es also so. Ja. Du weißt, dass ich das getan habe. Es war Teil des *Planes*. Ich habe ja verdammt noch mal *Schmiere* gestanden. Ich habe gesehen, wie er von der Seemannsmission zurückkam, und das Erste, was mir einfiel, waren die Dosen mit roter Farbe im Waschhaus. Ich musste dich warnen, Cat. *Das* war der *beschissene Plan*. Was …«

»Du konntest immer in den Garten hinein, oder?«

»Was?«

»Ich erinnere mich jetzt. Ich dachte immer – später –, dass du in jener Nacht ein Superheld warst. Dass deine Liebe für uns – für mich – dich immer irgendwie über die Mauer *getragen* hat oder vom Dach des Waschhauses in unseren Garten, um uns zu retten.« Ich mache tief in meiner Kehle ein hässliches Geräusch.

Er runzelt die Stirn, seine Kiefer mahlen. »Also konnte ich vom Dach hinunter in den Garten. Ist das nicht egal?«

»Es ist nicht egal, weil es noch eine Lüge ist. Du hast uns gesagt, du könntest nur durchs Oberlicht kommen – weil du in der Lage sein wolltest, dich in unser Leben, unsere Welt fallen zu lassen, wann immer du wolltest.« Ich sehe seine zusammengezogenen Brauen an, die Schatten, die sich glätten, wenn er lächelt. *Sagt eurer Mum nichts von mir. Sie macht es sonst nur kaputt.* »Du wolltest, dass es unser Geheimnis bleibt.«

»Cat.« Er packt ohne Vorwarnung meine Arme, und als ich sie nach hinten reiße, hält er sie nur noch stärker fest. Er schaut mich wütend an. »Warum bist du hier unten in der Kälte und der Dunkelheit und faselst von einer Nacht, die schon zwanzig Jahre her ist? Ich weiß, die letzten paar Tage …«

»Er kam niemals früher aus der Seemannsmission zurück«, sage ich. »Niemals.«

Ross lässt meine Arme los. »An diesem Abend aber schon.«

»Warum? Er kam *niemals* früher zurück. Woher *wusste* er es? Hast du es ihm gesagt?«

»Meinst du – meinst du das ernst? Erst bezichtigst du mich des Mordes an meiner Frau, dann behauptest du, ich habe dich in dieses beschissene Haus eingeschlossen, und jetzt … was? Glaubst du, ich habe mit deinem irren Grandpa unter einer Decke gesteckt?«

»Nein. Nein.« Denn das ergibt natürlich alles überhaupt keinen Sinn. Absolut keinen. Mein Kopf hämmert, die Gedanken darin schwirren so schnell durcheinander, wie mein Herz klopft. Schneller noch.

Ich versuche, mich an ihm vorbeizudrängen, und mein Licht hüpft trunken über die Grenzmauer auf der gegenüberliegenden Seite des Ganges. Ich sehe ein mit schwarzem Edding gemaltes X auf einem Ziegelstein ein paar Zentimeter über dem Boden und lasse mich auf die Knie fallen, lege die Hände darauf. Ich denke an Els Brief: *EIN X BEZEICHNET DIE STELLE.* Hier war es. Els lebensgroßes Bild von dem Piraten Kapitän Henry Morgan vor dem Hintergrund der Blau-, Gelb- und Grüntöne der Insel. Es war hier.

Mum wusste, dass es eine Tür im Gang des Hauses nebenan gab – wo Ross wohnte –, eine Tür ohne Schloss, die in einen Vorgarten ohne Gartentor führte. Sie wusste auch, dass ich weder eine Leiter hoch zur Fensterluke noch über das Dach des Waschhauses und über die Grenzmauer klettern konnte. Sie hatte meine Angst vor Höhen, vor dem Fallen nie heilen können – weder mit Freundlichkeit noch mit Grausamkeit. Und El und ich mussten zusammen fliehen – weil wir einander nie verlassen wollten. Nicht, solange wir lebten. Aber was Mum vor allem wusste – was das Spiegelland sie und uns gelehrt hatte –, war, dass es *immer* einen anderen Weg gab. Einen Weg hindurch. Und am Ende war dieser Weg hinaus diese steinerne Grenzmauer zwischen zwei Gängen.

Andy Dufresne brauchte siebenundzwanzig Jahre, um sich einen Tunnel aus dem Shawshank-Gefängnis zu buddeln. Mum sagte, wir hätten nur zwei Wochen, müssten aber genauso vorsichtig und gewissenhaft vorgehen. Wir stellten das nie infrage. Beschwerten uns nie. El war mit *DEM PLAN* sofort in ihrem Element, obwohl sie nur in die Fußstapfen ihres Helden trat. Und ich tat, was ich immer getan habe. Ich folgte ihr.

Wir benutzten keinen winzigen Geologenhammer, sondern einen schweren Zimmermannshammer. Bei jedem Schlag vibrierten und schmerzten unsere Schultern. Manchmal, wenn wir aufhörten und uns schwer gegen die Mauern des Spiegellands lehnten, konnten wir Mums ruhige und gleichmäßige Stimme von der Speisekammer über uns hören, wie sie so tat, als läse sie uns vor, als brächte sie uns bei, was wir längst wussten.

Wir versteckten das immer größer werdende Loch in der Gartenmauer hinter Kapitän Henrys Bild, und wir verbargen unseren Aushub in Pappkartons und den aufgeklappten Schirmen auf der *Satisfaction.* Als sie zu voll wurden, nähte Mum Stofftaschen in die Beine unserer Gefängniskleidung. Andy Dufresne nannte sie seine Hosenbeutel: lange, schmale Säckchen, die er öffnen konnte, indem er an Schnüren in seinen Hosentaschen zog, damit er den Beweis für seine Grabarbeiten auf dem Shawshank-Gefängnishof verteilen konnte. Und so packten wir unsere eigenen Hosenbeutel voller Steine und kleingemahlene Ziegel und tapsten langsam durch die Küche und die Spülküche – wenn wir Pech hatten, auch an Grandpa vorbei, der die Augen verdrehte und sagte: *Jetzt spielen sie wieder Sträflingskolonne, die verdammten kleinen Verrückten* – und dann die Spülküchenstufen hinunter zu unserem Gefängnishof. Wo wir immer im Kreis herummarschierten, die silbergrauen Kiesel wegtraten, während wir an den Schnüren in unseren Latzhosen-Taschen zogen und unsere Geheimnisse verteilten, genau wie Andy Dufresne. Immer und immer wieder, Tag für Tag, weil Mum zu viel Angst vor halben Sachen hatte. Weil Grandpa vielleicht nichts vom Spiegelland wusste und auch stocktaub war, aber nicht dumm. Und das ganze Haus sein Herrschaftsgebiet war.

»Cat, sprichst du bitte mit mir? Was zum Teufel ist los?«

Ich riss Kapitän Henry von der Wand und schreckte kurz vor dem dunklen Loch zusammen, das in den Gang auf der anderen Seite der Mauer führte. El kniff mich in den Arm und drückte mich hinunter. *Wir müssen los!* Der kalte Boden schürfte meine Knie auf, als ich mich umdrehte und nach meinem Rucksack langte. Und dann dieses schreckliche Klicken des Hauptschalters. Die Glühbirne verlosch, und die Dunkelheit, die sie hinterließ, war dunkler als alles andere. Als die Tür zum Spiegelland aufgerissen wurde, wimmerte El. Als die Treppenstufen zu beben begannen und ein Schreien ertönte, begann Mum zu kreischen. Und als ich anfing, mich durch das Loch zu zwängen, wusste ich, dass nicht genug Zeit war. Nicht für uns beide.

Ein Brüllen wie heißer Wind, wie Donner, wie Hainbuchen und Bunyan-Bäume, die aus der Erde gerissen werden, ein Erdrutsch aus Schlamm und Steinen. *Wo zum Teufel wollt ihr hin?* Seine Fäuste, seine Füße, ein Atemzug, bevor jeder Schlag oder Tritt traf. Diesmal spürte ich es nicht, gar nichts. El schrie, sie packte meinen Mantel, wurde dann aber zurückgerissen. Und eine Sekunde lang – nur eine kurze Sekunde lang – ging ich ohne sie weiter, drängte mich tiefer durch das raue und kantige Loch, in dem sich mein Haar und mein Mantel verfingen und ich mir die Hände aufriss.

Aber nach dieser Sekunde war da keine Luft mehr, keine Nacht, keine herbstlichen Gerüche wie Holzrauch oder Laub. Keine Freiheit. Kein *Loch*. Meine Finger fassten in Schmutz und Dreck, aber irgendetwas auf der anderen Seite der Mauer blockierte den Weg. Etwas Kaltes, Hartes und unfassbar Schweres. Ich stellte mir einen afrikanischen Elefanten in einem eisernen Kettenhemd vor, einen Panzer mit Geschützen und schablonierten schwarzen Ziffern darauf. *Kein Durchgang.*

Und dann wurde ich ins Spiegelland zurückgezerrt, wurde mein Kopf hart an Gestein geschleudert. Ein Fluch, ein lautes und dröhnendes Lachen. Mum, die bäuchlings auf dem Boden lag, ein Lichtstrahl goss kaltes Silber über ihr Haar und die blutige Schläfe.

Ein Totes Licht. Denn Blaubart hatte uns schließlich erwischt.

»Was war das?« Meine Stimme ist dumpf, flach, monoton. »Ein Metallkorb? Eine Tonne für Gartenabfälle?«

»Was?«

Ich schließe die Augen. Sie brennen und sind knochentrocken. Ich drücke mich beim Aufstehen gegen die Wand und zwinge mich dazu, Ross anzusehen, den Blick nicht von ihm zu wenden. »Du hast unseren Fluchtweg in euren Gang blockiert. Du hast etwas vor das Loch geschoben, damit wir nicht rauskonnten.«

»Was?« Sein Erschrecken ist beinahe greifbar. »Nein! Natürlich habe ich das nicht getan.« Er geht auf mich zu. Sein Blick hält meinen fest. »Ich war – ich bin – auf deiner Seite. Immer. Ich habe diesen alten Sack gehasst. Ich habe euch *geholfen*. Ich hätte euch niemals wehgetan.«

»Hast du El wehgetan?«

»Nein.«

»Hast du sie umgebracht?«

Seine Finger graben sich in meine Arme. »Nein! Verdammte Scheiße noch mal, ich habe sie geliebt – ich liebe – euch beide!«

Ich atme tief durch. »Du lügst, was jene Nacht angeht. Das weiß ich. Das Loch war von deiner Seite aus zugestellt, Ross. Von deiner. Und wenn du jetzt lügst, dann bist du …«

»Aus dir spricht El. Oder dieses Haus. Dieses beschissene Haus.« Er hält inne und lässt meine Arme los. »Hör mal. Wir haben ein paar beschissene Tage hinter uns, ein paar beschissene Wochen. Komm wieder mit nach oben, dann verspreche ich dir, wir werden reden. Nur …«

»Ich gehe nirgends hin.« Weil ich es hier schaffe, mich zu erinnern, hier kann ich wieder ganz werden. Und ich habe nicht genügend Angst vor Ross, um das kaputt zu machen. Noch nicht.

Er zeigt mir seine Handflächen. »Na gut. Dann bleib hier. Ich gehe nach oben und schließe die Türen wieder auf. Und dann bringe ich uns beiden etwas zu trinken nach unten, und wir können hier reden, okay? Wenn du das möchtest.«

Ich antworte nicht. Draußen scheint das Unwetter nachzulassen; das Brüllen und Krachen folgt nicht mehr so kurz aufeinander, das Trommeln des Regens ist nicht mehr so hart und ohne Widerhall.

Ross kommt näher. Sein Lächeln erreicht seine Augen. Er küsst meine Wange, seine Haut ist weich. Ich denke an die *Badezimmer*-Glocke – Fis oder G. Er hat sich für mich rasiert. Ich schaudere.

Er lässt mir die Sturmlaterne da. Sein Schatten gleitet über das Licht, dann höre ich wieder das Knarren der Treppe.

Ich hole das Handy aus meiner Tasche. Kein Empfang. Und keine Antwort von Rafiq. Das sollte mich genauso in Angst und Schrecken versetzen wie Ross' Versprechen, mit etwas zu trinken wiederzukommen; wie die Tatsache, dass ich immer noch hier unten gefangen bin – und eigentlich auch da oben. Doch das tut es nicht. Die Panik versucht zurückzukehren, aber sie ist nur ein leichtes Jucken, ein dumpfer Vorschlag. Ich fühle mich unheimlich ruhig, als hätte ich mit der Gegenwart nichts zu tun. Vielleicht, weil mindestens die Hälfte von mir schon vor Jahren hier zurückgelassen wurde. Ich lege mir die kalten Finger auf die Wange und spüre immer noch den Geist von Ross' Berührung.

Annie zwinkert mir in der Waschhaustür feierlich zu. Sie steht ganz aufrecht in ihren hohen Schnallenstiefeln da, mit ihrem Krokodilledergürtel und der Rindsleder-Jacke mit Knöpfen aus Walknochen. *Manchmal muss man mutig sein. Selbst wenn man ein kleiner Riesenfeigling ist.*

Ich hole die Postkarte aus meinem Hosenbund. Drehe sie um.

EL,

Gott sei Dank, Baby. Ich habe dich so verdammt vermisst. Du weißt ja gar nicht, wie lange ich darauf gewartet habe, dass du dich meldest. Das hat sich angefühlt wie Sterben, weißt du? Ich weiß nicht, ob du das weißt. Ich weiß nicht, ob du mich auch nur halb so sehr lieben kannst, wie ich dich liebe. Dein Brief klang ziemlich kühl, aber ich verstehe warum – ich habe mich trotzdem so sehr GEFREUT, ihn zu bekommen!! Ich verstehe, warum du an jenem Tag vor der National Gallery nichts mit mir zu tun haben wolltest. Ich verstehe, wie sehr er dich durcheinandergebracht hat. Du liegst falsch, aber das ist nicht deine Schuld.

Lass uns treffen – nur du und ich. Keine Cat diesmal. Ich habe gehört, dass es nächste Woche im Rosemount zum ersten Mal eine Party gibt, und ich weiß, dass du eingeladen bist (JAWOHL, ich bin dein Stalker, was soll ich sagen? Ich LIEBE dich nun mal).

Schreib mir einfach deine alte Zimmernummer per Textnachricht. Wir treffen uns dann da. Vierzehn Uhr. Bitte tu das für mich, lass uns dieses eine Mal treffen, und wenn du mich hinterher immer noch nie wiedersehen willst, lass ich dich in Ruhe. Versprochen. Obwohl es mir das Herz brechen wird.

Bitte komm, Baby. Komm, damit ich dir zeigen kann, wie sehr ich dich brauche. Dich will.

Ich liebe dich, Blondie. Und das weißt du.

All meine Liebe für immer und ewig, Ross xxx

(PS Sag das bloß nicht Cat. Sie macht es nur kaputt.)

Mein Lachen ist beinahe hysterisch. Ich muss an Els Gesicht über Ross' nackter Schulter denken. An ihren grauen, schlaffen Schrecken, ihren wütenden Vorwurf. Als die Tür an der Treppe wieder aufgerissen wird und Ross die knarrenden Stufen heruntergeht, wird mein Lachen zu einem noch beunruhigenderen Kichern.

Der Untergang, denke ich. Jetzt kommt der beschissene Untergang.

KAPITEL 28

Sechs Monate, nachdem ich immer noch zutiefst erschüttert und einsam, aber sicher, dass ich das Richtige getan hatte – dass ich mutig gewesen war –, nach L.A. gezogen war, lernte ich einen Mann kennen, dessen schiefes Lächeln mich so sehr an Ross erinnerte, dass ich nicht mal eine Stunde nach unserer ersten Begegnung Sex mit ihm hatte. Auf dem Mitarbeiterparkplatz einer schmierigen Bar. So wild, so *verzweifelt*, dass es selbst mich erschreckte. Danach spionierte ich ihm ganz kopflos vor Hoffnung wochenlang in Venice Beach hinterher. Und als er mir sanft eine Abfuhr erteilte – vermutlich sanfter, als ich es verdiente –, schluchzte ich in seinen Armen und flehte ihn um noch eine einzige Nacht an. Eine einzige Nacht, in der ich fühlen konnte. In der ich so tun konnte, als ob. Und El hatte geglaubt, sie sei die Schwache von uns beiden; diejenige, die ihm von Anfang an verfallen war.

Ross tritt wieder in den Schein der Laterne. Er lächelt sein Lächeln und hält mir ein Glas Wein hin. *Bleib bei mir. Sei mit mir zusammen. Ich liebe dich. Nicht so wie El. Anders. Besser.*

Ich nehme den Wein und tue so, als würde ich einen kleinen Schluck trinken.

ER HAT SIE UMGEBRACHT
ER WIRD DICH AUCH UMBRINGEN

Eine Postkarte macht das noch nicht wahr. Nicht mehr als meine Schwäche. Nicht mehr als die Tatsache, dass er ein manipulativer Dreckskerl ist, Ross zu einem Mörder macht. Annie schnaubt in der Dunkelheit. Ein plötzlicher Donnerschlag erschreckt mich. In der Stille, die darauf folgt, hört man nur den sintflutartigen Regen rauschen, woraufhin ein gezackter weißsilberner Blitz hinter dem Fenster des Waschhauses aufleuchtet. Ich drücke die Hand auf das Brustbein und das wilde Hämmern meines Herzens. Nichts ist vorbei. Nichts ist zu Ende. Ich habe mich nur im Auge des Sturms versteckt.

Aber was ist mit dir, Blondie? Liebst du mich auch?

Ich hole die Postkarte hervor.

Ross blinzelt. »Was ist das?«

Ich bewege mich vorsichtig auf ihn zu, als wäre er ein wildes Tier; ich halte die Postkarte in meiner ausgestreckten Hand, bis er sie nehmen und ich mich wieder zurückziehen kann. Ich sehe zu, wie er liest. Ein Muskel bewegt sich an seinem Kiefer, die Falte zwischen seinen Brauen wird tiefer.

»Warum hast du die?«

»Sie lag hier.«

»Hier?« Er sieht mich an. »Das stimmt nicht. Das kannst du nicht glauben.«

Ich stelle das Weinglas auf den Boden. »Es ist deine Handschrift.«

»Na gut.« Er zerknüllt die Karte in der Faust. »*Na gut.* Ich wollte, dass sie das mit uns herausfindet. Deshalb habe ich das geschrieben. Deshalb habe ich die Situation herbeigeführt. Ich hatte es satt zu lügen. Ich wollte, dass sie wusste, wie sehr wir einander begehrten. Und ich weiß, wie schlimm das klingt, ich weiß, wie schlimm es *war*, glaub mir.« Er lässt die Postkarte fallen, geht zu mir, nimmt beim nächsten Donnergrollen meine Hände und drückt seine Lippen warm und schnell auf meine. Er sieht mich so ehrlich und traurig an, dass ich beinahe vergesse, warum wir hier sind.

»Aber dann hat sie versucht, sich umzubringen. Weil ich das getan habe. Sie hat mich angefleht. Sie hat zu mir gesagt, ich sei der einzige Mann, den sie je lieben könne. Dass sie uns lieber alle vernichten würde, als zuzulassen, dass du mich bekommst.« Er streicht mit den Fingerspitzen über meine Haut. »Sie war nicht mehr ganz bei sich, Cat, sie brauchte Hilfe. Und ich hatte bereits ein so schlechtes Gewissen. Du weißt, dass ich das hatte.«

»Ich weiß, dass du das hattest.«

»Sie hat mich erpresst, das ist alles. Ich wollte immer nur dich.«

Es ist sinnlos, wenn ich ihn wegen Els Brief oder »Mouses« Vorwürfen frage. Wegen seiner Textnachricht auf Maries Handy. Die Antwort wird immer die gleiche sein. *Sie ist verrückt. Im Wahn. Sie braucht Hilfe.*

Als ich mich von ihm und dem unaufhörlichen Streicheln seiner Finger löse, stellt er sich zwischen mich und die Treppe.

»Was machst du da?«

»Ich gehe.«

»Nein.« Er verschränkt die Arme. Ich zwinge mich, weiter auf ihn zuzugehen.

»Lass mich vorbei.«

Er packt mich, zieht mich an sich, schiebt seine kalten Hände unter mein T-Shirt, leckt und küsst meinen Nacken.

»Ross. Lass mich vorbei.«

Seine Hände streichen jetzt über meinen BH, seine Daumen drücken hart auf meine Nippel. Er lässt seine Zähne gerade eben so über meinen Unterkiefer gleiten, dass es wehtut.

»Lass mich los!«

Aber natürlich wird er das nicht tun. So ist er nicht.

Plötzlich habe ich ein scharfes Bild vor meinem inneren Auge. El und ich sitzen in unseren Zellen im Shawshank. Ross, der Gefängniswärter, schaut durch Maschendraht zu uns hinein. Braune Augen, warmes Lächeln. *Ich lasse euch raus. Ich lasse euch beide raus, aber nur, wenn ihr versprecht, nie wegzulaufen. Wenn ihr versprecht, für immer bei mir zu bleiben.*

In der Sekunde, in der ich mich zurückzuziehen versuche,

stürzt er sich erneut auf mich. Als ich mein Knie in seinen Schritt ramme, stöhnt er und reißt erschreckt die Augen auf. Er lässt mich gerade lange genug los, dass ich mich an ihm vorbeiquetschen und auf die erste Stufe springen kann. Sein Schrei ist fast ein pfeifendes Husten; ich spüre, wie er schwer gegen die Treppe fällt, und renne nach oben. Mein Körper und mein Geist sind – endlich – hellwach.

Er erwischt mich auf der vorletzten Stufe. Seine Finger schließen sich fest um mein Fußgelenk, genau wie das klischeehafte Monster, für das ich ihn langsam halte. Ich trete nach ihm, aber seine Finger halten mich nur noch fester, höher und graben sich in die Muskeln meiner Wade. Meine Handfläche klatscht gegen die Tür, die aus dem Spiegelland hinausführt, aber dann dreht Ross mich um und zerrt mich hinter sich her nach unten. Die harten Kanten der Stufen stoßen an meine Knochen, und mein Hinterkopf schlägt jedes Mal so hart auf, dass ich kurz schwarze Punkte sehe.

Nachdem Grandpa uns von der Mauer weggezogen hatte, von unserem Fluchtloch, ließ er uns kurz los, sodass wir wegzulaufen versuchten. Er fing El auf der Treppe. Als sie zu schreien aufhörte, konnte ich vor Blut und Panik kaum noch etwas sehen. Ich griff nach ihrer Hand, aber sie war fort. Blaubarts Totes Licht warf seinen dünnen silbrigen Faden auf die Decke über der Treppe. Ich hörte Stöhnen und Murmeln und ein feuchtes, schreckliches Würgen.

Ross' Schweiß ist sauer. Ich kämpfe, um mich unter ihm hervorzuwinden. Wütende Tränen brennen in meinen Augen. Ich kann nicht atmen.

Ich bin hier. Und ihre Stimme ist kein Echo, sie ist so heiß und dringlich an meinem Ohr wie Ross' Flüche in meinem Gesicht.

Ich schrie, als ich nahe genug zum Fuß der Treppe stieg, um Grandpas Hände an Els Hals zu sehen. Ihr Mund stand halb offen, die Augen waren weit aufgerissen, und das Weiße war zu sehen. Unsere Schleudern und Knüppel waren im Schrank eingeschlossen, aber ich boxte ihn wie ein Cowboy und trat ihn wie eine Sioux. Ich schrie, weil der Blick aus Els blutunterlaufenen Augen auf mich gerichtet war. Ich fühlte mich hilflos und wusste, dass Mum recht hatte: Ich hatte nicht genügend geübt. Ich war nicht stark genug. Ich konnte ihn nicht aufhalten.

Ich schaue auf. Höre auf, mich gegen Ross zu wehren, und werde ganz schlaff. Da sehe ich das Stück weiße Pappe, das mit schwarzem Isolierband an der Decke befestigt ist.

SCHNEEWEIßCHEN SAGTE: »WIR WERDEN UNS NIE VERLASSEN.«
ROSENROT ANTWORTETE: »NIEMALS, SOLANGE WIR LEBEN.«

Die Stille fühlt sich schwer und dringend an. Sogar das Unwetter lässt nach.

»Sie ist hier.«

»Wer ist hier?« Ross klingt unsicher, vielleicht sogar ängstlich.

»Was tust du da eigentlich, Ross?« Ich schaffe es, so normal zu sprechen, wie es geht – eine ziemlich große Leistung unter diesen Umständen.

Er schaut auf mich herunter und beißt sich auf die Unterlippe. Diese vertraute Falte zwischen seinen Brauen erscheint wieder, und er legt die Hände auf eine Stufe über mir, nimmt zögerlich sein Gewicht von mir. Er dreht sich um und geht ein paar Schritte zur Speisekammer. Starrt auf mich hinunter und dann zur Decke hinauf. Diese Falte wird noch tiefer. Er weiß nicht, dass das unsere Piratengeheimsprache ist. Er weiß gar nicht, dass wir überhaupt eine Piratengeheimsprache *hatten*. Und ganz sicher weiß er nicht, dass das heißt: *Vertrau mir. Vertrau mir und niemandem sonst.* Selbst wenn du es nicht willst.

Der Regen pladdert auf das Holzdach, und ich sehne mich

nach der Tür hinter Ross und der kalten dunklen Nässe draußen, so sehr, dass es schlimmer ist als Durst. »Du hast unsere Flucht vereitelt. Du hast den Weg nach draußen blockiert. Und dann hast du ihn gewarnt. Du hast ihm geholfen. Und dann hast du so getan, als wärst du es nicht gewesen. Du hast stattdessen so getan, als wolltest du uns warnen und uns helfen.«

»Nein. Nein.« Er klettert zu mir herunter und schlägt so hart mit den Fäusten gegen die Wand, dass ich zusammenzucke, obwohl er es kaum zu spüren scheint. »Baby, das stimmt nicht. Das hier ist falsch.« Er sieht mich an, nimmt mein Gesicht zwischen seine Hände. Und das ist schlimmer, viel schlimmer, als wenn er sich wie ein Monster aus dem Film auf mich stürzen würde, denn so nimmt er mir den Atem und den Kampfesmut. Seine Daumen streichen über meine Wangenknochen, meine Tränen. »Bitte, Blondie. Ich liebe dich. Du weißt, dass ich dich liebe.«

Ich erinnere mich immer an einen guten Grandpa und eine böse Mum. Aber ich erinnere mich auch an einen gemeinen, launischen Tyrannen und eine Mutter, die uns über das Haar strich und uns erzählte, dass mehr als hunderttausend andere Kinder geboren werden mussten, bevor eine Mum so besondere Kinder wie wir haben konnte. Aber das hier – nur das hier – ist der Grund, aus dem ich mich nie daran erinnern wollte, was wirklich in diesem Haus geschehen war. Nicht, weil ich die Wahrheit über meinen bösen Grandpa und meine gute Mum nicht ertragen konnte, sondern weil ich die Wahrheit über meinen Traumprinzen nicht ertragen konnte. Es ist einfacher, Schmutz, Dunkelheit und Furcht mit Gold und blinkenden, glitzernden Lichtern zu bedecken, dem Geruch nach brennendem Holz und Winterwald, dem Gefühl seiner Hände auf mir, so wie es immer war. So wundervoll, so berauschend, so verrückt. El hatte recht: Wenn sie mir die Wahrheit über Ross erzählt hätte, hätte ich ihr niemals geglaubt. Weil ich mir etwas vorgemacht habe, weil ich mich selbst *belogen* habe, seit ich aus diesem Haus geflohen bin.

El war schon ganz schlaff geworden, bevor ich mich an die Klinge in meiner Tasche erinnerte. Ich holte sie heraus – zwei Rasierklingen, mit Klebeband an einen Zahnbürstenstiel geklebt –, und sie wirkte viel zu klein, bis ich sie in Grandpas Hals rammte und er einen hohen Ton von sich gab, der so klang, als käme er von einer Frau. Er wich zurück und zog sie heraus, und ich vergeudete wertvolle Sekunden damit, voller Schrecken darauf zu warten, dass El wieder atmete. Und dann stürzte sich Grandpa auf mich, seine Zähne schlugen aufeinander und öffneten sich wieder, als wollte er mich beißen, dickes dunkles Blut schoss pulsierend aus seinem Hals. Ich stieß ihn, und er glitt mit dem Ellenbogen in seinem eigenen Blut aus, sodass ich die letzten beiden Stufen hinunterkriechen konnte. El hatte die Hände immer noch auf den Hals gelegt, und als wir zurück ins Spiegelland rannten, begriff ich, dass es nicht ihre Schreie waren, die in dem engen Raum ohrenbetäubend und beängstigend widerhallten. Es waren meine.

»Du warst es, du warst es immer«, sagt Ross. Er fleht. »Ich wollte immer nur dich. Und sie hat es kaputt gemacht. *Sie* hat es getan.«

»*Sie* ist hier«, wiederhole ich. Denn ich weiß, dass es wahr ist. Das Haus hat mir geholfen, das Spiegelland hat mir geholfen; es ist das Natürlichste der Welt, dass auch El mir hilft. Nicht die El, die in meinem Herzen und meinen Träumen geschwärt hat. Sondern meine Schwester. Meine Freundin. Ihr Geruch, ihr Lächeln, ihre Gedanken, die mit meinen parallel liefen. Es ist, als hätte sich meine ganze Welt von mono in stereo verwandelt, von 2D zu 3D. Und es ist das erste Mal seit so langer Zeit, dass ich das gefühlt habe – dass ich überhaupt bemerkt habe, dass dieses Gefühl ebenso verschwunden war wie sie –, und ich würde am liebsten schluchzen, mich entschuldigen, ich will sie um Vergebung anflehen.

»Sag das nicht!« In dem schwachen Licht erkenne ich, wie

wütend Ross aussieht. Aber seine Augen flitzen hin und her, als versuchte er, sie zu finden.

Ich trete auf die Steinplatten des Spiegellands, lasse das Geländer los. Ich bin bereits stärker und mutiger. »Sag verdammt noch mal einfach die Wahrheit.« Denn die Wahrheit ist für uns beide. Der einzige Weg aus diesem Haus hinaus.

Er schweigt sehr lange. Tritt aus dem Schatten der Treppe. Sein Kiefer ist nicht mehr angespannt, sein Blick ist warm, voll der Liebe, nach der ich mich immer gesehnt habe. Sein Haar ist zu lang, seine rasierte Haut sieht rosig und verletzlich aus; ich würde gern darüberstreicheln. Das hier ist Ross.

»Ihr wolltet gehen. Ihr wolltet gehen und nie zurückkommen.« Er bewegt sich auf mich zu. Streckt flehentlich die Hand aus. »Ich hätte euch nie wiedergesehen. Ich hätte euch verloren. Genauso, wie Dad mich verloren hat.«

Mir stockt im selben Moment, in dem der Regen aufhört, der Atem. Plötzlich ist die Stille absolut.

»Er hat sich umgebracht. Fünf Jahre, nachdem Mum mich mitgenommen hatte. Hat sich an der Deckenlampe in meinem alten Kinderzimmer erhängt.« Ross' Lächeln ist schrecklich. Seine Hände zittern. Keine anderthalb Meter liegen noch zwischen uns. »Und ich habe dich so geliebt. Was wäre mit dir passiert? Niemand hätte sich so um dich kümmern können wie ich. Niemand.«

Ich schlucke. Ich weiß nicht, auf wen sich das *Du* in seinem Kopf bezieht. Vielleicht sind El und ich in seinem Hirn so fest miteinander verbunden wie Sand und Kalk. Als er einen weiteren Schritt auf mich zu macht, treibt mir Els moschusartiges Parfüm die Tränen in die Augen, und ihr Flüstern klingt laut in meinen Ohren.

LAUF.

Das tue ich.

Wir rannten Richtung Osten ins Waschhaus. Grandpa lief mit

schweren Schritten hinter uns her. Der Steinboden wurde zu Holz, als wir über das Deck der *Satisfaction* rannten, und das Knarren der Dielen fachte meine Angst nur noch mehr an. Er war zu nah, viel zu nah. *Ihr lauft nirgendwo hin, ihr kleinen Schlampen.*

Ich renne zum Heck und zum kaum verblichenen Geist von Schwarzbarts Schiff. Auf das kleine Fenster mit dem roten Rahmen zu. Hektisch suche ich nach etwas, irgendetwas, womit ich es einschlagen kann, bis ich merke, dass die Glasscheiben sogar noch kleiner sind als die im Haus.

»Du kannst nicht weg.«

»Ross, bitte.«

»Ich habe noch nie jemandem von meinem Dad erzählt, Cat. Nicht einmal El.«

»Ross. Du machst mir Angst. Ich gehe nicht fort. Ich verspreche es. Aber lass uns einfach …«

Weil er weiter auf mich zugeht, weiche ich so automatisch zurück, wie ich atme. »Bitte nicht …«

»Ich tu dir doch nicht weh.« Er wirkt angegriffen, verletzt, aber er geht weiter auf mich zu, die Leidenschaft in seinen Augen ist immer noch wild und dunkel. Doch ich glaube nicht mehr, dass es Liebe ist. Hier sind wir immerhin zum ersten Mal von ihm fortgesegelt. Haben ihn auf den Knien in der Karibik gelassen. Blutig und schluchzend rief er hinter uns her, und wir taten so, als hörten wir ihn nicht.

Grandpa schleuderte El gegen die Wand über dem Heck. Ich heulte auf, stürzte mich auf ihn, aber sein Ellenbogen schlug mich in den weichen Bauch und setzte mich außer Gefecht, sodass ich nicht mehr aufstehen konnte. Er grinste, bis ich nur noch seine Zähne sah. Und das Blut rundherum an seinem Hals, das aussah wie ein Tuch und in sein Hemd sickerte. *Keine Sorge, Mädel.* Er lachte. *Ich spür keinen Schmerz.* Und dann boxte er mich so hart gegen die Schläfe, dass meine Beine unter mir nachgaben.

»Ross, nein. Halt.« Ich zucke vor ihm zurück, schlage nach

seinen ausgestreckten Händen und habe noch Zeit genug, mich zu fragen, ob es auch für El so war. Ob dies passierte, als sie ihn zu verlassen versuchte. Bis mir einfällt, was mit ihr stattdessen geschehen ist.

»Ich werde dir nicht wehtun.« Er streckt erneut die Hände aus, ergreift meine und drückt sie fest, so fest, dass meine Knochen knacken. »Ich würde dir nie wehtun.« Ob ihm klar ist, dass er mit dem Kopf nickt?

Ich kann nicht aufhören, mich zu wehren, aber er ist zu stark, und ich bin zu schwach. Er hält mit einer Hand meine beiden Handgelenke fest; mit der anderen streicht er über meine Schulter, mein Schlüsselbein, so zart, dass ich erschaudere. Jetzt liegt eine andere Art von Wahnsinn in seinen Augen. Es ist ein Kampf zwischen dem, was er wirklich will, und dem, was er immer hatte. Er streicht mit den Händen an meinem Hals hinauf, seine Finger gleiten über die Haut unter meinem Ohr, fester, noch fester, und plötzlich drückt sein Daumen so hart auf meine Luftröhre, dass ich zu viel Luft ausatme, weil ich aufkeuchen muss. Und dieser Wahnsinn in seinen Augen leuchtet heller.

Als ich wieder zu mir kam, würgte Grandpa El erneut. Sie hatte die Augen nach hinten gerollt, sodass nur noch das Weiße zu sehen war, ihr Gesicht war violett, die Finger griffen blind in die Luft. Ich stolperte auf sie zu, aber es war einfach zu viel. Ich konnte sie nicht retten. Ich war nicht genug. Das war's. Das war alles.

»Ich werde dir nicht wehtun. Ich werde dir nicht wehtun«, murmelt Ross in schrecklich beschwichtigendem Ton. Die Adern an seinem Hals werden ganz dick, weil er sich so anstrengen muss, mich fester zu würgen. Ich gleite die Wand hinunter, die sich an meinem Rücken rau und kalt anfühlt.

»Ich habe sie nicht umgebracht«, sagt er. Mit derselben ruhigen Stimme. Der Schweiß tropft ihm die Nase hinab. »Ich habe es nicht getan.«

Aber er hat es getan. Genauso, wie er mich umbringen wird.

Mein Kopf fühlt sich schwer an, voll. Els feuchtes Keuchen ist meins. Mein Gesichtsfeld schrumpft und wird an den Rändern schwarz.

Und dann packt El meine Hand. So fest, dass es wehtut, dass es mich bestraft. *Totes Licht*, sagt sie. Schreit sie. *Totes Licht.*

Ich stürzte über das Deck, tastete nach einem Halt, als wären wir wirklich in einem karibischen Sturm, der die *Satisfaction* schwanken ließ. Ich achtete nicht auf Grandpas verzweifeltes und erschöpftes Stöhnen, sondern zwang mich, nur zum Heck zu schauen. Auf die Laterne. Die an einem rostigen Haken über dem Rumpf hing. Grandpa drehte sich um und sah, wie ich sie hoch über den Kopf hielt. Er schaute mich erschrocken und besorgt an, dann wurde sein Blick beinahe zärtlich. Ein Zwinkern. Ein Grinsen. *Stell sie wieder hin, Mädel.*

Fast hätte ich es getan. Und so automatisch, dass ich kaum begriff, dass ich es tat, bis ich Mum über das Deck auf uns zukrabbeln sah. Das Blut rann ihr in die Augen. Ihre heiseren, rauen Schreie, als Grandpa sich wieder seiner Beschäftigung zuwandte: *Lass sie in Ruhe. Es sind doch deine Kinder!*

Ross macht ein Geräusch, das wie ein Schluchzer in seiner Kehle klingt, und ich spüre, wie sich seine Finger um meinen Hals lösen, fühle, wie die Luft wieder in meine Lunge strömt. Aber es ist egal. Ich weiß, dass er nicht aufhören wird. So oder so. Er wird niemals, *niemals* aufhören.

Ich krabbele zurück, greife nach dem Laternenhaken, um mich wieder auf die Füße zu ziehen, und höre alle Glocken auf einmal. Hoch und misstönend, tief und lang – laut genug, um Trommelfelle und Stein zum Beben zu bringen.

Deine Kinder. Die schreckliche Wahrheit dessen, was wir waren. Keine Cowboys oder Indianer oder Clowns oder Piraten. Oder Gefangene. Sondern die Kinder unseres Großvaters.

Und ich ziehe die Laterne – *mein* Totes Licht – Ross über den Schädel. So hart, wie ich Grandpa geschlagen habe. Mit derselben schwarzen Wut und demselben eisigen Schrecken. Wieder und wieder, bis mir alle Kraft aus den Fingern geronnen ist. Bis das Geräusch nicht mehr hart und kurz und weiß ist, sondern weich und lang und kupferdunkel.

*

Ich brauche lange, bis ich die Stufen zum Ausgang vom Spiegelland erklommen habe, aber als ich es endlich geschafft habe, merke ich, dass ich nicht gehen kann. Stattdessen sitze ich auf der obersten Stufe und lehne mich an die Tür. Ich denke darüber nach, Rafiq anzurufen, lasse es dann aber. Ich schaue hinunter in die Schatten des Shawshank, betrachte die Ecke, hinter der es in östlicher Richtung zur *Satisfaction* geht.

Mum sprach danach lange nicht mehr. Sie war wütend. Damals dachte ich, auf uns; heute glaube ich, auf sich selbst. Darauf, wie schlimm ihr Plan schiefgegangen war. Sie sah Grandpa lange an, bevor sie auf die Knie fiel. Zuerst dachte ich, sie tue das, um ihn zu berühren, zu weinen, zu trauern, aber stattdessen schob sie ihn auf die Seite wie einen Sack Kartoffeln. Als sie ihn losließ, entfuhr ihm ein Keuchen, und El oder ich kreischte auf.

»Er ist tot«, sagte Mum. Und dann stand sie mit knackenden Knien auf. Sie schaute sich die von uns angemalten Wände und die langen Zellenreihen des Shawshank mit schmerzhafter Wut an. »Wir können ihn nicht hierlassen. Helft mir, ihn die Stufen hinaufzutragen.«

Wir brauchten mindestens eine halbe Stunde dafür. Als wir es endlich geschafft hatten, ihn in die Küche zu zerren, hatte die Erschöpfung unseren Schock weggebrannt.

»Geht nach oben«, sagte Mum. »Rafft zusammen, was ihr noch an Kleidung und Büchern habt. Und dann geht wieder nach unten ins Spiegelland und schließt alles zu den anderen Sachen in den Schrank ein.«

Sie hatte uns schon das meiste unserer spärlichen Habseligkeiten in den Schrank packen lassen, bevor sie uns zum ersten Mal von *DEM PLAN* erzählte. Noch ein Spiel. Noch eine Übung, die wir nie infrage stellten.

Als wir mit vollen Armen stumpf und still wieder nach unten ins Spiegelland gingen, nahm Mum Shawshank auseinander und stellte die alten Holzplanken an die Grenzmauer. Unser Zimmermannshammer lag zu ihren Füßen.

»Ich muss die Tür im Schrank verstecken«, sagte sie. Sie runzelte die Stirn und sah uns beide nacheinander an. »Niemand darf jemals erfahren, dass ihr hier wart. Versteht ihr?«

Wir nickten, obwohl wir es nicht verstanden. Obwohl wir nie darüber nachgedacht hatten, was nach der Flucht durch ein Loch in der Mauer, eine Tür ohne Schloss und einen Garten ohne Tor passieren könnte.

Mum hatte die letzten Holzplanken hoch in die Speisekammer gezerrt. Dann stemmte sie die Hände in die Hüften und nickte in Richtung Schrank.

»Schließt die Tür zum Spiegelland.« Der Blick in ihrem blauen und blutigen Gesicht, den sie uns beiden zuwarf, war wild und entschlossen. »Und legt den Riegel vor.«

Das taten wir. Und dann folgten wir ihr in die Küche. Sie setzte sich an den Tisch. Darauf lag ein Schlüssel. Grandpas Schlüssel.

»Der gehört zur Eingangstür. Ich will, dass ihr tut, was wir geplant haben. Geht so schnell, wie ihr könnt.«

»Aber jetzt kannst du doch mitkommen«, flüsterte El.

»Ich habe es euch doch gesagt. Ich muss das hier regeln, das ist meine Aufgabe. Das war immer schon meine Aufgabe.«

Sie seufzte, stand auf, nahm die Küchentuch-Schlinge ab, die jetzt nur noch lose um ihren Hals hing, und begann, die Wunden in unseren Gesichtern und das Blut unter unseren Nägeln mit ihrer üblichen brutalen Effizienz abzureiben. Wir wussten, dass wir uns besser nicht beschwerten und schon gar nicht weinten, obwohl der Schmerz unsere Angst bald schluckte. Mein Kopf hämmerte an den Stellen, an denen Grandpa ihn geschlagen oder auf den Boden gerammt hatte; er schmerzte so, als wäre mein Hirn zu groß für ihn geworden. El hatte Schwierigkeiten mit dem Schlucken; in ihren Augen standen Tränen. Wir beide konnten den Blick einfach nicht von Grandpas Leiche wenden, die zusammengesackt neben dem Herd lag; sein Blut floss schnell und dunkel über zwei Fliesen und sammelte sich in der Fuge dazwischen.

»El. Da hängt ein karierter Schal an der Garderobe. Schling ihn dir um den Hals und nimm ihn nicht ab. Und in der Schublade des Telefontischchens liegt eine Dose mit Kompaktpuder. Damit kaschiert ihr eure blauen Flecken und Wunden.«

Wir standen stocksteif und still auf. In uns pulsierten der Schmerz, die Überbleibsel der Angst, die beginnende Reue.

»Worauf wartet ihr?«

»Ist Grandpa ...« Ich sah sein Gesicht und das dunkelrote Blut, das immer noch aus seinem zerschmetterten Schädel rann. »Ist Grandpa unser *Dad*?«

Ihre Lippen wurden ganz schmal, ihre Augen verengten sich zu Schlitzen. »Folgt der Strecke auf der Schatzkarte. Geht nirgends sonst hin. Nur zum Hafen, nur zum Lagerhaus. In dem ist immer jemand, deshalb wird alles gut werden.«

»Mum«, flüsterte El. »War Grandpa ...«

Ich zuckte zusammen, als Mum nach meiner rechten und Els linker Hand griff.

»Ihr müsst euch immer an den Händen halten. Weil?«

»Weil wir uns niemals verlassen werden«, sagte ich.

»Niemals, solange wir leben«, flüsterte El und legte ihre kalte Hand in meine.

»Verlasst euch auf niemanden sonst. Vertraut niemand anderem. Ihr werdet immer nur einander haben.«

Wir nickten, bemühten uns, nicht zu schlucken, zu blinzeln, zu weinen.

»Denk dran, du bist die Älteste, Ellice, die Vorkosterin. Sei mutig, sei tapfer, pass auf deine Schwester auf.« Mums Hände zitterten; von ihrer Schläfe rann jetzt wieder Blut herab. »Denk dran, Catriona, sei nicht so wie ich. Sei tapfer. Sieh immer das Gute, nicht nur das Böse.«

Und ich nickte, dachte an den kreischenden, quakenden Kakadu-Dschungel, an all die Nächte, in denen El und ich durch die Dunkelheit und die Blitze, den brüllenden Wind und die hohen Wellen gerannt waren, die Nächte, in denen in den Schatten Wut und scharfe Zähne lauerten. Das hier wird auch nicht anders werden, dachte ich, obwohl ich wusste, dass das nicht stimmte.

Mum blieb auf den Knien, und obwohl nichts an ihr weicher wurde, rannen ihr Tränen über das schiefe Gesicht und durchnässten den blutigen Blusenkragen. »Vergesst niemals, wie besonders ihr seid. Wie besonders ihr wart.«

Und dann ließ sie unsere Hände los und schloss die Augen. »Geht jetzt.«

Ich öffnete den Mund, um zu protestieren, aber El drückte meine Hand fester.

»Geht.«

Als wir uns nicht rührten, riss Mum wieder die Augen auf. Sie formte die Hände zu Krallen, presste den Mund zu einem dünnen, grausamen Strich zusammen. *»Lauft!«*

Es war nicht so, wie sie gewollt – geplant hatte, dass es laufen sollte. Kein langer Abschied, kein *Ich hab euch lieb* – nichts, sondern nur das scheußliche, praktische Jetzt. Sie wusste, dass wir gehorchen würden, denn wir hatten in vielerlei Hinsicht mehr Angst vor ihr als vor allen anderen. El und ich waren ganz betäubt von einem Leben in Angst vor ihrer Wut, ihrer Missbilligung und ihrer Enttäuschung, aber vielleicht war sie ebenfalls betäubt. So hatte sie uns beschützt, uns sicher durch den kurzen Abschnitt dessen geführt, was sie selbst ihr ganzes Leben lang erlitten hatte. Ihre Liebe war grausam; sie formte uns gnadenlos Stück für Stück.

El und ich erfuhren nur eine Woche später, dass sie sich umgebracht hatte. Wir hörten es in den Fernsehnachrichten im Gemeinschaftsraum des Rosemount. Ein erweiterter Selbstmord, vermutlich mit vorangegangener häuslicher Gewalt, die Nummer einer Hilfe-Hotline, die über den Bildschirm lief. Sie hatte alle Herztabletten von Grandpa geschluckt und sich dann direkt neben ihn auf den Küchenfußboden gelegt.

In meiner letzten Erinnerung an Mum kniet sie auf diesen Fliesen, damit wir Grandpas Leiche nicht sehen. Ihr wild vorgeschobener Unterkiefer, die rohe, rosafarbene Nacktheit dieser faustgroßen kahlen Stelle auf ihrem Kopf, ganz oben am Scheitel. Und das Letzte, was sie sagte – was sie so laut schrie, dass das Echo von den dicken Wänden und hohen Decken widerhallte, als wir zur blutroten Eingangshalle rannten –, war nicht weniger schrecklich und kein bisschen freundlich.

Kommt ja nie zurück.

Aber wir kamen zurück. Wir beide. Weil wir unsere Versprechen nicht hielten. Weil wir uns auf jemand anderen verließen. Wir vertrauten jemand anderem. Wir verließen einander. Wir vergaßen.

Ich öffne die Augen. Sie brennen, mein Kopf schmerzt, mein Hals pocht. Ich streiche mit den Fingern über das glatte Holz der Tür, und obwohl sie darauf Spuren von Ross' Blut hinterlassen, sind sie ruhiger, als sie es seit Wochen waren. Ich kann mich jetzt wieder an Mums Schatzkarte mit den schwarzen Wegen und grünen Feldern erinnern. An lange blaue Gewässer und einen Vulkan. Das X hatte sie zwischen die Molen an die Seite eines großen hölzernen Lagerhauses und eines riesigen rostigen Krans gemalt. Dort glaubten wir, ein Piratenschiff zu finden, das uns zur Insel bringen würde. Dort glaubte Mum, dass wir ein zweites Leben finden würden, das es wert wäre, dass wir unser erstes vergaßen.

Ich lehne mich wieder an die Wand und schaue zur Decke hinauf. Der Regen klingt wie Hagel, hart und ohne Widerhall. El ist tot. Alle sind tot. Und dann beginne ich endlich zu weinen. Ich rolle mich so klein zusammen, dass ich die Arme um mich schlingen kann, und schluchze. All meine Trauer, meine Reue, mein Schrecken und meine Scham fließen aus mir heraus und in die schweren dunklen Ecken des Spiegellands, bis ich völlig leer bin.

KAPITEL 29

Logan findet mich als Erster. Obwohl sein Schütteln sanft ist, erwache ich mit einem Schrei. Da ist es auch egal, dass ich meine Stimme verloren habe. Er ist im Schrank und hockt auf der Schwelle zum Spiegelland. Sein Haar ist patschnass und klebt an seinem Schädel. Er berührt mich nicht noch einmal, wofür ich dankbar bin, doch sein Gesichtsausdruck ist nicht der eines Detective Sergeants. Und dafür bin ich sogar noch dankbarer.

»Cat. Geht es Ihnen gut? Können Sie aufstehen?«

Die Antwort lautet vermutlich ja, aber ich will eigentlich nicht. Ich bin müde bis auf die Knochen. Jetzt, da das Adrenalin verraucht ist, entfaltet vielleicht das wieder seine Wirkung, was im Shiraz war.

Licht strömt in den Schrank, als Rafiq die Tür öffnet und Logan mit ihren Ellenbogen zur Seite drängt. Ich frage mich, ob sie die große rote Eingangstür eintreten mussten, um hereinzukommen. Ich hoffe es.

»Catriona?« Sie sieht mich lange prüfend an und mustert mich vom Scheitel bis zur Sohle. Sie ist nun durch und durch die Detective Inspector. Und ich merke, dass ich besonders dafür ausgesprochen dankbar bin. »Wo ist Ross?«

Ich schlucke. Es tut sogar noch mehr weh, als ich erwartet habe. »Sind Sie gekommen, um ihn zu verhaften?«

Sie deutet auf meinen Hals. »Hat er Ihnen das angetan?«

Ich nicke.

»Wo ist er?«

Ich schaue in die Dunkelheit unten an der Treppe.

»Gut, wir müssen Sie hier rausschaffen, dann können wir uns um Ross kümmern. Logan, bringen Sie sie ins vordere Zimmer und holen Sie einen Beamten, der sich zu ihr setzt.«

Aber ich habe nicht die Absicht, still und leise davonzuschleichen. Ich schaffe es, mich hinzustellen, und ich nehme nicht Logans Arm; stattdessen trete ich den Abstieg ins Spiegelland an.

»Mist, halten Sie sie auf, Logan!«

Er versucht es. Es ist aber zu schwierig, weil es so eng ist, und er sich alle Mühe gibt, mir nicht wehzutun. Ihm zu entkommen, ist ganz leicht. Er hört auf, mich zwingen zu wollen, und nimmt stattdessen meine Hand.

»Okay. Sie können mit uns hinuntergehen. Aber wir gehen voran, in Ordnung?«

Ich höre, wie Rafiq ein missbilligendes Geräusch macht, aber sie widerspricht nicht.

Ich drücke mich eng an die Wand und lasse beide an mir vorbei. Das ist auch eine Erleichterung. Ich weiß nicht, was wir da unten finden werden.

»Was zum Teufel *ist* das hier?«, murmelt Rafiq, als wir durch die Dunkelheit zum goldenen Kreis von Ross' Sturmlaterne gehen. Sie bleibt sofort stehen und dreht sich zu mir um. »Ist das hier, wo …«

Ich nicke einmal sehr knapp. Sie wirkt jetzt hoch konzentriert.

Unten angekommen, nimmt Logan die Laterne auf.

»Links.« Meine Stimme ist ganz dünn.

Wir gehen am Schrank und am Silver-Cross-Kinderwagen vorbei. Unsere Füße sinken in die weichen Dielen des Waschhauses. Mein Herz schlägt jetzt schneller, aber nur ein wenig. Ich weiß nicht recht, was ich finden will. Ich weiß nicht, ob ich will, dass Ross tot oder lebendig ist.

Das Licht der Laterne schwenkt nach links und findet ihn. Er ist vom Heck fortgekrabbelt – bis zum Kanonendeck und Els gekritzelter Kreideschrift *Rum- und Wasserverkauf HIER!!* –, aber er bewegt sich nicht. Und dann zuckt er zusammen, als das Licht auf ihn fällt, und stöhnt laut genug, um mein Herz wieder in Gang zu setzen. Er schaut auf und versucht, sich aufzurichten. Sein linkes Auge ist völlig zugeschwollen, die Wunde darüber ist mit Blut verkrustet.

Rafiq dreht sich zu mir um. »Haben Sie ihm das angetan?«

Ich nicke.

»Was ist los?«

Ich zucke beim Klang seiner Stimme zusammen, ich kann nichts dagegen tun. Er klingt immer noch wie Ross, und ich verstehe nicht, wie das möglich ist.

Rafiq geht um Logan herum und hockt sich dann hin. »Können Sie aufstehen?«

Ross schaut mit seinem heilen Auge zu ihr hinauf. »Ich glaube schon.«

»Wir lassen diese Kopfwunden im Royal untersuchen«, sagt Rafiq. »Logan, helfen Sie uns mal.«

Ich stehe auf dem Deck, als sie ihn mit vereinten Kräften auf die Füße stellen. Er schwankt ein paar Sekunden lang und lehnt sich schwer an die mit Meer und Himmel bemalte Wand des Waschhauses. Er sieht mich an.

»Was … was ist los? Cat?«

Rafiq macht einen kleinen Schritt von ihm weg. »Ross MacAuley, ich verhafte Sie wegen des Verdachts der Körperverletzung. Sie sind nicht verpflichtet auszusagen, aber alles, was Sie sagen, kann und wird gegen Sie verwendet werden. Verstehen Sie das?«

Ross' Mund öffnet und schließt sich zwei Mal. Er schüttelt den Kopf. »Ich habe nichts getan.« Er stößt sich von der Wand ab, und nur Logans Griff hält ihn davon ab, sich auf mich zu stürzen. »Cat, sag es ihnen. Es ist nichts passiert. Es war nur eine kleine Meinungsverschiedenheit, die ein bisschen aus dem Ruder gelaufen ist, das ist alles. Ich habe gar nichts getan!«

Ich berühre aus einem Reflex heraus meinen immer noch brennenden Hals, und er zieht scharf die Luft ein, als hätte er erst jetzt die Flecken entdeckt. Er wirkt erschrocken. Ich frage mich, ob er genauso geübt wie ich darin ist, das zu vergessen, woran er sich nicht erinnern will.

»Ich glaube schon, Ross. Tatsächlich glaube ich, dass Sie ziemlich viel getan haben.«

Rafiq wirkt viel gefährlicher hier unten. Sie ist viel dünnhäutiger. Sie ist wütend, aber darüber hinaus ist sie auch aufgeregt. »Wir sind heute hierhergekommen, um Sie zu verhaften, weil Sie die Zeit der Polizei verschwendet und die Ermittlungen behindert haben. Wir glauben, dass die Aussage, die Sie über Ihren Aufenthaltsort am Tag des Verschwindens Ihrer Frau gemacht haben, falsch ist.«

Ross sagt kein Wort.

»Ich hatte eine sehr interessante Unterhaltung mit einer Professorin namens Catherine Ward.« Rafiq wirft mir einen Seitenblick zu. »Sie wollte wegen einer E-Mail nachfragen, die ich ihr offenbar geschickt habe.«

»Ich habe keine Ahnung, wer das sein soll«, sagt Ross, aber er klingt jetzt nicht mehr verwirrt, sondern vorsichtig.

»Na ja, sie weiß aber, wer *Sie* sind. Sie hat tatsächlich sogar eine Aussage gemacht. Sie hat Sie dabei beobachtet, wie Sie Ihren Koffer in Ihr Auto geladen und die Southwark University verlassen haben, und zwar vierundzwanzig Stunden vor dem Zeitpunkt, den Sie angegeben haben.«

»Nein, ich …«

»Zurzeit untersuchen wir das Material der Kameras für die Automatische Nummernschilderkennung und aus Überwachungskameras, daher werden wir in jedem Fall Ihre Rückfahrt ganz genau nachvollziehen können, Ross.« Sie verschränkt die Arme vor der Brust. »Wir haben außerdem die richterliche Befugnis, Ihre Telefonkontakte am dritten April nachzuprüfen; zu unserem Glück war Ihr Handy eingeschaltet, als PC Thompson um achtzehn Uhr dreißig anrief, um Sie vom Verschwinden Ihrer Frau zu unterrichten. Und was glauben Sie, was auf dem Ausdruck des Mobilfunkproviders stand?«

»Ich bin nur herumgefahren.« Ross wirkt besorgt. Er stützt sich jetzt weder auf Logan, noch lehnt er an der Wand. »Ich bin verdammt noch mal nur herumgefahren!« Er zeigt mit dem Finger auf mich. »Ich habe es ihr gesagt. Fragen Sie sie!«

»Ich muss niemanden mehr fragen. Ich weiß bereits, dass Sie in Edinburgh waren.«

»Sie hat mich angerufen – El hat *mich* angerufen! *Sie* hat mich gebeten, zurückzukommen.«

»Und warum haben Sie dann nicht PC Thompson …«

Logan tritt zwischen sie und Ross. »Er hat eine Kopfverletzung, Chefin.«

»Und wie ich schon sagte«, fährt Rafiq fort, die den Blick nicht von Ross wendet, »wir werden das im Royal untersuchen lassen.«

»Ich weiß es nicht!«, schreit Ross. »Wir hatten Probleme, das habe ich Ihnen doch schon gesagt. Ich brauchte Zeit zum Nachdenken. Ich hatte verdammt noch mal keine Zeit zum Nachdenken! Ich habe einfach irgendwo geparkt, nachdem ich durch die Nacht gefahren war, und danach im Auto geschlafen. Das ist alles! Ich wusste, dass es schlecht aussehen würde, ich … vielleicht bin ich in Panik geraten. Ich weiß nicht. Ich …«

»Es gab tatsächlich einen Telefonanruf auf Ihrem Handy, auf die Sekunde genau um halb sechs, aber der kam nicht von El. Er kam von einer Versicherungsfirma mit Sitz in Newhaven. Und als Logan dort anrief, sagten sie, dass es vermutlich ein Höflichkeitsrückruf war, weil Sie am Tag zuvor online einen Antrag ausgefüllt hatten. Sie können sich vielleicht unsere Überraschung vorstellen, als wir erfuhren, auf welche Art von Versicherungen diese Firma spezialisiert ist?«

Ross' Gesicht ist ganz grau. Sein ganzer Körper zittert, und selbst jetzt, da mein Hals geschwollen ist und pocht, mein Magen vor so etwas wie Hass ganz verkrampft ist, muss ich mich viel zu sehr bemühen, nicht zu ihm zu gehen.

»Versicherungen für Unfälle oder Unglücke auf hoher See, die auf Nachlässigkeit beruhen«, sagt Rafiq. Ihre Augen glänzen. »Das ist dann doch ein komischer Zufall, meinen Sie nicht? Haben Sie die Versicherung deshalb lieber doch nicht abgeschlossen? Weil Sie dachten, dass selbst wir Bullen das vielleicht ein klitzekleines bisschen zu verdächtig finden würden? Einen Tag, bevor Ihre Frau in ihrem Boot verschwand?«

»Das ist falsch«, sagt Ross. »Ihr liegt verdammt noch mal völlig falsch.«

Rafiq schüttelt den Kopf. »Erinnern Sie sich an diesen anonymen Anruf, nach dem ich Sie ungefähr zwei Tage nach Els Verschwinden gefragt habe? Tja, gestern kamen doch tatsächlich zwei Leute zu uns, um offiziell auszusagen, dass Sie El misshandelt haben …«

»Was? Wer?«

»Das kann ich Ihnen nicht sagen«, antwortet Rafiq. Aber ich muss an Annas entschlossene Trauer denken, an die lange schwarze Mascara-Linie von ihrem linken Auge bis hin zu ihrer Schläfe. Und an Maries verächtliches Lächeln, als ich damit drohte, sie anzuzeigen, sollte sie uns nicht in Ruhe lassen.

Rafiq hält kurz inne, dann greift sie in ihre Tasche. »Wir haben außerdem eine Anordnung für eine Hausdurchsuchung.« Sie senkt die Stimme. »Daher frage ich Sie noch einmal, Ross. Wissen Sie, was mit Ihrer Frau geschehen ist?«

»Chefin«, sagt Logan. »Wir können das nicht machen, er muss erst von einem Arzt untersucht worden sein. Das wissen Sie.« Und dann setzt er flüsternd hinzu: »Wir dürfen das jetzt nicht vermasseln.«

»Er weiß es«, sage ich. So laut, wie ich kann, obwohl es wehtut. Es tut noch mehr weh, Ross anzuschauen, aber das tue ich ebenfalls. Denn jetzt wird sogar er bestimmt die rote, grelle und blutige Schrift an der Wand sehen können. »Er weiß es. Weil er sie getötet hat.«

»Nein!«

Rafiq dreht sich zu mir um und zieht eine Braue hoch. »Haben Sie dafür Beweise?«

»Das Kajak im Schuppen. Und ich habe in Blau… im Schlafzimmer am Ende des Korridors oben habe ich eine Kiste gefunden.« Ich schlucke, bevor mir wieder einfällt, dass das keine gute Idee ist – der Schmerz ist sofort so schlimm, dass er alles andere ausblendet, sogar Ross' brennenden, erschrockenen Blick. Ich hebe den Kopf und sehe ihm direkt in die Augen. »Ich habe deine Schatztrophäen gefunden.«

»Cat.« Rafiq dreht mich zu sich um.

»Ich glaube, es ist ein Lenzstopfen«, sage ich. Trauer überkommt mich, und ich fühle mich noch leerer. »Und eine Lochsäge.«

Ross gibt einen Laut von sich, irgendetwas zwischen einem Schrei und einem Stöhnen, und ich schließe die Augen. Rafiq donnert die Treppe wieder hinauf.

»Was tust du da, Cat?« Seine Stimme bricht, sie ist so heiser wie meine. »Wie kannst du …«

»Ross, ich rate Ihnen, nichts mehr zu sagen.« Logan sieht ihn gequält an. »Zu Ihrem eigenen Besten.«

Der Regen trommelt auf das Holz. Der Schmerz ist jetzt überall, nicht nur in meinem Hals, und ich muss mich dagegen wappnen: gegen die Angst, den Schrecken, die Reue, die in mir größer werden – zu schnell, als dass ich an irgendetwas anderes denken könnte. *Denk an El. Nicht an ihn. Denk an El.*

Als Rafiq zurückkommt, habe ich zu zittern aufgehört. Sie marschiert zu mir herüber und achtet weder auf Ross noch auf Logan.

»Ist noch was?«

Ich höre den flachen, echolosen Rhythmus von Polizeistiefeln auf den Mosaikfliesen. Das Stöhnen des Treppenabsatzes, das Kreischen der staubigen schwarzen Tür. Ich stehe auf der *Satisfaction* und schaue in die Dunkelheit des Ganges vom Spiegelland. Meine kurzen Atemzüge werden immer flacher, weil ich an uns denke, wie wir gegen Stürme und Brigantinen gekämpft haben. Wir schauten nach oben, immer nach oben. In Richtung des splitternden Holzes und der sterbenden Männer, der bellenden Kanonen und Musketen, des brüllenden Meeres.

Ich greife in meiner Jeanstasche nach dem Brief, den El mir geschrieben hat, und halte ihn Rafiq hin.

Sie holt ein Paar Latexhandschuhe aus ihrem Mantel. Öffnet den Brief, liest ihn, zieht scharf die Luft ein. Und als jemand von oben aus dem Spiegelland ruft: »Sie haben sie gefunden, Ma'am«, erleuchtet noch etwas viel Wilderes als Erleichterung ihr Gesicht.

Ross keucht halb auf, halb stöhnt er.

»Sehen Sie nicht ihn an, sehen Sie mich an«, fährt Rafiq mich an. Aber ihre Augen glänzen und glänzen. »Ist da noch *was*?«

»Er hat mich unter Drogen gesetzt.« Meine Stimme ist jetzt kaum noch ein Flüstern. Ich zeige auf das Weinglas auf dem Boden des Flures. »Ich glaube, er hat auch El unter Drogen gesetzt.«

»Nein!«, schreit Ross. Als ich mich umdrehe, sehe ich, dass Logan ihn jetzt mit aller Kraft zurückhalten muss. »Sie lügt!«

Aber ich weiche nicht mehr vor ihm zurück. Nicht einmal vor seinen Schreien, seinen Flüchen. Ich höre das Klicken von Handschellen. Logans Stöhnen, als er sich damit abmüht, Ross zurück zum Shawshank zu zerren.

»Das war ich nicht! Ich habe sie nicht umgebracht! Ich habe sie geliebt! Sag es ihnen, Cat. Sag es ihnen, du verlogene Schlampe! Ich war es nicht. Ich habe nichts getan! Ich habe sie geliebt! Ich habe dich geliebt!« Sein Blick fängt meinen ein letztes Mal auf. *»Ich habe losgelassen!«*

Ich drücke meine Finger an meinen Hals, damit ich nur noch den Schmerz fühlen oder sehen oder hören kann. Und als ich die Augen wieder öffne, ist Ross fort.

»Das wird schon wieder«, sagt Rafiq, und ihre Stimme klingt freundlich. Sie zieht meine Finger von meinem Hals. Der Arm, den sie um mich legt, ist ruhig, sicher und tröstlich.

»Ich weiß«, flüstere ich. Denn im Spiegelland ist alles – absolut alles – möglich. Im Spiegelland ist man sicher. Vor der Angst muss man sich nicht fürchten, der Schrecken ist nur eine Illusion, und in jedem Knochen, jeder Ader, jedem Atemzug und jedem Ziegel liegt Flucht. Und dafür muss man nur eins sein. Immer nur eins. Man muss tapfer sein.

Und so bin ich zum ersten Mal nach langer Zeit genau das.

KAPITEL 30

Ich komme früh an. Sitze hinter dem Lenkrad von Viks zerbeultem Golf und sehe durch die Windschutzscheibe und den Regen zu, wie sich der Parkplatz füllt. Meine Augen sind gerötet und brennen, weil ich nicht geschlafen habe, und weil ich eine neue Art von gnadenloser Trauer empfinde, die schwer und fremd auf meiner Brust hockt. Ich kann sie nicht loswerden. Ich kann nicht so tun, als wäre sie nicht da. Sie hat mir alles genommen, was mich gestützt hat. Das Einzige, was mich am Leben erhalten hat, waren meine Wut, mein Schmerz, mein Bedürfnis nach Rache und Gerechtigkeit und einem Abschluss. Und all das ist jetzt zu beinahe Nichts geworden. Eine ehemals hoch aufragende Klippe, die jetzt zu Staub zerfallen und ins Meer hinausgespült worden ist.

Das Gefängnis sieht modern und adrett aus, ganz und gar nicht so, wie ich es mir vorgestellt hatte – schlitzförmige Fenster und dunkle Wachtürme wie im Shawshank vielleicht. Stattdessen ist das Gebäude glatt und mit abgeflachten Kanten und nicht höher als zwei Stockwerke. Es besteht aus matt-beigefarbenem Sandstein, und die Fenster sind groß. HMP Shotts steht in großen grauen Reliefletten über der Drehtür des Eingangs.

Ich bin nervös und habe Angst, mir ist leicht übel, aber im Kopf fühle ich mich seit Langem wieder klar. Es ist zwei Wochen her, seit ich den letzten Drink hatte. Den ganzen September hindurch habe ich jeden Morgen Wodka getrunken, um mich für einen weiteren Tag *Staatsanwaltschaft vs. MacAuley* im Gerichtssaal 9 des High Court of Justice zu wappnen. Unweigerlich trank ich schließlich stattdessen hinter zugezogenen Vorhängen, aber an einigen Tagen gewann meine Entschlossenheit die Oberhand. Und auf jeden dieser Tage – Reporter, Kameras, Blicke, Flüstern, intime Einzelheiten, *Ross* – folgten lange, betäubte Strecken des Nichts. Vertraute Fantasiebilder leisteten mir in der Dunkelheit Gesellschaft, und irgendwann war ich überzeugt, dass auch dieser Prozess nur wieder ein Traum war, ein weiterer Ort innerhalb der kalten Mauern des Spiegellands.

An dem Tag, an dem die Jury, bestehend aus sieben Frauen und acht Männern, endlich zu einem Urteil kam, war ich ebenfalls betrunken. Im schwül-warmen Gerichtssaal 9 summte und brummte es; mein Magen war verkrampft, meine Hände zitterten. Ich versteckte mich ganz hinten im Saal, aber ebenso wie all die Journalisten und Gaffer vom Parliament Square entdeckte auch Ross mich sofort. Er sah müde aus, und so dünn. Und ich hasste den Schmerz in mir, das Echo der Sehnsucht.

Ich hörte kaum, dass die Mehrheit der Jury ihn des Mordes an El für schuldig befand. Aber ich hörte, wie er aufschrie – ein Mal, lang und laut; seine Stimme brach dabei –, bevor im Gerichtssaal das Chaos ausbrach und Rafiq auftauchte, um mich von den glotzenden Gesichtern und zugerufenen Fragen wegzuziehen.

Ich schließe die Augen. Ich weiß nicht, ob ich damit zurechtkommen kann. Ob ich ihm entgegentreten kann. Ich muss wieder an diesen schrecklichen Schrei denken. Versuche, diesen Gedanken dazu zu benutzen, tapfer, stark, *besser* zu werden. Aber ich bin nicht mehr so gut darin, mich selbst zu belügen. Diese Fähigkeit habe ich verloren.

Ich hole den Brief erneut aus meiner Tasche. Er ist zerknittert und fleckig, weil ich ihn immer wieder hervorholen muss. »CAT« steht in Els Handschrift auf dem Umschlag. Er kam zwei Monate nach Ross' Verurteilung. Zwei Tage, nachdem mich Vik nach meiner neuen Adresse gefragt hatte. Ich hatte meine restlichen Ersparnisse dazu benutzt, die Kaution und erste Monatsmiete für eine billige, möblierte Einzimmerwohnung am Rand von Leith zu bezahlen, weil jeder neue Tag mit Rasen und Apfelbäumen, grauen Steinquadern und georgianischen Sprossenfenstern, Kupferglocken, roten Türen und goldenem Licht zur Folter geworden war – eine Folter, nach der ich mich zu sehnen begonnen hatte, die ich brauchte, auf die ich mich freuen wollte. Wie eine toxische Liebesaffäre. Oder eine Fantasiewelt voller Monster und Geister. Als ich zum ersten Mal die Tür meiner Einzimmerwohnung hinter mir zumachte und mich auf das durchgelegene Bett setzte, weinte ich vor Erleichterung.

Ich hole den Brief aus dem Umschlag und nehme das kleinere Stückchen Papier heraus, das darin liegt, bevor es in meinen Schoß fallen kann, sehe mir *Liebe Cat* und *Alles Liebe, El* an, und dann all die schrecklichen Worte dazwischen. Als ich den Umschlag zum ersten Mal öffnete, lag noch eine gekritzelte Notiz darin. *Sie hat mir gesagt, ich dürfe es nicht lesen. Daher weiß ich nicht, ob es hilft oder alles nur noch hundertmal schlimmer macht. Vik.*

3. April

Liebe Cat,
dies hier ist der letzte Brief, den ich dir schreiben werde. Ich hätte ihn schon längst schreiben sollen, aber ich wusste nicht recht, wie. Und jetzt kann ich es nicht länger hinausschieben.

Ich habe dich angelogen. Öfter, als ich zählen kann. Öfter, als ich es hätte tun dürfen. Aber du musst wissen, dass ich es deinetwegen getan habe: alles, was ich dir verschwiegen habe, jede Lüge, die ich dir erzählt habe, jedes Mal, als ich sagte, vertrau mir, das hier ist jetzt die Wahrheit – und dann war sie es doch nicht.

Vertrau mir. Das hier ist jetzt die Wahrheit.

Ich schaue hinaus zu all den Autos, den Menschen, dem im Regen verschwommenen Beige und Grau, öffne das Handschuhfach und stecke den Brief hinein. Diese neue Trauer ist vielleicht schwer und grausam, aber dieses neue Verantwortungsgefühl ist schlimmer, schwerer; eine Angst, die nicht mehr silbrig, sondern schwarz und dick ist, wie abkühlender Teer. Früher dachte ich immer, dass die Menschen, deren Leben zerstört war, deswegen weitermachten, weil es schlicht einfacher war. Einfacher, als aufzugeben. Einfacher, als innezuhalten. Aber jetzt weiß ich, dass es daran liegt, dass es keine Alternative gibt, kein Entrinnen. Dass die Flut kommen wird, und das Einzige, was man tun kann, ist, sich über Wasser zu halten. Und darauf zu warten, dass die Ebbe kommt.

Ich falte den kleinen Zettel wieder zusammen und stecke ihn in meine Jeanstasche. Öffne die Autotür und steige aus. Stelle mich den glatten Steinwänden und den hohen Fenstern.

Denn ich kann es auch nicht länger hinausschieben.

*

Ich versuche, dem Blick der Frau am Empfang auszuweichen, die meinen Ausweis kontrolliert, nicht darauf zu achten, wie unruhig meine Hände sind, als ich mein Handy und meine Tasche in ein Schließfach lege, und auch den Gefängniswärter nicht anzusehen, der mir sagt, ich solle durch den Detektor gehen und einer manuellen Abtastung zustimmen. Der gesicherte Wartebereich befindet sich im ersten Stock, und ich setze mich dort hin und halte den Blick auf den in neutralen Farben gehaltenen Teppichboden gerichtet. Vielleicht weiß hier ohnehin niemand, wer ich bin oder wen ich besuche.

Ross' Verurteilung war eine Riesennachricht. Sie wurde sogar im Fernsehen übertragen. Ich schaute sie allein in der Dunkelheit, während die Reporter an meine Tür hämmerten. Die Stimme der Richterin erinnerte mich an die meiner Mum: hoch und einschüchternd, weder Zustimmung noch Widerspruch duldend.

Mr Ross Iain MacAuley, das Gericht befindet Sie des kaltblütigen Mordes an Ihrer Frau Ellice MacAuley für schuldig. Nach Monaten, vielleicht Jahren der physischen und psychischen Misshandlung Ihrer Ehefrau beschlossen und planten Sie, möglicherweise aus der Erkenntnis heraus, dass sie beabsichtigte, Sie zu verlassen, sie zu ermorden und die Tat wie einen Unfall auf See aussehen zu lassen. Ich bin der Ansicht, dass dies besondere Berechnung und Hinterhältigkeit beweist. Ich bin überdies der Ansicht, dass Sie davon ausgingen, von ihrem Tod finanziell zu profitieren. Sie plädieren auf nicht schuldig. Sie haben keinerlei Reue gezeigt. Angesichts dieser erschwerenden Faktoren kann ich nur wenig erkennen, das für mildernde Umstände spricht. Daher muss ich eine lebenslange Freiheitsstrafe verhängen. Die Strafe setzt sich aus fünfzehn Jahren für den Mord an Ellice MacAuley und drei Jahren für versuchte Strafvereitelung zusammen.

Die Reporter jagen mich nicht mehr. Der Prozess, die Verurteilung sind schon fast Geschichte. Und Rafiq hatte unrecht. Niemand hat eine Verbindung zwischen uns und den beiden zwölf Jahre alten Mädchen hergestellt, die im Jahr 1998 im Hafen von Granton aufgegriffen wurden. Und niemand hat den erweiterten Selbstmord in der Westeryk Road 36, außer als makabren Zufall, erwähnt.

Ein alter Mann mit gelbem Schnurrbart sieht mich an, und als er grinst, schaue ich weg. Das ständige Geräusch der Getränkeautomaten verwandelt meine Kopfschmerzen in ein dumpfes Hämmern.

Der Wärter öffnet eine Tür und fordert uns mit einem gekrümmten Finger auf, ihm zu folgen. »Zwölf«, sagt er zu mir, als ich mich in der Tür an ihm vorbeizwänge. Ich finde den Tisch, setze mich, falte die Hände. Ich will ihn nicht sehen. Ich wollte ihn nie wieder sehen. Und trotzdem.

Die Gefangenen kommen herein. Ich spüre Ross, noch bevor ich ihn sehe: ein kaltes Kribbeln in meinem Rücken, ein Flattern meines Herzens. Er bleibt neben dem Tisch so lange stehen, dass ich aufschauen muss. Er sieht großartig aus. Sein Haar ist ganz kurz. Seine Augen sind nicht mehr blutunterlaufen, die Haut darunter ist klar. An dem Tag, an dem er vor Gericht aussagte, war die Haut unter seinen Jochbeinen eingesunken und dunkel vor Bartstoppeln. Er war charmant, leidenschaftlich, glaubwürdig. Er weinte. Obwohl ich fast während der ganzen Verhandlung seinen Blick auf mir gespürt hatte, schaute er an jenem Tag kein einziges Mal in meine Richtung.

»Hallo, Cat«, sagt er, und sein Lächeln ist warm, aber unsicher. »Schön, dich zu sehen. Ich hätte nicht gedacht, dass du kommen würdest.« Das Letzte ist eine Frage, aber ich beantworte sie nicht, noch nicht. Ich muss in diesem Gespräch die Kontrolle behalten; ich darf nicht das geringste bisschen von ihm in mich hineinlassen, bis ich meine Entscheidung getroffen habe.

Er setzt sich und lächelt immer noch. Als er die Beine ausstreckt, kreuze ich meine Fußgelenke unter meinem Stuhl. Doch als er sich räuspert, bringe ich mich dazu, ihn anzusehen. Wenn ich das nicht schaffe, bin ich schon geliefert, bevor ich überhaupt angefangen habe.

»Warum bist du hier?« Sein Blick ist zu eindringlich. Torfbraune Augen mit silbernen Flecken.

Ich schließe die Augen. Sie brennen, weil ich auch um ihn getrauert habe. Ich kann nicht so tun, als wäre es nicht so. »Ich weiß es noch nicht.«

Er beugt sich vor. So weit, dass ich ihn riechen kann. »Ich will – ich muss – du weißt, wie sehr es mir leidtut, was in jener Nacht geschehen ist …« Er schluckt, und dabei macht seine Kehle einen Schnalzlaut. »Es tut mir so leid, dass ich dir wehgetan habe, Cat. Ich habe jeden Tag daran denken müssen, und ich mache dir keine Vorwürfe wegen dem, was du während des Prozesses gesagt hast, Ich mache dir überhaupt keine Vorwürfe. Ich verspreche es dir.«

Weil ich der Hauptgrund dafür bin, dass er hier ist. Ich bin der Grund dafür, dass *es so wenig gibt, das für mildernde Umstände spricht.* Ich war die beste Zeugin der Anklage, und der vernichtendste Punkt meiner Aussage war nicht das, was ich herausgefunden oder gehört hatte, nicht einmal das Oxycodon und Diazepam, das sie in dem Weinglas und in meinem Blut fanden, sondern die Tatsache, dass Ross und ich Sex gehabt hatten. Ich ertrug es, diese Wahrheit auszusagen, ich ertrug das scharfe Kreuzverhör durch Ross' Anwalt und auch noch die Verurteilung durch die große, harte Welt, weil die Wahrheit so vernichtend war. So vieles in der Argumentation der Staatsanwaltschaft beruhte auf Indizien: Els Brief, Ross' Falschaussagen, die körperlichen Spuren, die Mobilfunkdaten, das Material der Kameras, sogar das neu aufgetauchte Testament, von dem Ross nichts wusste, und in dem El alles, was sie besaß, allein mir vermachte. Nichts davon wäre vielleicht genug gewesen. Aber ihr Ehemann, ihr charmanter, gut aussehender, vom Gram gebeugter Ehemann; YouTubes wehklagender Witwer, der ihre Zwillingsschwester nur Tage nach ihrem Verschwinden vögelte – dieser Mann verlieh dem Fall ein herrlich skandalöses Gewicht, das sich nicht mehr wegargumentieren ließ. Selbst als ich aussagte, konnte ich sehen, dass sich die Jury-Mitglieder darüber aufregten.

»Ich will, dass du weißt, dass ich in jener letzten Nacht im Spiegelland niemals … ich hätte niemals – es ist alles nur völlig aus dem Ruder gelaufen, und du wolltest einfach nicht zuhören.« Er schüttelt heftig den Kopf. »Aber ich habe losgelassen, Cat. Ich habe losgelassen. Du weißt, dass ich …«

»Ich will nicht darüber sprechen.«

Er schürzt die Lippen und runzelt die Brauen. »Aber ich muss wissen, dass du mir glaubst, dass ich dich niemals …«

»Du hättest mich nicht umgebracht.« Es kostet Mühe, meine Stimme ruhig und neutral zu halten, weil ich mir nicht sicher bin, ob das, was ich sage, stimmt. Aber ich glaube, dass er es glaubt. Er glaubt, dass niemals Irrsinn in seinem Blick lag, dass er keine geschwollenen, pulsierenden Adern am Hals hatte, als er meinen mit den Händen würgte. Wir glauben nur, was wir glauben wollen – was wir glauben müssen.

Er lächelt. Unter seinem Kinn ist ein Fleck getrockneten Bluts, und ich frage mich, ob er sich wohl wieder für mich rasiert hat. Aber diesmal schaudere ich nicht. Ich hasse ihn nicht mehr. Ich habe hart daran gearbeitet, ihn nicht zu hassen. Vielleicht zu hart.

Ich kneife mich unter dem Tisch. »Es ist irgendwie ironisch.« Meine Stimme ist zu hoch und zu laut. »Dass ich dich im Gefängnis besuche, statt umgekehrt.«

Ross wird rot, und obwohl da immer noch das Lächeln in seinem Gesicht ist, wirkt es unsicher, voller Zweifel, und er zeigt seine Zähne nicht. Soll er lachen? Ist das ein Witz? Ist das ein Witz, über den er lachen sollte? Ich hatte bisher nie den Drang, seine Reaktionen zu beobachten, aber jetzt ist es, als leuchtete jeder Gedanke in Neon über seinem Kopf auf. Ich frage mich, ob er immer so tun musste, als wäre er ein Mensch, ob es wohl immer so schwierig für ihn gewesen ist.

Plötzlich kommt mir der Gedanke, dass das Gefängnis vielleicht unsere Unterhaltung mithört. Ist das erlaubt? Die Möglichkeit lässt mein Herz wieder viel zu schnell klopfen; kalter Schweiß bildet sich zwischen meinen Schulterblättern. Ross sieht mich an, und ich versuche, meine Ruhe, meine Wut zu erreichen, weil es nicht wichtig ist. Nichts ist mehr wichtig, nur die Entscheidung, die ich hier treffen will.

Ich senke die Stimme und schaue ihm verführerisch in die Augen. In sanftem Tonfall sage ich: »Ich muss dich ein paar Dinge fragen. Dinge, die ich wissen muss. Und du musst mir die Wahrheit sagen.«

Ross schaut sich hastig im Raum um. »Ich habe die Wahrheit gesagt, Cat.«

»Dann sollte es dir ja leichtfallen.«

Er blinzelt. »Und dann fangen wir von vorn an?«

»Ich weiß noch nicht, was als Nächstes passiert.«

»Okay.« Wieder ein Lächeln. Als er sieht, dass ich zögere, beugt er sich noch näher zu mir. »Ich habe sie nicht umgebracht. Ich schwöre es, Cat. Ich habe El nicht umgebracht.«

»Das will ich gar nicht wissen.«

Er kann seine Überraschung und seine Erleichterung kaum verbergen.

»Warum hast du uns unter Drogen gesetzt?«

Sofort schüttelt er den Kopf, und ich stehe schnell auf und schicke mich an, den Tisch zu verlassen.

»Warte. Warte!« Sein Rufen ist laut genug, um die Aufmerksamkeit des hochgewachsenen, gelangweilten und Kaugummi kauenden Wärters zu erregen, der ganz in der Nähe steht. Ross macht eine ratlose Geste mit den Händen, senkt den Kopf und schaut auf den Tisch zwischen uns. »Bitte, Cat. Setz dich. Ich sage dir die Wahrheit.«

Ich setze mich.

Als Ross wieder aufschaut, sind seine Augen ganz verhangen. »Weil ich wollte, dass ihr bleibt. Ich will immer, dass du bleibst.«

»Und du hast gedacht, dass wir nicht bleiben, wenn wir nicht unter Drogen stehen?«

»Ich weiß, dass das falsch war, dass es schwach war. Aber als Mum ging – als sie eines Morgens einfach so aufwachte und beschloss, mich mitzunehmen und Dad zu verlassen, hat es mich so tief erschüttert. Dass jemand imstande ist, so etwas zu tun, ohne auch nur ein einziges Mal zurückzublicken.« Er kneift die Augen fest zu, wie ein Kind. »Und dann, nachdem er sich umgebracht hatte, hat mich der Gedanke in *Angst und Schrecken* versetzt.«

Er streckt die Hände aus. Seine Nägel sind völlig ruiniert. »Als El – als sie Depressionen bekam … bekam ich Angst. Ich wusste nicht, was ich tun sollte. Ich dachte, sie könnte wieder versuchen, sich etwas anzutun. Ich wollte mich nur um sie kümmern, ihr helfen, mehr nicht.« Er sieht mich an. »Und bei dir … ich hatte solche Angst, dich wieder zu verlieren – und ich spürte, dass es geschehen würde. Denn als du nach Amerika gingst, Cat« – er schluckt hart –, »hast du auch nie zurückgeschaut. Nicht ein einziges Mal. Aber ich bin …«

»Warum wolltest du mich?«

»Was?« Jetzt ist er wieder verwirrt. Seine Hände greifen erneut nach meinen, obwohl ich nicht glaube, dass er das weiß. »Weil ich dich liebe. Ich habe dich immer geliebt. Das weißt du.« Er hält meinem Blick stand, bis ich spüre, wie etwas in mir nachgibt. *Das hier ist Ross*, sagt dieses Etwas. Aber gleich darauf wappne ich mich dagegen. Gegen den Reflex und die Sehnsucht.

»Und warum hast du dann El gewählt und nicht mich? Warum war es immer sie?«

Einen Moment lang schweigt er, doch die Neonschrift über ihm blinkt immer noch panisch und unsicher. *Was will sie, dass ich jetzt sage?*

»Lag es daran, dass du sie mehr begehrt hast? Oder dass du sie mehr geliebt hast? Oder vielleicht daran, dass sie dich nötiger brauchte als ich? Oder lag es daran, dass du sie gebraucht hast?« Ich zwinge mich, mich zu entspannen. »Sag mir einfach die Wahrheit, Ross, mehr nicht. Nicht das, was du glaubst, dass ich hören will, oder was du glaubst, dass richtig ist. Nur die Wahrheit. Mehr will ich nicht.«

Die Helligkeit in seinen Augen ist die eines Menschen, der sicher ist, dass seine Antwort all das sein wird: was ich will, was richtig ist, die Wahrheit. Er lässt seine ganze Helligkeit auf mich strahlen. »Ich habe sie nicht mehr geliebt als dich, das weißt du. Ich habe sie geliebt, aber mit dir war es immer anders. Einfacher. Besser.« Sein Lächeln ist jetzt traurig, aber auch eifrig. »Ich habe El gewählt, weil du recht hast, sie brauchte mich mehr als du. Ich konnte sie nicht verlassen. Ich *konnte* es einfach nicht.«

Ich atme langsam und tief aus. »Ich dachte mir, dass du das sagen würdest.«

Er hört etwas in meinem Tonfall, diesen Rest von Wut, den ich mich nicht mehr so sehr zu verstecken bemühe. Er zieht seine Hände zurück, und sein Lächeln verschwindet. Sie hat nicht funktioniert, seine perfekte Antwort, und er weiß es.

»Cat, das hier fühlt sich langsam ein bisschen wie ein Verhör an, und davon habe ich wirklich genug. Ich habe dir gesagt, dass ich El nicht umgebracht habe. Ich hätte El niemals umgebracht. Aber wenn all diese verdammten Fragen nur dahin führen sollen, sage ich es dir erneut. Ich habe es nicht getan.«

Ich antworte ihm nicht, ich schaffe es kaum, ihn anzusehen. Aber ein Teil von mir, das gute kleine Mädchen, das immer noch nicht kapiert hat, dass man Liebe niemals trauen kann, will ihn immer noch – *immer noch* – trösten, will den Daumen auf die tiefe Falte zwischen seinen Brauen legen und sie glätten.

Mutiger geworden, setzt er sich gerade hin. »Ich meine, denk mal drüber nach, Cat. Du musst doch darüber nachgedacht haben. Wenn ich sie hätte umbringen wollen, wenn ich alles so akribisch geplant hätte, wie dieser beschissene schmierige Anwalt behauptet hat, warum hätte ich dann mein Alibi so schlimm vermasseln sollen? Warum hätte ich es zugelassen, dass mich eine Zeugin sieht? Warum hätte ich mein Handy angeschaltet gelassen? Und warum zum Teufel hätte ich all die sogenannten Beweisstücke im Haus herumliegen lassen? Dieser Schatztrophäen-Kram war doch nur pubertäres Zeug, und das weißt du. Er hat das alles so hingedreht und uns das Wort im Mund umgedreht.« Jetzt ist er wütend und kann nicht anders, er muss etwas von seinem Zorn an mir auslassen. »Und du hast es zugelassen. Du hast ihm geholfen.«

»Vielleicht habe ich ihm geglaubt.«

»Hast du nicht!« Er schlägt mit den Fäusten auf den Tisch, dass ich zusammenfahre, und der Gefängniswärter schaut zu uns herüber. Ross macht wieder diese ratlose Geste mit den Händen und senkt den Kopf, aber als er wieder zu mir hochschaut, ist sein Blick alles, aber nicht unterwürfig. »Warum hätte ich das getan, Cat? Warum zu Teufel hätte ich all das tun sollen?«

Ich denke an jenen schrecklichen Tag unter der Weide, als er mein Gesicht in seine Hände nahm und meine Tränen mit seinen Daumen aufzufangen versuchte, als seine Augen voller Kummer waren und ich ihn anflehte: *Nicht, bitte.* Wie er barfuß war, in alten Jeans und einem Black-Sabbath-T-Shirt. An sein zerzaustes Haar, sein liebes und vertrautes Gesicht. An die schmutzigen, wunderbaren Worte, die er an meiner Haut flüsterte: die Versprechen, die Nettigkeiten, die Hoffnung. Die Wildheit, mit der er mich festhielt, mich berührte, küsste. Als ob nichts anderes zählte. Als ob es auf der Welt nichts außer ihm und mir gäbe. Wie sehr ich mir wünschte, dass das wahr sein möge.

Und ich denke an ein Kind, das lieber an Superhelden und Märchen-Bösewichte glaubte als an reale Dinge. An Dinge, die scharf genug sind, um Wunden zu verursachen, um Narben zu hinterlassen, die es niemals würde vergessen können.

»Du hast es getan, weil wir eines Tages vielleicht wieder von dir fortgesegelt wären«, sage ich. »Weil du dich nicht darauf verlassen konntest, dass wir blieben. Du wolltest lieber sichergehen. Uns lieber dazu zwingen. Daher logst und manipuliertest du, und du hast uns unter Drogen gesetzt und Intrigen gesponnen, du hast uns getrennt, um über uns zu herrschen. Weil du ein Feigling bist.« Ich denke ans Shawshank. *Ich lasse euch beide raus, aber nur, wenn ihr versprecht, nie wegzulaufen. Wenn ihr versprecht, für immer bei mir zu bleiben.* »Weil du nur atmen kannst, wenn du jemand anderem die Luft raubst.« *Bleib bei mir. Sei mit mir zusammen. Ich liebe dich. Ich brauche dich. El würde wollen, dass wir glücklich sind.*

Ich schaue auf die Tischplatte aus Plastik, auf die Flecken und Kratzer. »Du hast El gewählt, weil du dachtest, sie sei schwächer als ich.« Ich will daran denken, wie sie mit dunklen Schatten unter den Augen in dem leichenblassen Gesicht im Krankenhausbett lag, an dieses müde und zittrige Lächeln. Aber ich kann nicht. Ich kann nicht. Wenn ich daran denke, verliere ich völlig die Fassung. »Und du bist so gut darin, Ross. Du kannst den anderen glauben machen, es sei das, was *er* will, seine Idee, sein Betrug. Und danach, wenn du ihn ins Exil verbannst, machst du ihn glauben, auch das wäre seine Schuld gewesen.

»Ich weiß nicht, wovon zum Teufel du eigentlich sprichst.«

Diese Stimme habe ich noch nicht gehört. Leise, scharf, gemein. Ich frage mich, ob das die Stimme ist, mit der er auf die Welt gekommen ist.

»Mum war die Einzige, die dich erkannte, die wusste, was du bist. Und sie hat dich nicht einmal kennengelernt. Sie versuchte, uns zu warnen, aber sie hatte uns in einer dunklen und aufregenden Welt großgezogen, voller Piraten und Hexen und roten vergifteten Äpfeln. Deshalb wollten wir einen listigen und gut aussehenden Traumprinzen, dem man sowieso nicht trauen konnte.«

Ich sehe, wie sich sein Gesichtsausdruck verändert. All sein Zorn brodelt unter dieser gut aussehenden, vorsichtigen Maske. Und das stärkt meine Entschlossenheit. Für mich ist es besser, wenn er wütend ist. »Nur, dass du das nie warst, nicht wahr? *Der* warst du nicht. Bist du nicht.«

»Was zum Teufel willst du …«

»Du bist Schwarzbart.«

Mum, die uns kneift und auf das schwarze Schiff zeigt, das am Horizont zu sehen ist. *Ihr* versteckt *euch vor Blaubart, weil er ein Monster ist. Weil er euch fangen und zu seiner Frau machen und euch dann an seinen Haken hängen wird, bis ihr sterbt. Aber ihr* lauft *vor Schwarzbart* weg, *weil er listig ist, weil er lügt. Denn egal, wohin ihr geht, er ist immer schon da, direkt hinter euch. Und wenn er euch fängt, wird er euch den Haien vorwerfen.*

Sein Blick wird ganz dunkel, sein Mund verzieht sich zu einem Grinsen, das nur vorgibt, freundlich zu sein. Die brodelnde Wut ist jetzt ruhig; ich bin den Ärger nicht wert. »Cat, ich glaube, du musst dringend zu einem Therapeuten. Diese letzten Monate waren …«

»Ich habe eine Entscheidung getroffen, Ross.« Ich sehe ihn an und merke mir jede Linie und Farbe und jeden Schatten von seinem Gesicht, alles an der Oberfläche und alles darunter. *Das hier* ist Ross. Das ist es, woran ich mich erinnern werde, wenn ich jemals wieder an ihn denke.

»*Wovon zum Teufel* redest du da?«

»Ich war mir nicht sicher, wie ich mich entscheiden würde, aber jetzt bin ich es.« Ich greife in meine Tasche und hole den kleinen Zettel hervor. Ich erlaube mir noch eine Sekunde des Zögerns, aber dann lege ich den Schwarzen Punkt auf den Tisch und schiebe ihn Ross zu. »Ich wähle *Bestrafung.*«

Er streckt die Hand aus und zieht sie dann zurück. Sein Gesicht ist ein Bild der Verblüffung und der Qual.

»Cat, ich weiß nicht, was los ist. Und ich weiß nicht, was du meinst.« Er schaut auf den Schwarzen Punkt hinunter. Eine einzelne Träne tropft auf sein Handgelenk. Ich ignoriere den Schmerz in meinem Bauch. »Ich weiß nicht, was *das hier* bedeutet.«

Ich stehe auf, stütze mich mit den Händen auf den Tisch und beuge mich so nah zu ihm, wie ich es ertragen kann. »Es bedeutet: Gib es auf, Ross, ich durchschaue dich.«

Als er mich ansieht, zucke ich vor seinem Gesichtsausdruck zurück und stolpere gegen meinen festgeschraubten Stuhl.

»Ihr seid Hexen«, sagt er, und sein Lächeln ist wieder ganz Ross: etwas schief und sexy, träge und intim. Der linke Eckzahn hat sich ein wenig über seinen Schneidezahn geschoben. »Ihr beide. Irre, beschissene Hexen. Ihr habt mein Leben ruiniert.«

Da verlässt mich auch der letzte kleine Zweifel. Ich lächle, und das fällt mir leichter, als ich mir je hätte vorstellen können. »Du hast einfach nur die falschen Opfer ausgewählt«, sage ich. »Das ist alles.«

Und dann gehe ich fort von ihm, zum Wartebereich.

»Nein!«, schreit Ross. Er steht auf und stürzt sich auf mich, drückt meinen Arm fest. So fest, dass ich die Abdrücke noch tagelang sehen werde. »Du kannst mich nicht verlassen. Du wirst mich nicht verlassen!«

Alle schauen uns an. Der hochgewachsene Wärter läuft auf uns zu, gefolgt von mindestens zwei anderen, obwohl ich keine Angst habe, mich nicht loszumachen versuche, nicht wegzukommen versuche. Ich sehe Ross mit hartem Blick an, und etwas in ihm sackt in sich zusammen. Sein Gesicht wird ganz schlaff, seine Augen werden feucht und schauen mich flehend an. »Du kannst nicht gehen. Du kannst mich nicht verlassen. Ich habe es nicht getan, Cat. Bitte! Ich habe sie nicht umgebracht.«

Er zerrt an meinem Arm, um mich näher an sich heranzuziehen. Und bis der hochgewachsene Wärter und seine Kollegen da sind, lasse ich es zu. Alle schauen uns an. Ich schaue nur ihn an. *Ich habe dich so sehr geliebt.* Aber ich wage es nicht, diesen Gedanken länger als einen kurzen Moment zu denken. Er hat mir schon genug genommen.

»Ich habe sie nicht umgebracht, Cat!«

Ich schließe die Augen. Lege kurz meine Lippen an sein Ohr. »Ich weiß.«

Und dann verlasse ich ihn. Er wütet und schreit und schluchzt. Ich schaue mich nicht um. Ich schließe hinter mir die Tür. Ich lasse ihn an seinem Haken hängen, wo er verrotten soll.

Draußen hat der Regen aufgehört. Die Sonne steht niedrig und blass am Himmel, bringt das Glas zum Glitzern und färbt das Gefängnis golden. Ich stehe mitten auf dem Parkplatz, habe die Arme und Finger weit ausgebreitet und den Kopf in den Nacken gelegt. Und dann schließe ich die Augen und lasse die Welt warm und rot brennen.

Ich habe hingesehen, El, denke ich. *Und ich bin nicht blind geworden.*

KAPITEL 31

3. April

Liebe Cat,
dies hier ist der letzte Brief, den ich dir schreiben werde. Ich hätte ihn schon längst schreiben sollen, aber ich wusste nicht recht, wie. Und jetzt kann ich es nicht länger hinausschieben.

Ich habe dich angelogen. Öfter, als ich zählen kann. Öfter, als ich es hätte tun dürfen. Aber du musst wissen, dass ich es deinetwegen getan habe: alles, was ich dir verschwiegen habe, jede Lüge, die ich dir erzählt habe, jedes Mal, als ich sagte, vertrau mir, das hier ist jetzt die Wahrheit – und dann war sie es doch nicht.

Vertrau mir. Das hier ist jetzt die Wahrheit.

Hier kommen die Gründe:

Erinnerst du dich daran, was mich am meisten aufregte, als wir diesen Enzyklopädie-Eintrag über Kapitän Henry Morgan fanden? Es war die Tatsache, dass sie uns angelogen hatte, und das über einen so langen Zeitraum. Ich glaube nicht, dass ich ihr danach jemals wieder ganz vertrauen konnte. Ich hörte auf, an sie zu glauben. Ich hörte auf, an uns zu glauben. Und das alles wegen einer Lüge.

Erinnerst du dich daran, was dich am meisten aufregte? Es war nicht die Tatsache, dass Mum uns angelogen hatte oder dass er nicht unser Dad war. Es war die Tatsache, dass er gern Leute folterte, indem er den Menschen so fest Bänder um den Kopf band, dass ihre Augen hervorquollen. Weil sich ein Piratenkönig so nicht verhielt – ein Vater, ein Held, ein Mann. Und deshalb hast du es sofort vergessen. Du hast dich von dem zurückgezogen, was du nicht ertragen konntest, und die Lüge geglaubt. Und als du aufhörtest, mit mir zu sprechen – als du nicht über jene schreckliche letzte Nacht im Spiegelland reden wolltest –, zog ich mich von dir zurück, weil ich nur noch *die Wahrheit sehen konnte, nichts anderes mehr. Sie fühlte sich an wie eine Krankheit, die sich langsam ausbreitete, eine, mit der ich dich auf keinen Fall anstecken wollte. Ich* wollte *nicht, dass du dich erinnerst.*

Aber dann kam Ross zurück. Lange vor jenem Tag vor der National Gallery. Monatelang verfolgte, belästigte er mich und flehte um Vergebung. Ich hasste ihn. Ich hasste ihn so sehr wegen jener Nacht. Aber er war alles, was noch vom Spiegelland übrig geblieben war, und das wusste er. Jener Tag vor der Galerie? Damit wollte er mir zeigen, dass er zumindest an dich herankommen konnte, wenn er es bei mir schon nicht schaffte. Und an jenem ersten Mai im Rosemount konnte er es beweisen.

Also musste ich ihn glauben lassen, dass er mich mehr wollte als dich. Ich musste ihn dazu bringen, dass ich ihn mehr brauchte. Ich tat so, als wollte ich mich umbringen – du wusstest das immer, aber er nicht. Für ihn war das der ultimative Loyalitätsbeweis. Und vielleicht war es das auch. Denn ich habe versucht, mir einzureden, ich hätte es für dich getan. Um dich vor einem Monster zu beschützen, genau, wie du mich beschützt hast. Aber ich glaube nicht, dass das die ganze Wahrheit war. Damals nicht. Denn ich liebte ihn noch.

Daher war unsere Ehe vielleicht meine Strafe. Mein Urteil. Was das angeht, habe ich dich nicht angelogen. Am einen Tag wütete er und war grausam, am nächsten war er so liebevoll, dass es schon eine Qual war. Ich bekam diese Karten, in denen ich bedroht wurde, in denen man mir sagte, ich solle gehen – ich nehme an, dass er sie geschickt hat, um mich zu verunsichern. Genauso, wie er mir Medikamente in mein Essen und meine Getränke gemischt hat. Er versteckt sie in seinem Nachttisch. Und jeden Tag wache ich auf und brauche sie so sehr, dass ich kaum richtig denken kann. Es sind Ketten. Genau wie diese »Freiheiten«, die er mir erlaubte, ich habe dir von ihnen erzählt. Er hat es am Ende geschafft, Mouse fortzu-

jagen, nachdem sie zurückgekommen war. Und als er glaubte, ich hätte eine Affäre mit meinem Freund Vik, drohte er, herausfinden zu wollen, wer er ist, und ihn dann zu töten. Er ließ mich keine ehrenamtliche Arbeit mehr tun. Drohte, mir auch das Malen zu verbieten, wenn ich zu einem von beiden Kontakt aufnehmen würde. Er drohte, mir das Boot wegzunehmen. Er tapezierte sogar die Tür zum Spiegelland zu. Und ich ließ all das zu. Bis ich wirklich sterben wollte.

Er fand mich natürlich. Ließ mich all die Tabletten wieder erbrechen, ließ mich durch das beschissene Haus laufen, bis ich wieder sehen und hören und weinen konnte. Und da sagte er mir, dass er wieder Kontakt zu dir habe. Und wenn ich noch einmal versuchen würde, ihn zu verlassen, würde er mir all das antun, was er mir angetan hatte. Und ich erinnerte mich an den Enzyklopädie-Eintrag über Kapitän Henry Morgan. Ich wusste, dass du zu überleben versuchen würdest, indem du so tätest, als würde das, was passiert, gar nicht passieren. Indem du so tätest, als wäre dein Gefängnis gar keines und dein Gefängniswärter kein Monster. Bis zum Tag deines Todes. Und daher ist von all den Gründen dieser der wahre. Ich bin nicht edel, ich bin nicht mutig. Er beging nur endlich einen Fehler. Er gab mir absolut keine Möglichkeit, Bewährung zu bekommen.

Und hier kommt das Wie:

Ich plane gern, erinnerst du dich? Genau wie Andy Dufresne. Hier kommt also PLAN 2.

Phase I: *Es war Vik, von dem ich die Idee hatte,* Die Verurteilten *zu benutzen, obwohl er davon nichts wusste. Er arbeitet für die Lothian Marine Versicherung und ist zuständig für Seeunfälle oder Unglücke von Freizeitfahrzeugen, die auf Nachlässigkeit beruhen. Er erzählte mir von allen möglichen Formen der Sabotage – und wie man sie erkennen kann. Gestern Abend habe ich ihn in seinem Großraumbüro besucht, und als er Kaffee kochte, ging ich zu einem leeren Schreibtisch am anderen Ende des Raums, um Ross anzurufen und ihn zu bitten, aus London zurückzukommen. Ich hatte bereits von* unserem Computer zu Hause online bei der Versicherung um einen Rückruf in Ross' Namen gebeten. Der Anruf konnte nicht über Vik zu mir zurückverfolgt werden, weil Vik nur ein sehr kleines Rädchen in einem sehr großen Getriebe ist; Lothian Marine Versicherung hat Tausende Angestellte. Und außerdem weiß niemand außer Ross, dass wir befreundet sind, und der kennt nicht einmal Viks Namen. Ich habe ein zweites Handy, ein Prepaid-Handy, das ich benutze, um mit Freunden zu sprechen, ohne dass Ross es erfährt. Und ich habe Vik schwören lassen, nie zur Polizei zu gehen, egal, was mit mir passieren sollte. Ich wusste, wenn die Versicherung Ross wirklich anriefe, dann würde er noch vor dem Ende des ersten Satzes auflegen; er hasst es, unangemeldet angerufen zu werden. Daher hätte er kein Alibi. Und dass ein Ehemann am Tag vor dem Verschwinden seiner Ehefrau auf dem Meer mit einer Seeversicherung spricht, ist vielleicht ein unglücklicher Zufall, aber wahrscheinlicher noch ein Beleg für seine Schuld.

Ein paar Wochen zuvor hatte ich einen Lenzstopfen gekauft und bar bezahlt. Genau den, den ich bereits hatte. Ich erstand auch zwei Lochsägen. Mit der einen habe ich in die Bodenplatte eines kleinen Stauraums ein paar Löcher gesägt, die hoffentlich nicht bemerkt werden, weil diese Säge von der Spurensicherung mit dem Boot in Verbindung gebracht werden muss. Diese Säge und den neuen Lenzstopfen habe ich im Haus deponiert, in Blaubarts Zimmer, und mein Kajak im Schuppen, wo die Polizei sie hoffentlich irgendwann findet.

Wenn die Zeit reif ist, ziehe ich den Originalstopfen heraus und werfe ihn in die Förde. Er wird sicher nie entdeckt, weil es eine Weile dauert, bis ein Boot mit nur einem kleinen Loch sinkt. Ich werde zum Tiefwasserkanal segeln, den Mast umlegen, die Seenotfunkboje und das GPS deaktivieren. Die Lochsäge ist ein größeres Risiko. Das Boot wird schnell sinken, wenn ich sie wirklich benutzt habe, aber ich muss sie nur so weit über Bord werfen, wie ich kann, und hoffen, dass die Redemption weit genug von der Stelle wegtreibt, damit die Säge nie gefunden wird.

Phase II: *Ross' einzige gute Eigenschaft ist, dass er berechenbar ist. Vor ein paar Wochen, als ich noch nicht annähernd mit Phase I fertig war, fand ich die Notiz, die er mir vor all den Jahren hatte zukommen lassen. Die Notiz, mit der er mich damals ins Rosemount schickte, wo ich euch beide erwischte. Sie war ausgerechnet in seiner Brieftasche – ich nehme an, er mag seine Trophäen noch immer. Sie zu finden, war ein Geschenk. Denn ich war mir nicht sicher, ob man ihn für meinen Tod verantwortlich machen würde, dass man ihn überhaupt verdächtigen würde. Aber ich* war *mir sicher, dass du zurückkommen würdest. Dass du wieder unter seinen Einfluss geraten würdest, dass er versuchen würde, dich zu behalten. Es sei denn, ich würde zuerst Kontakt zu dir aufnehmen. Wir müssen beide entkommen – dieses Versprechen habe ich mir selbst gegeben. Darum geht es überhaupt im PLAN 2.*

Seit Wochen habe ich mich nun schon wie die misshandelte Ehefrau verhalten, die ich bin, statt es zu verheimlichen. Es ist überraschend befreiend. Und es ist auch überraschend, wie tröstlich es sich anfühlt zu wissen, dass Freunde wirklich Freunde sind, dass sie wirklich helfen wollen. (Übrigens, wenn du sie kennengelernt hast: Tut mir leid wegen Anna, sie kann es mit der Loyalität übertreiben. Aber wenn du sie brauchst, wird sie auf deiner Seite sein.)

Ich weiß, wie Ross tickt. Ich kenne das Was, das Warum, das Wann, das Wie von allem, was er sagen und dir antun wird. Ich habe Vik sogar einen Plan für die E-Mail-Hinweise gegeben, die er für mich als Mouse verschickt. Bitte glaub mir, wenn ich dich irgendwie verschonen könnte, würde ich das tun. Aber es gibt keinen anderen Weg. Und ich glaube, du wirst all das ohnehin irgendwann begreifen. Ich glaube, du wirst dich erinnern. Ich glaube, du wirst aufhören, an die Lüge zu glauben. Ich glaube, du wirst diejenige sein, die herausfindet, dass er schuldig ist, und dann wird die Welt deiner Überzeugung folgen. Ich glaube, du wirst mich rächen, bevor du überhaupt darüber nachdenkst, dich selbst zu retten. Das ist meine Hoffnung. Das ist mein Plan. Das ist es, was mich bei Verstand hält.

Denn heute werde ich sterben. Ich kann das jetzt sagen, ich kann es denken, und die Angst ist fast vergangen. Vielleicht liegt es daran, dass ich jetzt mehr Red als Andy bin: gefangen, jenseits der Erlösung. Aber ich bin nicht mutig genug, um zu ertrinken. Es würde schlimmer aussehen für Ross, wenn ich das täte, aber immer wenn ich daran denke, sehe ich diese Vorkosterin, die sich an einer schwarzen, brodelnden Perle verschluckt, und dann weiß ich, dass ich es nicht tun kann. Ich habe meine Antidepressiva gehortet. Und dann sind da noch die Tabletten in Ross' Nachttisch. Ich muss hoffen, dass das ausreicht. Ich muss hoffen, dass der Plan diesmal wasserdicht ist; dass wir diesmal beide herauskommen und auch draußen bleiben. Vielleicht denkst du, dass Selbstmord eine ziemlich durchgedrehte Methode ist, das zu erreichen. Ich finde das nicht. Ich habe vielleicht letztes Mal nur so getan als ob, aber es hat funktioniert. Du bist entkommen. Ich will nur sagen, um mit Stephen King zu sprechen, dass man eine Entscheidung treffen muss. Entscheide dich zu leben oder entscheide dich zu sterben.

Oder, wenn dir das zu schnodderig ist, ist das hier vielleicht besser. Denk an einen verschneiten Tag in der Speisekammer. Mum, die auf der Fensterbank sitzt und Sydney Cartons letzte Worte liest, bevor er zum Place de la Révolution gebracht wurde. »Es ist etwas weit, weit Besseres, was ich tue, als ich je getan habe.« Denn das stimmt. Es macht mich glücklich, es gibt mir Frieden, zum ersten Mal seit Jahren.

Nur eines macht mich nicht glücklich. In der ganzen Sache, während all meiner Planungen habe ich dir keine Wahl gelassen. Wir konnten ja nie viel entscheiden. Niemand hat je daran gedacht, uns zu fragen. Dieser Brief ist deine Wahl. Er beweist, was ich geplant und getan habe. Du kannst ihn der Polizei oder Ross' Verteidiger zeigen – denn selbst, wenn alles nach Plan gegangen ist, bin ich sicher, dass er Berufung einlegen wird; er wird niemals aufgeben.

Vielleicht traust du mir immer noch nicht oder glaubst kein Wort von dem, was ich sage. Aber ich hoffe, dass du dich dennoch an die Wahrheit erinnerst. Ich hoffe, das Haus, die Hinweise, die Schatzsuche, das Tagebuch haben geholfen, haben dich gezwungen zu begreifen, was wirklich in der letzten Nacht unseres ersten Lebens geschehen ist, und zwar so, wie ich es dir niemals hätte erzählen können – dass der Mensch, der dich vor allem angelogen hat, du selbst warst. Weil ich nämlich will, dass du entscheidest, was als Nächstes geschieht. Der Schwarze Punkt gehört dir. Du kannst entscheiden, was du damit tust. Denk dabei nicht an mich. Und glaub bloß nicht, dass jede Entscheidung, die du triffst, die falsche ist.

Vielleicht bin ich doch nicht so viel anders als Mum. Sie hat mir mal gesagt, dass eine weiße Lüge nur eine Lüge sei, die noch nicht schmutzig geworden ist, und ich glaube, das stimmt – ich glaube, ich bin inzwischen ziemlich schmutzig. Aber das ist nicht wichtig. Nichts ist wichtig, bis auf dies: Einst hast du mir das Leben gerettet. Jetzt rette ich deins. Das ist es. Das ist alles.

Bitte. Hör nicht auf, an mich zu glauben.

Alles Liebe,

El xxx

KAPITEL 32

Ich bringe El zum Friedhof in Lochend, um Mum zu besuchen. Stelle sie neben dem Grabstein ab. Ihre Urne ist ein großes, hässliches Ding: strenge Keramik-Schnörkel und braune Blumen. Sie ist meine Schmusedecke geworden.

Ich ersetze meine weißen Rosen durch einen frischen Strauß rote, sehe den Rasen, den Grabstein, die goldene Schmuckschrift. *VERSTORBEN, ABER NICHT VERGESSEN.* Und obwohl ich mir inzwischen alle Mühe gebe, gar nichts zu vergessen, mache ich hier eine Ausnahme. Ich sehe seinen Namen nicht an, ich denke nicht an sein Gesicht. Ich denke nicht daran, dass er neben Mum in der Dunkelheit liegt, bis sie nur noch Staub und Erde und alte Geschichten sind.

Mir fällt ein, dass El *Eine Geschichte aus zwei Städten* wegen des Horrors und der Grausamkeiten so mochte; Madame Defarge und ihre Stricknadeln. Ich erinnere mich, wie ich in der Sonne hinten im Garten stand und dachte: *Sie hat seit Jahren mein Leben. Sie hat es gestohlen.* Und daran, dass ich wütend war statt dankbar. Entsetzt. Ich verdiene nichts davon. Mums Opfer, Els Opfer. All die schrecklichen Jahre des Leids, die sie erlebt haben, während ich mich in Selbstmitleid und absichtlicher Ignoranz suhlte; ein Bild im Spiegel, ein Schatten auf dem Boden, dunkel, bedeutungslos und flüchtig.

*

Ich halte eine Gedenkfeier ab. Setze eine Traueranzeige in die Zeitung. Pflanze einen Baum für El im Park in der Nähe des Hafens von Granton und der Förde. Ich halte eine schreckliche, gestammelte Rede vor Leuten, von denen ich die meisten nicht kenne und die mir hinterher halbherzig den Arm tätscheln. Ich bemerke Marie, die vielleicht zwanzig Meter entfernt steht, aber sie kommt nicht näher. Und als ich ein paar Minuten später wieder hinsehe, ist sie fort.

Einige der Leute kommen mit in den Pub, aber nur wenige bleiben noch nach den üblichen Drinks und Sandwiches. Nach ein paar Stunden sind nur noch Vik und Anna da. Wir reden über El, und das ist weniger unangenehm, als ich es mir vorgestellt hatte. In stillschweigender Übereinkunft sprechen Vik und ich nicht darüber, was sie ihn hat tun lassen. Wir reden auch nicht über Ross oder den Prozess. Wir reden über die El, wie wir sie kannten, die El, die wir vermissen. Ich halte mich an Cola Light, weil ich für einen Wodka töten würde. Und als Rafiq die Pubtür mit Logan im Schlepptau öffnet, bin ich entspannt genug, um mich darüber zu freuen.

»Das war eine gute Rede, Cat«, sagt Rafiq.

»Sie waren da?«

Rafiq lächelt. »Die Bullen hängen immer im Hintergrund herum. Wie ein übler Geruch.«

»Ein doppelter Scotch, oder, Chefin?«, murmelt Logan. Und mich durchzuckt ein lächerlicher Schmerz, als ich sehe, dass er sich die bekloppte Frisur abrasiert hat.

»Nee«, sagt sie und wirft ihm einen empörten Blick zu. »Einen doppelten Talisker.« Sie sieht uns an. »Will noch jemand? Geht auf ihn.«

Als Logan zur Bar abgedampft ist, tritt Rafiq an unseren Tisch und lehnt sich gegen einen leeren Stuhl.

»Wir bleiben nur für diesen einen Drink«, sagt sie. »Wenn Sie nichts dagegen haben, heißt das?«

»Sie sind mehr als willkommen.« Und ich bin selbst überrascht, dass ich es ehrlich meine. Ich bin ebenso überrascht, als ich merke, dass ich sie vermisse. Immer, wenn ich jetzt an Rafiq denke, denke ich nicht an die Detective Inspector, sondern an die Frau, die sich zu mir auf den Fußboden gehockt hat, um mich festzuhalten, während ich um meine tote Schwester weinte, und die mir warm über den Rücken gestreichelt hat; an die Frau, die weder Ross noch mir geglaubt und nicht aufgegeben hat, bis sie eine Antwort hatte, einen Abschluss. Sie weiß, dass noch mehr an der Sache dran ist – natürlich weiß sie es –, und vielleicht weiß sie auch, dass die Antwort, die sie hat, nicht die Wahrheit ist. Aber ich bin mir ziemlich sicher, dass sie glaubt, dass es die richtige Antwort ist.

Ich gehe zur Bar, um Logan mit den Gläsern zu helfen, und sein Lächeln ist ansteckend, es wärmt meinen Magen besser als Wodka.

»Hallo.«

»Hallo.«

»Sie haben sich die Haare abrasiert.«

Jetzt lächelt er verlegen. »Die Chefin hat gesagt, dass ich aussehe wie ein Mittelstürmer von Chelsea, daher …« Er reibt sich befangen den Nacken.

»Sieht gut aus. Steht Ihnen.«

»Echt?«

Ich lächle erneut. Werde mit einem breiten Lächeln belohnt, das Grübchen und Zähne zeigt.

»Also«, sagt er. »Was kommt als Nächstes? Wollen Sie zurück nach Amerika gehen?«

Ich schaue weg und hinaus in den grauen, regnerischen Tag, sehe das nasse Pflaster, die gotischen Turmspitzen, die Backstein-Mietskasernen. »Ich weiß es noch nicht.«

Logan fixiert eine Stelle zwischen meinem Hals und meiner Schulter. Ich spüre, wie mir die Hitze in die Wangen steigt, aber

Anna rettet uns laut mit einem lauten, missbilligenden Geräusch. Sie beginnt, die Drinks auf ein Tablett zu donnern.

»Hier«, sagt sie und schiebt es Logan zu. »Vielleicht könnten Sie sie nach *da drüben* bringen.«

Schließlich bleiben wir fünf im Pub, bis es dunkel wird, bis es im Pub voller und lauter wird. Rafiq und Logan gehen als Erste. Rafiq streckt mir ihre Hand hin und drückt meine fest und schnell.

»Passen Sie auf sich auf, Cat.«

»Mach ich. Danke. Für alles, was Sie getan haben.«

Sie wirft mir einen letzten langen Blick zu. Dann nickt sie und macht sich auf den Weg zur Tür. »Logan, ich warte im Wagen. Aber nicht, dass das eine halbe Stunde dauert.«

Er grinst mich an. »Hatte schon bessere Unterstützer in diesen Dingen.«

Jemand schubst uns näher zueinander, und ich schlinge meine Arme um seinen Hals, um ihn zu umarmen. »Auf Wiedersehen, Logan.«

Er drückt mich und birgt sein Gesicht kurz an meinem Hals. »Craig.«

»Ich finde Logan besser«, sage ich. »Ich habe eine Schwäche für Superhelden.«

Er löst sich von mir und nickt feierlich. »Das höre ich oft.«

»Danke für alles …«

»Das musst du nicht sagen. Weder zu ihr noch zu mir. Wir haben nur unseren Job gemacht.«

Ich lächle und küsse ihn auf die Wange. »Ich will trotzdem danke sagen.«

Er hält meinen Blick so lange, bis ich mir wünsche, noch etwas gesagt zu haben. »Du hast meine Nummer, Cat. Du weißt, wo ich bin.«

Und dann ist auch er fort, und ich fühle mich nicht so sehr beraubt denn sehnsüchtig. Ich weiß ja wirklich, wo er ist. Wo er sein wird.

In gewisser Weise ist mein Abschied von Anna und Vik leichter. Anna umarmt mich schnell und fest, gibt mir einen Kuss auf jede Wange und sagt »Pass auf dich auf« in einem Ton, der wie ein Befehl klingt.

Ich sehe Vik an. Sein Lächeln ist traurig, obwohl es die Haut um seine Augen in Falten legt. »Es tut mir sehr leid für …«

»Das ist nicht mehr wichtig.« Und ich umarme ihn und drücke ihm die Hand.

»Ich habe sie so sehr geliebt«, sagt er.

»Ich weiß. Sie wusste es auch, Vik.«

Er blinzelt und schaut weg. Ich glaube, es wird ihm guttun, mich nicht zu sehen; ich weiß, dass er nie mich sieht.

Als ich den Pub verlassen habe, bin ich allein. Aber ich habe keine Angst, als jemand aus den Schatten und mir in den Weg tritt. Vielleicht, weil es nur noch so wenig gibt, wovor ich Angst haben müsste. Oder weil ich bereits weiß, wer es ist.

»Hallo, Marie.«

Ein vorbeifahrendes Auto lässt ihre Haut und ihre Augen golden aufleuchten. »Wie geht es dir, Catriona?«

»Du hättest auch in den Pub kommen können, weißt du.«

»Ich wusste nicht, ob ich dort willkommen sein würde.« Ihr Lächeln ist schmal. Flüchtig. Sie wäre nicht willkommen gewesen, aber warum sollte ich das jetzt noch sagen? »El hätte gewollt, dass du dabei bist.«

Ihre behandschuhten, rastlosen Finger verschränken sich miteinander. »Ich habe ihr nicht geholfen, aber ich habe dir geholfen, nicht wahr?« Sie blinzelt, weil ein weiteres Auto vorbeifährt. »Ich habe dich gerettet. Nicht wahr?«

Ich sehe ihren wunderschönen Schal, ihre Lederhandschuhe, ihr makelloses Make-up. All die schrecklichen Narben, die sie meint, versteckt zu haben. Ich trete auf sie zu, nehme ihre Hände in meine und nicke. Weil sie das auf eine merkwürdige Weise wirklich getan hat. Sie hat mich aufgeweckt. Sie hat mich dazu gebracht, mich daran zu erinnern, was es bedeutet, Angst zu haben. Terrorisiert zu werden.

Sie strahlt. Ihre Finger drücken meine. »Sei glücklich, *chérie. Vis ta vie.* Für sie.«

Sie dreht sich auf dem Absatz um, und ich rieche Chanel. Und dann ist sie fort.

*

Ich gehe allein zurück ins Haus. Ich will El eigentlich nicht in meiner beschissenen möblierten Wohnung lassen, aber eine Rückkehr in dieses Haus verdient sie noch weniger.

Die Rasenfläche von Westeryk Road 36 ist übersät mit Zigarettenstummeln, leeren Saftpäckchen und Einkaufstüten. Ich gehe Stufe um Stufe zur großen roten Tür hinauf. Das Haus ist seit Monaten verschlossen. Als der Notar mir den riesigen Schlüsselbund überreichte, legte ich ihn mir auf den Schoß und saß lange so da, sah ihn nur an, erinnerte mich an *Lauf!*, an die Dunkelheit und den Donner, an meine Finger, die immer und immer wieder am Riegel zogen. Jetzt suche ich den Schlüssel zur Eingangstür mit ruhigen Fingern hervor, lausche dem lauten Klacken, als er sich dreht, und die Sonne scheint mir warm in den Nacken. Ich drücke die Tür auf und trete in die Eingangshalle. In den Geruch – Holz und Alter – mischt sich jetzt Verlassenheit, Vernachlässigung und eine Erleichterung, die meine Stabilität Lügen straft. Ein Umschlag vom Nationalarchiv Schottland liegt auf der Matte. Ich hebe ihn auf und stecke ihn in die Tasche.

Grüne und goldene Lichtbögen fallen auf das Parkett, das Geländer, die Standuhr. Doch ich schaue nicht zum Buntglasfenster hinauf. Ich gehe nicht die Treppe hinauf. Der Notar hat vorgeschlagen, dass ich eine Inventarliste erstelle, aber das ist mir egal. Ich habe ihn angewiesen, das Haus und alles, was darin ist, so schnell wie möglich zu verkaufen. Ich bin mir ziemlich sicher, dass Ross nichts dagegen hat. Welchen Sinn hat ein Gefängnis auch, wenn keine Gefangenen mehr darin leben?

Ich bin meinetwegen hier. Wegen all dem, was ich zurückgelassen habe. Weil ich immer noch nicht mit meinem Leben weitermachen kann. Ich verdiene immer noch nicht, was El und Mum verdient haben; ich finde immer noch keinen Weg, mit mir selbst zu leben. Ich weiß, dass ich an ihnen rütteln muss: an dieser märtyrerhaften Niedergeschlagenheit, dieser beschissenen Undankbarkeit. Ich weiß, je länger ich es hinausschiebe, desto mehr enttäusche ich El. Aber es fühlt sich immer noch nicht richtig an – es fühlt sich schrecklich, schrecklich falsch an –, und ich weiß nicht, warum.

Ich gehe durch den Schatten der Treppe und ziehe den schweren schwarzen Vorhang auf. Der Staub bringt mich zum Niesen, ermöglicht es mir, in die Speisekammer zu greifen, ohne hinzusehen oder länger darin zu bleiben als nötig. Ich trete in den Schrank, lasse die Riegel zurückgleiten, schalte meine Taschenlampe ein und steige zum letzten Mal ins Spiegelland hinunter.

Die Sonne scheint weiß durch die Ritzen des Daches. Ich rieche das feuchte Holz und die muffige Luft, spüre, wie sich die Härchen auf meiner Haut aufstellen, höre die Echos unseres Flüsterns, unseres Kicherns, unseres Kreischens. Unten wende ich mich sofort nach links, ohne nach rechts zu sehen, und gehe weiter, bis ich im Waschhaus bin. Jemand hat Ross' Blut weggewischt; die *Satisfaction* hat kein Kanonendeck mehr, und auch keinen Rum-Laden. Ich gehe zum Hauptdeck und setze mich im Schneidersitz hin, schaue hinauf zum grünen Ozean mit den weißen, gischtigen Wellen, zum blauen Himmel mit den weißen Schäfchenwolken. Zur Piratenflagge mit dem aufgemalten Totenschädel und den gekreuzten Knochen. Zum riesigen Geist von Schwarzbarts Schiff hinter dem leeren Laternenhaken.

Ich weiß nicht, wie lange ich hier bleibe. Lange genug, dass das Weiße in den Ritzen dunkler wird und mich schließlich ganz in der Dunkelheit sitzen lässt. Nur das Fenster des Waschhauses lässt noch das schwache Licht des verblassenden Tages herein. Ich weiß nicht, an wen oder was ich denke, doch als ich wieder ins Hier und Jetzt komme, bin ich steif und wund, aber leichter.

Ich stehe auf und massiere mir wieder Gefühl in die Arme und Beine. Nehme die Piratenflagge herunter und falte sie zu einem Quadrat. Streiche mit den Fingern über die Kreide und den Stein der Waschhaus-Wände. Am Fuß der Treppe schaue ich mich noch einmal im Spiegelland um: seine Länder und Grenzen, seine Ziegel und sein Holz, seine Spinnweben und Schatten. Und dann steige ich die Stufen empor.

Schließe die Tür zum Spiegelland. Und verriegele sie.

Ich entzünde ein Kohlenfeuer in Mums altem Herd, und als die Flammen heiß und hoch lodern, halte ich die Hände darüber, bis die Wärme in mich hineinströmt. Ich öffne den Umschlag des Nationalarchivs und hole Mums Geburtsurkunde heraus, außerdem die vier anderen, die ich vor all den Monaten erbeten hatte: von Jennifer, Mary, den zwei Margarets. Unter *Name des Vaters* von Mary Finlay steht Robert John Finlay; *Beruf*: Fischer. Und unter *Geburtsdatum*: dritter März 1962 um 14.32 Uhr. Ich werfe einen Blick auf Mums Urkunde. Nancy Finlay wurde am dritten März 1962 um 14.54 Uhr geboren.

Ich setze mich an den Küchentisch. Zwillinge. Mum und die Hexe waren Zwillinge. Keine Spiegelzwillinge wie El und ich. Nicht einmal eineiige Zwillinge. Denn Mum war hell, die Hexe dunkel; sie war klein, die Hexe groß. Aber dennoch waren sie Zwillinge. Ich denke an den Hass im Blick der Hexe – den Hass auf ihre eigene Zwillingsschwester –, und wieder droht eine Welle der Scham das bisschen Frieden zu zerstören, das der Abschied vom Spiegelland mir geschenkt hat.

Ich schaue zum Glockenbrett. Und dann aus dem Fenster. Helles Sonnenlicht statt Blutrot färbt die hohe Gartenmauer. Ich werde niemals erfahren, ob die Glocken läuteten oder ob ER

WEIß ES wirklich in jener letzten Nacht mit Ross an die Mauer gemalt wurde. Ich werde niemals erfahren, ob El heiß an meinem Hals *LAUF!* geflüstert hat. Aber das ist auch egal. Das Spiegelland gab es, weil wir an es glaubten. Für uns war es real. Und so hat es uns auch gerettet.

Ich stehe auf. Trete an den Herd. Lasse die Geburtsurkunden auf den Rost fallen, eine nach der anderen. Auch die der Hexe. Ohne den Namen von ihrem Vater kann ich Mouse sowieso nicht wiederfinden. Ich kann nur hoffen, dass mich Mouse eines Tages aufsuchen wird, wie sie El aufgesucht hat, egal, wie beschädigt sie selbst ist.

Ich schaue noch ein letztes Mal auf Mums Geburtsurkunde und streiche mit dem Finger über ihren Namen. Als ich wieder in dieses Haus kam, hatte ich das Gefühl, mein Leben in Venice Beach – seine Sicherheit und Vorhersehbarkeit – sei bereits für mich verloren, nur noch das Hochglanzfoto eines Ortes, den ich vor langer Zeit einmal besucht hatte. Der aber niemals real war. Nicht einmal die Promenade mit den Clowns, Wahrsagerinnen und Zauberern. Ich glaubte nie daran. Und deshalb konnte er mich nicht retten.

Ich lasse Mums Geburtsurkunde los, sehe zu, wie sich die Ränder golden und schwarz kräuseln. Sehe zu, wie sie verschwindet. Und ich denke: Du kannst jetzt gehen. Weil ich weiß, dass sie noch immer hier ist. In all den Jahren ist niemand von uns wirklich diesem Haus entronnen. Oder jenem katastrophalen Moment, der wie eine Leiche unter Ruß und Asche konserviert ist.

Und dann greife ich in meine Jeanstasche und hole Els letzten Brief hervor. Lese ihn noch einmal durch, bevor ich ihn und die Piratenflagge ins Feuer werfe. Mir entfährt ein Geräusch, als sie in Flammen aufgehen: das aufgeregte, verängstigte Quieken eines Kindes. Und ich schaue ein letztes Mal hinüber zur nackten Gartenmauer. Ich hoffe, er weiß es. Ich hoffe, er weiß, dass weder

El noch ich mehr hier sind. Dass wir nie mehr zurückkehren werden. Denn sein Maschinenraum war nie das Herz dieses Hauses. Das war immer das Spiegelland. Und jetzt ist es fort.

Ich lösche das Feuer, schließe den Ofen, und es fühlt sich ein bisschen so an, als schaltete ich das Beatmungsgerät eines Patienten aus, der bereits tot ist. Im Haus wird es totenstill. Ich lasse es in Ruhe.

Als ich draußen stehe, halte ich nur ein einziges Mal inne. Ich schaue ein letztes Mal ins Zwielicht – rot und golden, schwarz und weiß –, um dann die große Eingangstür für immer zu schließen.

Und vielleicht höre ich den gedämpften Protest der Glockenklöppel in ihren Kupfer- und Blechgefängnissen; das ungeduldige Zittern der Drähte und Adern in den hohlen Wänden; das Flüstern der Welten hinter den Türen, in den Schränken, unter immer noch blauem Himmel und grünen Meeren.

Aber es ist mir egal.

Und da weiß ich, warum ich zurückgekommen bin. Warum ich mich verabschieden musste.

Damit ich keine Angst mehr vorm Fliegen habe.

KAPITEL 33

Ich kaufe ein Flugticket für El. Vielleicht ist es ein Luxus, einer, für den ich ein paar schräge Blicke ernte, aber ich kann ihn mir leisten, weil ich einen Last-Minute-Flug am Weihnachtsabend von Heathrow gebucht habe. Außerdem hat El viel mehr Geld aus ihren Kunstverkäufen zur Seite gelegt, als irgendwer gedacht hätte, daher schien es mir nur fair zu sein. Ich wollte nicht, dass sie unten im Frachtraum oder in einem Gepäckfach fliegen musste. Sie sollte neben mir sein, als wir endlich über den Ozean zur Insel flogen.

Ich musste ihre Asche aus der hässlichen Urne in eine Pappschachtel mit pinkfarbenen Blümchen und einem Fensterchen kippen. Ich fürchte mich jetzt schon vor dem Augenblick, an dem ich sie buchstäblich loslassen muss, aber noch mehr Angst habe ich vor dem, was danach passiert. Sie mit mir herumzuschleppen fühlt sich inzwischen so normal an, wie ihren Schmerz zu fühlen, obwohl sie nicht da ist.

Auf halbem Weg über den Nordatlantik schlafe ich endlich ein. Ich träume von Der Insel – von Kapitän Henrys Santa Catalina –, ihren Stränden und Lagunen und Palmen in Els groben Pinselstrichen.

Ich träume davon, dass Kapitän Henry endlich am Steuerrad der *Satisfaction* steht, und El und ich am Bugspriet. Türkisfarbene karibische Wellen tragen uns zu den Ufern Der Insel. Ich wache auf und habe ein unbehagliches Gefühl, vielleicht sogar Angst. Vor meinem Fenster ist es stockdunkel. Ich sehe die weißen Flächen und schwarzen Schatten meines Spiegelbildes, die dunklen Höhlen meiner Augen starren mich an.

»Ein weiser Seemann verlässt den Hafen niemals an einem Freitag«, flüstere ich.

Ich höre Els Stimme, klar wie eine Glocke. *Es ist schon Samstag, du Trottel.*

Und als ich auf die Uhr schaue, sehe ich, dass sie recht hat. Es ist Weihnachten.

Also schaue ich wieder aus dem Fenster und denke an einen pinkfarbenen Sonnenaufgangshimmel. An El, die fest meine Hand packt, während wir auf das Meer hinausschauen und warten.

Und ich lächle und lege meine Finger auf die Schachtel. »Wir tun es endlich, El. Wir gehen endlich dorthin.«

*

Nach einem beinahe zehnstündigen Zwischenstopp in Bogotá, gefolgt von einem zweistündigen Flug nach San Andrés und einem weiteren nach Providencia bin ich deutlich weniger begeistert. Als ich es schaffe, dem Flughafen El Embrujo zu entkommen, ist es schon wieder Nacht. Der Taxifahrer plaudert freundlich mit mir, obwohl ich nicht mehr in der Lage bin, alles aufzunehmen, und wir knattern durch leere Straßen, die nur vom Licht der Hütten und Cabanas und hin und wieder eines Hotels erleuchtet sind. Ich kann das Meer nicht sehen, aber ich rieche es: viel stärker und sauberer als in Leith.

Als der Fahrer endlich mit einem abrupten Quietschen abbremst, bin ich so froh, endlich angekommen zu sein, dass ich ihn küssen könnte. Bis er meinen Koffer aus dem Kofferraum geholt hat und ich mit meinem Gepäck mitten auf einer leeren Straße stehe.

»Wo ist denn das Hotel?«

Er grinst und zeigt mir seine Zahnlücken. »Auf Santa Catalina.«

»Das weiß ich.«

»Santa Catalina ist eine andere Insel als Providencia.«

»Ja, das weiß ich auch«, sage ich und stehe kurz davor, in Panik zu geraten. »Aber die sollten doch miteinander verbunden sein.«

»Sind sie auch«, sagt er und deutet über meine Schulter.

Ich drehe mich um, um seinem Fingerzeig zu folgen, und begreife, dass das, was ich für eine Promenadenbrücke mit Bänken und hellen Laternen gehalten habe, in Wirklichkeit eine schmale Fußgängerbrücke ist. Eine sehr lange Fußgängerbrücke.

Der Taxifahrer erbarmt sich meiner und tätschelt sanft meine Schulter. »Ist schon okay, okay. Es sind nur hundert Meter, dann bist du schon in Santa Catalina. Das Hotel ist direkt hinter der Festung, nicht weit. Okay?«

Die Brücke ist wunderschön. Blau, grün, gelb und orange gestrichen, bewegt sie sich und hüpft wie ein Floß auf schwimmenden Stützen. Nicht einmal im Spiegelland hätte sich eine von uns auch nur vorstellen können, dass wir je auf die Insel *zu Fuß* gehen würden, begleitet von schaukelnden Laternen. Der Gedanke bringt mich dann doch zum Lächeln.

Als ich endlich auf der anderen Seite ankomme, steht da ein Baum mit mehreren Holzschildern, und mein Mut kehrt zurück, als ich die ersten beiden lese: »Morgans Festung« und »Morgan's Head«. Ich gehe am Wasser auf die einzigen Lichter zu. Ich höre das Meer, sehe die Schatten der Boote. Die Lichter verschmelzen und geben Stück für Stück das Hotel frei, aber ich bin mir erst sicher, angekommen zu sein, als ich den etwas zurückliegenden, golden erleuchteten Eingang sehe.

Gerade, als ich den Weg verlassen will, entdecke ich ein weiteres hölzernes Schild, das im Laufe der Jahre verblichen ist und sich verzogen hat. »Willkommen auf Santa Catalina« steht darauf. »Piraten werden gehängt und Protestanten verbrannt.« Und ich lächle erneut. Diesmal so breit, dass mir die Lippen wehtun.

*

Das Hotel ist schlicht, sauber, wunderbar. Aber als ich in meinem Zimmer bin, merke ich, dass meine Müdigkeit verflogen ist. Ich will nicht schlafen, nicht riskieren, dass ich von einem anderen Ort oder einer anderen Zeit träume. Ich will *hier sein, jetzt.*

Ich lasse El auf meinem Nachttisch stehen und gehe zurück zum Weg. Ich wandere weiter, bis ich noch mehr Lichter sehe. Dann bleibe ich stehen. Die Bar, zu der die Lichter gehören, heißt The Henry Morgan. In die Wand ist das Bild aus der Enzyklopädie – Els Bild – von unserem Piratenkönig mit Bart und langem Haar und ernstem Blick eingelassen. Ich gehe um den Eingang herum über eine stufenförmig angelegte Holzterrasse und unter Palmen entlang, in denen Lichterketten hängen. Die Bar ist verlassen, also gehe ich auf die untere Terrasse und setze mich so nah ans Wasser wie möglich. Der warme Wind riecht nach Algen, Rauch und gebratenem Fisch. Eine tief hängende Laternenkette schwingt zwischen meinem Tisch und der anderen Seite der Holzterrasse wie ein goldenes Schild.

Eine Kellnerin in einem T-Shirt, auf dem dasselbe Henry-Morgan-Porträt zu sehen ist, kommt lächelnd aus der Bar und gibt mir die Cocktail-Karte. Sie wirkt jung, vielleicht ist sie noch nicht einmal zwanzig, trägt ihr schwarzes Haar geflochten und dazu glitzerndes Make-up. Ich dagegen sehe vermutlich aus, als hätte man mich rückwärts durch die Hecke gezogen.

»Ich dachte, hier wäre mehr los.«

Sie schüttelt den Kopf. »Weihnachten ist immer Familienzeit.« Und ich merke, dass es mir völlig egal ist, ob sie mich mitleidig oder missbilligend anlächelt.

»Ich habe dort hinten auf der Brücke ein Schild gesehen, das zum Morgan's Head weist. Wie weit ist das von hier?«

»Nicht so weit«, sagt sie. »Sie können zu Fuß hingehen. Es ist wunderschön dort.«

Ich lächle zurück und schaue mir die Karte an. »Könnte ich bitte Ihren speziellen Rum-Punsch haben?«

Als sie geht, trifft eine Gruppe Touristen ein, die laut und in Feierlaune sind. Eine zweite Kellnerin scheucht sie schnell zur anderen, dunkleren Seite der Terrasse, und ich bin froh darüber. Mein eigenes Wohlbefinden ist immer noch viel zu zerbrechlich, als würde es nur von der versprochenen Magie dieses Ortes zusammengehalten. Dieses Ortes, der Kapitän Henry Morgan gehört.

Ich halte mein Gesicht in den Wind und atme den Geruch der Karibik ein. Ich bin da. Wir sind da. In Els Bild. Morgen früh werde ich aufwachen und nur Blau und Gelb und Grün sehen. Das ist ein weit besserer Ort, um sich auszuruhen, als ein windiger Friedhof voller Schlupfwinkel oder ein dunkles, erfundenes Gefängnis. Dies hier ist der Ort, an dem ich sie endlich werde loslassen können.

*

Ich sehe den Cocktail weit vor dem Kellner, der ihn bringt. Das Ding ist riesig: ein hohes Glas, eigentlich mehr ein Krug, mit silbernen Strohhalmen und Schirmen, und am schlimmsten von allem: mit Funken sprühenden Wunderkerzen. Ich weiß, dass das mein spezieller Rum-Punsch sein muss, und mir sinkt der Mut, je näher er kommt. Die Touristen jubeln, als der Kellner mit dem Drink an ihnen vorbeigeht, und verstummen erst, als sie begreifen, wer ihn bekommt.

Der Kellner grinst, als er ihn abstellt. Funken fliegen auf den Tisch und prallen davon ab.

»Danke schön«, murmele ich. »Der ist aber ganz schön …«

»Er ist unsere Spezialität«, sagt er und lacht entschuldigend. Die Wunderkerzen sind endlich abgebrannt. Ich blinzele, weil die Dunkelheit so plötzlich wiedergekommen ist, und merke, dass er sich nicht gerührt hat. Muss ich ihm ein Trinkgeld geben? Ich wühle verstohlen in meiner Jeanstasche nach Kleingeld. »Tut mir leid, ich habe nicht …«

Er lächelt erneut. Er sieht unglaublich gut aus, auf die Weise, bei der ich immer nervös werde und mich unzureichend fühle. Seine Zähne sind sehr weiß. Ich frage mich, ob ich wohl noch Essensreste aus dem Flieger zwischen meinen stecken habe.

»Sie sind wunderschön.«

»Oh.« Mein Gesicht wird wieder heiß. Ich lache und nehme einen großen Schluck Rum-Punsch, der so stark ist, dass mir die Tränen in die Augen treten. »Danke.«

»Sie sind nur zu Besuch hier?«

Ich nicke.

»Ich bin vor fünf Jahren aus Kamerun hierhergekommen«, sagt er und lächelt wieder. »Ich wollte die Insel auch nur besuchen.«

Ich war noch nie in Afrika. Eigentlich war ich noch nie wirklich irgendwo anders. Jetzt könnte ich, wenn ich wollte, um die Welt in den Kakadu-Dschungel fliegen. »Ich komme aus Edinburgh«, sage ich lächelnd. »Und ich bin *ganz sicher* nur eine Woche hier.«

»Na ja«, sagt er. »Es ist jedenfalls schön, Sie kennengelernt zu haben. Sie sind hier sehr willkommen.«

Er wendet sich von meinem Tisch ab, und ich sehe zu, wie er zur anderen, belebteren Seite der Terrasse geht. Ich lächle immer noch. Der Rum wärmt meinen Bauch, prickelt in meinen Beinen. Der Kellner tritt an den lauten Touristentisch und gibt einem von ihnen einen Klaps auf den Rücken. Sein Lachen ist tief und dröhnend. Ich beobachte den dunklen, geflochtenen Zopf der zweiten Kellnerin, der aussieht wie ein schwingendes Seil. Sie räumt ein leeres Cocktail-Glas ab, und als er an ihr vorbeikommt, legt er die Hand auf ihre Taille. Ich erlaube mir einen letzten Blick zurück, eine letzte Fantasie. *Wenn ich könnte, würde ich deinen Platz einnehmen, El, und du könntest meinen haben. Du könntest ihren haben. Du könntest all das haben, von dem du nie gedacht hättest, dass du es verdienst.*

Aber dann sehe ich, wie die Kellnerin erstarrt. Und seine Hand auf ihrer Taille fester zugreift. Etwas Dunkles und Kaltes löscht das Leuchten des Rums, meine neue Hoffnung. Ich spähe in die Schatten zwischen uns, aber ich sehe ihren Gesichtsausdruck nicht, nur ihre Starre, ihren steif durchgedrückten Rücken, ihre hochgezogenen Schultern. Hat sie Angst vor ihm? Würde sie gerne abhauen? Aber dann wendet sie sich ihm zu, und im Licht der goldenen Laternen lächelt sie ihn breit und strahlend an.

Ich stehe auf. Mir ist schwindelig, ich fühle mich betrunken. Ich gehe über die dicken, knarrenden Bohlen der Bar, die so sehr dem Deck eines Schiffes ähneln, dass ich das Gefühl habe, mich auf dem Meer zu befinden und über die Wellen des stürmischen Nordatlantiks zu segeln. Ich habe das Gefühl, *Klar zur Wende! Beidrehen! Alle Mann an Deck!* in den Wind schreien zu müssen, obwohl ich weiß, dass ich es natürlich nicht tun werde.

Als ich stürze, versucht sie gar nicht erst, mich aufzufangen. Stattdessen eilt sie zu mir und fällt mit mir zusammen hin, schlingt die Arme um meinen Rücken, während unsere Knie laut auf das Holz prallen. Sie drückt mich so fest, dass ich aufschreie, obwohl ich bereits weine: heftige, lähmende Schluchzer, die mir die Stimme und den Verstand rauben. Sie küsst mich, streichelt mein Haar, flüstert »Schsch«, als wäre ich ein Kind, das gerade aus einem Albtraum erwacht ist.

Ich erinnere mich, wie sehr ich es früher hasste, immer in meine eigenen Augen schauen zu müssen, immer nur mein eigenes Gesicht zu sehen, mein eigenes Stirnrunzeln, meine eigenen Makel. Wie ein scharfer, schwerer Spiegel, den ich immer unter dem Arm mit mir herumtrug. Ich hasste es, immer nur ein Spiegelbild zu sein; die eine Hälfte eines Ganzen. Miteinander verschmolzen wie Sand und Kalk zu Glas.

Jetzt zittern meine Finger, mit denen ich ihr Gesicht berühre. Und meine Augen sind voller Tränen.

»Ich wusste, dass du kommen würdest«, sagt El.

KAPITEL 34

Ich schlafe wie eine Tote.

Ich wache vom hellen Licht und Vogelgezwitscher auf. Trotz des Katers, des Jetlags und mehr Gefühlen, als ich verarbeiten kann, weiß ich sofort, wo ich bin, was geschehen ist, bei wem ich bin. Ich bin in Els Schlafzimmer. Über mir dreht sich der Deckenventilator langsam und brummend. Als ich merke, dass ich allein bin, setze ich mich auf. Letzte Nacht haben wir zusammen im Bett geschlafen, so wie früher im Kakadu-Dschungel, auf der Seite und Hand in Hand.

Ich ziehe mich an und trete in den engen Flur hinaus. Die Wohnung ist einfach, hell, klein. Ganz anders als das Haus in der Westeryk Road 36. El steht in der winzigen Küche. Sie hat das Haar zu einem lockeren Dutt hochgesteckt.

»Samuel hat Essen gekauft«, sagt sie. »Kokosbrot und Mangos.«

»Der Typ aus der Bar?« Es kommt ganz falsch raus, es klingt angriffslustig. In der letzten Nacht konnten El und ich nicht aufhören, uns anzugrinsen. Immer wieder brach eine von uns in Lachen aus. Oder in Weinen. Wir waren wie Kinder, für die die Tatsache, dass sie einen geliebten Menschen wiedergefunden hatten, alles andere in den Schatten stellte. Heute weiß ich nicht mehr, was ich fühle.

»Er ist ein Freund. Es gibt mehr gute Männer als schlechte.« Ihr Lächeln wirkt müde. »Hab 'ne Weile gebraucht, bis ich das kapiert habe.«

Ich merke, dass ich sie nicht ansehen kann, was wirklich lächerlich ist. Sie berührt meine Schulter, und als ich zusammenzucke, seufzt sie.

»Geh raus auf den Balkon. Ich bringe uns Kaffee. Und dann kannst du mich alles fragen, was du willst.«

Der Balkon ist klein, der Tisch und die beiden Stühle sind aus Plastik. Ich setze mich und schaue hinaus auf all das Blau und Gelb und Grün. Hier gibt es keine felsigen Ufer, sondern eine lange Sandbucht und eine Anlegestelle, an der hölzerne Fischerboote liegen. Ich höre das Klimpern der Masten, das Knarren der Taue und schaue zu einem Boot, das rot und pastellblau gestrichen ist und sanft auf den Wellen schaukelt.

Als El mit dem Kaffee kommt, schaue ich sie doch an. Es ist immer noch so neu, so seltsam, das tun zu können, zu wissen, dass sie es wirklich *ist*. Es ist so lange her. Viel länger als nur diese Monate, seit sie tot ist. Es ist Jahre her. Ein ganzes Leben.

Sie setzt sich. Seufzt. »Ross musste unbedingt glauben, dass ich tot bin. Und du musstest glauben, dass er mich getötet hätte. Er musste dich loslassen. Und dann musstest du ihn loslassen.« Eine lange Pause. »Also habe ich gelogen.«

»Aber warum konntest du es mir nicht einfach *sagen*? Warum hast du mir nie vertraut?« Das verletzt mich am meisten.

»Gott, ich habe doch nicht dir nicht vertraut, sondern ihm!« Sie nimmt meine Hände. »Ich wollte es dir sagen, natürlich wollte ich das. Ich wollte dir alles sagen. Aber ich musste erst dein Leben retten, so wie du meins gerettet hast. Und ich wusste, du würdest mir nicht glauben. *Konntest* mir nicht glauben.«

Weil Glauben wehtut. Niemand hat je besser gelogen oder die Wahrheit vor jemandem verborgen als ich.

»Nach dem Prozess«, sage ich, »warum hast du dich da nicht gemeldet? Mich wissen lassen, dass du lebst? Was hast du denn gedacht, dass ich tun würde? Dass ich es der Polizei sagen würde? Ihn dir vorziehen würde?«

»Ich dachte, du würdest ihm vergeben. Denn das tust du nun

mal.« Sie schaut hinaus aufs Meer und blinzelt, um die Tränen zu verbergen, die ich schon in ihren Augen gesehen habe. »Ich verlasse mich darauf.«

Aber ich kann das nicht. »Du hast Jahre deines Lebens in einer Misshandlungsbeziehung verschwendet. Du hast Jahre unserer Leben verschwendet – *unserer* Leben, El –, weil unser irrer Vater beschlossen hatte, statt meiner dich zuerst zu würgen? Du hast mich glauben lassen, du wärst *tot*!«

»Ich bin die Ältere, Cat«, sagt sie, als sei das die logischste Erklärung der Welt. »Ich bin die Vorkosterin. Ich *muss* auf dich aufpassen.«

»Herrgott noch mal.« Plötzlich habe ich Mums Bild vor Augen: ihr böses Stirnrunzeln, das Kneifen; ihre kalten Augen und die scharfe, harte Stimme. Und ich bin kurz davor zuzugeben, dass ein Teil von mir sie schon immer gehasst hat – selbst jetzt, und obwohl ich weiß, was sie für uns getan hat.

»Ich muss wissen, warum. Ich muss wissen, *wie*.«

Ihr Lächeln ist ganz El: halb trotzig, halb traurig. »Dann frag mich.«

»Wie bist du hierhergekommen?«

Das ist eine Frage mit tausend Antworten, begreife ich, aber sie nickt nur. »Nachdem ich … die *Redemption* versenkt hatte, bin ich mit dem Kajak nach Fisherrow gepaddelt. Das ist ein alter Hafen in Musselburgh, der kaum noch benutzt wird. Niemand hat mich gesehen.«

»Du warst die Gestalt im Parka, oder? Die ich an jenem Tag in der Nähe des Hauses gesehen habe? Die aus dem Gang kam?«

Sie nickt erneut. »Ich hatte an dem Tag das Kajak in den Schuppen gebracht. Und ich hatte einen Rucksack mit Überlebensrationen unter dem Bett im Clown-Café versteckt. Genau wie früher. Er lag seit Monaten dort. Geld, Kleidung. Es gab da eine Nachbarin, eine Freundin. Wir haben beide ehrenamtlich Immigranten geholfen. Ich hatte ihr von Ross erzählt, und sie hat mir einen falschen Pass und Papiere besorgt. Bevor ich begriff, dass ich nicht weglaufen konnte.«

Meinetwegen.

»Marie«, sage ich.

Die Überraschung lässt El besser aussehen, heller. »Du kennst sie?«

»Ross hat dir diese Karten nicht geschickt«, sage ich. »Das war sie. Sie hat sie auch mir geschickt.«

»Mein Gott.« Els Schultern sacken nach unten. »Arme Marie.«

Ich werde wieder wütend, und ich weiß nicht, warum. El sieht es und strafft die Schultern wieder.

»Ich bin in den Zug nach Heathrow gestiegen. Ich hatte solche Angst. Ich wusste nicht, was ich tun sollte, wohin ich fliegen sollte – ich musste einfach nur fort. Schließlich habe ich ein Ticket nach Mexiko gekauft, weil das der nächste Flug war, der auf einen anderen Kontinent flog. Aber ich hatte solche Angst, dass Ross mich finden könnte. Ich dachte andauernd, er würde gleich auftauchen, einfach durch diese Flughafentüren marschieren. Und mich finden.« Sie lacht halb, halb schluchzt sie. »Und das Einzige, was mich einigermaßen bei Sinnen hielt, war die Frage, ob sich Andy Dufresne wohl auch so gefürchtet hatte. Als er durch diesen Tunnel kroch, dieses Rohr, diese fünfhundert Meter Scheiße; als er so nah daran war, hinauszukommen, frei zu sein, nach all den Wochen und Monaten und Jahren in Gefangenschaft.«

Sofort verraucht meine Wut, die mit all der neuen Erleichterung und dem neuen Glück gemischt ist; mit der reinen Freude zu wissen, dass sie hier ist. Der Luxus, wütend auf sie sein zu können.

»Ich bin vielleicht einen Monat nach meiner Landung in Mexiko hierhergekommen. Ich war nach Costa Rica gefahren, weil ich immer noch viel zu viel Angst davor hatte, zu laufen aufzuhören, und dann war sie da, auf einer Karte in einer Bar. Santa Catalina.« Sie lächelt flüchtig. »Und ich dachte, habe ich deswegen ein Ticket nach Mexiko gebucht? Damit ich hierherkommen kann? Damit ich aufhören kann wegzulaufen?«

Ich schließe die Augen. Ich bin mir bewusst, dass ich tue, was ich immer tue – dass ich den Schmerz umkreise, damit ich ihn nicht fühlen muss. Damit ich so tun kann, als gäbe es ihn nicht. Und El tut ebenfalls, was sie immer tut – sie lässt mich. Ich denke an diese pinkfarbene Schachtel im Hotel, und mein Herz schlägt plötzlich so hart und schnell, dass selbst ich es nicht ignorieren kann. Ich atme ein und aus. Schaue hinaus zu dem rot-blauen Boot. »Sag mir, was passiert ist, El.«

Sie schweigt, bis ich mich wieder ihr zuwende und ihr in die Augen sehe.

»Was ich dir über mein Leben mit Ross erzählt habe, stimmt. Ich konnte ihn nicht verlassen. Ich konnte ihn nicht töten. Ich meine, ich habe wirklich darüber nachgedacht …« Sie hält inne. Dann sagt sie: »Aber wenn auch nur die geringste Chance bestanden hätte, dass ich doch zögerte oder es vermasselte, was hätte er dann getan?« Sie zuckt die Achseln. »Dann hätte ich vermutlich aufgegeben. Dann wäre es mir egal gewesen.«

»Was hat sich geändert?«

El atmet tief durch. »Mouse.«

»Mouse?«

»Du erinnerst dich doch, wie sie immer war? Anhänglich.« Sie schließt die Augen. »Verletzlich.«

»Wegen der Hexe«, sage ich und denke daran, wie sie vor dem Gartentor in der Westeryk Road 36 stand, hochgewachsen und kalt wie eine Wachsfigur. »Mums Zwillingsschwester.«

El sieht mich erneut überrascht an. Nickt. »Als Mouse wieder in mein Leben trat, als sie einfach so vor dem Haus stand, ungefähr ein halbes Jahr vor dem Plan, erkannte ich sie erst gar nicht. Sie sagte, die Hexe sei gerade gestorben. Und dass sie deswegen nun frei sei. Frei, zurückzukommen. Ich weiß nicht, ob sie mich gesucht oder nur erwartet hat, mich im Haus zu finden. Wenn du glaubst, dass unsere Kindheit schlimm war – dann solltest du mal Mouses Geschichten hören. Die Hexe hat sie geschlagen, ihr nichts zu essen gegeben, sie versteckt. Ihr ganzes Leben lang hat sie Mouse kleingemacht, bis sie es tatsächlich war. Ich dachte früher, ich wüsste, wie sich das anfühlt. Aber bis Ross auftauchte, hatte ich keine Ahnung. Denn du und ich – bei all den Misshandlungen und der Isolation hatten wir immer noch einander. Wir hatten Mum. Wir bekamen Liebe. Wir waren nie allein. Daher fühlte ich mich schuldig. Wir waren ziemlich gemein zu ihr, erinnerst du dich?«

Ich erinnere mich, wie die Hexe Mouse durch die Eingangshalle zerrte. *Nein, nein! Ich will nicht weg!* Das harte, dumpfe Klatschen der Schläge auf ihrem Gesicht. Das Lächeln der Hexe, als wir Mouse losließen. Wie sie im Licht stand, das durch die offene Tür fiel: mit gesenktem Kopf und zitternd wie ein Hund.

»Ross hat sie gehasst«, sagt El. »Er hasste jeden, der ihm auch nur ein winziges Stückchen von mir wegnahm. Daher tat ich so, als wollte ich auch, dass Mouse geht. Ich tat sogar so, als *sei* sie schon gegangen, telefonierte aber immer mit ihr über das zweite Handy. Ich schaffte es auch noch, die eine oder andere Stunde wegzugehen, um mich mit ihr zu treffen, wenn er bei der Arbeit war. Und wir erzählten einander alles von unserem schrecklichen Leben. Es half nicht. Am Ende half gar nichts. Am Ende war alles egal.« Sie schließt die Augen. »Weil ich einfach genug hatte.«

»Du wolltest eigentlich gar nicht fliehen, oder?« Ich versuche, meine Wut wieder zu spüren, aber sie ist verraucht. »Dieser letzte Brief war keine Lüge. Du wolltest dich umbringen. Genau wie Mum. Das war der eigentliche Plan.«

»Ich war einfach so müde, Cat«, sagt sie mit einem beinahe wehmütigen Lächeln. »So … *traurig*.«

»Erzähl weiter.« Ich schaue wieder hinaus zum Boot, der Anlegestelle, dem Meer.

»Der dritte April war ein wunderschöner Morgen.« Ihre Stimme ist jetzt weich und klingt weit fort. »Die Förde hat ihr eigenes Mikroklima, weißt du. An jenem Tag lag ein strahlend heller Korridor zwischen all den dunklen Wolken über dem Land. Seehunde folgten mir auf dem Weg zur Fahrrinne, Tölpel umkreisten die Segel und Masten, weil sie mich vermutlich für einen Fischkutter hielten. Ich konnte das flache Nichts der Nordsee sehen. Ich war bereit.« Sie hält inne. Eine Träne rinnt in ihren Mundwinkel. »Aber dann ging alles schief.«

»Wie?«

Sie schluckt und lächelt gequält. »Mouse.«

Eine vertraute Furcht regt sich in meinem Magen. »Wie ...«

»Tut mir leid«, sagt sie, steht abrupt auf und verschwindet in der Wohnung. »Ich bin gleich zurück.«

Sie kommt in weniger als einer Minute wieder und hält zwei Gläser in den Händen, außerdem eine Plastikflasche mit einer rotgoldenen Flüssigkeit.

»Bush-Rum«, sagt sie und schenkt die Gläser großzügig voll. Ihre Hand zittert. »Von hier und tödlich.«

Ich trinke. Die Flüssigkeit brennt bis in den Magen.

»Sie hat mich angerufen. Als ich auf der *Redemption* war. Sie fragte mich, wo ich sei.« Els Stimme ist so leise, dass ich mich anstrengen muss, sie zu hören. »Ich habe ihr gesagt, dass ich mit dem Boot hinausgefahren bin, und versuchte dabei normal zu klingen, aber sie merkte sofort, dass etwas los war. Sie sagte, wenn ich nicht mit ihr spräche, mich mit ihr träfe, würde sie zum Haus gehen und mit Ross reden. Ich hatte ihr schon viel zu viel anvertraut. Ihr gesagt, wie er ist, was er mir angetan hat. Ich hätte das nicht tun dürfen. Ich hätte wissen müssen, wie gefährlich das war. Mouse war nicht immer klein – du erinnerst dich bestimmt, wie besitzergreifend sie sein konnte? Wie impulsiv?«

Ich denke an das Büro des Sheriffs. Daran, wie sie die Hände in die Hüften stemmte. Das Glänzen ihrer Zähne, wie bei der Grinsekatze aus *Alice im Wunderland. Soll ich dir überhaupt helfen?*

»Sie dachte, dass ich fliehe. Dass ich wieder fortlaufe, so wie damals als Kind. Sie war so *wütend.*« El schüttelt den Kopf. »Die Hexe war nicht der einzige Grund, warum sie sich jahrelang von uns fernhielt. Mouse war lange Zeit wütend auf uns gewesen.«

Bitte, ich will nicht weg! Ich will zurück ins Spiegelland! Sie streckt die Hände nach uns aus, während die Hexe sie durch die Eingangshalle zur Tür zerrt. Ich drücke die Finger auf die Lider. »Wir haben ihr das Spiegelland genommen.«

»Und wir haben sie im Stich gelassen.« El seufzt und senkt den Kopf. »Ich wusste, dass Ross wieder aus London zurückgekehrt sein musste. Ich machte mir Sorgen, was geschehen würde, was er, was *sie* tun würde, wenn sie ohne mich zum Haus ginge. Ich war erst ungefähr eine Stunde draußen, eher weniger.« Sie nimmt einen tiefen Schluck Rum aus der Flasche. »Ich konnte sie nicht noch einmal verlassen, koste es, was es wolle.« Sie sieht mich an. »Also habe ich sie in Fisherrow abgeholt.«

Eine schreckliche Gewissheit beginnt in meiner Brust zu hämmern, und ich merke, dass ich nicht sprechen kann.

El lässt mich wieder vom Haken, nimmt meine Hände und lächelt schwach. »Ich habe ihr alles erzählt. Den ganzen Plan: Ross, die Tabletten, das Boot. Ich weiß nicht, warum. Vielleicht, weil ich tief in meinem Inneren wollte, dass mich jemand aufhält. Und ich war froh, dass sie mich dazu zwang. Ich glaube, in dem Moment, in dem ich ans Handy ging, hatte mich der Mut verlassen.« Ihr Lächeln ist schrecklich. »Ich habe mich selbst versenkt.«

Als ich immer noch nichts sage, drückt El meine Hand noch fester.

»Selbst als ich ihr alles erzählt hatte, war ich immer noch zittrig und in Panik. Vermutlich, weil all das Adrenalin, das Cortisol langsam nachließ. Ich weiß auch nicht, was der Körper zu brauchen glaubt, wenn man kurz davor steht, sich umzubringen.« Sie schaudert. »Aber ich versprach ihr, dass es vorbei sei. Dass ich es nicht tun und zu Ross zurückkehren würde. Ich redete und redete, als wäre sie wieder unser Schiffsmädchen. Unser Dienstmädchen. Unsere Trostdecke. Als wäre sie gar kein Mensch. Ein Mensch, der gelitten hatte. Ein Mensch, der immer nur dazugehören, gebraucht werden wollte. Der *helfen* wollte.« El schaudert erneut. »Ich habe nicht aufgehört, erst, als ich fertig war. Erst als ich so viel Trost und Mitgefühl von ihr verbraucht hatte, wie sie zu geben hatte. Und dann habe ich sie in der Kombüse allein gelassen. Während ich nach oben gegangen, ein bisschen weitergefahren bin, bis ich bereit war, zurück in den Hafen zu segeln.« Sie schließt die Augen. »Ich war erleichtert. Das ist die hässliche Wahrheit. Die hässliche Wahrheit über mich. Ich war erleichtert. Ich hatte es versucht. Ich hatte es nicht geschafft. Und jetzt konnte ich wieder nach Hause gehen.

Es war viel zu leise, als ich eine Stunde später wieder nach unten ging. Ich wusste, dass irgendetwas nicht in Ordnung war. Mouse lag auf dem Rücken auf den Sitzen. Und sie war … sie war einfach grau. Dieses schreckliche Grau. Und ich wusste es. Noch bevor ich die Tüte auf dem Fußboden sah. Das Diazepam und das Fluoxetin, Ross' beschissene Tabletten. Mein Selbstmord-Paket. Ich habe noch versucht, sie zurückzuholen, aber sie wurde schon kalt.« Sie schüttelt den Kopf, und als sie mich wieder ansieht, liegt erneut diese Mischung aus Traurigkeit und Trotz in ihrem Blick. »Und da erkannte ich sie. Meine Chance. Ich konnte zurück nach Granton segeln und mich Ross stellen – all den Fragen und Konsequenzen aus Mouses Tod, und den Konsequenzen daraus, dass ich auf dem Boot war, obwohl ich ihn gebeten hatte, aus London zurückzukommen. Oder ich konnte wirklich fliehen. Vor ihm. Vor allem. Vor allem auf einmal.«

Ich denke an den Körper auf der Bahre. An die weiße Haut,

die schwarzen Stiche am Schlüsselbein, mit denen die Leiche wieder zugenäht worden war. An das schreckliche Gesicht.

Ich spüre an meiner Hand, wie Els Finger zittern, als sie hart schluckt. »In diesem Moment habe ich beschlossen, an meiner Stelle Mouse zu nehmen.«

»Aber das verstehe ich nicht«, sage ich. Das ist eine Lüge. Ich will aufstehen, ich will weglaufen. Ich will nicht weiter zuhören. Aber El lässt meine Hände, meine Handgelenke nicht los. »Ich kann nicht …«

»Es musste eine Leiche geben«, sagt sie und drückt mich jetzt nach unten, als wüsste sie genau, dass ich sofort weglaufe, wenn sie mich auch nur einen Moment loslässt. »Ich wusste, ohne Leiche würde Ross niemals aufgeben, er würde immer weitersuchen. Und vielleicht wäre er dann nie schuldig gesprochen worden. Deshalb hatte ich ja auch beschlossen, mich umzubringen. Aber sobald ich begriff, dass ich nicht würde sterben müssen, wollte ich es auch nicht mehr. Ich konnte zurück ins Haus gehen und meinen Überlebensrucksack holen. Und ich konnte entkommen. *Wirklich* entkommen.« Sie sieht mich plötzlich mit wildem Blick an. »Aber ich wollte nicht, dass es so passierte. Ich wollte ihren Tod nicht.«

»Das verstehe ich nicht«, wiederhole ich und bewege meine Handgelenke jetzt so heftig, so stark, dass ein Knochen laut knackt und wir beide zusammenzucken. Aber El lässt nicht los. Stattdessen rückt sie noch näher an mich heran, bis wir nur noch Zentimeter voneinander entfernt sind; bis ich ihrem harten Blick nicht mehr ausweichen kann.

»Doch, das tust du. Und du musst der Sache diesmal ins Gesicht sehen, Cat. Du musst die Wahrheit kennen und sie auch glauben. Akzeptieren. Selbst, wenn du das nicht willst.« Sie lässt mich los. »Sag es.«

Ich atme ein. Aus. Denke an die Leiche auf der Bahre, an den DNA-Test auf Rafiqs Handy. »Sie ist unsere Schwester.« Ich starre auf die violetten halbmondförmigen Striemen auf meiner Haut. »Mouse ist unsere eineiige Schwester.«

El nimmt mein Gesicht zwischen die Hände, streicht mit kühlen Fingern über meine Brauen, meine Schläfen. Sie hat Tränen in den Augen, aber sie lächelt dabei. Und nickt. »Erinnerst du dich daran, wie besonders wir waren?«, fragt sie. »Mehr als hunderttausend andere Kinder mussten geboren werden, damit Mum Kinder bekommen konnte, die so besonders waren wie wir?«

Ich nicke. Schließe die Augen.

»Die Wahrscheinlichkeit, Spiegelzwillinge zu bekommen, liegt bei einer zu eintausendzweihundert Geburten. Die Wahrscheinlichkeit, zweieiige Zwillinge zu bekommen, wie Mum und die Hexe es waren, steigt auf eins zu siebzig.« El atmet lange aus. »So selten ist das nicht.«

Ich denke an Mouse, wie sie zusammengerollt wie ein Ball hinter einem festgezurrten Fass im Bug der *Satisfaction* lag, das kalkweiße Gesicht tränenüberströmt. Und an meine selbstsüchtige, *dumme* Überzeugung, dass der Neid in ihren Augen nur da war, damit ich mich besser fühlte, damit ich wusste, dass ich jemandem irgendetwas bedeutete. Selbst wenn derjenige nicht echt war. *Ich wünschte, ich wäre wie du.*

»Die Hexe hat es Mouse gesagt, bevor sie starb.« Els Gesicht ist jetzt so blass. »Dass wir eineiige Drillinge waren. Dass ihr Grandpa ihr Vater war, und unsere Mutter ihre Mutter.«

»Aber *wie*?« Ich denke an Mouses wunde, blasse Haut und das kurze schwarze Haar, ihre knöcherne Kleinheit. Ich spüre immer noch meine Verweigerung wie einen tastbaren Knoten unter der Haut. »Sie sah nicht einmal so aus wie wir. Sie war …«

»Mouse sagte, die Hexe habe ihr das Haar abgeschnitten und es schwarz gefärbt, ihr außerdem kaum zu essen gegeben. Und erinnerst du dich, wie oft sie unsere Clown-Gesichtsfarben benutzte? Damit sie so aussah wie wir. Wie Belle. Um nicht mehr so auszusehen wie sie selbst.« Der Blick, den mir El zuwirft, ist beinahe zornig, obwohl ihr die Tränen herunterlaufen. »Wir haben es nur nicht gesehen, weil wir glaubten, was man uns eingeredet hatte. So wie wir es immer taten. Aber vielleicht wollte Mum, dass wir wussten, dass wir so viel besonderer waren, als wir dachten, und vermengte deshalb die Wahrheit mit Fantasie. So, wie sie es immer tat.«

»Die Wahrscheinlichkeit, ein eineiiger Drilling zu sein«, flüstere ich. »Sie beträgt eins zu hunderttausend.«

El nickt. »Vermutlich mehr«, sagt sie, und ihre Stimme ist jetzt ganz leise. Ihr Lächeln ist schwächer. »Wenn die Geburt von Zwillingen schon in der Familie liegt und der Großvater der Vater ist.«

»Aber *warum*? Warum hat Mum zugelassen, dass die Hexe sie nimmt? Warum wollte die Hexe überhaupt …«

»Mouse sagte, dass die Hexe schlafwandelte und nachts Albträume hatte. Mouse wachte dann auf und fand sie draußen auf den Knien, allein in der Dunkelheit und Kälte. Sie flehte darum, wieder eingelassen zu werden. Niemand wollte die Hexe. Niemand liebte sie. Niemand wollte sie heiraten und sie dann an seinen Haken hängen, bis sie starb. Sie wurde niemals ausgewählt. Sie gehörte nirgendwo dazu. Als Gran starb, warf Grandpa die Hexe aus dem Haus, ohne alles. Erlaubte ihr nur hin und wieder einen Besuch, solange sie schwieg. Mouse glaubte, die Hexe habe sie mitgenommen, weil sie irgendetwas von Mum und Grandpa haben, nehmen musste. Sie glaubte, dass die Hexe jemanden brauchte, dem sie zeigen konnte, wie es sich anfühlte. Niemals geliebt zu werden, nirgendwo dazuzugehören.«

Ihr langer Fingernagel, wie er auf die zitternde Mouse zeigt, die mit gesenktem Kopf dasteht. *DAS ist es, was eine gute Tochter ausmacht.*

Ein ovales Medaillon, das von ihrer Faust baumelt und die Sonne in goldenen Funken reflektiert. Mums Lächeln, das eiskalt ist. *Du willst immer das, was ich habe.* Die Hexe, wie sie die Kette in die Tasche ihres langen schwarzen Kleides steckt. *Und manchmal bekomme ich es auch.*

El sieht mich an. »Aber ich glaube, Mouse hatte unrecht. Die Hexe hat diesen großen hässlichen Grabstein bezahlt, weißt du. Hat ihn bezahlt, damit sie zusammen beerdigt werden konnten.« Ihre Augen blitzen jetzt. »Ihr ganzes Leben wollte sie nur, dass *alle* noch mehr litten als sie selbst.«

Ich denke an die Geburtsurkunden. Dritter März 1962, 14.32 Uhr und 14.54 Uhr.

»Die Hexe war die Ältere«, flüstere ich. Ich zittere anfallartig und schaudere. »Sie hätte die Vorkosterin sein müssen.«

Die Ungeheuerlichkeit von alldem wird mir ganz plötzlich klar. Was Mum durchgemacht haben musste. Warum sie sich an jedem Jahrestag von Grans Tod im Schlafzimmer einschloss und erst am nächsten Tag wieder herauskam. All der Schrecken und das Leid, und die Ungerechtigkeit, diejenige zu sein, der für all das die Schuld zugeschoben wurde. Die Lügen, die sie sich selbst erzählt haben musste. Ich frage mich, ob sie sich am Ende überhaupt noch daran erinnerte, dass Mouse einst zu ihr gehört hatte.

»Mum wollte nur, dass wir sicher sind«, sagt El. »Vielleicht hat sie sich selbst eingeredet, dass Mouse bei der Hexe sicherer wäre als bei ihr. Vielleicht war sie das auch.«

Das ist eine Lüge. Denn Mum hatte Mouse nie beigebracht, wie man überlebt. Wie man sich versteckt und fortläuft. Wie man Freude in der Dunkelheit oder Furchtlosigkeit im Sturm erlebt. Aber daran kann ich jetzt nicht denken. Ich kann nicht daran denken, wie mutterseelenallein Mouse war, während ich damals nicht einmal glauben konnte, dass es sie wirklich gab.

»Wusste es Ross?«

El schüttelt den Kopf. »Er dachte immer, Mouse sei eine Freundin der Familie oder eine Kusine. Sie sah immer noch so aus wie als Kind, kein bisschen wie wir. *Ich* wusste es ja nicht einmal. Ich erfuhr es erst an jenem Tag auf dem Boot. Mouse sagte mir da, dass sie unsere Schwester war, nachdem ich ihr von meinem Plan erzählt hatte, Ross die Schuld für meinen Tod zuzuschieben.« Ein gequältes Lächeln. »Ich zeige dir mein Geheimnis, du zeigst mir deins.«

»Oh Gott.« Ich stehe auf. Taumele beinahe. Warmer Wind weht mir ins Gesicht. Ich schließe die Augen. Erinnere mich daran, wie ich in das Büro des Sheriffs lief, den Schwarzen Punkt zerknüllt in der Faust. Mouses Augen, die groß und schwarz und rund waren. *Hab keine Angst. Ich helfe dir, Cat. Ich rette dich.* Die glückliche Hoffnung in ihrem breiten Lächeln. Das alte Sackkleid, ungeschickt bemalt mit roten Rosen, damit es besser zu den Schürzenkleidern von El und mir passte. *Du kannst ich sein. Und ich bin du.* »Sie hat es für dich getan, oder? Mouse hat die Tabletten für dich genommen. Weil du zu Ross zurückwolltest.«

El bedeckt ihr Gesicht mit den Händen. »Ich glaubte nicht, dass sie unsere Schwester war. Damals nicht. Nicht, als sie es mir sagte.« Sie beugt sich vor und beginnt zu schluchzen. »Sie zupfte ständig an mir, lächelte mich an, sagte mir, sie wolle doch nur helfen. Sie wollte nur, dass ich ihr vertraute, sie wie eine Schwester liebte. Du weißt doch, du musst dich doch daran erinnern, wie erstickend das immer war: ihre Anhänglichkeit, ihre Verzweiflung. Und daher glaubte ich ihr nicht. Ich *konnte* es nicht.«

Ich gehe auf die Knie und halte ihre Hände fest, damit sie nicht noch mehr Unheil anrichten können. Sie hat bereits blutige Kratzer auf den Wangen und am Kinn, die denen an meinem Handgelenk ähneln.

»Sie hat eine Nachricht hinterlassen«, flüstert sie. »Nur ihren Namen. Den, den Mum ihr gegeben hatte.« Els ganzer Körper vibriert jetzt wie eine Stimmgabel. »Da wusste ich, dass sie die Wahrheit sagte.«

»Welcher Name war das?«

Els Lachen klingt gebrochen. »Iona.«

Die Feenprinzessin, die von einer bösen Hexe ihrer Mutter entrissen wurde. Die ihr die Flügel abschnitt und sie in einem Turm gefangen hielt, der so hoch war, dass niemand wusste, wo sie war.

Els Schluchzer werden lauter und heftiger. Ich kann ihre Worte kaum verstehen. »Ich habe sie allein gelassen, nachdem sie es mir gesagt hatte. Sie hat mir zugehört, als ich redete und redete, als wäre sie kein echter Mensch, und ich selbst habe ihr nie zugehört. Als ich wieder an Deck ging, war das Letzte, was ich zu ihr sagte: *Lass mich in Ruhe. Ich will, dass du mich in Ruhe lässt.*

»El. El.« Ich beuge mich zu ihr. »Du wusstest es nicht.«

Sie stößt mich zurück. Steht taumelnd auf. »Was, wenn ich es doch wusste? Was, wenn ich ihr geglaubt habe? Was, wenn ich ihr alles erzählt und sie dann dort unten mit meinen Tabletten allein gelassen habe, in dem Wissen, dass …«

Ich stehe auf. »Du hast ihr nicht geglaubt. Nicht, als du zurück an Deck gegangen bist. Du warst erleichtert, erinnerst du dich? Erleichtert, dass alles vorbei war. Es war nicht deine Schuld.«

Weil sie immer weiter den Kopf schüttelt, packe ich sie und zwinge sie, mich wieder anzusehen. »Nichts von alldem war deine Schuld. Was Mum immer darüber sagte, dass die Ältere sich um die Jüngere kümmern muss, das war falsch. Nur weil ihre ältere Schwester sie nie beschützt hatte, solltest du dein ganzes beschissenes Leben für meins opfern.«

»War jetzt kein so großes Opfer«, sagt sie, und ihr Lächeln ist schrecklich, ihr Blick unsicher. »Ich habe ihn geliebt. Ich wollte ihn immer, von Anfang an. Ich dachte immer, ich sei so gut, so tapfer. Aber lügen und manipulieren, *planen*, das ist für mich jetzt so normal geworden wie atmen. Vielleicht *bin* ich schlecht. Vielleicht ist etwas nicht in Ordnung mit mir. Weil es nämlich meine Schuld *war*. Ich hätte sterben sollen, und Mouse …«

»Ich bin Alkoholikerin«, sage ich. »Ich bin egozentrisch. Ich bin illoyal. Ich bin ein Feigling, der sich nie mit irgendetwas auseinandergesetzt hat. Ich wollte Ross, und es war mir egal, wenn es dir wehtat. Ich habe dich gehasst und bin nicht ein einziges Mal auf die Idee gekommen, dass du mich vielleicht nicht hasst. Und in jener Nacht – dieser letzten beschissenen Nacht – hätte ich weitergemacht. Wenn Ross das Loch nicht blockiert hätte, hätte ich dich zurückgelassen, ich hätte dich bei Grandpa gelassen, genau, wie es die Hexe mit Mum getan hat, und ich hätte nicht einmal zurückgeschaut. Ich *habe* nicht zurückgeschaut.«

El zupft an meinem Arm. »Das ist Blödsinn. Du bist ganz anders als sie. Du bist ganz anders als sie alle. Nichts davon war deine Schuld …« Sie hält inne. Ihr Blick wird plötzlich scharf, ihre Finger lockern sich. Sie setzt sich mit einem unterdrückten Lachen wieder hin. »Ich nehme an, du denkst, das war schlau.«

»Es war *nicht* deine Schuld, El.« Und ich lächle, obwohl mir so gar nicht danach ist. Ich setze mich und rücke meinen Stuhl nahe genug an ihren, dass wir einander ansehen können, als schauten wir in einen Spiegel. Ihre Augen sind ganz rot, ihre Haut ist weiß. Ich denke daran, wie sie in dem Krankenhausbett lag. Ich denke an Mums Geschichten, an ihren Unterricht. *Pin-up*, *Eine Geschichte aus zwei Städten*, *Der Graf von Monte Christo*, *Papillon*, *Der Mann mit der eisernen Maske*, *Der Spion, der aus der Kälte kam*, all die Agatha-Christie-Geschichten. Ich hörte immer nur Flucht aus ihnen heraus, El immer nur List. Imitation. Chancen. Opfer. Rettung. Dass eine weiße Lüge nur eine Lüge war, die noch nicht schmutzig geworden war.

Und sie wäre zurückgekommen. Wenn ich Ross nicht ebenfalls entronnen wäre, hätte sie ihre Freiheit geopfert, ihr neues Leben. Das weiß ich mit absoluter Sicherheit.

Ich erinnere mich an jenen versteckten Stamm in Südamerika. Daran, dass sie um einen Feind einen Kreis bildeten, aus dem er nicht entkommen konnte. Ich greife nach Els Händen. Ich bringe sie dazu, mich anzusehen. Und dann zähle ich jede gute Tat auf, die sie je vollbracht hat. Alles Gute, was sie je gewesen ist.

Immer und immer wieder. Bis sie mich endlich sieht. Hört. Und mir glaubt.

*

Und dann – dann – weine ich um Iona. Ich weine um die Schwester, die keine von uns je die Gelegenheit hatte zu lieben. Zu brauchen. Zu retten. Ich weine um den Augenblick, in dem sie neben mir im Tipi von Häuptling Rote Wolke saß und in ihren großen blauen Augen so viel Mitgefühl der besten Sorte lag.

Es wird schon wieder gut werden, Cat. Ich hab dich lieb.

Ich weine um dieses geschmolzene, glänzende Ding auf der Metallbahre. Um den kahlen, welligen Schädel, die tiefen, leeren Augenhöhlen, die Zähne, sie sich zu einem lippenlosen Grinsen verzogen hatten.

Und vor allem weine ich um Mouse. Um das kleine lächelnde Mädchen mit dem kalkweißen Gesicht und den roten Lippen, das mir einst sagte: *Wenn du still und klein bist und Angst im Dunkeln hast, sieht dich niemand.* Denn niemand hatte sie je gesehen.

EPILOG

Am Tag nach dem zweiten Weihnachtstag stehen wir vor dem Morgengrauen auf und gehen schweigend den Weg hinunter. Der Wind weht sanft, und das Meer ist ruhig. Die Lichter der Häuser und Boote verschwinden langsam, bis nur noch hin und wieder eine Straßenlaterne auftaucht, deren Schein sich golden auf der Wasseroberfläche spiegelt. Wir steigen jetzt hinauf, und der Bohlenweg führt uns durch dunkle Mangrovenwälder, bis wir endlich in die frische Luft hinaustreten. Und ins Licht. Der Morgen bricht an: eine dünne helle Linie am Horizont, die das Meer in Silber badet. Ein Hahn kräht in der Ferne, ein Mal, zwei Mal. Ich rieche Blumen, etwas Süßes wie Flieder.

Wir gehen den Weg entlang und weichen steinigen Felsabschnitten und herabhängenden Bäumen aus. Als wir um eine Ecke biegen, weht uns der Wind stark entgegen, reißt mir das Haar aus dem Gesicht, kühlt den Schweiß an meinem Hals.

»Oh mein Gott.«

El dreht sich zu mir um und lächelt. Schaut zu dem riesigen Schatten von einem Felsen, der auf einem Vorsprung über dem Wasser balanciert. »Morgan's Head.«

Ich folge ihr, als sie einen mit Farn und Büschen mit roten und gelben Blüten überwucherten Pfad entlanggeht und sich an den Stämmen der Palmen abstützt, als der Weg steiler wird.

»Die Lagune ist gleich da unten«, sagt sie über die Schulter, als wir den großen, zerklüfteten Scheitel von Morgan's Head erreichen.

Ich unterdrücke den lächerlichen Drang, Hallo zu sagen. Lege stattdessen die Handflächen auf den Stein.

El lächelt wieder. »Das habe ich beim ersten Mal auch gemacht.«

Und dann sehe ich die Lagune. Sie ist wunderschön: flaches blaugrünes Wasser, das dunkler wird, je näher es den Felsen und Riffen an der Mündung kommt. Ansonsten ist sie von hohen Steinklippen unter grünem Dickicht umgeben. Unten treten wir direkt ins kühle, seichte Wasser. Unter unseren Füßen ist Sand.

»Es ist wunderschön hier, El.«

»Seit ich hergekommen bin, war ich jeden Tag hier«, sagt sie. »Genauso habe ich es mir immer vorgestellt.«

Ein paar Augenblicke stehen wir schweigend da und schauen aufs Meer und zum silbriggrauen Horizont hinaus, der sich langsam golden färbt. Es ist so unvorstellbar ruhig. Friedlich.

Ich hole aus dem Rucksack auf Els Schultern die Pappschachtel mit den pinkfarbenen Blumen darauf heraus. Wir sehen sie beide an, dann treffen sich unsere Blicke. Wir drei sind zum ersten Mal wieder vereint, seit wir Kinder waren.

»Ich wünschte ...« Meine Stimme bricht.

»Ich auch«, sagt El, und ihre Stimme ist ebenfalls kurz davor zu brechen. Sie legt ihre Hand auf meine, die auf der Schachtel ruht.

Ich öffne sie, und wir nehmen jede eine Handvoll Asche und werfen sie hinaus ins klare blaue Wasser. Schauen zu, wie sie vom sanften Wind auseinandergetragen wird, einen Augenblick in der Luft schwebt, schließlich wie Sprühnebel auf die Wellen sinkt und verschwindet. Als die Schachtel leer ist, ist der Himmel hell und die Luft wärmer.

»Auf Wiedersehen, Iona«, sagt El.

Und ich weiß, dass sie das geflüsterte Echo meines »Entschuldige« im selben Moment hört, wie ich ihres höre.

Wir stehen lange schweigend da, bis El die leere Schachtel in den Rucksack packt und sich räuspert. »Was willst du jetzt tun?«

Ich antworte nicht. Ich weiß, wonach sie fragt. Ich denke an den weiten blauen Himmel und das Meer von Venice Beach; an die gotischen Türme und Pflastersteine von Edinburgh. Der Wind bauscht mein Haar, das meinen Hals und meine Schultern kitzelt.

»Es gibt keinen Vogel, der goldener Curre heißt, weißt du.« El schaut hinaus zum Horizont. Ich höre Mums Vorlesestimme, die so leise, gleichmäßig und tröstlich war. *Wann immer er seine großen goldenen Flügel ausbreitet, davonfliegt und irgendwo anders landet, beginnt er dort sein neues Leben, als hätte es das davor niemals gegeben.*

»*Curre* ist Latein und bedeutet *lauf!*.«

Ich drehe mich um und sehe Els zusammengepresste Lippen, ihren entschlossenen Kiefer. Sie bemüht sich, nicht noch einmal zu fragen, was ich tun will, wohin ich gehen will.

»*Anne auf Green Gables* war nie mein Lieblingsbuch«, sage ich. »Ich mochte immer *Papillon* am liebsten.«

»Was?«

»Ganz egal, wie oft er erwischt und eingesperrt wurde – in Strafkolonien oder Lager, Irrenhäuser oder Gefängnissen oder auf Inseln – er hat stets zu fliehen versucht. Auf einem Segelschiff. Mit einem Piraten.«

»Ich vermisse die *Redemption*«, sagt El, und ihre Stimme klingt unsicher. Meinetwegen unsicher.

Vier Minuten. Vier Minuten und Gott weiß wie viele Generationen des Schmerzes, der Lügen und des Leids haben uns getrennt. Aber sie kennt mich immer noch besser als jeder andere auf der ganzen Welt. Nicht, weil wir einst miteinander verschmolzen waren wie Sand und Kalk – denn das waren wir nie –, sondern weil wir immer durch etwas viel Stärkeres verbunden sein werden.

Das Spiegelland *war* magisch. Es hat uns beigebracht zu kämpfen. Uns zu verstecken. Zu träumen. Es hat uns beigebracht zu fliehen, lange, bevor wir die Wände und seine Welt überwinden konnten. Ich schaue wieder aufs Meer, wo die Sonne jetzt über dem Horizont erscheint und den Himmel und das Meer in ein blutiges, wunderschönes Rot taucht. Ein X bezeichnet die Stelle. Eine raue Felsküste mit Strand, dahinter Wald und flache

Ebenen. Ein tropisches Paradies anstelle eines verschneiten Wunderlandes. Das Ende der Schatzsuche des Spiegellands.

Und so sehe ich El an. Nehme ihre Hand.

»Wir können eine neue *Redemption* kaufen«, sage ich. »Und zusammen durch die Karibik segeln.«

Sie schluchzt, und ich schließe die Augen und erinnere mich zum letzten Mal an die Nachgiebigkeit des weichen, knarrenden Holzes, als ich in der Dünung des Ozeans von einem Fuß auf den anderen trete, ich erinnere mich an den kühlen Südostwind in meinem Gesicht, der mit zwanzig Knoten weht, an die aufgeregten Rufe unserer Mannschaft und das Krachen splitternden Holzes und die Schreie sterbender Männer, das Knallen der Kanonen und Musketen, das Brüllen des Sturms. Wie sicher wir uns immer fühlten, egal, wie schrecklich die Schlacht war. Egal, wie laut das Meer brauste. Egal, wer uns aus dem Spiegel anblickte.

Wir werden einander nie verlassen, denke ich. *Niemals, solange wir leben.*

Ich drücke Els Hand, höre das längst vergangene Echo ihrer klappernden Zähne, als wir hinaus auf den Hafen und das blutighelle Versprechen der Förde und des Morgengrauens schauen. Und ich wünschte, Mum könnte uns sehen. Ich wünschte, sie wüsste, dass es am Ende all das wert war. All das Leid, all den Schrecken, all die Dunkelheit und wunderbare Magie. Dass wir es zur Insel geschafft haben. Dass wir zusammen sind. Wir alle drei. Wir werden immer zusammenbleiben.

Und obwohl ich kein einziges Wort gesagt habe, sieht mich El an und lächelt breit, und das Licht der aufgehenden Sonne färbt ihr Gesicht golden.

»Sie weiß es.«

*

Und das war der Tag, an dem unser drittes Leben begann.

DANK

Man braucht so viele Menschen, damit ein Buch entstehen kann. Vermutlich viel mehr, als ich kenne oder hier erwähnen könnte. Und dennoch bin ich ihnen unermesslich dankbar.

Zunächst danke ich Carla Josephson von Borough Press, dass sie das Risiko eingegangen ist, mich und *Das Spiegelhaus* aufzunehmen, für all ihre Unterstützung und Begeisterung vom ersten Tag an und zu guter Letzt auch dafür, dass sie so eine großartige Lektorin ist.

Riesengroßer Dank gebührt auch dem Rest des Borough-Teams bei HarperCollins: Suzie Dooré, Ore Agbaje-Williams, Ann Bissell und Jaime Witcomb. Danke an Claire Ward und Holly Macdonald für ihre großartige Grafik (und endlose Geduld!). An Izzy Coburn, Rachel Quin und Katy Blott für all ihre brillanten Bemühungen, *Das Spiegelhaus* so vielen Lesern und Leserinnen wie möglich nahezubringen. Und noch einmal Danke an all die wunderbaren Redakteure und Korrektoren, die meine Fehler entdeckt haben, bevor es jemand anders tun konnte! Ich habe so gern mit euch allen zusammengearbeitet.

Mein größter Dank geht an Hellie Ogden, der Literaturagentin der Extraklasse. Ohne ihr unermüdliches Talent, ihre Begeisterung und Hilfe – auf redaktioneller, praktischer und emotionaler Ebene und auch sonst – gäbe es *Das Spiegelhaus* nicht so, wie es jetzt ist. In den letzten paar Jahren hat sich mein Leben komplett verändert, auf eine Art, die ich mir niemals hätte vorstellen können, und der Augenblick, in dem Hellie anrief, um mir ihre Zusammenarbeit anzubieten, markiert den Beginn davon.

Ich danke außerdem allen bei Janklow & Nesbit UK, besonders aber Zoë Nelson, Ellis Hazelgrove und Maimy Suleiman in der Abteilung für Auslandsrechte. Clair Conrad danke ich für all ihre Ratschläge und ihre Unterstützung. Und Kirsty Gordon und Kate Longman für den finanziellen und praktischen Rat, was die gefürchtete Verwaltung angeht.

Ich stehe in Detective Constable Robbie Wests Schuld, außerdem danke ich Steph Miller und Dougie Macleod für ihren unschätzbaren Rat, was die schottische Strafgesetzgebung und das Vorgehen von Polizei und Justiz angeht. Ein besonderer Dank gebührt James Loosemore. Deine endlose Geduld, deinen Rat und deine Aufmerksamkeit für jedes Detail habe ich sehr geschätzt und tue es noch immer. Jede Ungenauigkeit im Text ist ausschließlich meine Schuld.

Ich danke außerdem der forensischen Biologin Steph Fox für ihren Rat hinsichtlich der Spurensicherung und gerichtsmedizinischer Vorgänge. *Anatomie des Verbrechens: Meilensteine der Forensik* von der brillanten Val McDermid war ebenfalls eine unschätzbar wertvolle Quelle.

Dr. Boris Cyrulnik ist ein französischer Psychiater und Verhaltensforscher, der Jahre damit verbracht hat, Kindheitstraumata zu untersuchen. Sein Buch *Resilience* war eine faszinierende und ebenso unschätzbar wertvolle Quelle für mich.

Ein großes Dankeschön an Richard Leask dafür, dass er mir die Grundlagen des Segelns und den Aufbau von Segelbooten erklärt hat. Noch hilfreicher war, dass er alle Methoden kannte, wie man eins versenken kann.

Danke an die beiden außerordentlich talentierten Schriftstellerinnen Nina Allan und Priya Sharma, deren wunderbare Unterstützung und Freundschaft im Laufe der Jahre (und natürlich ihre Bereitschaft, frühe Fassungen vom *Spiegelhaus* zu lesen!) mir mehr bedeuten, als sie ahnen.

Und ich danke Stephen King, einem Mann, den ich nie persönlich kennengelernt habe, der aber für immer mein Schriftsteller-Schwarm bleiben wird. Dessen fantastisches Memoir *Über das Schreiben* mir genau den Schubs gegeben hat, den ich brauchte, um Mitte der 2000er Jahre meine erste Kurzgeschichte zu veröffentlichen. Er ist außerdem einer der Gründe dafür, dass ich weitergeschrieben habe, obwohl die Absagen sich so hoch stapelten, dass ich ein ganzes Zimmer damit hätte füllen können. Seine Bücher haben mich gelehrt, dass Geschichten einen überallhin bringen können. Und dass sie die beste Flucht sind, die man sich vorstellen kann.

Danke an meine Patentante Susan McEwan dafür, dass du immer an mich geglaubt hast, auch wenn ich selbst es nicht tat.

Danke, Mum und Dad, für so viele Dinge, dass ich sie gar nicht alle aufzählen kann. Vor allem aber dafür, dass ihr mir die Art von Resistenz und Disziplin beigebracht habt, die man braucht, um weiterzumachen, egal, wie schwierig es wird oder wie hoffnungslos es aussieht (die Pubertierende in mir dreht sich in ihrem Grab um).

Danke an meinen Ehemann Iain für all die Liebe, die Unterstützung und die Geduld, die er aufbringen muss, weil er mit mir verheiratet ist. Dafür, dass er niemals nein zu meinen Abenteuern sagt, egal wie verrückt oder egoistisch sie auch sein mögen.

Und ich danke meiner Schwester Lorna, der ich dieses Buch gewidmet habe. Danke, dass du nie die Augen verdreht hast, wenn ich wieder einmal einen gemeinsamen Urlaub mit einer dicken Mappe beschriebener Seiten angetreten habe, damit du sie liest. Danke, dass du sie wirklich gelesen hast. Und danke vor allem, dass du die allerbeste Freundin bist, die eine Schwester haben kann.

Und zu guter Letzt danke ich jedem Leser und jeder Leserin dieser Geschichte, aller Geschichten. Dieses Buch wäre ohne Sie niemals eines geworden.

Erst war sie die Geschworene, jetzt ist sie die Gejagte

Graham Moore
VERWEIGERUNG
Roman
Aus dem amerikanischen
Englisch von
André Mumot
400 Seiten
ISBN 978-3-8479-0108-2

Es ist das spektakulärste Gerichtsverfahren des Jahrzehnts: Jessica Silver, Erbin eines Immobilienmoguls, verschwindet, und ihr Lehrer Bobby Nock wird des Mordes angeklagt. Der Afro-Amerikaner führte eine geheime Affäre mit Jessica.
Die Jury ist gespalten, bis die junge Geschworene Maja alle von einem Freispruch überzeugt. Jetzt, zehn Jahre später, wird der ganze Fall neu aufgerollt. Als einer der Geschworenen tot aufgefunden wird, gerät Maja ins Visier der Polizei und wird zur Hauptverdächtigen.

»Der Thrillerautor, der es mit John Grisham aufnehmen kann.« MARCUS MÜNTEFERING, DER SPIEGEL

Eichborn

»Eines der besten Bücher, die ich je gelesen habe.« Jeanine Cummins

Elizabeth Wetmore
WIR SIND DIESER STAUB
Roman
Aus dem amerikanischen Englisch von Eva Bonné
320 Seiten
ISBN 978-3-8479-0092-4

Texas, 1976: Odessa steht kurz vor dem nächsten Ölboom. Während die Männer der Stadt den kommenden Wohlstand feiern, kennen und fürchten ihre Frauen die Gewalt, die immer zu folgen scheint.
Als die vierzehnjährige Gloria Ramírez mehr tot als lebendig auf der Veranda von Mary Whiteheads Ranch gefunden wird, wissen Mary und die anderen Frauen von Odessa, was jetzt passieren wird. Aber sie wissen auch, dass sie dieses Mal zusammenhalten werden.
Eine eindringliche Erkundung der Schnittstellen von Gewalt, Herkunft und Klasse.

Eichborn